— Lily. — A voz do Mestre Cedric tinha um tom estranho. Não arrepiante ou cruel como de costume. Mas uma profundidade estranha que me fez aquecer por inteira. Só não entendi seu comentário. Ele parecia estar sempre falando sobre flores.

E luta.

E morte.

E me dando notas baixas.

Tentei balançar a cabeça, mas isso só piorou a tontura.

— Quando foi a última vez que você comeu alguma coisa? — ele perguntou.

— Café da manhã — respondi, com a voz um pouco rouca.

Ele suspirou.

— E você já perdeu o jantar.

— Perdi de novo? — me perguntei em voz alta, incerta do tempo. *Provavelmente*, pensei. A janela para pegar comida era muito rigorosa, e ele provavelmente me manteve aqui por muito tempo para a sessão de hoje à noite.

Seu cheiro me alcançou enquanto ele pressionava outro beijo em meu pulso.

— Tão delicada e frágil — ele sussurrou. — Minha doce flor de lírio.

Meus lábios quase se curvaram, mas contive o instinto no último momento, antes que eu pudesse reagir.

Reações não eram permitidas.

Humanos que gritavam, *morriam.*

Humanos que mostravam desagrado, *morriam.*

Humanos que exibiam qualquer coisa além de contentamento ou tédio, *morriam.*

Meu estômago roncou, provocando outra onda de

tontura. Ele me disse para me vestir e ir embora, mas não conseguia me mover com seu braço me prendendo.

Engoli em seco, incerta de como proceder.

Então ele me levou para a cadeira atrás de sua mesa. Era a única mobília na sala além dos tatames.

— Sente-se — ele disse em um tom estranhamente suave.

# Dia de Sangue

## Um romance da Universidade de Sangue

Tradução para português:
Andréia Barboza
Revisão:
Luizyana Poletto

AUTORA BESTSELLER DO USA TODAY

# Lexi C. Foss

**Dia de Sangue**

**Lexi C. Foss**

Revisão: Luizyana Poletto

Capa: Manuela Serra

CJC Photography

Models: Eric Guilmette & Skyler Simpson

Texto revisado segundo o novo Acordo Ortográfico da Língua Portuguesa.

eBook ISBN: 978-1-68530-217-7

Paperback ISBN: 978-1-68530-218-4

# Dia de Sangue

## Um romance da Universidade de Sangue

# DIA DE SANGUE

Dia de Sangue:
A cerimônia de formatura mortal que dita quem vou me
tornar neste mundo governado por vampiros e lycans.
Não há escapatória. Não há para onde correr. Obedeça ou
morra.

Meu nome não é relevante. Minha identidade não significa
nada. São minhas pontuações que contam. E Mestre
Cedric está determinado a me fazer falhar.

Eu me curvo. Imploro. Rastejo.
Mas nada é bom o suficiente para o vampiro antigo com
olhos escuros cruéis. Ele quer que eu sangre
exclusivamente por ele. Mas não é assim que essa
sociedade funciona.

Não posso falhar.
Minha vida depende disso.
Vou lutar até o último suspiro. Mesmo que isso signifique
morrer de joelhos diante do vampiro que governa minha
sala de aula.

*Bem-vindos ao futuro, onde as linhagens superiores fazem as regras.*
*Você está prestes a entrar no mundo da Universidade de Sangue, onde*
*os humanos não têm direitos. Sem escolhas. E não há segundas*
*chances.*
*Prossiga por sua conta e risco.*

**Nota da autora**: Este é um romance spin-off da Série Aliança de Sangue, que apresenta a série Universidade de Sangue. Esta história inclui conteúdo obscuro que pode não ser adequado para todos os leitores. Por favor, reveja a nota de aviso no interior do livro.

## Aviso

Você está prestes a entrar no mundo da Universidade de Sangue, onde os humanos são adestrados e preparados para seu destino final no mundo da Aliança de Sangue.

É uma depravação distópica sombria. É corajoso. É cruel. E isso pode deixar alguns leitores desconfortáveis.

Os seres humanos não têm direitos neste mundo. Vampiros e lycans governam, os humanos são seu gado e as relações formadas entre eles são proibidas, duras e muitas vezes cruéis. A troca de energia é muito real aqui. A submissão é necessária. E morder é considerado um carinho, mesmo quando resulta em morte.

*Entre se você ousar.*
*Corra se for preciso.*
*O Dia de Sangue está chegando.*
*Que a Deusa ajude a todos nós.*

*Houve um tempo em que a humanidade governava o mundo enquanto
lycans e vampiros viviam em segredo.
Este tempo já passou.
Bem-vindos ao futuro, onde as linhagens superiores fazem as regras.
Prossiga por sua conta e risco*

## A ALIANÇA DE SANGUE

O direito internacional substitui toda a governança nacional e será mantido pela Aliança de Sangue — um conselho global dividido em partes iguais entre lycans e vampiros.

Todos os recursos devem ser distribuídos igualmente entre lycans e vampiros, incluindo território e escravos de sangue. No entanto, a posição social e a riqueza ficarão a critério de cada grupos e casas.

Matar, machucar ou provocar um ser superior é passível de punição com morte imediata. Todas as disputas devem ser apresentadas à Aliança de Sangue para julgamento final.

Relações sexuais entre lycans e vampiros são estritamente proibidas. No entanto, parcerias de negócios, quando proveitosas e adequadas, são permitidas.

Os seres humanos são classificados como propriedade e não possuem direitos legais. Cada um será marcado através de um sistema de classificação com base no mérito, inteligência, linhagem, habilidade e beleza. Priorização a ser estabelecida no nascimento e finalizada no Dia do Sangue.

Por ano, doze mortais serão selecionados para competir pelo status imortal do sangue, a critério da Aliança de Sangue. Desses doze, dois serão mordidos para a imortalidade. Os outros vão morrer. Criar um lycan ou vampiro fora desse processo é ilegal e passível de punição com a morte imediata.

Todas as outras leis ficam a critério dos grupos e da realeza, mas não devem desafiar a Aliança de Sangue.

## A Universidade de Sangue

Os seres humanos devem ser relegados ao sistema da Universidade de Sangue no nascimento. Eles serão treinados, testados e preparados para seu eventual lugar na sociedade.

Os estudos do curso incluirão: noções básicas de educação padrão, treinamento defensivo, obediência, política da Aliança de Sangue, estudos sexuais e lições gerais de servidão.

Um número igual de vampiros e lycans servirão como professores para treinar nessas áreas. Esses Mestres são conhecidos coletivamente como o Conselho da Universidade de Sangue. Eles são os superiores e se reportam apenas ao Magistrado.

Todos os mortais devem estar preparados para enfrentar seu destino no Dia do Sangue, uma ocasião formal que ocorre anualmente onde humanos de vinte e dois anos de idade são designados para suas posições permanentes na sociedade.

A genética fraca não serve para nada neste mundo. Aqueles que não estiverem à altura dos padrões sociais serão removidos a critério do Conselho da Universidade de Sangue.

O não cumprimento resulta em morte.
A não obediência resulta em morte.
O fracasso resulta em morte.

A inscrição é obrigatória.
Não há caminhos alternativos.
Os humanos devem se conformar ou morrer.

# PRÓLOGO

## CEDRIC

Desejo algo que não é meu. Uma humana. Propriedade da Aliança de Sangue. Alguém que provavelmente estará morta a essa altura do ano que vem, se não antes.

Mas não posso evitar.

Toda vez que coloco os olhos nela, meu sangue ferve. Eu a quero. São os olhos, aquelas íris azul-esverdeadas que giram com uma alma que desejo devorar.

Ela tenta tanto me agradar.

Eu lhe dou notas baixas todas as vezes.

É errado. Mas quanto mais altas suas notas, maior a probabilidade de outra pessoa notá-la. E me recuso a deixar isso acontecer. Estou protegendo-a de um destino pior. Ou é assim que justifico, de qualquer maneira.

Na verdade, estou condenando-a. Garantindo que ela pereça antes que eu tenha a chance de conhecê-la. Me mata fazer isso. Mas não posso permitir a tentação. Ela precisa ser removida. De forma permanente.

Vou admirá-la de longe.

Degradá-la de perto.

E, secretamente, sorrir enquanto ela implora pelo meu remorso.

Este é um mundo cruel e cheio de escolhas duras. Eu escolho deixá-la morrer. Mesmo que uma parte de mim vá com ela.

Minha alma. Meu coração. Os últimos fragmentos da minha humanidade.

Boa despedida. Não há lugar nesta realidade para tais frivolidades.

Esta é a era da Aliança de Sangue. Um mundo mantido pelas linhagens superiores – meus irmãos vampiros e lycans.

Os mortais estão aqui apenas para servir.

E ela me servirá morrendo.

Minha Lily.

Ah, esse não é o nome verdadeiro dela. É como escolhi chamá-la com aquela tez macia e aquelas íris suaves cor de caule.

Ela floresceu pela última vez.

Vou separar suas pétalas. Observá-la murchar. Então enterrá-la com o resto da minha esperança.

Esta existência não é o que costumava ser.

Sem amor. Sem vida. Sem luz.

*Adeus, minha doce florzinha. Que você floresça novamente na vida após a morte.*

# LILY

*Outra nota baixa. Como é possível?*

Fiz tudo certo nesse exame. Cada movimento. Cada chute. Cada soco. Mas Mestre Cedric me deu nota baixa. De novo.

Rangi os dentes e quase fechei as mãos contra o papel que segurava. Nesse ritmo, eu reprovaria na aula dele. O que significava que a Copa Imortal estaria fora de questão para o meu futuro.

Apenas os melhores alunos e mais bem classificados se qualificavam para competir pela imortalidade.

Eu nem chegaria perto com essas marcas contra o meu recorde.

Só queria saber o que tinha feito de errado. Como agradá-lo. Como corrigir minha técnica para sua satisfação. Todo mundo parecia entender, menos eu.

Praticava dia e noite.

E podia jurar que meus ângulos estavam certos.

Talvez fazer o curso de luta tenha sido uma má ideia. Mas me tornar Vigília era a segunda opção para a imortalidade. Pelo menos, os Vigílias pareciam ter direitos neste mundo.

Ao contrário de praticamente todas as outras designações.

Eu me destaquei em todos os outros cursos.

Por que nesse era diferente?

Mordi o lábio enquanto considerava o vampiro em questão, que continuava a me dar notas baixas. Ele estava na frente da sala, usando calças pretas e camisa branca de botão. Era o que ele sempre usava, mesmo enquanto demonstrava movimentos de luta no tatame.

A elegância em pessoa.

Lindo também.

Olhos da cor da meia-noite. Queixo quadrado sombreado pela barba bem aparada. Lábios carnudos. Cabelo castanho espesso despenteado perto das orelhas. E um corpo que me lembrava mais um lobo elegante que um vampiro. Sua graça fluía e era algo que atraía meu olhar toda vez que ele se movia.

— Há algo de que você precisa, *prospecto quatrocentos e sete, ano cento e dezessete*? — Mestre Cedric perguntou, e seu tom profundo provocou um calafrio na minha espinha.

Porque eu era *prospecto quatrocentos e sete, ano cento e dezessete*.

Todos nós fomos nomeados por nossos números de perspectiva e o ano em que seríamos atribuídos aos nossos destinos.

Este era o ano cento e dezesseis.

O que me faria terminar com meu treinamento.

Supondo que não fosse reprovada neste curso.

O olhar escuro de Mestre Cedric se ergueu para o meu, a crueldade espreitando nas profundezas de sua íris e me fazendo congelar diante dele. Era impossível não notar o brilho de irritação, assim como a curva do lábio enquanto ele me observava com óbvia impaciência.

Porque ele me perguntou algo.

Algo de que não conseguia mais me lembrar.

Não com ele me encarando como se eu fosse sua próxima refeição.

Uma avaliação precisa, dada a minha condição de mortal e sua superioridade sobre a humanidade.

Baixei o olhar, demonstrando minha postura mais fraca e concedendo a ele o respeito devido por sua posição.

Até que meu foco caiu para o papel em minha mão, me lembrando de que este vampiro tinha acabado de me dar nota baixa – *de novo* – e eu não entendia o porquê. Eu queria melhorar minhas habilidades não apenas para ele, mas para mim também. Porque eu sabia que poderia me destacar como Vigília se recebesse as notas apropriadas.

— Mestre Cedric — comecei, engolindo em seco enquanto tentava formar minhas palavras. — Existe, hum, alguma oportunidade ou curso que você me recomenda para melhorar minhas habilidades? Sinto que perdi uma aula antes da sua e quero aperfeiçoar minha técnica para atender de forma mais adequada às suas expectativas.

*Mesmo que eu tivesse certeza de que fiz tudo corretamente até agora.*

*Mas é óbvio que estou deixando passar alguma coisa.*

*Então me ajude. Por favor.*

Essas últimas declarações foram pensamentos que eu não ousaria proferir na presença dele. Foi um milagre que eu pudesse até mesmo expressar o pedido de ajuda. Vampiros e lycans não eram conhecidos pela bondade ou aceitação de fracasso. Quando um mortal provava ser indigno, o humano se tornava alimento.

Eu não queria me tornar comida.

Apenas a noção disso me deixou sentindo fria e incerta.

5

Ou talvez tenha sido o silêncio arrepiante de Mestre Cedric que mexeu com os cabelos da minha nuca.

Arrisquei olhar para cima, o impulso que eu sabia que não deveria permitir, e paralisei sob seu olhar semicerrado. Chamas obsidianas dançavam ao redor de suas pupilas, a superioridade e o poder saindo dele em uma onda inebriante que ameaçava sufocar meu próprio ser.

— Desculpe — sussurrei, me ajoelhando imediatamente diante dele. — Não gostaria de continuar falhando em sua aula.

*Vou morrer aqui. Hoje. Nesta sala de aula. Por que...*

A palma de sua mão tocou o topo de minha cabeça, enviando uma mistura de gelo e calor pelas minhas veias. Aquele único toque espalhou fogo pela minha pele, me deixando bem consciente de seu domínio. Não apenas por ser vampiro, ou mesmo um homem, mas simplesmente por ser *ele*.

Ele era gracioso, meticuloso e assustadoramente conciso na aula.

E estava me tocando.

Não com rispidez. Apenas me acariciando de forma suave, como se eu fosse um animal desobediente ajoelhado a seus pés.

Um animal que ele pretendia punir.

Matar.

*Talvez até transar.*

Parei de respirar. Aquele último pensamento me fez apertar as coxas. Testemunhei vampiros tomarem suas presas centenas de vezes.

Os humanos eram naturalmente atraídos por eles, submissos de forma inerentes e muitos gritavam em êxtase mesmo quando morriam.

Mestre Cedric faria isso comigo? Passaria os dedos pelo meu cabelo, me arrastaria para sua mesa e me tomaria contra a madeira dura enquanto beberia meu sangue até me deixar seca?

Seria muito fácil para ele. Ninguém faria perguntas. Ninguém o repreenderia. Eu era como uma presa em uma universidade dirigida por predadores.

Este lugar era feito para eliminar os fracos e garantir que apenas os mais fortes dos mortais sobrevivessem.

Minhas marcas até agora foram exemplares.

Mas cometi um erro ao fazer o curso de Mestre Cedric.

E agora eu pagaria por esse erro com minha vida.

O constante zumbido em minha cabeça me deixou tonta, meu corpo me implorando para respirar. Me mover. Para fazer outra coisa além de me ajoelhar aqui aos pés de Mestre Cedric.

Engoli em seco, fechando os olhos, enquanto a resignação me fazia endurecer.

Alguns humanos lutavam em seus momentos finais. Outros caíam de forma graciosa.

Os predadores apreciavam a luta, aquele momento em que suas vítimas tentavam fugir, gritar, implorar por misericórdia. Algo me dizia que Mestre Cedric não seria diferente.

Tudo o que eu queria era melhorar minhas notas.

Para provar o meu valor.

Para me tornar algo mais.

Mas esse vampiro me odiou desde o momento em que colocou os olhos em mim.

E eu tive a audácia de questioná-lo.

— Você é uma florzinha tão delicada — Mestre Cedric comentou, passando os dedos pelos fios do meu cabelo e interrompendo meu tormento. — Tão bonita e mansa.

*É o que eu deveria ser*, queria responder. Mas sabia que não devia falar. Eu já havia testado sua paciência, sendo ousada o suficiente para pedir ajuda.

Um movimento estúpido e ingênuo.

Por que eu tinha ficado depois da aula? O que me deu coragem de falar com ele?

Choque, talvez.

Porque eu não podia acreditar que ele me reprovou novamente. Depois de todo o meu treinamento e movimentos precisos, ele me disse que estava tudo errado. Ele me chamou de fraca.

*Sua perna esquerda está muito dobrada.*

*Seu pé está fora do centro quando você chuta.*

*Você errou seu alvo por vários centímetros.*

Li esse *feedback* cinco vezes, confusa com cada palavra. Eu só ficava pensando: *ele está errado. Está tudo errado.* Então minha mente vagou para a Taça Imortal e o impacto muito real que essas marcas teriam no meu futuro, e me esqueci por completo.

Permaneci quando todos os outros foram embora.

Fiquei sozinha com um predador.

Um predador que me odiava.

E agora eu estava de joelhos, esperando sua punição.

Porque não havia dúvidas sobre a situação aqui: ele me puniria por agir fora da linha. Eu o questionei. Pedi direcionamento. Ele não era meu mentor. Não era assim que este mundo funcionava.

Sobrevivi mantendo a cabeça baixa e seguindo as instruções.

Pedir ajuda não era obediente. Isso sugeria que eu sentia que ele me devia uma explicação. Nenhum superior devia explicações a qualquer humano para suas escolhas e decisões.

*Ajoelhar.*

*Adorar.*

*Admirar.*

Essas eram as regras básicas para a minha espécie.

Junto com uma miríade de outras sobre servir nossos Mestres e fazer o que eles nos mandassem.

Seu polegar desenhou uma linha ao longo do meu maxilar até meu queixo, capturando-o com facilidade e guiando meu foco para cima.

— É ousado pedir minha ajuda, florzinha.

Engoli em seco.

— Sinto muito.

— Sente? — Ele inclinou a cabeça. — Ou está com medo da minha reação ao seu pedido?

Eu pisquei.

— As duas coisas. — Saiu em um sussurro. Minha admissão fez com que ele levantasse as sobrancelhas.

— Uma verdade — ele respondeu, seus olhos vagando sobre minhas feições. — Acho que isso não deveria me surpreender. É uma das suas características mais positivas. — Seu olhar intenso caiu em meus lábios. — Assim como sua boca.

O significado sombrio de suas palavras não passou despercebido para mim.

Fiz dois cursos de artes sexuais sobre como agradar adequadamente os homens, tanto lycans, quanto vampiros. Todos os humanos escolhiam uma habilidade preferida nesse reino de existência, e eu optei por estudos orais. Ainda tinha mais uma aula para escolher, e não tinha decidido qual seria.

Eram marcas importantes para o nosso recorde geral.

Porque muitos de nós seriam enviados para os campos de reprodução.

Outros convocados para haréns reais.

Eu não queria nenhum desses destinos.

No entanto, a maneira como ele comentou sobre a minha boca, sugeria que era o meu destino de qualquer maneira. Porque isso significava que ele havia notado minhas marcas nessas áreas.

Talvez tenha sido por isso que ele escolheu me reprovar em seu curso. Ele não me achava digna de ser Vigília.

Apertei a mandíbula em resposta, minha reação inata.

E totalmente errada.

Porque ele percebeu.

Mestre Cedric semicerrou os olhos, indicando que leu minha resposta como um desafio aberto.

— Eu quero fazer melhor — deixei escapar, querendo me explicar para ele. — Eu... estou tentando...

Ele ergueu as sobrancelhas.

— Eu deveria me importar?

— Não — respondi rapidamente. — Estou ciente de que sou... que isso não é... — Não consegui terminar, seu olhar intenso me silenciando. O olhar escuro me lembrou de uma noite tempestuosa, as pupilas negras brilhando com relâmpagos não derramados enquanto ele esperava para atacar.

Eu deveria ter apenas me desculpado.

Não, eu nunca deveria ter ficado. Eu deveria ter aceitado meu fracasso e ido embora.

Porque agora eu ia morrer.

E duvidava de que ele faria com que isso fosse prazeroso.

— Quer aprender a me agradar, florzinha? — ele perguntou, e havia algo em seu tom que despertou uma vibração em meu abdômen. Uma sugestão de promessa que cativou todo o meu foco.

— Sim, Mestre Cedric — eu disse a ele. — Quero. — Era verdade. Eu estava tentando descobrir como apaziguá-lo por meses.

Seus lábios se curvaram de leve, fazendo meu coração acelerar.

*Lindo.*

Todos os predadores eram.

Mas algo sobre ele e suas feições mexeu mais comigo que qualquer outra pessoa ou coisa. Talvez porque este tenha sido o tempo mais longo que já tive permissão para observar um de sua espécie. Ele ainda segurava meu queixo entre o indicador e o polegar, me forçando a manter os olhos em seu olhar sedutor.

Era um jogo perigoso.

Que ele começou com seu toque.

Ou talvez ele sentisse que eu tinha iniciado com minha ousadia.

Independentemente disso, eu estava totalmente encantada, esperando que ele falasse, entregasse meu destino.

Seu toque suavizou, seu polegar traçou minha mandíbula mais uma vez quando ele passou os dedos de volta no meu cabelo para segurar um punhado de meus fios.

Não reagi, permitindo que ele me maltratasse como bem entendesse, e isso só pareceu diverti-lo mais.

— Ver você falhar me agrada — ele disse em voz baixa. Seu olhar tinha um toque de alguma emoção escondida que eu não conseguia definir. — Você é como uma linda flor murcha, tentando tanto florescer sob o sol da meia-noite. — Seu aperto em meu cabelo aumentou e ele semicerrou o olhar. — A morte combina com você, querida. Talvez você devesse abraçá-la.

# CEDRIC

AQUELAS ÍRIS ESTAVAM ME HIPNOTIZANDO, ME FAZENDO querer fazer algo proibido. Ficar com ela. Domá-la. Fazê-la minha.

Ela parecia tão tentadora de joelhos, com seus lindos olhos tristes me encarando em claro choque.

Eu tinha acabado de admitir ter dado nota baixa para ela de propósito, porque isso me agradava.

E ela não tinha ideia do que dizer. Como reagir. No entanto, eu quase podia provar a parte dela que queria se rebelar, lutar contra minha decisão e exigir uma explicação.

Mas como uma boa humana, ela manteve sua boca bonita fechada.

Porque ela não tinha permissão para questionar seus superiores.

Talvez ela florescesse depois de tudo. Se curvaria e imploraria. Chuparia algum pau real durante a próxima década ou algo assim, até que perdesse a vida.

O que eu não queria ver acontecer.

Ela era linda, inspiradora e adorável demais para tal destino.

E, no entanto, seus olhos assumiram um brilho enquanto me olhava, processando minhas palavras.

Assisti cada emoção vibrar através daquelas íris sedutoras: primeiro choque, depois aceitação sombria e, finalmente, uma pontada de determinação ardente.

*Ah, sim, mais*, pensei, observando essa emoção em suas feições e amando o jeito que acendeu um fogo em suas bochechas.

Ela queria provar que eu estava errado.

Lutar.

Encontrar uma maneira de contornar suas falhas em meu curso e perseguir seus sonhos.

Só havia um detalhe que ela não conseguia entender.

— Quando reprovar no meu curso, você não será elegível para futuras aulas de combate — eu disse. — Então talvez você se concentre em artes sexuais. — Meu olhar foi para sua boca pelo que parecia ser a centésima vez. Seus lábios eram perfeitos, deliciosos e cheios. Assim como os seios. — Se você tiver sorte, vão mandá-la para um harém — continuei. — Se não tiver, vai acabar em um campo de reprodução ou pior.

Palavras verdadeiras.

Palavras duras.

Mas ela precisava entender seu destino.

Eu estava prestando um serviço a ela ao reprová-la, degradando suas pontuações a um ponto em que ninguém a notaria. Porque a maioria dos haréns eram piores que os campos de reprodução.

— Eles jogam jogos perigosos — avisei, baixando a voz para um sussurro. — Jogos perigosos destinados a destruir o espírito daqueles que desejam favoritismo. Você terá sorte de sobreviver à iniciação. — Soltei seu cabelo, mesmo que meus dedos estivessem coçando para tocar seus fios sedosos.

Tão macios.

Tao leves.

Tão opostos aos meus traços.

Falar livremente com um ser inferior era desaprovado pela minha espécie. Eu não seria punido por isso, é claro. Mas ela, sim. Se alguém ouvisse as palavras que acabei de dizer, ela morreria. Talvez até pelas minhas mãos.

Eles me dariam a opção, algo que alguns poderiam assumir como uma punição.

No entanto, seres superiores não sentiam pelos seus escravos.

Tornando isso uma suposição bastante branda, de fato.

Não, seria mais uma oferta do que uma forma de punição. Eles perguntariam se eu queria apreciá-la como um lanche primeiro, o que eu faria.

Então eu a levaria para o túmulo.

*De forma pacífica.*

*Linda.*

*Com paixão.*

Meu presente para ela. E uma memória para me assombrar por toda a vida.

Uma flor delicada e doce.

Me inclinei para inalar sua fragrância, amando a forma como seu sangue cantava sob meus cuidados. Ela me queria, assim como deveria ser. Era natural desejar o toque de um superior.

Muitos aproveitavam.

Algo que eu poderia fazer depois que ela declarou seu desejo de me agradar.

Talvez eu devesse deixá-la fazer isso. Me deliciar com a conexão. Permitir que ela me adorasse pelo pouco tempo que lhe restava nesta terra.

Passei os dedos pelo seu cabelo mais uma vez, considerando a opção.

Era uma opção perigosamente atraente. Não deveríamos tirar os humanos de seus estudos, mas muitos de minha espécie ofereciam cursos particulares para aumentar o potencial e o valor de um mortal.

Isso não era o mesmo que reivindicá-la ou mantê-la como minha.

Estudos individuais aumentavam o valor de um humano, tornando-os mais atraentes para os vampiros e lycans que tomavam os mortais em sua posse.

Talvez eu pudesse oferecer a ela minha própria forma de treinamento.

Então reprová-la por completo.

Escrever uma recomendação pessoal para removê-la de imediato por falta de obediência.

Eu poderia até me oferecer para ser o responsável por exterminá-la.

Passei os dedos por sua bochecha, considerando a opção e me perguntando por que não tinha pensado nisso antes. Talvez porque ela nunca tivesse me abordado sobre suas pontuações.

Isso sem dúvida mostrou coragem.

Uma coragem que eu teria que quebrar.

Ou talvez eu a atiçasse com fogo, permitisse que ela brilhasse por alguns breves momentos no tempo, depois a recompensasse com a morte.

Estudantes morriam todos os dias.

Ninguém se importava.

Considerei removê-la antes, mas algo sobre ela murchar me cativou.

Talvez eu devesse deixá-la florescer apenas para destruí-la.

*Uma ideia tentadora.* Inclinei a cabeça.

— O quanto você quer passar no meu curso, florzinha? Que posição na sociedade você deseja?

Ela engoliu em seco, e vi suas pupilas dilatarem para encobrir aquelas brasas em sua íris. Ficaram mais fortes nos últimos minutos enquanto eu a segurava de joelhos, olhando para ela em leve contemplação.

— Quero ir para a Copa Imortal — ela disse, me fazendo revirar os olhos.

— Todos os humanos querem isso. Apenas doze por ano vão. Você acha que é especial o suficiente para se qualificar?

— Eu era. Antes da sua aula.

Bufei. Ela não estava qualificada para a Copa Imortal. E não tinha nada a ver com suas pontuações.

Os participantes dos jogos eram quase sempre pré-selecionados por meio de perfis genéticos. Infelizmente, minha florzinha não tinha o que os superiores queriam para a imortalidade. Se tivesse, eu a ajudaria. Mas ela foi designada para harém com seu nível mais alto de valor, principalmente por causa de seu corpo e lábios carnudos.

Sem mencionar as pontuações orais.

Eram deliciosos, a ponto de eu quase ter cedido à vontade de assistir a uma de suas provas.

Mas tive um desejo irracional de matar o humano a quem ela foi designada para atuar, e me forcei a ir embora.

Ela semicerrou os olhos para mim, me distraindo momentaneamente dos meus pensamentos.

— Minhas notas foram perfeitas até a sua aula.

— Verdade — concordei. — Mas não são perfeitas agora.

Aquele fogo tocou suas bochechas novamente, provocando um rubor que desceu por todo o pescoço até a camiseta branca que cobria seus seios. Quase exigi que ela tirasse o tecido, só para ver até onde ia o calor.

Mas ela soltou um pequeno ruído que fez meu olhar saltar de volta para seu rosto.

*Um grunhido.*

Ela arregalou os olhos. O choque empalideceu suas feições e afastou o rubor.

A florzinha tinha acabado de *grunhir* para mim.

*Fascinante.*

Eu queria ouvi-la fazer isso com meu pau alojado dentro dela. Fazê-la rosnar e gritar ao mesmo tempo enquanto seu corpo lutaria contra o impulso de explodir em êxtase ou estremecer de fúria.

Eu podia imaginar isso vividamente.

E essa imagem por si só selou seu destino.

— Quer me agradar, florzinha? — perguntei. A questão era retórica, já que eu já sabia a resposta. — Quer tentar passar na minha aula?

Ela começou a assentir, mas segurei seu pescoço, apertando-o enquanto a forçava a permanecer de joelhos.

— Vou lhe oferecer uma oportunidade com aulas particulares — disse a ela. — Mas no momento em que você me desobedecer, vou te reprovar. E não acho que preciso elaborar sobre o que isso significa.

Ela não se moveu ou reagiu, a não ser para tentar engolir.

— Tire um dia para pensar sobre isso — continuei, apertando um pouco mais para demonstrar a ameaça de sua decisão. — Espero sua resposta depois da aula de amanhã. Você pode me dar ficando para trás, tirando as roupas e esperando por mim de joelhos naquele tatame. — Apontei para o lugar em que ela havia feito o teste ontem. — Mas se você aceitar minha oferta, é melhor estar preparada para trabalhar pela minha aprovação. Porque não vou pegar leve com você, querida.

Flexionei a mão, cortando seu fluxo de ar enquanto encarava seu olhar por vários instantes.

Ela arregalou os olhos.

Suas bochechas ficaram mais pálidas que antes.

E seus lábios se entreabriram em um desejo claro de respirar.

Eu esperei.

Contei mais alguns segundos, garantindo que ela entendesse as possíveis consequências da minha oferta.

Então a soltei com um empurrão.

— Você está dispensada, *prospecto*.

Virei as costas para ela, não necessariamente para ser cruel, mas porque não confiava em mim mesmo para não atacá-la. Aquele seu grunhido quase desfez séculos de autocontrole.

Ela me *tentou*.

Ainda mais do que já tinha feito.

Algo incrível, considerando o quanto eu já a queria.

Mas eu lhe daria essa escolha do destino.

Ela poderia passar os próximos nove meses brincando comigo antes de seu Dia de Sangue.

Ou poderia fazer minha aula, reprovar, e ver que designação ela ganharia do infame Magistrado.

Havia pouco que eu poderia fazer para ajudá-la neste mundo. Eu só queria que sua morte fosse rápida.

Porque ninguém mais merecia ver minha flor murchar.

Só eu.

Ela era minha Lily.

*Minha.*

— Durma bem, florzinha — eu disse quando a ouvi sair. — E tente não sonhar. Não existem mais sonhos em seu mundo.

# LILY

As PALAVRAS DE MESTRE CEDRIC GIRARAM repetidamente em minha cabeça até as primeiras horas da manhã.

— *Vou lhe oferecer uma oportunidade com aulas particulares* — disse — *Mas no momento em que você me desobedecer, vou te reprovar na hora. E não acho que preciso elaborar sobre o que isso significa para você.*

Ele não precisava.

Eu sabia exatamente.

*Morte.*

Mas ele também me prometeu isso se me reprovasse em seu curso.

A questão era: até onde eu estava disposta a ir por uma chance de sobreviver?

Minha resposta era fácil: até onde fosse preciso.

Ele queria que eu me ajoelhasse nua para ele? Que assim fosse. Eu tinha feito muito pior em meus cursos de artes sexuais.

*Então por que não consigo dormir?* perguntei, me contorcendo nos lençóis. Estávamos no meio da estação mais quente, o que significava que o sol era quase insuportável durante o dia. E as nuvens de poeira tornavam quase impossível enxergar.

Felizmente, os vampiros eram noturnos.

O que significava que a Academia de Sangue funcionava em horário noturno.

Os lycans podiam trabalhar de dia ou de noite, mas não pareciam se importar em operar sob a luz das estrelas. Provavelmente porque preferiam evitar o calor do sol.

Eu podia sentir os raios através das persianas, aquecendo meu corpo a um ponto de ebulição. *Semelhante ao toque de Mestre Cedric.*

A palma de sua mão ao redor do meu pescoço foi aterrorizante.

*E excitante.*

Toda vez que eu engolia, me lembrava da mão contra minha pele, o calor de sua palma em minha memória. Vampiros podiam ser mortos-vivos, mas isso não os tornava frios.

Algo que Mestre Cedric tinha provado com os dedos e o polegar.

Passei a mão na mandíbula, sentindo sua energia residual como um beijo em meus sentidos. Estava apenas na minha cabeça, mas não tornava menos real para meus pensamentos.

— *Tente não sonhar. Fantasias não existem mais em seu mundo.*

Então por que eu queria fantasiar sobre ele? Sonhar com a forma como suas íris queimaram enquanto ele observava minha boca? Me lembrar da intensidade emanando de sua pele quando ele me tocou?

Apertei as coxas, sentindo meu interior pulsar com fogo derretido.

Ele tinha feito algo comigo. Me envolveu em algum

tipo de feitiço. Me encantou de uma maneira que me fez sentir louca.

Ou talvez eu tivesse perdido a cabeça.

*Grunhi para ele*, pensei, rolando para o outro lado. *O que eu estava pensando?*

Ele acabou me deixando bem frustrada.

E eu reagi.

Pensei que minha vida tinha acabado naquele momento, que ele iria quebrar meu pescoço por ousar desrespeitá-lo dessa maneira. Seu olhar escuro se aqueceu de forma severa, me fazendo quase ansiar por sua mordida letal.

E então ele me ofereceu uma escolha.

Uma saída.

Na verdade, não.

Apenas uma alternativa ao meu destino. Uma maneira de agradá-lo. Uma oportunidade que eu não recusaria.

*Feche os olhos*, eu disse a mim mesma. *Descanse. Você vai precisar.*

Porque ele não pegaria leve comigo.

Ele nunca pegava.

---

Sonhei com ele.

Talvez tenha sido a maneira do meu subconsciente desafiar Mestre Cedric. Ou talvez suas palavras finais tenham desencadeado o sonho.

Eu estava nua e de joelhos, aguardando seu julgamento final.

Que veio na forma de uma mordida que me levou a um estado orgástico.

Um estado que eu ainda sentia entre minhas coxas, enquanto o observava demonstrar uma nova série de técnicas. Ele estava nos dando o dever de casa, assim como fazia no final de cada aula, nos dizendo para voltarmos para nossos quartos e praticarmos, para que pudéssemos demonstrá-los no dia seguinte.

Normalmente, eu corria de volta ao meu pequeno espaço privado para fazer exatamente isso.

Mas decidi aceitar sua proposta.

— Lembrem-se, espero precisão e exatidão amanhã — Mestre Cedric disse, pousando o olhar em mim antes de se dirigir ao resto da classe. — Vocês estão dispensados.

Ninguém ficou para fazer perguntas.

Nem falou uma única palavra.

Em vez disso, pegaram suas bolsas, saíram da sala de aula estilo ginásio e seguiram seu caminho.

Esta era a última aula da noite, terminando apenas duas horas antes do amanhecer. A maioria parava no refeitório para pegar suas bolsas de jantar – algo que perdi na noite passada e me arrependi quando vi a pequena porção de ração para o café da manhã – e levaria suas refeições de volta para os quartos.

Eu ficaria sem.

*Por ele.*

Por uma chance de sobreviver ao seu curso.

Embora ele tenha deixado bem claro que gostava de me ver falhar.

Isso tudo provavelmente era um jogo para ele, uma maneira de provocar sua presa. Mas eu não tinha escolha. Era isso ou a morte, e eu ainda não estava pronta para morrer, embora ele tivesse sugerido que eu deveria.

Recordar todas as suas declarações provocou um arrepio na minha coluna.

*Fiz minha escolha*, lembrei a mim mesma enquanto endireitava os ombros. Isto é o que precisa ser feito. *Tirar a roupa. Ajoelhar. Implorar. O que ele exigisse.*

Tirar a roupa não era um problema. Muitas vezes eu tinha que fazer isso.

Me ajoelhar também não. Diariamente, eu rezava de joelhos para a Deusa antes do café da manhã. Era uma atividade obrigatória para todos os humanos, cantar nossos agradecimentos por nos permitir viver.

Implorar seria mais difícil, principalmente porque eu não sabia o que Mestre Cedric queria de mim além do fracasso.

E o fracasso não estava em meu repertório.

Tirei as roupas, como ele me disse para fazer, e me coloquei em uma pose submissa, ajoelhada no tatame: coxas ligeiramente afastadas, mãos nas costas e cabeça baixa. Às vezes, os Mestres exigiam que nos sentássemos sobre os calcanhares, mas eu não tinha certeza se ele preferia isso ou não. Então me ajoelhei com as coxas e a parte superior do corpo perpendiculares ao chão, mantendo os olhos baixos em demonstração de respeito.

Então esperei.

Esperei.

E esperei.

Comecei a contar segundos, depois minutos, até que me concentrei apenas em minha respiração.

Mestre Cedric não tinha saído. Sua presença era uma como uma sombra na sala. No entanto, senti que seu foco não estava em mim. Eu não poderia dizer como ou por que sabia disso, apenas que me sentia livre para respirar naquele momento, porque aqueles olhos cruéis e frios não estavam direcionados para mim.

Isso era um teste? Uma maneira de garantir minha resolução?

Eu poderia ficar assim por horas. Já tinha feito isso antes.

Mas ele não me forçaria a permanecer nessa pose o dia

todo. As janelas desta sala davam para um dos muitos desertos do campus, tornando-o um local privilegiado para o sol.

Eu iria derreter aqui.

Ficaria desidratada e desmaiaria.

Talvez fosse essa sua intenção.

Engoli em seco, incerta de quanto tempo eu duraria naquelas circunstâncias. Não muito, levando em consideração o pouco que comi e dormi nas últimas vinte e quatro horas.

— Vamos ver se você prestou atenção hoje, *Prospecto* — Mestre Cedric disse, seu tom e palavras provocando arrepios em meus braços. — Mostre-me a lição de hoje à noite. Vamos ver o quanto sua técnica está ruim e partir daí.

Meu coração disparou no peito. A lição desta noite. A tarefa que ele nos deu para praticar. Ele acabou de executá-la duas vezes para nós memorizarmos.

Eu geralmente praticava dezenas de vezes antes de me apresentar na frente dele.

E ele queria que eu fizesse isso sem qualquer treino.

— Agora, florzinha — ele exigiu.

*Florzinha.* Eu não tinha certeza do motivo pelo qual ele continuava a me chamar assim. Eu nunca o ouvi dizer isso para ninguém na aula. Mas não ia perder tempo avaliando. Não quando ele me deu uma tarefa para cumprir.

Encontrei meu equilíbrio com cuidado enquanto me lembrava de tudo que ele nos mostrou, e fiquei na posição de luta apropriada. A rotina que ele demonstrou hoje não era longa, apenas uma série de chutes e socos em rápida sucessão. O foco era no movimento do pé e do quadril, algo que sempre estudei com cuidado ao longo de cada aula.

Então me concentrei nisso agora, movendo os pés em uma dança semelhante à dele e colocando o esforço apropriado por trás dos meus chutes rápidos. Uma das posições exigia a flexão do joelho, que executei com um pouco de oscilação, mas Mestre Cedric não disse nada até eu completar o movimento final.

— De novo — ele me disse.

Não discuti. Nem hesitei. Simplesmente voltei à posição inicial e repeti a rotina mais uma vez.

Repeti uma terceira vez em seu comando.

E uma quarta.

Quinta.

Mas não foi até a sexta tentativa que realmente senti seus olhos em mim, seu olhar parecendo uma marca que se imprimiu em minha alma.

Tropecei, ganhando um bufo dele.

Em vez de fazer uma pausa, continuei, sentindo as bochechas em chamas pelo esforço e sabendo que me atrapalhei com seu olhar penetrante.

Comecei a sétima rodada, executando a rotina desta vez com uma facilidade impecável e sentindo a perfeição em cada passo.

Mas quando foquei nele, esperando ver orgulho em sua expressão, eu o encontrei me encarando.

— Você já está morta, Prospecto.

Franzi o cenho. Não entendi o que ele quis dizer.

Ele jogou algo em sua mesa e veio em minha direção, a expressão intensa provocando um calafrio de mau presságio em meu espírito. *Não*, eu disse a mim mesma enquanto quase dava um passo para trás, sentindo o instinto de fugir trovejar em minhas veias. *Não corra.*

Era o que excitava os predadores.

Eles gostavam de perseguir e caçar presas.

Se eu ficasse quieta, talvez ele não tentasse me matar.

Embora ele já tivesse afirmado que eu estava morta.

Então talvez não.

Ele segurou meus quadris e me moveu de volta para a posição onde eu tinha perdido o equilíbrio, em seguida, passou a perna por baixo da minha dobrada e me jogou com força no tatame.

Seu corpo pousou no meu no instante seguinte. Seus lábios se aproximaram do meu pescoço, suas mãos seguraram meus pulsos sobre minha cabeça para me manter cativa debaixo dele.

Estremeci, sentindo o coração na garganta. *Deusa...*

Mas ele não foi duro comigo. Ele se moveu de forma furtiva, mantendo o peso mais equilibrado em seus joelhos enquanto montava em minhas pernas. Então ele se derreteu em mim no chão com as coxas pressionando as minhas e seu torso me cobrindo totalmente.

Tudo em poucos segundos.

No entanto, foi o suficiente para suavizar o ataque depois de tirar o ar dos meus pulmões com seu golpe.

Quase como se ele estivesse tentando não me machucar de verdade.

Um pensamento estranho, que provavelmente não estava certo. Este vampiro me odiava. Ele queria me machucar. Por que ele me trataria com gentileza no chão?

Ele roçou os lábios em meu pescoço, seu zumbido resultante cobriu minha pele e incendiou meu sangue por ele. Quase inclinei a cabeça, meu instinto de ceder ao seu beijo vampírico, um treinado em mim desde o nascimento.

Mas ele não me mordeu.

Apenas pressionou os lábios em minha garganta e me segurou debaixo de si com facilidade.

Fechei os olhos com resignação enquanto eu me submetia a ele do jeito que um humano deveria.

O que me rendeu um estalar da sua língua.

— Um único erro na execução terminaria em sua morte, doce flor — ele sussurrou, aproximando a boca de meu ouvido. — Você é muito delicada e muito fraca para o combate. Seja contra mim ou contra os seus. Não é o caminho certo para você.

Ele juntou meus pulsos com uma mão, segurando meus braços acima da minha cabeça enquanto levava a mão oposta para minha garganta.

Estremeci quando ele se moveu para me encarar com aqueles olhos frios e escuros.

— Você não sobreviveria um único dia na Copa Imortal, Prospecto. Mesmo com execução perfeita, você morreria. É por isso que você sempre vai falhar. — Seu foco se desviou para a minha boca enquanto eu mordia o lábio inferior para não reagir.

Exceto que foi uma reação em si.

Porque suas palavras atingiram uma parte de mim que não queria ouvir sua avaliação. Sua crueldade. Sua promessa de fracasso.

Eu era menor que as outras – uma fêmea pequena de apenas um metro e meio. E o treinamento me mantinha magra, além de ter a ingestão diária de calorias regulada.

Mas eu queria ser forte.

Lutar.

Ser uma humana de valor, não uma serva sexual ou escrava de sangue.

Como eu poderia mudar meu destino quando vampiros como Mestre Cedric se recusavam a me ensinar? Como eu poderia melhorar minha força sem mais energia?

Vi tantos outros na minha posição desistirem e sucumbirem aos seus destinos.

Eu me recusava.

Queria provar meu valor, ser a humana que eu sabia que poderia ser com treinamento adequado.

Foi por isso que me matriculei em seu curso.

— Eu posso fazer isso — disse a ele. — Posso aperfeiçoar minhas habilidades e executar os movimentos perfeitos de suas técnicas. — Eu não tinha certeza de onde minha ousadia tinha vindo ou o que havia provocado minhas palavras confiantes, mas eu não pedi desculpas por falar tão sem rodeios.

Porque eu não tinha mais nada a perder.

Ele ameaçou me reprovar, provou seu ponto com facilidade me derrubando no chão.

Mas isso não significava que eu não pudesse tentar de novo, que não pudesse *aprender* a ser melhor.

Mestre Cedric semicerrou o olhar, uma emoção sombria que eu não conseguia definir à espreita em suas íris escuras. Ele não se moveu ou falou, apenas continuou a me observar como se testasse minha determinação. Talvez como havia feito quando me ajoelhei.

Eu não era uma desistente.

Era uma lutadora.

E continuaria lutando até meu último suspiro.

— Vamos ver — ele finalmente disse depois de um instante. — Mesma hora amanhã. Mesma posição. Não me decepcione, Prospecto.

Ele me soltou em um movimento fluido, rolando de cima de mim e ficando de pé em um piscar de olhos.

*Vampiro*, pensei, engolindo em seco com o movimento gracioso. Ele se moveu mais rápido que minha mente poderia compreender, sua força e agilidade muito superiores às minhas.

E, ainda assim, ele foi quase gentil comigo no chão.

Que estranho.

— Boa noite, florzinha — ele murmurou enquanto voltava para sua mesa. — Não se esqueça de suas roupas.

Entreabri os lábios com o lembrete não tão sutil do meu estado nu.

Eu tinha me esquecido completamente de que me despi para ele antes de praticar as posições. Realizar a sequência de luta tomou conta dos meus pensamentos, me fazendo esquecer da minha falta de roupa.

Mas eu estava muito ciente disso.

Mais consciente do que jamais estive.

Porque ele esteve em cima de mim, me segurando no chão, enquanto eu estava nua. O que significava que ele sentiu meus mamilos endurecerem embaixo dele. Ele provavelmente sentiu o cheiro da minha excitação por estar submissa também.

Era natural reagir à sua presença.

Embora, minha reação a ele certamente tenha sido mais potente que o habitual. Provavelmente porque ele estava entre os primeiros de sua espécie a realmente me tocar. Nunca me voluntariei em estudos sexuais para demonstrações com os superiores; Eu preferia assistir e atuar com outros humanos.

Assim como eu normalmente lutava com mortais na aula do Mestre Cedric.

Até hoje.

Até que ele me viu lutar nua sete vezes antes de me jogar no chão.

— Prospecto? — Mestre Cedric instigou, arqueando a sobrancelha. — Aquela queda atrapalhou sua audição?

— N-não, Mestre — eu disse, ficando de pé para começar a me vestir.

Só que me movi muito rápido e o mundo começou a girar, fazendo com que eu perdesse o equilíbrio.

Ele segurou minha cintura no instante seguinte, me mantendo de pé quando eu teria caído, sua velocidade vampírica tirando meu fôlego.

Estremeci quando seu cheiro mentolado me inundou e seu corpo duro despertou anseios proibidos.

Por um momento, me perguntei como eu reagiria se ele precisasse de voluntários em uma aula de artes sexuais. Ele poderia me deixar tentada a levantar a mão.

Uma noção tola.

Porque ele provavelmente me sufocaria a um ponto de inconsciência. Então me faria falhar por não ser capaz de engolir.

Mas o potencial de vê-lo dessa maneira, de prová-lo, de repente me atraiu muito mais do que deveria.

Ele apertou o braço ao meu redor, levando a mão a minha nuca enquanto inclinava minha cabeça para trás para olhar para ele. Uma leve carranca vincou sua testa, deixando seus olhos escuros um pouco menos frios. Ou talvez isso fosse uma ilusão. Um sonho.

*Uma fantasia para depois.*

Pode ser.

Eu me senti bem tonta.

Como se pudesse adormecer agora.

— Lily. — A voz do Mestre Cedric tinha um tom estranho. Não arrepiante ou cruel como de costume. Mas uma profundidade estranha que me fez aquecer por inteira. Só não entendi seu comentário. Ele parecia estar sempre falando sobre flores.

E luta.

E morte.

E me dando notas baixas.

Tentei balançar a cabeça, mas isso só piorou a tontura.

— Quando foi a última vez que você comeu alguma coisa? — ele perguntou.

— Café da manhã — respondi, com a voz um pouco rouca.

Ele suspirou.

— E você já perdeu o jantar.

— Perdi de novo? — me perguntei em voz alta, incerta do tempo. *Provavelmente*, pensei. A janela para pegar comida era muito rigorosa, e ele provavelmente me manteve aqui por muito tempo para a sessão de hoje à noite.

Seu cheiro me alcançou enquanto ele pressionava outro beijo em meu pulso.

— Tão delicada e frágil — ele sussurrou. — Minha doce flor de lírio.

Meus lábios quase se curvaram, mas contive o instinto no último momento, antes que eu pudesse reagir.

Reações não eram permitidas.

Humanos que gritavam, *morriam*.

Humanos que mostravam desagrado, *morriam*.

Humanos que exibiam qualquer coisa além de contentamento ou tédio, *morriam*.

Meu estômago roncou, provocando outra onda de tontura. Ele me disse para me vestir e ir embora, mas não conseguia me mover com seu braço me prendendo.

Engoli em seco, incerta de como proceder.

Então ele me levou para a cadeira atrás de sua mesa. Era a única mobília na sala além dos tatames.

— Sente-se — ele disse em um tom estranhamente suave.

Comecei a me mover em direção ao chão, mas senti suas mãos em meus quadris quando ele me direcionou para a cadeira.

Arregalei os olhos, pois essa posição era uma que eu não deveria estar tomando. Minhas pernas quase cederam, meu corpo automaticamente tentou recuar para o chão, mas seu aperto ao redor dos meus quadris aumentou em resposta.

— *Não se mova.* — Seu comando trovejou sobre mim,

me prendendo no lugar contra o couro. — Você se lembra do que eu disse sobre me desobedecer, Prospecto?

Meu estômago revirou. *Eu o desobedeci por não me vestir e sair.* O que significava...

— Você vai me reprovar. — Porque essa era sua ameaça.

— *No momento em que você me desobedecer, vou te reprovar.*

Essas foram suas palavras exatas.

Meus lábios se separaram, meu olhar caindo para sua mesa.

— Sim, Prospecto. Foi exatamente o que eu disse.— Ele soltou meus quadris e colocou as mãos nos braços da cadeira para se inclinar, me prendendo entre ele e o couro nas minhas costas. — Então fique aqui como uma escrava obediente e não se mexa.

Com esse pronunciamento, ele se afastou de mim, apagou as luzes e desapareceu da sala.

O que me deixou tremendo em sua cadeira.

Sozinha em sua sala de aula.

Abandonada após o toque de recolher.

Sem as roupas.

No escuro.

# CEDRIC

— Eu preciso de uma bolsa de jantar — falei enquanto me materializava nas cozinhas do campus.

A serva humana ao meu lado fez o possível para esconder um ganido com minha aparição repentina, mas eu o ouvi com minha audição aprimorada. Alguns da minha espécie gostariam de puni-la pela reação. Servia como uma maneira de nos mantermos superiores e os mortais mansos.

No entanto, a sociedade já havia feito o trabalho de degradar a humanidade ao gado, então eu não via vantagem em aprofundar o ponto.

Toda essa operação parecia trivial para mim.

O que havia de errado em caçar e seduzir nossa comida? Por que tínhamos que tornar isso tão fácil e chato?

Infelizmente, não cabia a mim tomar essas decisões.

Eu apenas servia ao sistema.

Bem, não exatamente. Minha experiência foi solicitada para preencher uma vaga recente, e eu concordei como forma de escapar das pressões políticas da região de

Silvano. Meu criador – o próprio Príncipe Silvano – queria me promover a uma posição soberana. Mas eu não estava interessado.

Então, optei pelo papel da Universidade de Sangue.

O que me deu a oportunidade de conhecer minha Lily: uma tentação que nunca soube que desejava.

— Que tipo de bolsa de jantar, senhor? — a serva humana perguntou.

Ela não era estudante, mas uma mortal escolhida para essa tarefa depois do que, provavelmente, foi uma experiência cansativa do Dia de Sangue. Esse evento era a cerimônia de formatura dos alunos da Universidade de Sangue. Um dia em que todos os mortais recebiam seus destinos.

Acabar aqui significava que esta humana tinha sido enviada ao leilão de servos primeiro, então comprada especificamente para passar o resto de seus dias mortais em uma cozinha.

Depois, foi designada para cá.

Eu a olhei com curiosidade, notando os cabelos grisalhos e as rugas sutis sob seus olhos.

Estava na ponta da minha língua perguntar sua idade, porque ela obviamente amadureceu além de seus primeiros anos – um feito realizado por viver essencialmente em uma área segura não comumente frequentada por seres superiores. Lycans precisavam de comida, enquanto vampiros não. E os lycans eram menos propensos ao desejo repentino de drenar um mortal de sua essência de vida.

*Interessante*, pensei, ainda examinando-a, enquanto uma ideia se formava em minha mente.

No entanto, a mortal começou a tremer – outra reação externa que poderia lhe render uma sentença de morte imediata – me tirando de minhas reflexões.

— Existem diferentes tipos de bolsas de jantar? — perguntei, não familiarizado com o funcionamento dessas cozinhas. Eu sabia que existiam para fornecer o sustento necessário para os estudantes humanos. Mas nunca houve um motivo para visitá-las. Daí a interrupção desta humana em sua programação. Ela provavelmente não via um vampiro há vários anos, sua posição aqui a mantinha isolada e segura.

O que só me fez retornar à ideia florescendo em minha mente.

Talvez minha doce flor de lírio pudesse acabar aqui, em vez de em um túmulo.

— S-sim — a mortal gaguejou, seu comportamento nervoso me cativando.

*Como você ainda está viva?* eu me perguntei. *Quando foi a última vez que você viu um vampiro?* Não havia muitos no campus. Talvez duas dúzias de nós e três de lycans. Todos os seres sobrenaturais estavam aqui para ensinar aos mortais como se comportar como gado adequado.

Havia também outras duas ou três dúzias de lycans encarregados de administrar os humanos em áreas pessoais, como nos dormitórios.

E os Vigílias humanos guardavam o terreno da escola, caçando e matando sua própria espécie quando alguém era estúpido o suficiente para tentar escapar.

No entanto, isso não era comum.

A verdadeira razão pela qual os Vigílias existiam nesses terrenos, era fornecer aos mortais uma falsa sensação de esperança. Eles se assemelhavam a uma posição que os humanos poderiam aspirar a alcançar, dando-lhes assim uma razão para cooperar e competir uns contra os outros.

Programação manipuladora.

Uma nova era sombria da existência mortal.

E chato pra cacete para vampiros como eu, que perderam a caçada.

A mortal começou a listar as opções de bolsas de jantar por tipo de corpo, não por conteúdo.

Era um bom regime projetado por sexo e peso desejado. Suspeitei que a doce Lily estivesse na seção de baixo peso, dada a sua pequena estrutura. Mas ela possuía curvas naturais que poderiam ter aumentado um pouco seu nível de ingestão de alimentos. E se não, então sua classificação deveria ser reavaliada porque suas curvas eram absolutamente perfeitas.

Na verdade, tudo nela era perfeito.

Sua determinação.

Seu desafio sutil.

Seu medo sedutor.

Ela provavelmente estava sentada na sala de aula com o coração acelerado e a pele arrepiada.

Tão bonita e pequena.

E minha.

Limpando a garganta, afastei o último pensamento possessivo e selecionei uma bolsa de jantar na classe de peso superior. Ela precisava de um pouco de comida extra depois de perder a refeição na noite passada. E parecia que não se qualificava para as bolsas de almoço, que era outra técnica de controle de peso usada para forçar o gado a alcançar a aparência desejada.

— Obrigado — eu disse para a humana.

Seus olhos se arregalaram em resposta.

Só porque vampiros eram superiores não significava que não podíamos ser educados.

Claro, a *Deusa* Lilith não aprovaria. Ela me repreenderia e me lembraria do meu dever de desprezar aqueles abaixo de nós.

— *É um serviço a eles, na verdade. Não queremos que eles ganhem esperança. Isso é cruel* — ela dizia.

Quase revirei os olhos enquanto voltava para o meu prédio.

Todos os humanos se curvavam e rezavam para Lilith, como se ela fosse algum ser supremo. Era mais um estratagema para forçar a submissão entre os de mente mais fraca.

Dê aos humanos uma divindade para orar.

Só que Lilith não era uma Deusa. Apenas uma vaca suprema com complexo de poder.

Nyx era a verdadeira Deusa de nossa espécie, a única digna de adoração diária.

Muitas vezes, eu me perguntava como ela se sentia sobre Lilith assumir seu papel e fingir ser a encarnação divina.

Mas esse problema não era meu. Se Nyx não gostasse da representação, ela encontraria uma maneira de deixar Lilith saber.

Eu preferia que Nyx fizesse isso logo, já que eu estava bastante cansado de acordar com humanos recitando a oração da "deusa" todas as noites.

Todos os pensamentos sobre Nyx e Lilith desapareceram quando entrei na sala de aula e encontrei Lily na cadeira em que a deixei. Ela não se moveu um centímetro, seu olhar submisso estava focado na mesa, enquanto mantinha o corpo absolutamente imóvel.

*Uma florzinha tão boa*, pensei, me movendo em direção a ela com passos silenciosos.

As luzes estavam apagadas, deixando-a protegida pela escuridão.

Ninguém pensaria em entrar nesta sala sem minha permissão, mantendo-a temporariamente a salvo de outros da minha espécie. Se ao menos eu pudesse encontrar uma solução permanente.

Eu queria ser o único a vê-la murchar. Ninguém mais poderia.

Mas isso era um problema para resolver outro dia.

Agora, eu só precisava que ela comesse.

Coloquei a bolsa na mesa e notei o arrepio em sua pele nua. Ela não parecia se incomodar com a nudez, algo que provavelmente se acostumou ao longo dos anos.

Mas *eu* estava muito afetado por seu estado nu.

Toda aquela pele macia, os músculos sutilmente tonificados e curvas delicadas me deixaram com água na boca.

Foi preciso muita contenção para não mordê-la quando a prendi no chão. Eu queria provar sua essência, então beijar e mordiscar seu corpo bonito até o refúgio sedutor entre suas coxas.

Infelizmente, seria muito fácil levá-la.

Ela se submeteria a mim porque foi treinada para isso.

E descobri que ansiava por algo mais da minha Lily – *desejo*.

Eu queria que ela me implorasse para comê-la porque me queria, não porque ela se sentia obrigada a me aceitar.

Um sonho, supus.

Humanos não eram mais capazes de expressar suas esperanças e desejos.

O que me deixou ansiando por uma fantasia que eu nunca experimentaria de verdade.

— Você fez muito bem, florzinha — eu a informei em voz baixa enquanto abria a bolsa de comida.

Incluía uma refeição equilibrada de carne e legumes grelhados sem tempero, e um potinho de arroz simples. Havia banana de sobremesa.

E duas garrafas de água.

Não era a comida mais apetitosa do mundo.

Mas Lily não saberia disso. Ela e todos os humanos aqui foram treinados para comer e aceitar comida sem graça.

Peguei cada item e coloquei-os na mesa. Em seguida peguei o garfo e espetei um pedaço de frango.

— Abra — eu disse, levando a comida à sua boca.

Seus olhos se voltaram para os meus no escuro, me permitindo ver a surpresa em sua expressão. Talvez ela pensasse que as luzes apagadas escondiam suas reações. Ou talvez estivesse muito atordoada para mascarar seu choque.

De qualquer forma, eu estava grato pela experiência. Porque aquelas lindas íris azul-esverdeadas brilhavam de emoção, me fazendo pensar no que mais eu poderia evocar dela.

Prazer?

Dor?

Excitação?

Todas essas opções tinham um fascínio inconfundível.

Mas estabeleci a surpresa dela por enquanto.

E gostava de vê-la obedecer ao meu comando.

O garfo desapareceu entre seus lábios entreabertos, sua boca instantaneamente pegando a comida oferecida.

Peguei feijão verde de sua mistura de vegetais para alimentá-la, diminuindo propositalmente os movimentos com o garfo para permitir que ela tivesse tempo suficiente para mastigar e engolir.

Ela abriu os lábios automaticamente quando levei a comida para sua boca, permitindo-me alimentá-la sem o comando necessário.

Não falamos durante todo o processo, seu corpo reagindo aos meus cuidados apenas por instinto.

Abri a água para lhe dar de beber, depois continuei

com mais carne e legumes antes de lhe servir um pouco de arroz.

Seu olhar permaneceu em mim, talvez tentando me ver no escuro. O luar banhava as janelas em sombras misteriosas, permitindo que ela pelo menos observasse os contornos das minhas feições. Ou talvez ela pudesse me ver claramente agora que seus olhos se acostumaram com a escuridão.

Fazia tanto tempo desde que fui humano, que não conseguia me lembrar da extensão dos meus antigos sentidos. No entanto, suas pupilas estavam tão dilatadas agora que as íris eram círculos finos de cor ao redor dos grandes aros pretos.

Se ela podia me ver, estava sendo bastante ousada ao estudar minhas feições.

Mas não iria discipliná-la por isso.

Em vez disso, me sentei na mesa e continuei a alimentá-la. Toda vez que eu levava a garrafa aos seus lábios, suas narinas se dilatavam. Ela receava que eu pudesse afogá-la com isso? Suponho que alguns de minha espécie o fariam.

Suas bochechas coraram quando lhe ofereci a banana.

Era uma visão erótica ver a ponta desaparecer entre seus lábios. Permiti que permanecesse lá por um momento prolongado enquanto eu fantasiava em ter meu pau naquela boca doce.

Depois, dei-lhe mais água para engolir a fruta doce.

Ela engoliu em seco, as bochechas ainda rosadas.

E o cheiro mais doce de excitação tocou o ar.

*Sua* excitação.

Inalei profundamente, acolhendo a fragrância floral em meus pulmões e cantarolando minha aprovação ao expirar.

Ela se contorceu em resposta. Foi seu primeiro

movimento verdadeiro além de comer, desde o meu retorno.

Meus lábios se curvaram quando lhe dei a banana novamente.

Seus olhos pareciam encarar os meus quando ela aceitou, com as bochechas corando ainda mais. Eu podia sentir o calor saindo dela, e não tinha nada a ver com o clima quente lá fora.

Ela mordeu outro pedaço, mastigou e depois engoliu.

*Linda.*

Troquei a banana pela água e levei a garrafa aos meus lábios em vez dos dela. Minha garganta seca precisava de alívio, mas o líquido fez pouco para acalmá-la.

Então segurei um pouco da água na boca e me inclinei para pressionar meus lábios nos dela.

Lily estremeceu em resposta, seu aroma floral aumentando de intensidade. Então ela se abriu para mim e me permitiu compartilhar a água em um beijo íntimo e refrescante.

Demorei o suficiente para ela engolir, então me afastei para dar o resto da bebida através da garrafa.

Principalmente porque eu não confiava em mim mesmo para não fazer mais.

Não seria necessariamente um problema se eu fizesse. Estudantes desapareciam como resultado da luxúria e tentação.

Eu estava surpreso que ninguém tivesse tentado levá-la ainda.

Tão doce e frágil. Uma bela flor desabrochando com caules longos e pele delicada.

Humm.

Eu a alimentei com a última parte da banana antes de abrir a outra água. Ela bebeu metade, claramente desidratada. Mas parou perto do fim, seu olhar parecia guardar um segredo que eu não entendia muito bem.

— Você ainda está com sede — eu disse, finalmente quebrando o silêncio. — Por que parou de beber?

— Se vou voltar para o meu quarto, prefiro levá-la comigo. Muitas vezes acordo com sede por causa do calor.

Fiz uma careta. Claro que ela acordaria com sede. Este lugar era um inferno, localizado na parte nordeste do deserto do Saara.

Ninguém queria viver aqui, razão pela qual apenas alguns vampiros e lycans concordavam em ensinar nas universidades. Eram dez ao redor do mundo, todas localizadas em regiões inóspitas.

Acontece que eu preferia isso a jogos políticos.

Por enquanto, de qualquer maneira.

— Termine esta garrafa — disse, garantindo que ela soubesse que era uma ordem e não um pedido.

Ela obedeceu, mas peguei uma pontada de medo em seu cheiro. Era um perfume inebriante que chamava meu predador interior. Engoli meu desejo e me ocupei com a limpeza depois que ela terminou a refeição. Tudo era biodegradável, inclusive o garfo, o que facilitava o descarte dos produtos na lixeira da sala de aula.

Lily não se moveu enquanto eu trabalhava. Sua obediência era resoluta enquanto ela esperava pelo meu próximo comando.

Quase disse a ela para deitar na minha mesa com as pernas abertas para que eu pudesse me deliciar com a sobremesa.

— Vista-se — foi o que saiu.

Em vez de vê-la obedecer, fui até o armário no fundo da sala e o destranquei com minha impressão digital. Havia alguns itens essenciais lá dentro, incluindo uma caixa de água gelada na geladeira. Peguei quatro garrafas e as levei para Lily assim que ela terminou de vestir a camisa branca lisa.

Todos os prospectos usavam as mesmas roupas: cores básicas, calças, shorts ou saias e camisetas.

Quando ela frequentava suas aulas de artes sexuais, normalmente não usava nada.

Minha aula demandava camisas e calças para exercícios físicos.

O que ela sabia.

No entanto, ela não pensou em colocar as roupas de volta enquanto praticava seus exercícios esta noite.

E eu não me preocupei em corrigi-la. Agora, eu exigiria sua nudez daqui para frente. Porque me agradou e isso se adequava aos objetivos dela.

Ela arregalou os olhos novamente ao notar os itens em minhas mãos, confirmando que ela podia ver no escuro. Então ela tinha que saber que eu podia vê-la também.

Mas ela não tentou mascarar suas reações.

Gostei daquilo.

Me agradou quase tanto quanto sua performance nua mais cedo.

— Leve isso com você — disse a ela, lhe dando as garrafas. — Espero que beba pelo menos duas antes do café da manhã.

Ela quase desmaiou como resultado da fome e desidratação. Eu não queria que isso acontecesse novamente.

— Sim, Mestre Cedric.

Aquele ali era talvez o único elemento agradável de toda essa nova ordem mundial – o jeito que Lily me chamava de Mestre. Me deixava duro toda vez.

Se ao menos ela quisesse dizer isso da maneira que uma mulher deveria – enquanto brincava no quarto. Infelizmente, esse tempo havia passado.

— Volte para o seu quarto, Prospecto. — As palavras saíram um pouco mais duras que eu pretendia, principalmente devido à minha própria frustração. — Vamos continuar suas aulas amanhã. — Apontei para o tatame. — Mesmo lugar. Mesma posição. Sem roupa.

Ela engoliu em seco.

— Sim, Mestre Cedric — ela sussurrou, inclinando a cabeça de leve.

Mas não se moveu de imediato.

Em vez disso, mordiscou o lábio, seu olhar indo para a água que dei a ela.

Arqueei uma sobrancelha.

— Estou começando a questionar sua audição novamente, Prospecto.

Ela estremeceu e seus olhos encontraram os meus antes que ela os baixasse novamente.

— Me desculpe, Mestre Cedric. Eu... — Ela parou, fazendo com que eu arqueasse as sobrancelhas com espanto. A maioria dos humanos já teria fugido, ansioso para obedecer. Mas não Lily.

— Você quer dizer alguma coisa? — perguntei, testando-a.

Ela assentiu.

— Sim.

A maioria consideraria essa resposta um fracasso – os humanos não tinham permissão para falar, a menos que fossem diretamente instruídos a fazê-lo. Mas ela estava dizendo que queria expressar um pensamento.

— Fale livremente — eu disse, recompensando sua ousadia.

Foi uma resposta perigosa da minha parte, que poderia lhe render uma sentença de morte mais tarde, caso ela escolhesse se comportar dessa maneira na frente do vampiro ou lycan errado.

Daí a razão pela qual eu queria que a vida dela terminasse cedo, para garantir que sua bela alma não fosse manchada pelo que este mundo se tornou.

No entanto, eu apreciaria esse seu lado agora e levaria comigo para sempre a memória da minha doce flor.

Pelo menos até que o tempo a apagasse dos meus pensamentos.

— Eu queria agradecer. — Suas palavras eram baixas. — Pela refeição e a água.

Tensionei o maxilar. Ela estava me agradecendo por mantê-la viva – o oposto do que eu realmente desejava. E, ainda assim, as palavras tinham um gosto muito doce em seus lábios.

Eu estava dividido entre rosnar e sorrir.

Então não disse absolutamente nada.

Porque eu não confiava em mim para não estrangulá-la.

Ou transar com ela contra uma parede.

Talvez as duas coisas.

Um conflito de interesses muito perigoso.

— Boa noite, Mestre Cedric — ela sussurrou, se afastando de mim depressa e indo em direção à porta com o olhar no chão.

Ela provavelmente sentiu meu conflito. Talvez até minha necessidade de matá-la.

Isso explicaria seu pulso acelerado.

No entanto, deixou uma sugestão daquela fragrância excitante para trás, o perfume inebriante que me circulou e me implorou para persegui-la.

Para caçá-la.

Para reivindicá-la.

Ela era minha presa escolhida.

Um dia, eu poderia ceder a esse desejo de tomá-la. Devorá-la. Sangrá-la até secar.

Mas não hoje.

— Durma bem, Lily — sussurrei atrás dela, ciente de que ela não podia me ouvir. — Você vai precisar.

Porque amanhã eu iria mostrar exatamente por que ela nunca poderia se tornar Vigília.

Uma lição de delicadeza e força.

Algo em que ela falharia.

*Minha pobre e doce flor.*

*Que você floresça novamente outro dia.*

# LILY

Eu não conseguia parar de pensar na banana de Mestre Cedric e no jeito que ele me deu de comer na noite passada.

Talvez porque eu estava de joelhos na aula de artes sexuais com um objeto semelhante na boca.

Um objeto que continuei imaginando pertencer a Mestre Cedric e não ao humano que estava diante de mim.

Me concentrei em girar a língua, mas cada toque parecia uma lambida entre minhas coxas nuas.

Porque eu ficava imaginando Mestre Cedric.

Eram seus dedos em meu cabelo. Sua essência salgada em minha boca. Seu gemido vibrando no ar.

Eu poderia imaginá-lo perfeitamente.

Tudo por causa daquela banana.

E o beijo que se seguiu.

Talvez não tenha sido realmente um beijo. Mas seus lábios tocaram os meus quando ele me deu água. Foi um momento que roubou meu fôlego. Toda uma experiência que eu nunca soube que era possível.

Ele me *alimentou*.

Me deu o equivalente a comida para várias noites.

Em seguida, as garrafas de água.

*Ah*, também eram geladas. Eu nunca tinha provado um líquido tão celestial antes.

Outro gemido reverberou através do meu parceiro, aumentando seu aperto em meu cabelo.

— Não goze — Mestre Peyton disse em uma voz irritante, deslizando as unhas pelo pescoço do Prospecto Quatrocentos e Seis. Eu o chamava de Seis para abreviar, assim como ele me chamava de Sete.

Muitas vezes, Seis e eu éramos colocados como par em nossos cursos por causa de nossa sequência numérica. Nós dois éramos do mesmo ano. O que significava que iríamos ao Dia de Sangue juntos.

Seus olhos verdes claros me imploraram para diminuir o ritmo, para garantir que ele cumprisse as ordens de Mestre Peyton.

Mas minha tarefa era fazê-lo desmoronar com minha boca.

Provocava um conflito cruel que significava que um de nós tinha que perder.

E eu não ia falhar.

Não quando eu ficava imaginando as íris da cor da meia-noite de Mestre Cedric brilhando com uma intenção sombria enquanto ele deslizava aquela banana entre meus lábios.

Eu poderia fingir que era ele, que ele havia exigido que eu me ajoelhasse e o agradasse.

Seria uma performance sexual que ele desejaria que eu repetisse, não uma sequência de luta.

E apenas o pensamento revestiu minhas coxas de umidade.

Isso nunca tinha acontecido comigo antes. Eu nunca me senti excitada durante o sexo oral. Mas pensar em

Mestre Cedric fez meu núcleo pulsar com uma necessidade proibida.

Ele nunca seria meu.

Eu não deveria romantizá-lo ou cobiçá-lo.

Todos os vampiros eram inerentemente sedutores. Era parte de seu apelo predatório. Até Mestre Peyton possuía uma aparência impecável com seu lindo cabelo preto e pele escura. Ela sorriu para mim agora, gostando desse show de tormento sensual.

Seis não teria chance.

Ele estava muito excitado, com o membro pulsando na minha boca em um claro aviso.

Mestre Peyton o repreendeu, mas não importava.

Ele gozou em um grunhido que fez todos os cabelos ao longo do meu pescoço se arrepiarem.

Mestre Cedric grunhiria também? Ele agarraria meu cabelo e penetraria mais fundo? Como seria seu gosto? Salgado como Seis? Eu me afogaria em seu prazer? Ou terminaria rapidamente, semelhante a esta experiência agora?

Tantas perguntas perigosas.

Engoli todas elas com a essência de Seis, imaginando Mestre Cedric em vez do macho diante de mim.

Eu me senti tonta e quente, com o corpo doendo por alguém que eu não deveria desejar.

Mas aquele beijo ontem à noite.

A maneira como ele me alimentou.

O cuidado de seu toque.

O calor em seu olhar.

Tudo isso provocou um anseio que eu não conseguia ignorar, e descontei em Seis. O que me deixou me sentindo vazia e estranhamente instável.

Incompleta.

*Errada.*

— Muito bem, Prospecto Quatrocentos e Sete — Mestre Peyton elogiou, enfiando as unhas no cabelo ruivo espesso de Seis. — Venha comigo, Prospecto Quatrocentos e Seis.

Ele engoliu em seco e suas bochechas rosadas ficaram pálidas.

Ela estava prestes a fazer dele um exemplo, fazendo-o gozar novamente na frente da classe.

Usando suas presas.

Eu já tinha visto isso algumas vezes. Mestre Peyton chamava isso de processo de treinamento para ajudar o perdedor desses jogos a aprender a controlar o orgasmo.

Não era algo a que eu tivesse sido submetida ainda, pois não havia falhado em nenhum dos meus testes. No entanto, isso tinha mais a ver com o método do curso que com minha habilidade real.

Os machos sempre perdiam esses jogos, algo que eu suspeitava ser resultado de Mestre Peyton preferir homens.

Todas as suas demonstrações eram com machos, nunca com fêmeas. E ela sempre tocava nos homens durante nossos testes, não nas mulheres.

As rodas da cadeira de Mestre Peyton giraram pelo chão enquanto ela empurrava Seis para o assento. Foi uma ação muito mais dura que a que Mestre Cedric fez comigo na noite passada. Assim como os movimentos de Mestre Peyton agora eram muito mais predatórios que os de Mestre Cedric.

— Não faça barulho — Mestre Peyton exigiu enquanto ela se ajoelhava.

Então ela abaixou a cabeça para a virilha de Seis.

Prendi a respiração, rezando para a Deusa para que Seis obedecesse ao seu comando. Porque eu tinha visto o que aconteceu na semana passada, quando o macho anterior não ficou quieto.

Ele não estava presente hoje.

Ele falhou.

E eu suspeitava que ele estava morto.

Como esse curso acontecia apenas uma vez a cada sete dias, eu não tinha certeza de seu destino. Mas dada a sua ausência, parecia provável que Mestre Peyton tivesse terminado o trabalho de matá-lo.

Felizmente, Seis não fez nenhum som.

Mas seu rosto expressava uma agonia que fez meu coração se apertar no peito.

Mestre Peyton continuaria até que sentisse que seu treinamento era suficiente.

Ou até o sinal tocar.

Todos nós tínhamos mais uma aula antes do nosso dia livre começar.

Acontecia uma vez por semana, após nosso dia de aula mais cheio.

Eu tinha quatro cursos primários no momento. Um era curso político sobre os vampiros reais do mundo – este acontecia duas vezes por semana.

Depois, eu tinha curso de hospitalidade e o de Mestre Cedric, os dois seis dias por semana.

O curso de hospitalidade era considerado uma aula de foco vocacional, enquanto o treinamento de combate do Mestre Cedric contava como atividade física diária necessária.

As artes sexuais e aulas de política eram consideradas cursos de educação geral, ambos obrigatórios, mas realizados no momento de minha escolha.

Ou foi assim que minha orientadora expressou.

Ela era uma vampira que eu nunca tinha encontrado pessoalmente, mas conversávamos mensalmente por meio de uma tela de telecomunicação. Ela sempre revisava minhas notas e currículos atuais, depois mudava as aulas conforme necessário para atender a certos requisitos.

No entanto, nunca entendi completamente que requisitos eram esses. Ela apenas me dava opções e me deixava escolher o que eu queria estudar.

E ultimamente, ela estava empurrando artes sexuais como minhas escolhas gerais de educação.

Eu era obrigada a assistir a uma certa quantidade antes do Dia de Sangue, e ainda não havia atendido a essa expectativa.

Então aqui estava eu, ainda de joelhos, vendo Seis gritar por dentro.

Quando o sinal tocou, me senti entorpecida.

Seis estava se movendo, mas parecia tão pálido quanto o macho da semana passada. Suas bochechas estavam afundadas. As íris estavam mais amarelas que verdes. E suas pernas estavam instáveis.

Lavei minha boca com os suprimentos necessários na parte de trás do vestiário antes de ir para o meu armário designado para vestir minhas roupas.

Seis estava ao meu lado. Seus movimentos eram lentos e seu olhar estava abatido. Ele parecia estar lutando para puxar o jeans preto. Até que seus dedos tremeram tanto que ele não conseguiu fechar o zíper ou abotoar as calças, então estendi a mão para fazer isso por ele.

Ele resmungou algo que soou mais como um "Puta merda" que "Obrigado". Mas não me ofendi com isso. Eu entendia sua raiva. Aceitava. E o ajudei a puxar a camisa sobre a cabeça mesmo enquanto ele olhava para mim.

Nós dois sabíamos as regras aqui.

Existíamos para sobreviver.

Eu tinha feito exatamente isso. Eventualmente, ele iria me perdoar. Ou não. De qualquer maneira, essa decisão realmente não importaria em alguns meses, após o Dia de Sangue.

Seis tentou se curvar para calçar os sapatos e se encolheu violentamente.

Então me agachei e o ajudei.

Ele não resmungou desta vez, mas eu podia ver a miséria em suas feições quando me levantei novamente. Havia uma sugestão de compreensão ali também, junto com uma nota de constrangimento, e talvez um pouco de inveja.

Passei sua bolsa por cima do ombro, então peguei a minha no armário.

Seu olhar encontrou o meu por um longo momento, e uma infinidade de emoções escapou de suas íris verde douradas.

Esperei, sabendo que ele precisava disso, uma saída que poderia confiar sem palavras.

Depois de alguns segundos sombrios, ele engoliu em seco e afastou a reação de suas feições. Estendi o braço, que ele aceitou, e o ajudei a sair pela porta, nenhum de nós trocando uma palavra ao longo do caminho.

Então nos separamos para o curso final do dia.

Ele não estava no treinamento de combate de Mestre Cedric. Na verdade, eu não sabia qual seria a próxima aula de Seis porque não tinha nada a ver comigo.

No entanto, uma pequena parte de mim esperava que ele chegasse em segurança ao seu dia de descanso amanhã.

Não éramos amigos, pois a confraternização era desaprovada aqui. Mas éramos uma espécie de aliados, e eu o conhecia toda a minha vida.

Perder um conhecido depois de vinte e um anos seria decepcionante. Especialmente quando estávamos tão perto do fim do nosso tempo aqui.

Esperava que ele se recuperasse.

Respirando fundo, afastei Seis da minha cabeça. Eu precisava me concentrar na minha próxima tarefa – o treinamento de combate de Mestre Cedric.

*Não vou falhar em outro teste*, decidi, pronta para enfrentá-lo mais uma vez.

Pratiquei várias vezes depois de retornar ao meu quarto, após nossa sessão tarde da noite. E eu tinha praticado esta manhã também.

*Estou pronta.*

Desta vez, ele não seria capaz de me derrubar.

Eu provaria meu valor e o faria ver meu potencial.

Então tiraria a roupa para ele mais uma vez e esperaria no tatame pela nossa aula particular.

E tentaria muito não pensar na banana dele.

# LILY

Mestre Cedric já estava na sala quando cheguei, com as longas pernas casualmente cruzadas na altura dos tornozelos enquanto se recostava em sua mesa.

Era a mesma posição em que ficou ontem à noite enquanto me alimentava, só que dessa vez estava de frente para a sala de aula.

Suas mãos fortes estavam segurando a madeira e seu olhar era frio enquanto observava os alunos que entravam na sala.

Quando seus olhos encontraram os meus, estremeci. A intensidade que irradiava dele fez meus joelhos ficarem fracos. Imediatamente desviei meu foco para o chão, assumindo uma pose recatada de respeito exigido.

Eu nem deveria ter feito contato visual com ele para começar.

Infelizmente, eu parecia me esquecer das muitas regras no que dizia respeito a ele.

Engolindo em seco, coloquei a bolsa de lado, tirei os sapatos e meias e encontrei meu tatame de sempre. Exceto que um estalar dos dedos do Mestre Cedric chamou minha atenção para ele mais uma vez.

— Prospecto Quatrocentos e Sete, quero que você trabalhe com o Prospecto Seiscentos e Quarenta e Dois hoje.

*O quê?* Olhei para o humano em questão, notando seu tamanho enorme.

— Agora, Prospecto — Mestre Cedric adicionou quando não me mexi.

Pulei para obedecer, mas meu coração se apertou. Porque esse cara tinha pelo menos trinta centímetros a mais que eu, e seus braços eram do tamanho das minhas coxas.

Para ser justa, a maioria dos homens nesta classe era assim.

Havia outros maiores que o Prospecto Seiscentos e Quarenta e Dois também.

Mas eu geralmente lutava com a outra garota da classe, a quem Mestre Cedric estava juntando ao parceiro de luta habitual desse prospecto..

Troquei um olhar com a fêmea, sua expressão espelhando como eu me sentia sobre esse desenvolvimento. Foi uma olhada rápida, mas nós duas ficamos surpresas com esses novos pares.

Claro, minha adversária sempre acertava em nossas tarefas, enquanto eu sempre falhava.

Então ela me culpava por isso.

O que provavelmente era certo.

Só que pensei que talvez as coisas fossem um pouco diferentes depois da noite passada. Mestre Cedric quase foi gentil comigo.

Achei que estava em apuros depois de não atender imediatamente a sua demanda. Ele me deixou nua naquela cadeira pelo que pareceu meia hora. Eu me perguntei se ele voltaria.

Então ele voltou com comida.

E me alimentou.

*Por que ele fez isso?*

— Vamos começar com a execução da técnica — ele anunciou quando os dois últimos alunos entraram na sala. — Vocês vão realizar a rotina da última aula. E devem usar pelo menos quatro movimentos dessa sequência contra seu oponente.

Bem, isso não soou muito ruim.

— Enquanto seu parceiro se defende ativamente contra seu ataque — ele acrescentou e suas palavras me provocaram um calafrio. — Não haverá regras ou limites hoje. Defendam-se como acharem melhor, e vocês também pode executar mais de quatro movimentos na ofensiva. Quatro é o mínimo.

Ele bateu palmas, e o som parecia um trovão nos meus ouvidos.

*Sem regras ou limites.*

*Movimentos de luta com defesa aberta.*

*Contra um macho com o dobro do meu tamanho.*

Olhei para meu novo parceiro e notei o estoicismo em suas feições. Ele não se intimidou. Na verdade, parecia um pouco entediado.

O que fazia sentido. Ele tinha acabado de receber um rato para espancar. Se eu fosse ele, também estaria.

— Prospecto Quatrocentos e Sete, quero que você inicie — Mestre Cedric anunciou antes de se dirigir ao resto da classe. — Vocês têm cinco minutos para se aquecer, começando agora.

Então ele também não me daria tempo para me preparar mentalmente para essa mudança. Ou talvez ele não quisesse que eu me preparasse.

De qualquer forma, atendi ao seu comando e corri – literalmente – dando três voltas ao redor da sala antes de começar minha rotina de alongamento.

Minha mente se acalmou a cada movimento, meu corpo liderando o caminho sem pensar muito.

Todos os outros alunos seguiram o exemplo, se preparando para a aula.

Após o alongamento, passei por duas rodadas de treinos da sequência de lutas antes de tomar minha posição no tatame, pronta para lutar.

Mestre Cedric permaneceu ao lado da mesa, ainda inclinado, com os tornozelos cruzados e as mãos enfiadas nos bolsos.

— O tempo acabou — ele disse, seu olhar frio pousando em mim. — Comecem.

Não hesitei, começando o primeiro movimento e executando a rotina como ontem. Só que, desta vez, eu usava calça preta com elastano e camiseta branca.

E executei cada movimento com perfeição.

Não que Mestre Cedric concordasse ou até comentasse. Em vez disso, ele gesticulou para o Prospecto Seiscentos e Quarenta e Dois demonstrar os mesmos movimentos.

Estudei seus chutes e socos, estremecendo quando percebi quanta força ele tinha.

*Ele vai me quebrar ao meio*, percebi quando ele terminou a apresentação com um golpe mortal.

Mestre Cedric assentiu, nos dispensando. Então ele chamou minha parceira de sempre e seu novo companheiro de treino. Eles fizeram os movimentos, o macho tão intimidador quanto o que estava ao meu lado.

Engoli em seco, sentindo meu coração acelerar enquanto cada dupla passava por suas rotinas até que a classe completasse o círculo e voltasse para mim.

— O Prospecto Quatrocentos e Sete estará na ofensiva primeiro — Mestre Cedric declarou. — Apenas movimentos defensivos, Prospecto Seiscentos e Quarenta e Dois.

O macho baixou o queixo em reconhecimento.

*Isso vai acabar mal.*

Era uma espécie de reminiscência da minha última aula, onde um oponente tinha que falhar. Só que Mestre Cedric não torturaria o perdedor do jeito que a Mestre Peyton fez.

Ele apenas o deixaria ser esmagado e se curar sozinho.

— Comecem. — A impaciência endureceu o tom de Mestre Cedric.

Ele deve ter percebido minha hesitação, porque grunhiu a palavra no momento em que meus pés tocaram o tatame. Eu ainda não estava em posição de luta, mas meu parceiro de treino parecia preparado, enquanto levantava os punhos para me bloquear.

Comecei com um chute destinado a derrubá-lo, mas em vez disso, fui contra uma parede de músculos. Ele não tentou desviar. Suas pernas duras machucaram as minhas e me mandaram para trás sem que ele tivesse que se mexer um centímetro.

*Deusa, isso é ruim*, pensei, executando um golpe destinado a atingir um ponto de pressão.

Ele o pegou. Sua mão grande agarrou meu pulso e o torceu com força até estalar.

Mordi o lábio para conte meu grito.

Mas não consegui esconder meu vacilar.

Ou o estremecimento de dor que subiu pelo meu braço.

Eu ainda tinha mais dois movimentos para executar e tinha certeza de que ele havia fraturado meu pulso.

O suor escorria pela minha coluna. Desistir não era uma opção. Eu não poderia falhar novamente.

Então fingi um movimento em direção à sua virilha com o joelho, joguei meu cotovelo para cima no último segundo em um golpe semelhante ao que Mestre Cedric nos mostrou ontem.

Atingi o gigante no queixo e segui com um golpe final em seu pescoço.

Isso nem sequer o perturbou. Ele piscou para mim com aquele tédio perpétuo. Como se eu fosse apenas uma mosca zumbindo ao redor de sua cabeça.

— Troquem — Mestre Cedric disse, seu comando acendendo um fogo no olhar do meu parceiro. Ele atacou com a força de um raio, indo para o meu pescoço. Eu me abaixei por instinto, usando minha estrutura menor a meu favor.

Seu cotovelo bateu na parte de trás da minha cabeça, provocando uma pontada agonizante em meu pescoço. Mas me movi para o lado, só para ver seu calcanhar subir em direção ao meu nariz.

Pulei para trás, mal me afastando de seu chute.

Ele me seguiu com passos atléticos e ágeis. Seu rosto não demonstrava nada, a falta de emoção fazia meu sangue ferver.

Eu não conseguia me lembrar de quantos movimentos ele já havia tentado, apenas continuei ouvindo as instruções anteriores de Mestre Cedric.

— *Vocês podem executar mais de quatro movimentos na ofensiva também. Quatro é o mínimo.*

Ele não me deixou tentar mais que quatro.

Nos disse para trocar.

Quantos ele permitiria que meu parceiro fizesse? Mestre Cedric interromperia esse Prospecto no quarto ou esperaria até que o homem me destruísse?

Ele me perguntou na noite passada se eu me lembrava do que aconteceria se eu o desobedecesse.

*Você vai me reprovar.*

Pensei que ele pretendia me punir.

Mas ele não o fez.

Talvez esse fosse o verdadeiro castigo, meu verdadeiro fracasso, minha morte.

Minha respiração ficou presa na garganta quando me esquivei de outro golpe, então rolei para escapar de seu pé novamente. Mas ele estava vindo mais rápido, com movimentos intensos, fortes e mortais.

Mestre Cedric não disse nada.

A sala estava em silêncio, a não ser por minhas inspirações e expirações.

Ele não ia parar.

E meu parceiro parecia determinado a provar sua maestria, me usando como saco de pancadas.

Não conseguiria correr. Nem me esconder. Eu tinha que lutar.

Mas eu não era páreo para seu tamanho e poder. Mesmo que encontrasse uma maneira de socá-lo, não adiantaria. Sem uma arma, eu estava ferrada.

Meu pulso estava ardendo.

Meus olhos se encheram de lágrimas e um medo real estrangulava minha garganta.

*Por favor, interrompa*, pensei, implorando a Mestre Cedric. *Por favor, não me deixe ser destruída assim. Não depois de tudo que eu...*

O Prospecto Seiscentos e Quarenta e Dois pegou meu pulso ferido e me puxou em sua direção, depois o torceu de forma brusca para quebrar os ossos do braço.

Aconteceu tão de repente que mal processei, mal pude sentir a agonia até que seu joelho bateu em meu estômago e o cotovelo, em minha cabeça.

O mundo girou e minhas costas bateram no tatame com um som que expeliu todo o meu ar.

Ele caiu em cima de mim, seu rosto aparecendo e se apagando de minha visão. Mas um comando rude de Mestre Cedric interrompeu o movimento.

Ou talvez fosse um sonho.

Eu realmente não conseguia ver. Não era possível processar. Tudo estava embaçado. Escuro, depois brilhante.

*Ohh, isso dói,* pensei, fazendo o meu melhor para não fazer barulho. Mas um pequeno gemido me escapou. Todo meu treinamento para resistir entrou em foco enquanto eu tentava com todas as minhas forças controlar a agonia, perseverar apesar do peso que me segurava.

*Se mova,* ordenei a mim mesma. *Se levante e mexa-se.*

Minha visão falhou enquanto eu tentava encontrar o caminho para fora do tatame. Metade do meu corpo parecia incapaz de se mover. *Ele quebrou meu braço.* Aquele golpe na cabeça me deixou desnorteada. Meu estômago parecia virado do avesso.

Ofeguei e fechei os olhos.

*Três. Dois. Agora.*

Cerrei os dentes e rolei, forçando os joelhos a se dobrarem debaixo de mim. Usei a mão boa para me empurrar para fora do tapete. Eu ainda não conseguia ver ou ouvir, mas senti que todos observavam minha luta.

Esta batalha era minha. A batalha que *eu* deveria vencer.

Assim como Seis sobreviveu ao seu castigo, eu perseveraria no meu.

Não havia alternativa.

Eu queria viver.

E provei isso encontrando meu equilíbrio e mancando até a parede ao lado do macho bestial.

— Prospecto Cento e Trinta e Nove, sua vez — Mestre Cedric disse em um tom entediado, chamando minha ex-parceira de treino para o tatame.

Tentei vê-la lutar, mas minha visão continuava falhando. Eu não tinha certeza de quantos movimentos ela executou, mas ouvi o distinto estalo de osso quando o macho terminou.

Seu grito agonizante ecoou no ar, me dizendo que ele havia causado danos graves.

Mas então ela ficou quieta.

Eu não tinha certeza se isso era resultado de seu treinamento ou se ela tinha ficado inconsciente.

Seguiu-se outro som de golpe.

Outro osso quebrado.

— Próximo — Mestre Cedric disse, seu tom desdenhoso. — E, por favor, deposite o Prospecto Cento e Trinta e Nove no corredor.

— Sim, Mestre Cedric — o macho respondeu, sem emoção.

*Ela está morta*, percebi, ainda incapaz de ver. *Ou prestes a morrer.*

Essa seria a única razão para levá-la para o corredor.

Minhas entranhas se agitaram ao perceber que ele deixaria isso acontecer, que ele deixaria aquele humano matá-la.

Mas é claro que deixaria.

Era assim que todo o programa funcionava. Apenas os mais fortes sobreviviam. E ele tinha acabado de me dar a lição final.

Fornecendo provas do que estava tentando me dizer.

*Você não tem o que é preciso para passar neste curso.*

Ele não havia dito isso. Mas não precisava.

Porque agora eu entendi o motivo de ele continuar me dando notas baixas.

Eu não era forte o suficiente.

O que significava que eu não poderia ser Vigília.

Então, o que seria de mim? Será que eu sobreviveria para comparecer ao Dia de Sangue?

Não com o curso do Mestre Cedric assombrando minha vida.

Eu não deveria ter me matriculado em treinamento de combate.

Mas não havia nada que eu pudesse fazer sobre isso.

Apenas aguentar.

E tentar encontrar uma maneira de sobreviver.

# CEDRIC

As feições pálidas de Lily assombravam minha visão periférica. Ela fez o possível para permanecer de pé contra a parede enquanto todos executavam a tarefa de hoje nos tatames. No entanto, eu podia sentir sua dor.

Quase a mandei para o corredor para se juntar a sua ex-parceira, mas a ideia de mandá-la embora com os médicos não me caiu bem.

A outra prospecto sobreviveria, supondo que a equipe médica decidisse que seus resultados nos testes a marcavam como digna o suficiente para a recuperação.

Dado as notas ruins que dei a Lily em minhas aulas, seus ferimentos poderiam ser ignorados ou deixados para apodrecer.

Era um risco que eu me recusava a correr.

Então a forcei a ficar, apesar de saber que ela estava sofrendo. Era uma prova de sua força interior que ela conseguisse permanecer de pé.

No momento em que os últimos prospectos chegaram ao tatame, minha paciência atingiu o ponto mais baixo de todos os tempos. Então só permiti quatro movimentos cada antes de dispensar a turma.

Quase pedi para Lily ficar, mas peguei seus movimentos determinados com o canto do olho e decidi ver primeiro o que ela tinha em mente.

Todos saíram depressa, nenhum deles notando ou se importando com seus movimentos lentos.

Era assim que esse novo mundo funcionava.

Porque os vampiros e lycans encarregados inventaram um mecanismo que colocava os humanos uns contra os outros, fazendo-os competir pela chance de se tornarem imortais, tudo em detrimento de sua antiga camaradagem.

Nem sempre foi assim.

Os mortais costumavam trabalhar juntos, ou pelo menos procurar a companhia uns dos outros.

Mas agora, não.

Agora eles nem se importavam que Lily provavelmente morreria devido aos seus ferimentos internos. Nenhum deles procurou a outra prospecto também, sua vida já esquecida.

O que fiz hoje foi cruel, mas não menosprezou sua importância.

Lily precisava entender que sua busca por uma existência como Vigília nunca seria concretizada. Os humanos lutavam uns contra os outros. Não havia misericórdia. E seu tamanho a tornava um alvo fácil, algo que seus companheiros mortais usariam contra ela sem pensar duas vezes.

Seu parceiro esta noite a espancou sem pestanejar.

E o parceiro de luta da outra fêmea foi ainda pior.

Esta não era a existência que ela desejava.

Algo que ela agora sabia, graças à lição desta noite.

Eu esperava que ela pegasse sua bolsa e saísse com os

outros, voltasse para seu quarto com a esperança de talvez solicitar uma mudança de curso.

Não deveria ter permitido que ela chegasse tão longe.

Mas essa era minha expectativa após seu fracasso esta noite.

Em vez disso, ela me surpreendeu ficando para trás e indo para seu tapete.

Onde ela começou a tirar as calças com uma mão – algo que claramente lutava para fazer.

E então começou o processo meticuloso de tirar a camisa com o braço quebrado.

Seu silvo de dor foi engolido, sua determinação momentaneamente me deixando sem palavras.

Então ela ficou de joelhos em uma pose submissa.

Fiquei boquiaberto, atordoado por sua obediência e determinação. Isso não deveria ter sido fácil, algo que ela confirmou como um arrepio violento que quase a fez cair de lado no tatame. Mas seus músculos travaram, e ela fechou os olhos enquanto cerrava os dentes com a dor.

— Se eu dissesse para você repetir a sequência de luta agora, você faria isso, não faria? — expressei o pensamento em voz alta, porque fiquei atordoado com sua posição.

Em vez de responder, ela respirou fundo e começou a se levantar. Quando seus pés assumiram a posição de luta, corri para agarrar seus quadris e detê-la.

— Não foi um pedido ou uma ordem — eu disse, a voz mais fria do que eu pretendia. Mas eu estava chateado por ela quase ter começado os movimentos, algo que certamente a prejudicaria, porque exigiria movimentos bruscos com o braço fraturado.

Seu corpo tremia contra o meu, seu lábio inferior desaparecendo entre os dentes.

Um aroma acobreado encheu o ar no momento seguinte, a fragrância atraindo meu foco para sua boca.

Ela estava tentando mascarar a dor, porque era o que havia aprendido. E ao fazer isso, ela mordeu o lábio com tanta força que sangrou.

Envolvi um braço ao redor de sua cintura para segurá-la contra mim e usei a mão para soltar seu lábio. Ela se encolheu, seus olhos ficaram sem foco por um segundo, então ela piscou repetidamente como se tentasse ficar acordada.

O ferimento na cabeça era pior do que eu suspeitava. Eu podia ver a agonia em suas pupilas dilatadas e ouvir os danos internos em seu abdômen e pulmões através de sua respiração rouca.

— Minha florzinha delicada — murmurei, me inclinando para lamber o sangue de seu lábio. Ela estremeceu, sua reação vibrando cada centímetro de mim. — Você está forte o suficiente para se vestir?

Ela engoliu em seco.

— S-sim.

Não parecia muito segura. Na verdade, parecia quase mortificada com o pedido. Talvez porque tivesse custado muito se despir.

— Tente, por mim — pedi, traçando seu lábio com a língua novamente para roubar o fluxo fresco de sangue. — Preciso enviar uma mensagem, então nós iremos.

Não elaborei onde ou o que eu quis dizer. Em vez disso, a soltei com gentileza, mas minhas mãos pairaram nas proximidades caso ela começasse a cair novamente.

Ela oscilou um pouco, mantendo os olhos semicerrados por um longo tempo.

Eu esperei.

Então ela soltou um suspiro e se endireitou.

Quando seus olhos se abriram, ela os arregalou ao me ver na sua frente. Então ela se virou para as roupas e me deixou ver a vermelhidão se formando em suas costas.

Ela bateu no tatame com força.

Seu equilíbrio mudou quando tentou se curvar e pegar as calças, seus joelhos cedendo.

Eu a peguei novamente, desta vez levantando-a e levando-a para a mesa. Não me incomodei em castigá-la por sua incapacidade de se vestir. Ela tentou e estava com dor.

*Por causa da minha lição*, pensei de um jeito sombrio.

Ela oscilou um pouco quando a coloquei na superfície de madeira, seu olhar continuando a entrar e sair de foco.

— Sabe por que mudei seu parceiro na aula de hoje à noite? — perguntei.

Ela começou a assentir, então parou para engolir em seco enquanto estremecia mais uma vez.

— Para me mostrar que sou fraca demais para isso.

Fiz uma careta, não gostando do jeito que soou.

— Não. Queria que você entendesse que a forma perfeita não significa nada contra alguém com o dobro do seu tamanho.

Eu não gostava de pensar nela como fraca, apenas delicada. O que não era culpa dela.

Esta sociedade tinha assegurado que ela permanecesse pequena.

Ela era forte para seu tamanho e sua determinação era admirável, mas não poderia vencer contra alguém como o Prospecto Seiscentos e Quarenta e Dois. Era uma simples questão de tamanho e força.

Mas isso não a tornava fraca.

— A força nem sempre é física — eu disse em voz baixa antes de pegar suas roupas.

Ela permaneceu em silêncio enquanto eu começava a vesti-la. Vesti suas calças primeiro, notando os hematomas se formando em suas pernas por tentar chutar seu parceiro esta noite. Isso me distraiu de admirar o ápice entre suas coxas, meu foco muito consumido pelas manchas em sua pele.

Assim como a forma afundada de seu abdômen e os hematomas ao longo de suas costelas me impediram de apreciar a visão de seus seios fartos.

Ela devia estar com uma dor indescritível.

O que novamente era minha culpa por permitir que a lição desta noite ocorresse.

Eu não me arrependia.

Ela precisava entender como este mundo funcionava.

Era uma distinção que eu não deveria estar tentando ensiná-la, pois sua vida terminaria em breve, independentemente desse conhecimento, mas me senti compelido a ajudá-la dessa maneira.

Suspirando, puxei a peça de algodão branco sobre sua cabeça e, com cuidado, guiei seus membros superiores pelas mangas da blusa. Ela permaneceu em silêncio enquanto eu a vestia, apenas vacilando um pouco quando toquei seu pulso e antebraço feridos.

*Definitivamente quebrado*, pensei, notando o inchaço de seu pulso até o cotovelo.

Levaria meses para ela se curar desses ferimentos.

E isso se os médicos permitissem.

Rangendo os dentes, me afastei para pegar meu *tablet* na mesa.

Nem pensei nos meus planos. Selecionei o nome dela nos registros da Universidade de Sangue e abri o formulário de atribuição externa.

Submetê-la me permitiria tirá-la do terreno da universidade por um dia.

Ninguém questionaria o pedido, pois a equipe daqui costumava pegar humanos emprestados por motivos pessoais. Alguns desejavam empregados por um dia.

Outros, queriam um brinquedo para sexo, bolsa de sangue ou as duas coisas.

Não importava.

Pegar um aluno para um *test-drive* era considerado uma das poucas vantagens de se trabalhar na Universidade de Sangue.

Algo que eu nunca tinha feito.

Mas eu estava ministrando este curso há pouco tempo.

Antes disso, estava participando dos jogos políticos de Silvano.

Este era meu período sabático.

Ou escapada, na verdade.

E agora eu tinha uma escrava humana para brincar pelas próximas vinte e quatro horas.

Em "Motivo da atribuição fora do local" escrevi treinamento físico.

Então apertei *Enviar* e fui pegar minha bolsa no armário. Coloquei o *tablet* dentro, peguei a bolsa de Lily e seus sapatos no caminho de volta para ela.

Ela ainda estava com aquele olhar desfocado, me fazendo pensar se ela notou meus movimentos enquanto eu calçava as meias e sapatos em seus pés.

— Você pode andar? — perguntei quando terminei.

Ela tentou assentir e quase caiu no processo, me fazendo bufar.

— Acho que não. — Ela gastou suas últimas forças tentando me aplacar com sua submissão no tatame.

Trocando as bolsas de lado, usei o braço para levantá-la da mesa, então a coloquei em meu colo.

— Feche os olhos e tente não gritar — eu disse a ela. — Isso pode doer um pouco.

Eu não costumava me transformar enquanto segurava os outros e não tinha certeza de como o movimento abrupto afetaria seus ferimentos.

71

Ela se agarrou à minha camisa enquanto eu exercia minha habilidade, nos levando da sala de aula para o estacionamento em um piscar de olhos.

Teletransporte era uma habilidade única entre minha espécie, muitas vezes apenas adaptada através de certas linhagens e aperfeiçoada com a idade. Eu era o único vampiro na universidade com tal habilidade, o que explicava os olhos arregalados de Lily enquanto ela olhava boquiaberta para o nosso novo ambiente.

Em vez de explicar, usei o pé para ativar o sensor embaixo do meu carro. A porta do cupê de dois lugares se abriu em um ângulo para cima para revelar o assento.

Coloquei Lily no banco de couro e joguei nossas bolsas no pequeno espaço a seus pés. Ela tremeu, claramente incerta sobre minhas intenções. Mas não falou.

Guiei o cinto sobre ela para afivelá-lo, pois suspeitava que ela nunca tinha estado em um carro antes. Não havia nenhuma excursão em seu registro, o que significava que ela nunca deixou o terreno da universidade. E treinamento de direção não era um curso oferecido.

Fechei a porta.

Dei a volta no carro.

E me acomodei ao seu lado.

— Pronta para dar uma volta, querida? — perguntei quando o motor rugiu diante de nós.

Ela engoliu em seco, olhando para mim com aqueles grandes olhos azul-esverdeados refletindo uma mistura de medo e intriga.

Eu a estudei por um momento, desviando o olhar para seu lábio inchado antes de encontrar seus olhos mais uma vez.

— Um humano fraco nem estaria consciente agora, Lily.

Ela franziu o cenho ao ouvir meu apelido para ela.

Mas não expliquei.

Em vez disso, levantei a mão com gentileza para segurar sua bochecha.

— Esta noite foi uma demonstração de como a técnica perfeita pode falhar, não uma lição de fraqueza. — Passei o polegar pelo seu lábio inferior. — Agora vou mostrar a você como é ser forte.

Dando a ela algo que eu não deveria.

E revelando um segredo que poderia custar a vida dela.

Mas não havia outra escolha.

Ou eu fazia isso e ela sobrevivia...

Ou não fazia nada e ela morria.

Eu não estava pronto para vê-la murchar ainda.

Então, eu a ajudaria a florescer mais uma vez.

Em um novo tipo de flor: uma infundida por sangue imortal.

# LILY

*Mestre Cedric pode se teletransportar.*

*Estou em um carro.*

*Mestre Cedric disse que não sou fraca.*

Os pensamentos giravam em minha mente em várias sequências, meu cérebro lutando para encontrar a lógica em cada um.

Quando ele me pegou no colo, eu não sabia o que esperar. Então ele me disse para fechar os olhos e tentar não gritar.

Antes de nos teletransportar para fora da sala de aula e para um estacionamento.

Eu nem sabia que existia essa parte da universidade, pois ficava fora dos muros.

Muros pelos quais ele passou para alcançar seu carro.

Um carro em que eu estava sentada agora.

Eu nunca tinha andado de automóvel antes. Nem nunca tinha me teletransportado. Eu nem sabia que o último era possível. Eu ainda podia sentir o vento no meu rosto e a agitação no meu estômago de me mover incrivelmente rápido.

Ou talvez fosse a dor residual de ser espancada pelo Prospecto Seiscentos e Quarenta e Dois.

Pensei que o objetivo era demonstrar minha fraqueza.

Mas Mestre Cedric disse que era para me mostrar como a técnica perfeita não importava contra alguém com o dobro do meu tamanho.

E agora estávamos dirigindo noite adentro em uma estrada preta, cercada pelo deserto.

*Para onde você está me levando?* queria perguntar.

No entanto, permaneci em silêncio. Eu sabia que não devia questionar um superior.

Exceto que eu provavelmente iria morrer em breve. Se não dos ferimentos esta noite, então de uma aula futura. Porque não havia como me curar adequadamente antes da minha próxima sessão de luta. O que significava que meu tempo aqui era limitado.

Então, que mal faria expressar minha pergunta?

Talvez Mestre Cedric acelerasse meu destino.

Dado como eu me sentia agora, poderia não ser uma coisa ruim.

— Para onde estamos indo? — perguntei antes que eu pudesse mudar de ideia. Não foi a decisão mais inteligente de minha parte, mas me senti estranhamente encorajada ao compartilhar meus pensamentos. Me deu vontade de fazer de novo.

— Para meu lar temporário — ele respondeu, me surpreendendo.

— Lar temporário? — repeti, franzindo a testa.

Ele olhou para mim e curvou os lábios.

— Está se sentindo tagarela, querida? Talvez você não esteja tão ferida quanto eu pensava. — Seu olhar se desviou para o meu braço antes de voltar seu foco para a estrada. — Ou talvez tenha batido a cabeça no tatame com mais força do que eu imaginei.

Fiz uma careta. Não me lembrava de ter batido a cabeça. Mas parecia certo.

Cada parte de mim doía, da cabeça até as canelas.

— É temporário porque não pretendo ficar muito tempo — ele explicou, me surpreendendo novamente com sua resposta.

Eu não tinha o direito de fazer perguntas, mas ele respondeu como se não se importasse com o fato de eu ter solicitado esclarecimentos.

— Só aceitei o papel aqui para evitar um pedido político — ele continuou. — Todos os outros funcionários têm suas casas no deserto, porque não têm outra escolha. É isso ou permanecer na universidade com os alunos, o que diversos lycans de baixo escalão já faz por razões de segurança.

Sim, isso eu sabia. Bem, não a parte de baixo escalão. Mas havia uma diretora lycan em meu dormitório. Eu a evitava quando podia, pois muitas vezes ela atormentava aqueles que cruzavam seu caminho. Ela me parecia zangada. Muito brava.

— Me deram a opção de construir uma casa ou aceitar acomodações reais — ele continuou. — Optei pelo último porque, como disse, não pretendo permanecer no longo prazo. E a realeza não costuma vir até aqui, o que mantém o palácio quieto.

*Acomodações reais?* Eu nunca tinha ouvido falar disso. Também não percebi que nossos mestres deixavam o terreno da universidade. Ninguém havia explicado essa parte para nós, pois não interessava que soubéssemos.

No entanto, Mestre Cedric parecia estar com disposição para compartilhar.

Talvez porque ele estivesse planejando me matar e não viu nenhum mal em revelar esses detalhes.

Ou ele não estava planejando me matar, mas sabia que meu tempo aqui era limitado.

— Embora eu entenda o propósito de se ter um palácio real perto de cada Universidade de Sangue, parece um desperdício, já que ninguém visita essas áreas — ele acrescentou, me distraindo dos meus pensamentos. — Mas estou colocando em uso, pelo menos por enquanto.

Pisquei para ele.

— Há um palácio real? Para... para o...? — Não consegui terminar o comentário.

Eu sabia quem eram os membros da realeza. O objetivo do curso de política era aprender mais sobre as linhagens de todos os vampiros reais e lycans alfa. Eles eram os governantes do mundo, cada um deles designado para suas próprias regiões onde governavam as terras ao seu redor.

— É um palácio destinado a abrigar membros da realeza ou alfas visitantes que desejam verificar a Universidade de Sangue — ele disse, respondendo à minha pergunta novamente. — Nos primeiros dias, eles vinham com frequência. Agora, a maioria dessas propriedades estão abandonadas. Exceto para a equipe, de qualquer maneira.

Mestre Cedric virou em uma nova estrada, essa tão escura quanto a anterior, seus faróis eram a única fonte de brilho ao nosso redor.

— Parecia um desperdício de recursos construir uma casa que não pretendo manter. — Ele deu de ombros. — Então aproveitei minha hierarquia na linhagem de Silvano e aceitei um quarto no palácio.

Arregalei os olhos.

— Príncipe Silvano... — Eu conhecia seu nome e aparência das minhas aulas. Ele tinha olhos negros cruéis, semelhantes aos de Mestre Cedric. Mas o cabelo do vampiro real era supreendentemente de fios brancos, não escuros como o cabelo de Mestre Cedric.

— Sim, meu Sire — Mestre Cedric respondeu, seu tom entediado desmentindo a importância do que ele havia acabado de revelar.

Príncipe Silvano era um vampiro poderoso.

Um membro da realeza. Um dos mais antigos da espécie vampírica.

E se Mestre Cedric era sua progênie, isso o marcava como extremamente importante na hierarquia dos vampiros.

— *Só aceitei o papel aqui para evitar um pedido político.*

Esse comentário ganhou um significado totalmente novo.

Ele poderia ser elegível para uma posição soberana com sua linhagem de sangue.

O que o marcava como extremamente poderoso.

*E eu estou sozinha em um carro com ele.*

— Humm — ele murmurou, dilatando as narinas. — Seu medo está seduzindo meu predador interior, florzinha.

Seu tom calmo só fez essas palavras mais ameaçadoras.

— Respire — ele sussurrou. — Inspire lentamente e depois expire. Por mim.

Engoli em seco, só então notando a queimadura no meu peito. Porque eu parei de respirar com a revelação de sua linhagem real.

Meus pulmões se recusavam a operar, minha mente incapaz de controlar meu corpo.

Eu não conseguia me lembrar de como inalar.

A palma da mão de Mestre Cedric foi para minha coxa, apertando-a.

— Agora, Lily.

Ofeguei, tanto com seu tom quanto com seu toque. O calor se espalhou de sua mão pela minha perna, até o abdômen, fazendo-o apertar enquanto meus pulmões se expandiam com mais ar.

— Boa menina — ele murmurou, acariciando o interior da minha coxa. — Continue respirando por mim, doce flor. Vou recuperá-la.

Arregalei os olhos. *Me recuperar?*

— Mas se você disser uma palavra a alguém sobre isso, vai morrer. — Seu aperto aumentou um pouco, algo que não precisava porque o aviso em sua voz era claro o suficiente.

— Não vou dizer. — Minha resposta me deixou ofegante, meus pulmões exigindo mais oxigênio. Mas eu não conseguia puxar o suficiente e a lateral do meu corpo doeu com o esforço.

Suas palavras me deixaram atônita, sufocada por minhas emoções. No entanto, esse problema parecia mais relacionado ao meu estômago que ao meu medo dele e do que ele pretendia fazer.

Eu me senti muito tonta.

Minha visão estava falhando como durante a aula.

— Me pergunte a que posição política estou evitando — ele instruiu.

Abri a boca para expressar as palavras, mas elas pareciam muito longas. Eu não tinha ar suficiente. Então arrisquei um palpite.

— Soberano.

Seu polegar fez um pequeno círculo contra minha perna.

— Suas marcas políticas são bem-merecidas, florzinha. — Ele me deu outro aperto antes de me soltar para segurar o volante. O carro se moveu, virando novamente.

Só que desta vez, não consegui ver a nova estrada.

Minha visão escureceu completamente.

— Estamos quase lá — Mestre Cedric disse, sua voz soando distante. — Continue respirando, Lily.

Continuei.

Por muito pouco.

Quando o carro parou, senti como se estivesse flutuando em uma nuvem de nada. Senti vagamente as luzes ao nosso redor. Meu nariz captou um cheiro amadeirado de algum tipo. Então sal. Um zumbido de som. Braços fortes me levantando do carro.

Tudo se confundiu.

Até que pousei em uma verdadeira nuvem de suavidade. Me engolindo da cabeça aos pés.

*Ohhh*... eu quase gemi, minha pele se deliciando com a textura sedosa.

Se essa era a vida após a morte, eu a aceitava.

— Shhh. — O pedido de silêncio contra meu ouvido foi acompanhado pelo calor de um macho duro e quente deslizando na nuvem atrás de mim. — Continue gemendo e rolando assim, e meus planos para você vão mudar.

Mestre Cedric.

Tentei abrir os olhos para ver o que ele estava fazendo, para determinar onde estávamos, mas tudo permanecia escondido em um mar de escuridão. Seu cheiro mentolado girou ao meu redor, me sufocando sob a intensidade de sua presença.

— Beba, florzinha. — As palavras foram acompanhadas por algo quente e úmido contra minha boca. Entreabri os lábios, tentando seguir seu comando.

Algo pegajoso e doce tocou minha língua, o gosto fazendo minhas narinas dilatarem e minhas coxas se apertarem. *Oh, Deusa*... eu não sabia o que era isso, mas era delicioso e avassalador.

— Feche a boca e sugue — ele sussurrou.

Fiz o que ele disse, enchendo a boca com ambrosia e me afogando nela.

— Engula — ele adicionou, sua voz profunda e sensual.

Meu coração disparou no peito quando obedeci. O calor se espalhou por mim, me fazendo estremecer quando atingiu meu braço machucado. A dor tinha diminuído para uma residual que fui capaz de ignorar, graças à agonia avassaladora em meu estômago.

— Continue sugando e engolindo — Mestre Cedric exigiu, sua voz retumbando através de mim e me forçando a obedecer.

Isso machuca.

Tem um gosto tão bom.

Queima.

Ah, mas eu queria fazer uma refeição desse líquido e nunca mais beber outra coisa.

Tal conflito de sensação era tanto quente quanto agonizante. Uma mistura sensualmente letal de reações que me tornou complacente contra ele.

Continuei sugando e engolindo, fazendo com que um inferno torturante crescesse dentro de mim. Meus membros tremeram, atirando agonia de volta ao meu coração e subindo pela minha espinha. Eu a afastei, tentando ao máximo não deixar minha dor transparecer, mas ela explodiu em uma onda quente de tormento que deixou minha boca em um gorgolejo gritante.

Mestre Cedric me silenciou, colocando aquele líquido contra meus lábios novamente.

— Só mais um pouco, então vou te colocar para dormir.

Eu não tinha certeza do que isso significava.

Mas tentei obedecer mesmo assim.

Que escolha eu tinha?

Seu corpo estava enrolado ao redor do meu, seu braço preso ao meu redor, e sua mão...

Franzi o cenho.

*Seu pulso... era o que ele continuava pressionando em minha boca.*

Abri os olhos, minha visão retornando em um instante e provocando pontadas fortes em minha têmpora. Estávamos em uma cama decorada em linho preto com uma parede de janelas com vista para a escuridão lá fora.

A iluminação era baixa, lembrando-me de velas bruxuleantes.

E havia móveis de madeira escura ao nosso lado. *Uma mesa de cabeceira.*

Outro raio ricocheteou na minha espinha, tirando um suspiro da minha garganta.

Ofeguei e engasguei com seu sangue em resposta, então engoli quando ele voltou. Os lábios de Mestre Cedric roçaram minha têmpora, seu pulso deixando minha boca. Seus dedos tocaram da minha garganta para o meu ombro e depois para o meu braço ferido.

Mordi o lábio para não gritar enquanto ele o estendeu devagar.

— Isso vai ajudar a te curar — ele me disse em voz baixa, com a boca ainda contra a minha têmpora. — Vou te abraçar enquanto você descansa, Lily. E amanhã você se sentirá invencível.

Eu não tinha tanta certeza sobre isso.

Sentia como se tivesse morrido.

Acabada.

Incapaz de falar.

Sufocando em seu sangue.

*Por que ele fez isso? Por que me fez beber dele?* Vampiros bebiam de humanos, não o contrário.

Ele queria me provocar com seu gosto de ambrosia antes de eu morrer?

Porque eu ainda podia sentir sua essência aquecendo minhas entranhas, seu sangue um elixir diferente de qualquer outro que eu já experimentei.

— Durma. — A palavra foi um sussurro contra meu ouvido, fazendo minhas pálpebras se fecharem. Foi uma reação instantânea, meu corpo sucumbindo à sua ordem como se ele me possuísse.

E talvez fosse o caso.

Talvez este fosse o meu fim.

Eu queria lutar contra, implorar por outra chance, mas minha boca se recusou. Meu corpo já estava caindo na nuvem de seda preta, se curvando à sua ordem.

Sua boca roçou minha garganta, sua língua circulou meu pulso.

Era isso.

Meu fim.

Os momentos finais da minha vida.

— Boa noite, florzinha.— Sua voz me seguiu na escuridão, suas palavras finais se repetiram em meus pensamentos até que nada mais existisse.

Apenas escuridão.

E *paz*.

# CEDRIC

Limpei o queixo de Lily com um pano úmido, tirando o sangue de sua pele.

Minha florzinha murchou tão rápido no caminho, falando comigo em um momento e ficando incoerente no outro.

Eu me preocupei em ter que forçá-la a se alimentar, o que fiz até certo ponto. Mas ela voltou a si por tempo suficiente para engolir sozinha. E agora seu corpo cuidaria do resto.

Ela absorveu mais que o suficiente de minha essência para prosperar. Também teria alguns efeitos residuais por alguns dias.

Então eu precisaria encontrar uma razão para dispensá-la de suas aulas.

Caso contrário, seu aprimoramento seria óbvio para aqueles ao seu redor.

Eu também precisava garantir que ela entendesse a importância do que eu tinha feito e por que ela não podia contar a ninguém. Ela já havia concordado com isso no carro, mas sua resposta parecia mais programada que verdadeira. Eu levaria os próximos dias para ter certeza de que ela realmente concordou pelas razões certas.

— Pronto — murmurei, observando seu lindo rosto. — Como nova.

Coloquei o pano de lado e me concentrei em seu braço novamente, endireitando-o mais uma vez para garantir que os ossos se acomodassem de forma adequada. Às vezes, a cura aprimorada fazia com que os ossos ficassem em um ângulo estranho, o que resultava em ter que quebrá-los novamente para consertá-los. Também puxei suas pernas e a virei de costas, querendo que seus órgãos se recuperassem sem problemas também.

Não devia demorar muito.

Seus ferimentos eram substanciais e poderiam ser fatais se não fossem tratados, mas meu sangue a curaria em poucas horas.

Ainda assim, permaneci ao lado dela na cama para o caso de algo dar errado. Ela descansava lindamente de costas, seu belo cabelo loiro espalhado ao redor da cabeça.

Deixei sua pulsação acalmar meus nervos enquanto trabalhava no *tablet*. Eu tinha várias mensagens para responder, inclusive uma de Silvano.

Terminava da mesma forma que todas as suas mensagens costumavam terminar. *Quando você estará de volta?*

— Nunca, se eu puder evitar — murmurei em voz alta. Mas não consegui responder assim.

Felizmente, não havia câmeras nesta casa – algo que verifiquei ao me mudar e procurava de tempos em tempos enquanto morava aqui.

Lilith favorecia a tecnologia, usando-a como uma maneira de manter não apenas os humanos na linha, mas também os lycans e sua própria espécie.

Eu nunca entenderia como a realeza decidiu sobre sua

liderança. Ela nem era a vampira mais antiga entre nós. Kylan era o mais antigo, seguido de perto por Jace.

Bem, tecnicamente, Cam era o mais velho.

Mas ele foi dado como morto.

Então Kylan assumiu o posto.

Até Silvano era mais velho que Lilith.

Não que ele devesse liderar. Ele era um sádico com complexo de poder, daí a razão pela qual escolhi me esconder no meio da porra do deserto.

Muitos assumiam que compartilhávamos tendências semelhantes, já que ele me gerou, mas eu preferia a presa consentida. Olhei para a loira atrás de mim.

— Humm, talvez eu também goste de flores murchas — pensei em voz alta.

Flores murchas com espírito.

Quando Lily me questionou no carro, fiquei animado. Foi por isso que divulguei tantas informações para ela. Foi preciso coragem de sua parte para fazer tal pergunta. E também era simples. O tipo de pergunta que um humano teria feito com facilidade dois séculos atrás.

Mas agora, não.

Agora, eles mal olhavam para os sobrenaturais, muito menos falavam livremente com eles.

Mas minha Lily mostrou uma pontada de força sob todas aquelas camadas submissas, e eu pretendia começar a persuadir essa parte.

Um desejo perigoso, considerando seu futuro. Infelizmente, esse era um problema que resolveríamos a tempo.

Por enquanto, eu a ajudaria a florescer e aproveitar o pouco tempo que ela teria nesta terra.

Passei os dedos por seu cabelo loiro sedoso, então digitei minha resposta para Silvano. Sugeri que nos encontrássemos no próximo Dia de Sangue para discutir o assunto, que faltava pouco menos de nove meses. Isso me daria tempo para terminar meu regime de curso para o ano e também criaria uma nova desculpa para evitar seu pedido.

Sua crescente importunação me demonstrou que eu estava ficando sem tempo. Ele gostaria de uma resposta formal ao seu pedido político em breve.

O que significava que eu acabaria como soberano nos próximos anos.

Porque ninguém negava algo a Silvano e sobrevivia.

Eu não me importava com a posição ou a responsabilidade que vinha com isso, mas não queria estar sob o controle de meu Sire mais do que já estava. Ele me transformou há três mil anos, e nós nos aventuramos em direções diferentes desde então.

Nós dois adorávamos sangue e violência.

Mas eu preferia a luta física enquanto ele gostava de tortura. Isso nos permitiu ser uma dupla poderosa uma vez. No entanto, sua sanidade ultimamente parecia um pouco carente.

Ele amava essa nova ordem mundial, gostava de exibir sua superioridade sobre os humanos e forçá-los a se curvar a seus pés.

Eu achava tudo meio bobo.

Havia benefícios.

E pontos negativos.

Como a beleza deitada ao meu lado.

Ela deveria estar em um campo em algum lugar, colhendo flores e descansando ao sol. Não frequentando uma universidade destinada a doutrinar escravos mortais.

— Você não deveria estar na minha aula — acrescentei em voz alta, levando os dedos de volta para o cabelo dela. — Meu curso é sobre assassinato e coisas sombrias, e você é a vida e a luz personificadas. — Estudei suas feições delicadas mais uma vez, então verifiquei seu braço novamente.

A Universidade de Sangue a deixou com fome, o que era parte do que a tornava tão frágil.

Eu não tinha dúvidas de que ela poderia ser uma lutadora, se realmente quisesse. Mas não nestas circunstâncias.

Prejudicá-la na aula esta noite foi mais difícil do que eu esperava. Quase matei seu parceiro por colocar a mão nela. Por isso permiti que a fêmea ficasse tão ferida na rodada seguinte – eu estava distraído por minha raiva assassina.

Então me castiguei por aquela configuração.

Mas ela precisava entender que a forma perfeita não significava nada contra alguém duas vezes seu tamanho.

— Talvez eu te mostre como usar outros meios para sua vantagem — eu disse a ela enquanto levava meu toque de seu esterno até seu pescoço. — Aposto que você seria útil com uma lâmina.

Vigílias não recebiam armas com frequência. Apenas os mais confiáveis recebiam metralhadoras.

Mas isso exigia músculo e tamanho.

E pelo menos uma década de treinamento dentro da unidade Vigília.

Ela nunca sobreviveria a isso. Não com a manipulação desse mundo.

— Eu deveria ter te deixado morrer — confidenciei em voz alta. — Acelerado o processo bebendo de você até secá-la. — Foi uma ideia que passou pela minha cabeça. Mas a deixei de lado quase que imediatamente. — Não estou pronto para te ver murchar ainda. Isso me torna um cretino egoísta, mas faz muito tempo desde que algo me intrigou como você, Lily.

Provavelmente era apenas resultado do tédio.

Este novo mundo tirou a surpresa e a emoção de todas as situações.

— Não entendi por que você se matriculou em meu curso — continuei, ciente de que ela não conseguia me ouvir. Mas senti vontade de falar, então o fiz. — Peguei seus registros e vi que eram quase perfeitos, então ficou claro para mim que você era um dos muitos humanos tentando se classificar para a Copa Imortal.

Verifiquei meu e-mail mais uma vez, notei que já havia feito o suficiente para o dia e afastei o *tablet* para poder deitar ao lado dela na cama.

Eu já tinha tirado a camisa e sapatos quando peguei a toalha mais cedo, e troquei as calças por um par de moletom. Mas deixei Lily vestida, sem saber como ela preferia dormir.

Ela ainda estava de costas, seu belo corpo se curando.

Fiquei de lado, com a cabeça apoiada na mão e coloquei a outra em seu estômago. Então puxei sua camisa para olhar sua pele macia. Os sinais iniciais de hematomas haviam desaparecido, confirmando que meu sangue estava fazendo seu trabalho.

Passei o polegar ao redor de seu umbigo, suspirando.

— É verdade que as pontuações podem ajudá-la a se classificar para a Copa Imortal. Mas a genética também desempenha um papel importante nisso. E sua genética a marca como ideal para um harém. Você é linda e pequena, e imagino que seu orientador – se esse for o termo correto – está te empurrando para as aulas de artes sexuais. É por isso que você fez duas no ano passado.

Também teria algo a ver com a idade dela.

Mas os poderosos gostariam de saber como ela se comportava sexualmente para confirmar sua avaliação de harém.

— Os prospectos são pré-selecionados para a Copa

Imortal. Às vezes, um prospecto com pontuações incrivelmente altas pode se qualificar como substituto, mas não é o que você pensa. Nada disso é. Eles escolhem quase três dúzias, então cortam os números, permitindo que cada membro da realeza e cada alfa escolham um candidato para seu harém. Apenas doze passam a competir.

Essa competição era televisionada para todos os mortais verem.

Dando a todos eles a falsa esperança de um futuro que poderiam alcançar se trabalhassem mais.

E seduzia humanos como minha Lily a se matar tentando se tornar imortal.

— É um sistema sádico destinado a destruir os espíritos de sua espécie — acrescentei baixinho, roçando os dedos em seu abdômen plano. — Sinto muito, Lily. Se eu pudesse ajudá-la a seguir esse caminho, eu o faria. Mas você estava destinada a falhar antes mesmo de começar.

Me inclinei para roçar um beijo em sua testa.

Então suspirei de novo – um som que eu parecia fazer muito na presença dela – e me acomodei no meu travesseiro.

— Vamos discutir mais quando você acordar — eu disse, apoiando a mão no seu abdômen.

Eu não conseguia me lembrar da última vez que tive outra pessoa na minha cama.

Há um século ou dois, talvez?

Muitas vezes, Silvano me presenteava com seus membros usados do harém, mas eu não transava com eles. Eu os alimentava e os deixava se curarem em um quarto de hóspedes.

Não era tão atraente para mim pegar as sobras dele.

Só houve dois que matei para tirá-los de sua miséria. Eles iam morrer de qualquer maneira, e os olhos sem vida pareciam me implorar para fazer isso.

Ao contrário de Líily.

Ela era tão cheia de vida e determinação, mesmo quando começou a adormecer em meus braços esta noite. Senti seu desejo de viver como um empurrão contra minha consciência.

Foi revigorante e fez meu presente para ela valer ainda mais a pena.

Talvez eu pudesse encontrar uma maneira de mantê-la.

Claro, isso a colocaria na mira de Silvano.

Então talvez não.

No entanto, ela era minha no momento.

Isso teria que ser suficiente.

Passei as mãos sobre ela mais uma vez, verificando seus ferimentos e notando as marcas de cura em seu corpo. Seu braço estava quase recuperado, permitindo-me movê-la novamente.

Eu a virei de costas para mim, mas não pressionei o pulso em seus lábios. Em vez disso, envolvi meu corpo em torno dela e guiei sua cabeça para usar meu braço como travesseiro enquanto o outro estava ao redor de sua barriga.

*Minha*, pensei, usando meu corpo para protegê-la do mundo.

Pressionei o nariz em seu cabelo e inalei seu perfume floral.

*Minha doce flor.*

*Meu Lírio.*

*Por esta noite, você é minha.*

# LILY

Tudo doía.

Meus dedos do pé.

Das mãos.

Até meus cílios.

Era uma sensação muito estranha, como se eu pudesse sentir cada centímetro do meu corpo, até mesmo os pelos do pescoço.

Eu me sentia *viva*.

Havia sons ao meu redor, aromas que subjugavam meus sentidos e gostos que cobriam minha língua com desejos proibidos.

*Isso é a morte?* me perguntei. Seria muito cruel me sentir tão revigorada para perceber que não estava mais ali.

Ah, mas se fosse para me sentir assim, então eu aceitava essa mudança.

Cada parte de mim zumbia com eletricidade, meu corpo estava em chamas com a sensação.

O calor banhou minhas costas e envolveu meu torso. Calor masculino.

Inalei, me entregando ao cheiro de menta. Era forte e inebriante.

*Mestre Cedric.*

Parecia um sonho acordar em seus braços. Mas ele estava atrás de mim. Eu podia senti-lo como se ele fosse parte de mim. Pisquei. Uma variedade de cores atingiu minha visão quando o quarto apareceu.

Vi tons de marrons e pretos, além de uma janela revelando um pátio de árvores e fontes sob a lua. Ofeguei. A vegetação exuberante era diferente de tudo que eu já tinha visto.

Não parecia real.

Estava muito definido. Brilhante demais. Muito vibrante.

O polegar de Mestre Cedric se moveu pela minha pele, atraindo meu foco para a mão em meu abdômen.

*Debaixo da minha camisa.*

Isso não deveria me chocar. Mas, de alguma forma, parecia incrivelmente íntimo. Como uma marca.

O calor irradiava da palma de sua mão, reivindicando minha pele com pequenas fibras quentes que acariciavam minhas terminações nervosas.

Foi intenso. Incrível. O toque mais íntimo de minha vida.

O que não fazia sentido.

Eu estava nua, e ele acariciava todo o meu corpo.

Mas aquela mão parecia nova em folha. Como se estivesse sendo acariciada pela primeira vez.

E o calor nas minhas costas parecia o sol do deserto, só que sem a desidratação esmagadora que vinha com ele. Em vez disso, me fez sentir rejuvenescida pelo fogo.

Seu polegar se moveu novamente, a leve carícia me fez estremecer por inteiro. Era quente, intenso, avassalador e novo.

— Humm, você está acordada.

*Sua voz sempre foi tão melódica? Ou isso é novo?*

— Como você se sente, florzinha?

*Profunda e poderosa*, pensei, me contorcendo um pouco.

O que era a coisa errada a fazer. Porque um aperto de minhas coxas me fez me esfregar contra ele. Um gemido escapou dos meus lábios em resposta e meu corpo inteiro explodiu em chamas.

— Muito bom, humm? — Ele riu, a vibração fez meus mamilos endurecerem de forma dolorosa debaixo da camisa.

— O que está acontecendo comigo? — perguntei com a voz mais ofegante que eu esperava.

— Acredito que você está excitada — ele sussurrou, subindo a mão para acariciar a parte inferior do meu seio.

Arqueei para ele, reagindo ao seu toque e buscando mais.

— Tudo está tão potente — eu me maravilhei, vendo o quarto girar com cores vibrantes enquanto minha pele se arrepiava com seu calor. — Eu... eu me sinto... viva.

— Porque você está, florzinha. — Ele beijou a parte de trás da minha cabeça, subindo mais a mão para segurar meu peito. — Você está sentindo os efeitos do meu sangue.

Essa frase deveria ter me feito parar e me forçado a considerar minha situação, mas seu polegar roçou meu mamilo no instante seguinte, fazendo meus pensamentos se desviarem com uma onda de sensação intensa.

— Tão sensível — ele murmurou, seu toque enviando um zumbido de eletricidade pelos meus membros.

Minhas pernas ficaram tensas e aquele fogo dentro de mim cresceu.

— Mestre Cedric — murmurei, incerta do que eu queria que ele fizesse ou por que estava dizendo seu nome.

Mas senti que ia explodir, e não tinha certeza se isso era bom ou ruim.

— Apenas "Cedric". — Senti seus lábios em meu ouvido. — As formalidades são para a universidade, não para o meu quarto.

Eu não conseguia formar uma resposta, não com sua mão em meu peito e seu toque circulando o mamilo rígido.

Ele o beliscou, provocando um som gutural que saiu de minha garganta. Cada parte de mim tremeu e meu interior se transformou em lava derretida em reação ao seu toque.

Ninguém nunca me fez sentir assim.

Não que minha experiência fosse vasta. Eu só tinha feito um curso, e o foco estava mais em agradar aos machos que qualquer outra coisa.

Provavelmente era por isso que Seis continuava falhando. Sua boca em meu corpo não provocava nada em mim.

Mas a mão de Mestre Cedric, sim.

— Você está tremendo. — Suas palavras eram calmas em meu ouvido, seus lábios, quentes e macios. Ele passou o polegar pela ponta sensível novamente, então deslizou a palma de volta para o meu abdômen. — Tudo parece mais intenso e poderoso para você, não é? Você nem consegue mais se lembrar da dor do braço, consegue?

Minha resposta foi ininteligível, porque eu parecia ter me esquecido de como falar.

Sua mão ainda estava se movendo.

Indo para o cós da minha calça.

E deslizando por baixo do tecido.

Paralisei, aterrorizada e cativada pelo que ele pretendia fazer. Como seria. Como meu corpo reagiria.

Sua respiração provocou meu ouvido enquanto seu

corpo duro segurava o meu ao mesmo tempo em que seus dedos roçavam meu monte depilado.

Meu próximo agendamento de tosa era no final desta semana, então eu sabia que os pelos estavam um pouco crescidos.

Mas ele não comentou.

Em vez disso, lambeu a parte externa da minha orelha enquanto me segurava entre as coxas.

Quase voei para fora da cama. Sua pele era tão quente e suave que quase não consegui lidar com seu toque.

Ele me silenciou, me fazendo perceber que eu tinha começado a chorar – não de tristeza, mas de prazer irresistível.

Eu não poderia aguentar.

Era demais.

E, ainda assim, morreria se ele parasse de me tocar agora.

Não me reconheci. Eu nem tinha certeza de que isso era real. Mas precisava dele. Eu... eu precisava disso.

Um grito escapou de meus lábios enquanto seus dedos exploravam meu calor úmido, seu toque indo até o clitóris e de volta para minha entrada.

— Tão molhada — ele elogiou, descendo a boca para meu pescoço. — Isso me faz querer arrancar suas calças e te comer até não aguentar mais. Mas quero sentir você desmoronar em meus dedos primeiro. Então talvez eu repita isso com a língua.

*Ah, Deusa...* eu não tinha certeza se poderia sobreviver a isso. A ele. Não com o fogo queimando dentro de mim, ameaçando me engolir da cabeça aos pés.

Era estranho e imenso.

Muito assustador e quente.

Engoli em seco, com meu corpo vibrando com essa vontade insana de explodir. Como se eu estivesse crescendo e me expandindo até o ponto inevitável de me quebrar e nunca mais ficar inteira novamente.

Era tudo muito estranho, inconcebível e bom demais.

Seu corpo segurou o meu com facilidade, sua mão me reivindicando de forma intima enquanto seu braço embalava minha cabeça.

Me senti segura. Quente. À beira da explosão. E totalmente dominada pela sensação.

Foi tudo demais.

Muito brilhante. Excessivo. Muita pressão.

Seu polegar me excitou cada vez mais, me levando ao precipício da loucura.

— Goze para mim, Lily — ele murmurou e suas palavras me levaram a um ápice de estrelas brilhantes.

Gritei ao gozar, movendo as mãos em busca de uma âncora, uma maneira de me puxar de volta para o mundo.

Até perceber que eu ainda estava na cama, me deleitando de prazer.

*De forma ruidosa.*

Imagens de Mestre Peyton passaram pela minha mente, seu olhar de desaprovação me silenciaram em um instante.

Ela teria mordido meu clitóris por tal desobediência.

Então me levaria sob uma onda de orgasmos encharcados de sangue enquanto exigia que eu ficasse quieta.

Assim como Seis.

*E aquele pobre rapaz que...*

Mestre Cedric me rolou de costas. Sua expressão era quase assassina enquanto ele olhava para mim.

*Deusa, eu realmente estraguei tudo.* Abri os lábios para me desculpar, mas não consegui encontrar as palavras certas. Era como se minha língua tivesse se amarrado em um nó.

— Quando eu te fizer gozar, você deve gritar e não

parar — ele me disse. Sua voz tinha um tom letal que provocou arrepios na minha coluna. — Vou agradá-la novamente e, desta vez, você não vai se conter ou ficar em silêncio. Vai gritar meu nome e aproveitar cada segundo.

Entreabri os lábios. *Ele está bravo por eu ter parado de gritar?*

— Eu não me importo com o que a universidade te ensinou, Lily. Comigo, você sempre mostrará seu prazer.

— Ele me penetrou com o dedo, provocando um suspiro.

— Sim, assim. Quero suas reações, florzinha. Quero sentir você florescer. Sem silêncio. Sem se esconder. Nada de se torturar com regras idiotas quando eu fizer você gozar.

Suas palavras alcançaram meus lábios enquanto sua boca se aproximava a cada afirmação até que seus olhos estavam fixos nos meus.

Mas ele não me beijou. Apenas permaneceu bem acima de mim enquanto acrescentava um segundo dedo à sua penetração.

Um gemido ficou preso em minha garganta. A pressão era quase demais. Mas então seu polegar subiu para acariciar aquele ponto doce que me fez ver estrelas.

— É isso, doce flor. Deixe-me ver como você se sente. E me deixe te ouvir também.

Engoli em seco enquanto aquela sensação de explosão crescia dentro de mim novamente. Eu não entendia por que ele estava fazendo isso ou se era realmente real. Mas eu senti demais. Muito calor e intensidade. Expectativa intensa e medo.

Ele estava me aquecendo para algo nefasto?

Brincando com a comida antes de devorá-la?

Vampiros eram notoriamente cruéis, e Mestre Cedric tinha feito jus a essa reputação.

Só que ele me alimentou.

Me deu água.

Me levou para o carro.

Me alimentou com seu sangue.

E agora ele estava me observando com este olhar intenso, as íris escuras cintilando com chamas negras.

Eu me perdi naquelas profundezas escuras, me entregando ao poder que Mestre Cedric era.

Tão bonito.

Intimidador.

*Sombrio.*

Seu toque mudou, seus dedos me acariciavam profundamente, enquanto seu polegar aplicava pressão suficiente.

Parecia que ele estava pressionando um botão, segurando-o até o momento certo, movendo, acariciando e prolongando o êxtase até que desejasse que eu gozasse.

Meu ápice.

Uma explosão.

Um evento cataclísmico.

Seus olhos me diziam que eu estava certa.

— Tão perto — ele sussurrou, seu hálito de menta me fazendo entreabrir os lábios. — Você está tão perto.

*Eu sei*, quase disse a ele.

— Você vai gritar por mim, Lily?

Esse apelido saiu de seus lábios, indo direto para a minha alma. Eu nunca recebi um nome, apenas um número. E gostei bastante do nome que ele escolheu para me chamar.

— Vai me deixar sentir seu gozo? Me fazer desejar que fosse meu pau dentro de você em vez de meus dedos?

Minhas pernas ficaram tensas, enquanto minha mente imaginava suas palavras grosseiras com facilidade.

— Por favor... — Eu não tinha certeza do que queria. Que ele cumprisse essa fantasia? Que liberasse meu clitóris? As duas coisas?

— Diga meu nome, doce flor. Me peça para deixá-la gozar dizendo meu nome.

Minha boca ficou seca, suas palavras e poder me mantendo cativa, a beira do clímax.

— Por favor, Mestre...

Ele estalou a língua.

— Apenas meu nome, flor Lily.

Fechei bem os olhos enquanto seu nome provocava minha língua.

Ele afundou os dentes em meu lábio inferior em resposta, forçando meus olhos a se abrirem novamente em choque.

— Quero ver o seu prazer, Lily — ele disse, a voz com um toque de reprimenda. — E quero ouvir você gemer meu nome.

— Cedric. — Saiu em um gemido semelhante a um silvo, enquanto minhas veias se derretiam em fogo líquido. — Por favor, Cedric. Eu preciso...

Um tremor violento me deixou sem palavras, enquanto seu polegar pressionava ainda mais forte e seus dedos se curvavam dentro de mim. A magia se formou sob aquele toque, atirando faíscas em cada nervo e provocando uma súplica distorcida da minha boca.

Mestre Cedric se inclinou para me beijar, sua língua acalmando a ferida que ele fez em meu lábio inferior enquanto seu polegar finalmente me libertava do meu tormento.

Gritei em sua boca, o prazer beirando a dor enquanto me atingia com vibrações selvagens que alcançava cada centímetro do meu ser. Curvei os dedos dos pés, fechei as mãos com força e meu coração ameaçou parar de bater.

Isso provocou outro gemido do meu peito que eu não poderia ter suprimido, mesmo que quisesse.

E o tempo todo, Mestre Cedric me beijou, absorvendo

meus gemidos e gritos, e recompensando minha obediência com sua língua.

Me senti renascida.

Como se ele tivesse acabado de me apresentar a um novo mundo.

Um que me encantou e me aterrorizou.

Porque este novo mundo parecia muito real. Parecia o tipo de mundo que eu poderia realmente desfrutar.

E inspirou sentimentos que eu não queria experimentar.

Sentimentos como *esperança*.

# CEDRIC

— Isso foi glorioso — sussurrei em sua boca. — Lindo demais.

Precisou de um pouco de persuasão, principalmente porque a forma como ela foi condicionada se despertou no meio do primeiro clímax, mas o resultado final valeu o esforço.

Suas íris azul-esverdeadas brilhavam com efeitos residuais de prazer, sua expressão era de admiração, confusão e um pouquinho de medo.

Toda a experiência provou que seu treinamento sexual era deficiente, provavelmente porque seus cursos se concentravam mais no prazer masculino que no feminino.

Eu consertaria isso.

Mas ela não estava pronta para mais agora, algo que seu corpo confirmou quando rocei o polegar em seu clitóris. Ela tremeu quase que de forma violenta, mordendo o lábio enquanto lutava contra qualquer som que ameaçava escapar.

Tirei a mão de sua calça e alcancei seu queixo, usando o polegar encharcado para puxar o lábio de seus dentes.

— Não se esconda de mim — eu disse a ela, meu tom carente de reprimenda.

Porque eu entendia suas reações.

Ela estava fazendo o que a universidade ensinou.

No entanto, eu queria que ela fosse real. O que quer que isso significasse. Se fosse possível. Talvez fosse uma fantasia, o conceito de ela ser fiel a si mesma na minha presença.

Certamente era um anseio perigoso, que inevitavelmente a levaria à morte.

Mas, pelo menos, ela teria vivido um pouco antes de suas pétalas murcharem totalmente.

— Quando estivermos sozinhos, pode me dizer como se sente — falei em voz baixa. — Seja honesta, como se você quisesse mais treinamento. — Foi muito revigorante vê-la lutar à sua maneira, testar os limites da minha bondade.

Essa coragem merecia ser recompensada.

Merecia ser acarinhada, adorada e elogiada.

Não silenciada e negada.

Tracei seu lábio inferior com sua excitação, permitindo que a umidade cobrisse sua pele, em seguida, coloquei o polegar em sua boca para ela provar. Suas pupilas e narinas dilataram.

— Gosta disso, querida? Gosta do sabor do seu prazer?

Ela engoliu em seco, abaixando um pouco a cabeça em confirmação.

— Humm — gemi, removendo o polegar e me inclinei para pressionar a boca na dela. Lambi seu lábio antes de mergulhar a língua dentro de sua boca para envolvê-la em um beijo sensual e cheio de luxúria. Ela retribuiu o abraço com timidez, o que me disse que nunca foi beijada antes. Eu duvidava que ela tivesse tido um orgasmo adequado também.

Muito inexperiente.

Mas perfeita em todos os sentidos.

Minha florzinha doce e delicada.

Encostei a testa na dela, respirando fundo por um longo momento, então coloquei um dos meus dedos em sua boca.

— Chupe.

Ela obedeceu, girando a língua ao redor da ponta antes de me levar mais fundo.

Foi a exibição perfeita do que ela faria se fosse meu pau.

E isso me deixou duro como uma rocha.

Dei o outro dedo, observando enquanto ela lambia os dois. Então a beijei, ansioso para provar mais de sua excitação. Era uma mistura intoxicante que incendiava meu sangue.

Mas o tremor em seus ombros me disse que ela não aguentaria mais hoje.

Eu a queria totalmente excitada e ansiosa para obedecer, não apenas agindo em serviço sozinha.

Essa foi sua reação hoje. Ela só me concedeu porque sentia que não tinha escolha. E acredito que não tinha mesmo. Mas isso não significava que ela não poderia me escolher.

Na verdade, eu não pretendia fazer nada disso com ela. Foi apenas uma resposta natural ao seu estado elevado de sentidos. Seus olhos me diziam que ela não se arrependia. O rubor em suas bochechas demonstrava que ela gostou.

Queria manter esse prazer, não menosprezá-lo pressionando-a demais.

Então, em vez de exigir que ela retribuísse, segurei sua bochecha e apoiei a testa contra a sua.

— Acho que está na hora de um banho. — Uma novidade que eu duvidava que ela já tivesse experimentado na universidade. Eu não sabia muito sobre os hábitos de higiene na escola, mas suspeitava que os banhos fossem comunitários e supervisionados por lycans famintos.

— Banho? — ela repetiu, suas íris sedutoras estudando as minhas.

Eu sorri.

— Sim. — Parecia uma maneira adequada de agradecê-la por sua bravura. Ela podia não ter interpretado como tal, mas eventualmente aprenderia.

Algo que eu poderia acelerar se a mantivesse aqui pelo resto de seus estudos.

Já teria que mantê-la aqui por alguns dias para esconder sua recuperação milagrosa, e também para ajudá-la a enfrentar os efeitos colaterais do meu sangue.

— Fique aqui — disse a ela.

Não que ela tivesse outro lugar para ir.

Rolei para fora da cama e me aventurei no banheiro para começar a preparar o banho. A banheira era uma indulgência na qual eu não tinha passado muito tempo, preferindo tomar banho rapidamente.

Mas parecia apropriado para Lily.

Levaria um tempo para encher devido ao tamanho, o que era bom, porque eu precisava de alguns suprimentos que não estavam no quarto.

Deixei meus aposentos e me aventurei no corredor, procurando em alguns dos quartos de hóspedes. Todos possuíam acomodações semelhantes às minhas: um grande quarto com varanda, área de estar adjacente e dois banheiros privativos que rivalizavam com o tamanho da maioria dos quartos.

Finalmente encontrei o que precisava na quinta suíte que verifiquei. Os suprimentos pareciam relativamente novos, sugerindo que foram adicionados recentemente por um dos funcionários. Provavelmente não havia o suficiente para todos os quartos, ou talvez estivessem guardando os extras para pedidos de futuros visitantes.

Eu poderia ter chamado alguém da equipe para fazer isso, mas preferia cuidar de mim mesmo.

E era por isso que raramente interagia com o pequeno grupo de servos humanos que viviam nesta propriedade. Deixei o gerenciamento das atividades para sua diretora vampira, Adrienne.

Ela odiava seu trabalho.

Detestava sua vida.

Principalmente porque não era melhor que uma criada aqui.

Ela não ficou feliz com minha mudança, mas percebeu que eu não precisava de muito. Eu mal comia, minha idade requeria pouco sustento para sobreviver.

No entanto, pedi produtos de sangue para nós dois, para impedi-la de se alimentar da equipe, algo que ela estava fazendo enquanto mantinha este palácio vazio pelo último século ou mais. Imaginei que era muito estressante estar no comando de um espaço assim, sem saber quando alguém poderia aparecer para uma visita. Isso significava que ela tinha que mantê-lo limpo e pronto, de forma meticulosa, independentemente de quantos recursos fossem desperdiçados.

E ela tinha um orçamento mínimo para organizar tudo.

Daí a razão de eu ter patrocinado a comida.

Eles eram escravos de sangue, cujas almas foram praticamente arrancadas de suas vidas de servidão. Não era meu sabor favorito. Mas fiz Adrienne transformá-los em funcionários nos últimos anos, permitindo que eu fizesse suas doações de sangue em intervalos, em vez de tudo de uma vez. Isso garantia que eles permanecessem vivos, me dessem um suprimento infinito de sustento e permitia mais ajuda ao redor do palácio.

Era positivo em vários pontos.

Eu nunca tinha entendido a questão da indulgência e desperdício de vida, algo que deixei muito claro para Adrienne quando comprei o estoque de comida.

E ela tomou minha palavra como lei.

Em troca, eu a deixei em paz, uma reação pela qual ela parecia grata, pois retribuiu o favor na mesma moeda.

No entanto, talvez fosse necessário solicitar que alguns produtos adicionais fossem entregues em breve. Como sais de banho.

Supondo que eu pretendesse manter Lily aqui.

Foi uma ideia que ponderei no caminho de volta para o quarto, onde encontrei Lily deitada, dura como uma tábua, na cama.

— Eu disse para ficar aqui, não para se manter paralisada — comentei enquanto seguia para o banheiro. — Por que você não me segue e verifica o banho?

Isso lhe daria algo para se concentrar, já que ela parecia precisar de ordens para tudo.

Seria assim se eu a mantivesse aqui? Ela precisaria de mim para guiá-la em cada movimento? Porque isso se tornaria cansativo.

Eu gostava de estar no comando, especialmente no quarto. Mas havia um limite para esse controle.

Talvez eu devesse mantê-la aqui e ensiná-la a viver.

Seria egoísta da minha parte, sabendo o que sua vida se tornaria depois do Dia de Sangue. No entanto, isso poderia fazer seus últimos meses aqui valerem toda a dor inevitável.

Eu poderia ajudar a lhe dar memórias positivas para levar para o túmulo.

Isso tornaria as coisas melhores ou piores para ela? Eu não tinha certeza.

Ela entrou no banheiro atrás de mim, mas peguei seu reflexo nos vidros das janelas que emolduravam a área da banheira. Ela arregalou os olhos ao observar o piso de pedra cor de creme e o box de azulejos. Depois, ela admirou os detalhes em pedras preciosas que decoravam as bancadas e paredes.

Certamente acrescentava um ar de opulência ao cômodo.

Cada banheiro e quarto tinha uma coleção de pedras preciosas, apenas em cores diferentes.

As pedras que adornavam meus aposentos eram rubis.

— Muitos materiais no palácio pertenciam a humanos ricos — eu disse a ela. — Acho que eles queriam manter o clima palaciano da época em que os sultões governavam esta terra, mas também adicionaram um pouco de opulência global. No entanto, a alvenaria branca é toda fiel à região, mantendo tudo fresco nos meses mais quentes.

Havia também ar-condicionado para manter o lugar fresco, mesmo no pátio ao ar livre no meio da propriedade.

— Usam energia solar para manter tudo autossustentável — acrescentei, dando de ombros. — Então é como um antigo palácio com tecnologia atualizada.

E honestamente não era tão caro de se manter.

Apenas um monte de quartos para manter limpos e prontos para visitantes em potencial.

— É muito bonito — admiti, quando desliguei a água. Parecia estar cheia o suficiente. — Talvez eu te leve para dar uma volta depois do nosso banho.

Ela poderia gostar de ver algumas das estátuas históricas e as palmeiras. Os terrenos da universidade eram estéreis, enquanto os pátios aqui floresciam com vida, graças ao sistema de irrigação subterrâneo.

Seu olhar encontrou o meu enquanto eu a encarava, mas rapidamente se desviou para o chão.

Segurei seu queixo, puxando seu foco de volta para mim.

— Não espero formalidades aqui, Lily. Agora tire a roupa.

Eu estava ciente do conflito de minhas declarações – dizendo a ela para não se curvar, enquanto exigiria sua obediência – mas eu suspeitava que ela precisava disso para ajudá-la um pouco.

Dada a rapidez com que ela reagiu, parecia que eu estava certo.

Ela não hesitou em se despir, chegando a dobrar as roupas no balcão de mármore. Em seguida ela moveu as peças para o chão, como se estivessem sujas demais para a superfície imaculada.

Quase a corrigi.

Mas ela não estava errada.

Eu teria que encontrar roupas novas para ela usar aqui.

*Supondo que eu a mantivesse.*

A noção me atraía cada vez mais a cada segundo que passava. Seria fácil negociar. E manteria o status para solicitar isso também.

Embora, isso potencialmente despertaria o interesse de Silvano.

E terminaria muito mal para Lily.

*Decisões, decisões.*

Voltei para o banho para adicionar os sais e verificar a temperatura. Estava quente, mas não excessivo, pelo menos ao meu toque.

— Pode testar o calor e me dizer se está quente demais para você? — perguntei, olhando para Lily.

Ela franziu a testa, como se não entendesse o pedido, mas se adiantou para mergulhar a mão como eu tinha acabado de fazer.

Ela não puxou de volta ou assobiou, me dizendo que estava adequada.

— Está quente — ela confirmou.

— Muito quente ou confortável? — questionei.

Ela piscou para mim, então olhou de volta para a água.

— Está... está... confortável.

— Bom. Use os degraus para entrar. — Apontei para as escadas de pedra que levavam à entrada da banheira. Eu achava que era mais como uma grande piscina, com os bancos dentro fornecendo espaço suficiente para cinco ou seis pessoas.

Havia jatos também. Eu os ligaria assim que ela estivesse acomodada, assim como o purificador que faria o ciclo do líquido e adicionaria água fresca periodicamente através das torneiras suspensas de cada lado.

Peguei shampoo e sabonete líquido no box do chuveiro, coloquei ao lado da banheira e notei os movimentos rígidos de Lily enquanto ela se movia para as escadas.

Ela engoliu em seco.

— Medo de um pouco de água? — perguntei, divertido.

Mas essa diversão morreu quando ela começou a tremer.

Sua coluna se endireitou no instante seguinte, a parte corajosa dela parecendo entrar em ação. Ela subiu os degraus até o topo, com a expressão determinada.

Lily se moveu para descer como faria em uma escada normal e estremeceu quando seu pé tocou o líquido. Pulei para frente e agarrei seus quadris, segurando-a no lugar quando ela teria caído.

Ela claramente não tinha ideia do que fazer aqui.

— Você nunca nadou ou tomou banho — comentei em voz alta. — Claro que não. Por que cederiam esse tipo de benefício a futuros escravos?

Revirei os olhos para minhas próprias palavras, não para ela, e a ajudei a entrar na banheira com gentileza. Ela paralisou sob minhas mãos quando seus pés alcançaram o fundo, obviamente aterrorizada com o que aconteceria a seguir.

O que acabava completamente com o propósito do banho.

— Tente não se mover — disse quando a soltei. Seu corpo travou quando dei um passo para trás.

Ela nem parecia estar respirando, seu pulso batia de forma descontrolada.

Tirei as calças, mas deixei a boxer, e subi os degraus para me juntar a ela na água.

Ela tremeu quando a segurei novamente, deslizando meu corpo contra o dela. E foi precisamente por isso que não tirei a boxer. Ela era uma tentação, e eu precisava da barreira entre nós.

Especialmente com o quanto ela parecia estar assustada.

Eu a puxei para trás comigo para um dos bancos e me sentei. Ela se moveu, sem lutar contra mim quando a coloquei em meu colo. Mas sua respiração permaneceu superficial, seu pulso acelerado era como um farol que chamava meu predador.

— Banhos são para relaxar, Lily — eu disse contra seu ouvido. — São uma indulgência destinada a descansar os músculos rígidos e afastar os problemas da cabeça, mas eu deveria ter percebido que teria um efeito oposto em você.

Ela permaneceu em silêncio enquanto seu batimento cardíaco começava a desacelerar. Dei alguns minutos, permitindo que ela se acostumasse enquanto a segurava contra meu peito.

Não era a posição mais confortável, então nos desloquei no banco com as pernas esticadas e relaxei contra a parede atrás de mim. Quando a puxei de volta para o meu peito, ela endureceu.

— Você está preocupada que eu possa te afogar? — perguntei em voz alta enquanto puxava seus longos cabelos loiros sobre um ombro. — Você deveria estar mais preocupada com o fato de a minha boca estar perto do seu pescoço sedutor.

Dei um beijo em seu pulso enquanto o sangue abaixo cantava para meus instintos.

— Eu não vou te machucar, Lily — prometi contra sua garganta. — Não hoje, de qualquer maneira.

Nem em breve, se eu pudesse evitar.

— Por que você continua me chamando assim? — ela perguntou, sem demonstrar o medo em sua voz, que senti em seu cheiro.

— Eu te chamei de muitas coisas, querida. Seja específica. — Eu sabia o que ela queria dizer, mas queria que ela falasse mais.

— Lily — ela respondeu. — Por que você me chama de Lily?

— Porque é isso que você me lembra. — Envolvi o braço ao redor de sua cintura e usei a mão oposta para segurar seu queixo e inclinar sua cabeça para mim por cima do ombro. — Você tem cabelos claros, a pele pálida, pernas longas e semelhantes a caules, e é lindamente delicada. Assim como uma flor de lírio.

Ela piscou os longos cílios para mim.

— Uma flor de lírio.

Assenti.

— Lily, para abreviar.

— Como um nome.

— Seu nome — corrigi. — É melhor que Prospecto Quatrocentos e Sete, Ano Cento e Dezessete, não é? — Eu entendia o propósito de dar aos humanos números em vez de identidades. Mas eram longos demais.

— Eu gosto desse nome — ela sussurrou, encarando meus olhos. — Obrigada.

Eu segurei seu rosto e passei meu polegar em seus lábios.

— Só não o compartilhe com mais ninguém. Será o nosso segredinho.

Ela engoliu em seco.

— Como o seu sangue.

— Como o meu sangue — ecoei em concordância. — Temos alguns segredos agora.

Segredos que inevitavelmente levariam à sua morte.

Mas isso era um problema para outro dia.

*O Dia de Sangue.*

# LILY

*LILY.*

*Meu nome é Lily.*

Mas nomes só eram conquistados através da imortalidade. Seu sangue tinha feito coisas comigo, me fazendo sentir mais viva que nunca. Ele me curou.

*Mas não sou imortal.*

Ele disse que meu nome era um segredo, assim como seu sangue. Então, talvez ele quisesse que esse fosse um nome que eu usasse apenas com ele. Assim como não queria que eu o chamasse de Mestre Cedric aqui, apenas Cedric.

O que mais ele queria de mim?

Estávamos na água, seu braço em volta de mim e a mão em meu queixo. Eu não tinha certeza de como reagir ou o que ele queria que eu fizesse. Era tudo tão bizarro, onírico, incrível.

A água não estava muito quente. Nem fria. Estava boa. Diferente de qualquer outra que experimentei em um chuveiro, geralmente escaldante ou gelada.

E esta banheira era enorme.

Pelo menos mais três pessoas poderiam se juntar a nós, talvez mais.

Havia pedras preciosas vermelhas por toda parte.

E uma janela fosca para disfarçar o lado de fora.

— Você pode entrar na água para mim? — Mestre Cedric perguntou, atraindo meu foco. Ele ainda segurava meu queixo, com meu rosto virado por cima do ombro, mas minha mente vagava. — Vou te abraçar, se for mais fácil. Mas preciso que você umedeça seu cabelo.

Eu pisquei. Nunca entrei na água assim, a profundidade indo até o meu umbigo quando eu me levantava.

E agora ele queria que eu fosse para baixo da superfície?

— Tudo bem.

Não era como se eu pudesse recusar.

Tentei sair de cima dele, mas seu braço se agarrou minha cintura. Então ele me moveu pela água como se eu não pesasse nada – embora, talvez eu realmente não tivesse pesada, porque me sentia leve nesta piscina – e me embalou em seu peito com minhas pernas dobradas.

— Tampe o nariz com o polegar e o indicador. Vou mergulhar você.

Franzindo a testa, levantei a mão para fazer o que ele disse, abrindo os lábios para continuar respirando.

— Feche os olhos e prenda a respiração — ele disse, fazendo meu coração pular.

*Isso é perigoso.*

*Ele pode me afogar. Acabar comigo. Me matar.*

Mas por que ele faria isso depois de me curar com seu sangue? Por que faria isso depois de me dar um nome?

Talvez porque ele quisesse brincar com sua comida? Para me dar um momento de esperança antes...

— Pare de pensar e se concentre em como você se

sente — ele ordenou, suas palavras cortando meus pensamentos e me forçando a voltar minha atenção para ele.

Então ele me mergulhou, mas a água só cobriu meus olhos, não meu nariz ou boca.

Ele me levantou até que minhas orelhas estivessem fora da água, mas o cabelo ainda quase submerso.

— Como você se sente, Lily?

— Leve — sussurrei com a voz nasalada por causa do nariz comprimido. — Nervosa.

Ele afastou o braço de meus ombros, me fazendo enrijecer, mas sua mão embalou a parte de trás da minha cabeça, me mantendo na superfície.

— Eu te ensinaria a nadar, mas esta não é uma piscina adequada. Há um lá fora, então talvez eu te ensine mais tarde.

*Quanto tempo vou ficar aqui?* me perguntei. Ele falou sobre dar uma volta e agora mencionou uma piscina do lado de fora. *O que está acontecendo?*

Ele passou os dedos pelo meu cabelo, então me guiou de volta para o banco e me ajudou a sentar entre suas pernas. Um de seus pés permaneceu no banco de mármore enquanto o outro tocou o chão da banheira. Abracei meus joelhos, de costas para ele, mas havia um espaço claro entre nós.

Eu não me sentia muito segura, o excesso de água era demais.

Mas então seus dedos voltaram para o meu cabelo, e uma fragrância mentolada tocou o ar. *Shampoo*, percebi quando ele começou a passar pelos meus fios. *Ele está lavando meu cabelo.*

Ninguém nunca me tocou assim, nem mesmo os tosadores com quem eu me encontrava a cada duas semanas. Quando lavavam meu cabelo, era com água gelada e sabão comum. O que era rapidamente seguido por uma tesoura afiada para aparar.

Mas Mestre Cedric me acariciou quase com reverência.

*Assim como ele fez entre minhas coxas*, pensei, apertando as pernas com a memória. Aquilo provocou um formigamento na minha coluna, arrepiando os cabelos ao longo do meu pescoço.

Ninguém nunca me tocou dessa maneira também. De forma tão magistral e segura. Muito diferente dos toques experimentais de Seis durante nossas aulas.

E Seis certamente nunca me fez desmoronar assim. Não chegou nem perto. Eu nem tinha certeza se realmente havia gozado até hoje.

Talvez tivesse algo a ver com meus sentidos aguçados, mas eu suspeitava que tivesse mais a ver com Mestre Cedric.

Seus dedos seguraram meu cabelo, me puxando de volta para a água e me forçando a soltar meus joelhos. Gritei com o movimento abrupto, então tampei o nariz antes que ele me puxasse para baixo. Meus olhos queimaram, me lembrando de fechá-los, e meu coração disparou no meu peito.

*O que ele está fazendo? Está me afogando?*

Quase lutei contra, quase bati os braços, mas ele me levantou deixando meu queixo acima da água, permitindo que meus lábios se entreabrissem e eu inalasse o ar.

Foi então que percebi que minhas costas estavam se equilibrando na perna dele. Mestre Cedric estava me mantendo segura enquanto lavava meu cabelo.

Me mantendo viva.

Me curando.

Cuidando de mim.

Eu não entendia nada disso ou por que ele sentia a necessidade de ser gentil.

Mas me recusei a questioná-lo.

*Lily*, me maravilhei novamente. *Ele me chama de Lily.*

Um nome bonito, tão curto e feminino. Gostei do jeito que soava em seus lábios, também.

Ele passou os dedos pelo meu cabelo novamente, desta vez debaixo d'água, então me endireitou mais uma vez e deu um beijo em meu ombro.

— Boa menina — sussurrou, as palavras provocando um arrepio pela minha alma.

Eu o agradei.

Não sabia como tinha feito isso, mas adorava.

Mais essência mentolada inundou meus sentidos quando uma esponja apareceu em meu braço. Então ele começou a fazer espuma e a esfregar a pele. Observei com o canto do olho, hipnotizada por seus movimentos.

Ele esfregou até a ponta dos meus dedos, de volta ao meu pescoço, e desapareceu de vista quando passou por baixo do meu cabelo para alcançar minha nuca.

Minhas costas foram as próximas, o toque espalhando arrepios pela pele, apesar de eu estar quase submersa na água.

Fechei os olhos, apreciando as sensações.

Até que a água tremeluziu ao nosso lado para liberar mais líquido na banheira. Estremeci enquanto olhava a torneira jogar mais água.

— Vai ajudar a reciclar um pouco da espuma da banheira — ele explicou no meu ouvido enquanto começava a esfregar o outro braço.

Engoli em seco, vendo meus mamilos brilharem tanto com seu toque quanto com sua boca tão perto do meu pescoço. Ele estava despertando coisas dentro de mim que eu não conseguia definir. Era avassalador, excitante e aterrorizante, tudo ao mesmo tempo.

Seus lábios roçaram meu pescoço quando a esponja deixou meu braço para alcançar o abdômen.

— Estique as pernas — ele disse.

Obedeci.

— Abra as coxas — ele acrescentou em tom baixo, roçando os lábios na minha orelha.

Meu coração se acelerou, mas obedeci.

— Boa menina — ele disse novamente, acariciando o pescoço enquanto a esponja se aventurava embaixo da água.

Ele se concentrou em minha perna primeiro, massageando o osso do quadril antes de seguir pela parte superior da coxa.

Então ele foi para a parte de dentro, puxando a esponja para cima, em minha intimidade.

Estremeci quando ele tocou o clitóris, sentindo o prazer vibrar em minhas veias e fazendo um suspiro escapar da minha boca.

— Sensível? — ele perguntou.

— Sim — admiti.

— Hum. — Ele repetiu o movimento, então mudou para a outra perna, deixando para trás uma dor que parecia insatisfeita.

Uma dor que só aumentou à medida que a esponja continuou subindo até o abdômen e seios.

Fechei os olhos novamente, perdida em seu toque.

Parecia um sonho.

Uma fantasia que eu não tinha percebido que desejava.

Outra sugestão da fragrância mentolada se seguiu, a esponja ganhando vida com mais espuma. Meus mamilos estavam tão duros, e seu toque fazia meu pulso acelerar.

Ele circulou o bico tenso e o beliscou enquanto passava

o sabonete no outro. Eu me inclinei para trás, incapaz de me manter ereta. Meu peito estava tenso, assim como a área entre as coxas. Como se eu estivesse à beira de outra explosão, uma que poderia me matar.

Mas Mestre Cedric não parecia estar com pressa de terminar.

Em vez disso, ele continuou a me torturar com aquela esponja, usando sabão como uma distração do que meu corpo desejava.

Até que a mão em meu peito se aventurou para baixo.

Parou para traçar um círculo ao redor do meu umbigo.

Então desceu para me segurar.

Suspirei seu nome, me derretendo nele e em seu toque erótico.

Seus lábios estavam em meu pescoço e sua língua, traçando meu pulso. A voz era um grunhido que não entendi completamente. Ele poderia estar dizendo que queria me morder, e eu não tinha certeza se reagiria. Não com a sensação de seu toque no meu centro íntimo.

Ele riu, o som vibrando nas minhas costas. Seus dentes roçaram minha garganta, seja por seu sorriso ou como uma ameaça, eu não poderia dizer.

Eu estava muito perdida nele.

Muito absorta no prazer que seu toque evocava.

Muito focada no polegar circulando o local que eu mais queria que ele acariciasse.

Mas seus dedos entraram em mim, a penetração abrupta me fazendo estremecer. Quando ele o curvou, transformou meu vacilar em uma vibração de prazer.

Prazer que ele alimentava pressionando o polegar no lugar que eu desejava.

— Cedric — sussurrei, arqueando em sua mão.

Ele segurou meu seio.

E sua boca cobriu minha pulsação.

*Ah, Deusa...*

O aperto de seus incisivos deixou meu coração em um ritmo caótico que reverberou em meus ouvidos. Um momento de pânico cortou minha consciência, apenas para ser engolida por um vulcão de calor que me cobriu no ápice.

Meu orgasmo não foi gradual. Foi imediato, me rasgando e me levando a um clímax ainda mais intenso que antes.

Perdi a capacidade de ver.

De pensar.

Até de respirar.

Me tornei um ser líquido prosperando apenas com êxtase.

Latejante. Pulsante. Moribunda.

Mas eu não podia nem ficar brava ou chateada com isso, não quando era assim.

Ele estava me matando e eu não me importava.

Bebendo de mim enquanto tirava cada grama de êxtase possível da minha forma.

A morte perfeita.

Os momentos finais perfeitos.

O *final* perfeito.

Não havia mais dor. Não havia mais dúvidas sobre o meu destino. Chega de lutar por um futuro impossível.

Era isso, a escuridão finalmente me engolindo pela última vez.

Eu sorri.

— Obrigada. — As palavras eram um sopro em meus ouvidos, mas eu queria que ele as ouvisse, que soubesse que eu apreciava que ele tornasse isso prazeroso.

— Não, Lily. Eu que agradeço — ele respondeu contra o meu ouvido antes de retornar ao meu pescoço e me perfurar novamente.

De forma mais dura desta vez.

Mais violenta.

Sua fome era como uma chicotada para meus sentidos.

Mas o mundo já tinha começado a desaparecer.

Em uma escuridão perpétua que acolhi mais prontamente do que deveria.

Até que tudo parou.

A sensação.

O calor.

O prazer.

E o som da água escorrendo se seguiu.

Então fui enrolada em uma nuvem fofa de algodão e carregada para a cama em que estive horas antes.

Abri os olhos, me permitindo encontrar o olhar sombrio de Mestre Cedric.

— Considere essa sua primeira lição sobre relaxamento — ele disse enquanto me deitava na cama. — Vou encontrar algo para você comer. Apenas descanse e se recupere.

Ele deu um beijo na minha testa, me deixando confusa e estranhamente fria.

*Ele não me matou.*

*Me deu banho. Prazer. Bebeu de mim.*

E acabou de me deixar em sua cama novamente.

Enrolada em uma toalha.

Olhando boquiaberta para o espaço que ele havia acabado de ocupar.

*Uma aula de relaxamento.*

Por quê?

Com que propósito?

Que lição ele tinha reservado para mim?

Estremeci. Algo sobre este jogo parecia mais perigoso que qualquer outro que já joguei. E pela primeira vez, eu não tinha certeza se queria vencer.

Porque passar por essas lições podia acabar no maior fracasso de todos.

Uma perigosa sensação de otimismo.

Um desejo de viver.

Um desejo de mais.

Com Mestre Cedric.

Um futuro que nunca poderia ser realmente meu, não importava o quanto eu sonhasse ou fantasiasse sobre isso.

— *Tente não sonhar. Fantasias não existem mais em seu mundo.*

Suas palavras do outro dia me assombraram quando fechei os olhos. Isso era tudo um jogo para ele, uma maneira de um predador brincar com sua comida.

Pressionei os dedos em meu pescoço, sentindo as perfurações já cicatrizadas na pele. Isso me ancorava no presente, afugentando a esperança.

Eu poderia ter gostado das sensações.

Mas era tudo: reações prazerosas à mordida de um predador.

Eu esperava que as marcas se mantivessem em minha pele. Seria bom ter o lembrete constante.

Porque algo sobre Mestre Cedric me fez querer ceder.

E se eu cedesse, realmente me afogaria.

Não seria uma morte rápida, mas um tormento lento e agonizante.

O tipo de fim que me perseguiria na vida após a morte e assombraria minha alma.

Talvez esse fosse seu objetivo.

Talvez ele quisesse que eu sofresse.

*Não vou deixar isso acontecer*, pensei, apertando a mandíbula. *Me recuso a ser uma presa fácil, Mestre Cedric. Se isso é um jogo, então você escolheu a garota errada para jogar. Porque vou lutar contra ele até meu último suspiro. Eu juro.*

# CEDRIC

Meu pulso vibrou quando entrei na cozinha mais próxima. Olhei para baixo e encontrei uma mensagem de Silvano em meu relógio.

*É claro.*

Era como se ele tivesse sentido o ataque temporário de prazer e decidido matá-lo com uma convocação.

Revirando os olhos, descartei a mensagem e comecei a procurar por comida. Eu responderia ao seu chamado em um ou dois dias. Talvez três.

Não que isso ajudasse em alguma coisa.

O tom de sua mensagem implicava que ele estava ficando sem paciência.

*O Dia de Sangue não é um momento aceitável. Ligue para mim.*

*S.*

As palavras passaram pela minha cabeça algumas vezes enquanto eu tirava alguns ingredientes da geladeira. Silvano não costumava emitir decretos, mas quando o fazia, eram sérios. Mortalmente. Se e quando ele exigisse que eu aceitasse a posição de soberano, eu não teria escolha. Então seria forçado a abraçar este novo mundo.

A universidade forneceu uma introdução saudável à nossa sociedade reformada.

E embora eu não gostasse, podia ignorar muito do que acontecia fora daqueles muros.

Ser um soberano significava que eu não podia mais fingir. Eu teria que abraçar meu papel por completo. Fazer o contrário seria perigoso. Aqueles que se recusaram a aceitar foram expulsos ou mortos.

Aqueles como Cam, o mais velho de minha espécie, que escolheu lutar contra Lilith. Ele morreu.

Assim como todos os seus seguidores.

E o novo mundo nasceu.

Um mundo onde Lily murchava mais e mais a cada dia, porque os humanos não podiam mais florescer.

Olhei para os itens no balcão, franzindo a testa para as opções. Eram meus lanches preferidos: queijo, frios e um pouco de geleia. Muito mais gostoso que a refeição que ela comeu na outra noite.

O que significava que esses itens a deixariam enjoada. Ou pior, aprimoraria seus gostos.

Eu não poderia torturá-la dessa maneira. Não era justo ou gentil.

Mas não tinha mais nada nesta cozinha para oferecer.

Então apertei um botão na parede que raramente usava. Uma voz feminina soou um mero segundo depois.

— Sim, Sire? — Os escravos humanos desta propriedade estavam sempre esperando meus pedidos, apesar de eu mal chamá-los.

— Preciso de uma refeição apropriada para humanos — eu disse à garota. — Algo com legumes cozidos no vapor, carne magra como frango ou peru, batata ou um pouco de arroz e frutas como sobremesa. De preferência morangos, se os tivermos.

— Claro, Sire — ela respondeu sem perder o ritmo.

— Por favor, entregue em meus aposentos — acrescentei, guardando a comida.

— S-sim, Sire — ela gaguejou, provavelmente interpretando mal a minha necessidade.

Não me preocupei em corrigir suas suposições. Ela entenderia o propósito da comida assim que visse Lily e as perfurações em seu pescoço esguio.

Tomei mais sangue dela do que deveria, mas seu cheiro doce me deixou com muita fome. Eu queria devorá-la por completo enquanto empurrava meu pau dentro dela.

Infelizmente, me segurei.

Queria que ela me implorasse primeiro, que realmente quisesse meu toque antes de dá-lo.

Claro, eu fiz o oposto hoje.

No entanto, li as pistas de seu corpo e reagi de acordo. Ela relaxou, o prazer aquecendo sua alma.

E seduzindo ainda mais meu predador.

Não fui capaz de resistir ao seu sangue, então a mordi. Não pediria desculpas por isso, porque não queria mentir. Assim como não prometeria não fazer de novo. Porque eu pretendia afundar meus dentes em sua carne tantas vezes quanto pudesse nos próximos meses.

Daí a necessidade da refeição.

Lily precisaria de força para sobreviver aos meus desejos aumentados. Eu poderia não precisar de muito sangue para prosperar neste mundo, mas isso não significava que me impediria de me entregar ao seu sabor doce.

Ela era uma raridade. Um tesouro. Um farol de sol em um mundo de escuridão. E eu a queria. Então a teria.

Isso fazia de mim um monstro? Para ela, provavelmente. Mas talvez ela entendesse meus motivos.

Eu tentaria ajudá-la.

E a adoraria também.

Se ela desejasse mais prazer, daria com minha língua e corpo pelo tempo que ela precisasse. Eu a alimentaria. Daria banho nela. Daria os recursos de que ela precisasse para prosperar.

Enquanto este mundo permitisse.

Talvez eu solicitasse que a universidade me deixasse retê-la para aulas particulares. Seria uma boa maneira de mantê-la segura pelos meses restantes. Então eu poderia reprová-la no final, e sua morte seria rápida.

Talvez até me dessem a honra de beber dela até secá-la.

Seria o presente mais gentil que eu poderia oferecer neste mundo, mesmo que ela me odiasse por isso. Mas eu abraçaria esse ódio pela dor dela.

Essa foi a lição que aprendi na noite passada, que não aguentaria vê-la sofrendo.

Foi por isso que reagi de maneira precipitada e a trouxe para curá-la. Eu não fui capaz de lidar com sua agonia. Estava irracionalmente inclinado a salvá-la.

Porque ela era minha.

Queria que ela deixasse este mundo em meus termos, não naqueles estabelecidos por nossa sociedade. Porque pensar em seu tormento me matou por dentro. Ela não merecia nada disso. Nenhum dos humanos merecia.

Mas algo sobre Lily me deixou ainda mais descontente. Eu queria roubá-la e me esconder com ela por toda a eternidade.

Uma fantasia completamente ridícula, mas que eu

entretinha enquanto subia as escadas em direção aos meus aposentos. Peguei duas garrafas de água na geladeira para o caso de a criada não trazer com a refeição. Ela levaria cerca de trinta minutos para preparar tudo, e Lily precisava de algo para beber agora.

Minhas suspeitas foram confirmadas quando entrei no quarto. Ela estava encostada na cabeceira da cama, ainda enrolada na toalha. Parecia atordoada. Estava com a pele pálida e os olhos de um verde claro em vez daquele tom azul-esverdeado.

Tomei sangue demais. E ela estava sofrendo, apesar da grande dose da minha própria essência na noite passada. Talvez porque ela tenha usado a maior parte da minha energia sobrenatural para curar seus ferimentos.

Coloquei as garrafas na mesa de cabeceira e me juntei a ela na cama. Lily olhou para o meu abdômen nu e a calça do pijama cinza, e depois para o meu rosto.

Segurei sua bochecha e então me inclinei para beijá-la de leve nos lábios. Ela estremeceu, e senti sua pele pegajosa sob minha mão.

*Talvez eu devesse repensar aquele pedido de desculpas*, pensei.

Ela era muito frágil para a quantidade de sangue que tirei dela, algo que eu culpava a sociedade mais que a mim mesmo. Se ela estivesse em um regime alimentar adequado, estaria bem. Infelizmente, minha pequena flor foi marcada como uma iguaria pequena, provavelmente destinada a ser destruída em um harém real.

Um lycan a destroçaria imediatamente.

Assim como a maioria dos vampiros.

Eu faria o meu melhor para não seguir o exemplo, algo que disse a ela sem palavras enquanto cortava minha língua com meu canino e a enfiava em sua boca.

Ela estremeceu com a surpresa, arregalando os olhos

enquanto eu aprofundava nosso beijo, alimentando-a com meu sangue.

Levei a mão para seu pescoço, desenhando uma linha em sua garganta com o polegar, como uma ordem silenciosa para ela engolir.

Ela obedeceu.

Eu a alimentei, dando a essência que a ajudaria a se curar e a deixaria tonta com a imortalidade.

Tão proibido.

Um grande tabu.

Muito *perigoso*.

Ela não era a única que poderia ser punida por isso. Embora, eu diria apenas que queria manter meu brinquedo vivo. Silvano me perdoaria com um sorriso malicioso, então veria o quanto sua forma fortalecida poderia aguentar antes de ser destruída ou a mataria imediatamente.

Os dois resultados me irritaram, algo que acidentalmente transmiti através da minha mão no pescoço de Lily. Ela se encolheu, e imediatamente afrouxei o aperto.

— Tão delicada, minha flor — sussurrei, pressionando a testa na sua. — Não quero te machucar.

Foi o mais próximo que pude chegar de um pedido de desculpas, as palavras significando mais uma explicação que pesar. Ela era muito inferior, o que fazia parte da minha atração e também um impedimento.

Eu a queria mais forte. Mais feroz. Como uma igual. Mas isso não era possível. Torná-la imortal resultaria em uma sentença de morte imediata para ela. E Silvano seria obrigado a me punir também.

Vampiros não podiam mais escolher sua progênie.

Mais de noventa por cento da raça humana foi exterminada, nos deixando com uma fonte limitada de alimentos. Criar muitos imortais afetaria as rações de sangue.

Daí a necessidade da Copa Imortal. Apenas dois humanos recebiam a imortalidade a cada ano, e a colocação deles entre as regiões variava. As escolhas do próximo ano iriam para o Clã Clemente e a Região de Jace.

Minha escolha seria Jace em um piscar de olhos, e não apenas por causa de sua linhagem de vampiros. Ele governava seu território com um ar de justiça que faltava à maioria dos outros em sua posição.

Outros como Alfa Walter do Clã Clemente.

Silvano também.

O próprio conceito de "justiça" não se aplicava a eles. Muito menos as noções de escolha, igualdade ou os desejos dos outros dentro de suas regiões. Governantes como Walter e Silvano só se preocupavam com suas próprias necessidades.

Mas as propensões de Silvano eram uma preocupação para outro dia.

Beijei Lily novamente, dando mais sangue e suspirando quando senti o poder escorrer por seu ser. Quando me afastei, seus olhos estavam mais brilhantes e arregalados de admiração.

— Sangue de vampiro cura — eu disse, afirmando o óbvio. — É por isso que é proibido.

— Um segredo — ela respondeu, ecoando nossa conversa da noite passada.

— Sim. — Rocei os lábios nos seus antes de me inclinar para trás para pegar uma das garrafas de água. Girei a tampa e a levei aos seus lábios.

Ela engoliu com avidez, confirmando minhas previsões sobre a sede. No entanto, ela estremeceu um pouco depois de alguns goles, então puxei a garrafa e arqueei uma sobrancelha.

— Frio — Lily disse, estremecendo novamente.

Ela estava acostumada com água em temperatura ambiente, ou pior.

Considerei-a por um momento, então tomei um pouco do líquido em minha boca para aquecê-lo antes de pressionar meus lábios nos dela. Ela estremeceu de surpresa, mas abriu a boca e engoliu com avidez.

Repeti, adicionando um pouco de sangue e dando a ela os nutrientes que precisava para se sentir verdadeiramente viva.

Sua expressão continha muitas perguntas quando terminamos a garrafa, o azul em suas íris multicoloridas brilhando mais uma vez.

— Pode falar livremente — disse quando ela permaneceu em silêncio. — Eu não vou puni-la.

Coloquei a garrafa vazia de lado e me acomodei na cabeceira da cama. Ela ainda estava com a toalha em volta do corpo como um escudo. Seria fácil exigir que ela a removesse e conversasse comigo nua, mas isso levaria a distrações. E eu queria muito que ela expressasse alguns dos pensamentos que cintilavam por trás daqueles lindos olhos.

— Por que você está me curando? — ela perguntou.

Dei de ombros.

— Porque eu posso. E quero. — *Porque você é minha.*

Bem, na verdade, não.

Mas, por enquanto, eu a considerava.

— Mas por que eu? Você... você me odeia.

Arregalei os olhos, tanto com a declaração quanto com sua franqueza.

— Eu não te odeio, Lily. Muito pelo contrário.

— Mas você não para de me dar notas baixas.

— Isso não significa que eu não goste de você — respondi, surpreso com sua correlação. — Eu te disse porque você tira notas baixas. Esse foi o propósito da lição de ontem à noite.— Não era culpa dela. Lily simplesmente não foi feita para ser Vigília.

Ela mordiscou o lábio inferior.

— Sou muito pequena.

— Sim. Mas isso não significa que você é fraca. — Eu poderia chamá-la de delicada e frágil, mas essas palavras só se aplicavam à sua forma física. — A força não tem relação apenas com o tamanho.

— Você está dizendo que há outra maneira de lutar?

— Não como Vigília — respondi. — Nem mesmo como humano. — O que talvez tenha sido o que me encantou nessa situação. Lily possuía um espírito de luta, mas não havia saída que permitisse que ela brilhasse.

Eu queria dar a ela uma saída. Só não sabia como fazer isso ou o que esse desejo significava.

— Então qual é o ponto? — ela perguntou, e um lampejo de raiva deixou sua expressão sombria. — Por que fazer tudo isso se não há nada que eu possa fazer? Por que não me deixar em paz e me reprovar de vez?

Eu a observei.

— É isso que você quer?

— Importa o que eu quero?

— Neste mundo? Na verdade, não. — Mas em uma vida passada, sim.

— Então por que estou aqui?

— Porque eu te quero aqui — respondi.

— Mas por quê? — Suas bochechas estavam rosadas e as narinas dilatadas em um claro sinal de agitação.

Me fascinava ver tanta emoção em seu rosto, principalmente porque ela costumava controlava suas feições com perfeição. Mas essa fachada estava se quebrando, e eu queria forçá-la a isso.

— Preciso ter uma razão para te querer aqui, Lily? — Estendi a mão para colocar uma de suas mechas úmidas atrás da orelha. — Tenho mesmo que explicar essa decisão para você? — Eu já disse que tinha feito isso porque queria. O que mais ela precisava?

— Acho que não — ela respondeu com uma pontada de amargura que me surpreendeu.

— Não mesmo — concordei. Mas eu explicaria se ela me esclarecesse suas perguntas.

Ela resmungou.

— Certo. Porque você é o superior. Se quiser jogar comigo, não tenho escolha a não ser participar. E já que é você quem faz as regras, vou falhar, como sempre.

Arregalei os olhos com seu pequeno discurso.

Mas ela não terminou.

— O que me leva de volta à pergunta sobre qual é o objetivo de tudo isso. Talvez você queira brincar comigo antes de me matar. Eu só gostaria que você me dissesse o que fazer para acelerar os resultados para que eu possa acabar com isso. — A última parte saiu em um resmungo.

— Meu sangue te deixou muito ousada — comentei.

Ela apertou a mandíbula.

— Você me curou para transar comigo. Provavelmente, isso tudo é algum tipo de teste projetado por você para que eu falhe também.

— Eu não quero transar com você — resmunguei, nem um pouco satisfeito com sua acusação. Principalmente porque isso fez com que me perguntasse se ela estava certa ou não. Fazia tanto tempo que eu não entretinha uma mulher que eu realmente não conseguia mais definir minhas intenções. Não neste mundo.

— Sim, você quer! — ela gritou, me deixando chocado.

E esse foi o momento exato em que duas coisas aconteceram.

Alguém bateu na porta, provavelmente a empregada com a comida.

E meu pulso começou a vibrar com uma ligação de Silvano. Aparentemente, ele não ia esperar pela minha resposta.

Puta merda.

# LILY

— VÁ ATENDER À PORTA — MESTRE CEDRIC EXIGIU. —
Preciso atender à essa ligação. E se você valoriza sua vida,
ficará em silêncio.

Uma parte irracional de mim queria gritar sem parar.
Ele me disse para falar livremente, mas respondeu às
minhas perguntas com meias respostas.

— *Por que estou aqui?*

— *Porque eu te quero aqui.*

O que é que isso significava?

Então ele disse que isso não era um jogo, quando
claramente...

— Príncipe Silvano — ele cumprimentou, cortando
meus pensamentos com uma injeção de gelo. Uma tela
apareceu na sua frente, revelando um homem com longos
cabelos brancos, olhos escuros e a mandíbula
perfeitamente quadrada.

— Cedric. Eu te disse para me ligar. — O leve sotaque
em seu tom me fez estremecer. Assim como o
reconhecimento.

*Vampiro real.*

*Um vampiro real que acabou de ligar para Mestre Cedric.*

*Mestre Cedric, com quem acabei de gritar.*

*Eu. Eu gritei. Não, fiz mais que isso. Agi de forma histérica com ele.*

*Oh, Deusa, eu...*

— Sim, minhas desculpas, Meu Príncipe. Vi sua mensagem enquanto estava tomando café da manhã e me distraí — Mestre Cedric respondeu, saindo do quarto por um conjunto de portas deslizantes que levavam à sacada do lado de fora. Ele fechou o vidro atrás de si, me cortando da conversa.

*Uma conversa com um vampiro real.*

*Porque Mestre Cedric é importante.*

*Alto escalão.*

*E eu sou apenas...*

Ouvi outra batida, o barulho me lembrando de um tambor contando os segundos para minha morte inevitável.

— *Vá atender à porta* — Mestre Cedric ordenou.

Respirei fundo, tentando acalmar meu coração. Mas tinha acabado de fazer o impensável. Briguei com um superior de alto escalão. Um futuro soberano.

*A progênie do Príncipe Silvano.*

Isso praticamente tornava Mestre Cedric parte da realeza ou muito perto disso. O que explicava sua estadia aqui...

Outra batida interrompeu meus pensamentos, me fazendo correr para fora da cama. Eu precisava obedecer a mestre Cedric, provar que podia... podia... *Ah, eu nem sabia mais.*

Esse jogo tinha regras que eu não entendia.

Ele era diferente de qualquer um dos meus Mestres anteriores, seu comportamento era algo que sempre temi de sua espécie, já que vi o que acontecia com humanos que chamavam a atenção de seres superiores.

Mas ele foi gentil.

Me alimentando. Me curando. Me dando água.

*Mas o que está esperando por mim atrás desta porta?* perguntei quando me aproximei. Eu ainda estava com uma toalha enrolada no corpo, o que era melhor que nada. Por algum motivo, senti a necessidade de usar o tecido como armadura, o que era ridículo, considerando quantas vezes fui obrigada a andar sem roupa.

Independentemente disso, segurei o nó no peito enquanto usava a outra mão para abrir a porta.

Uma pequena fêmea humana estava do lado de fora, segurando uma bandeja e desviando o olhar.

— Sinto muito por bater mais de uma vez, Sire. A sra. Adrienne me disse para bater de novo — ela gaguejou. Sua pele estava pálida, apesar da cor escura.

— Mestre Cedric está no outro cômodo — sussurrei, tentando manter minha voz o mais baixa possível. Ele me disse para não falar. Mas talvez quisesse dizer quando atendeu ao telefone. Ou seria agora?

Eu não sabia.

Eu realmente não sabia de nada.

A humana não me reconheceu, mantendo o olhar no chão.

— O Mestre Cedric pediu que eu entregasse isso.

Assumi que *isso* era a bandeja em suas mãos.

— Oh. — Dei um passo para trás para procurar um lugar apropriado para colocá-la, mas a fêmea se moveu atrás de mim e entrou no quarto. — Ele acabou de receber uma ligação na varanda — eu disse. — Do Príncipe Silvano.

Ela paralisou, até que se virou de forma abrupta. Suas

mãos tremiam quando ela colocou a bandeja em uma mesa perto do canto do quarto. Parecia uma escolha estranha, dado que havia uma maior perto dos dois sofás no centro.

Quase perguntei, mas ela se ajoelhou no chão de mármore ao lado da mesa, fazendo uma pose submissa sem dizer uma palavra. Em seguida, desabotoou a parte superior de sua camisa para tornar o pescoço mais acessível.

E abaixou a cabeça antes de ficar perfeitamente imóvel.

Mestre Cedric pretendia se alimentar dela depois de ter me mordido hoje? Ele daria seu sangue depois?

Era outra lição?

Ele me disse para atender à porta e não falar.

Certo, e agora? Eu deveria me curvar como ela? Me ajoelhar e esperar meu destino?

Um destino que não poderia ser bom, considerando que eu tinha acabado de gritar com ele.

*O que eu estava pensando? Como pude ser tão livre com minhas emoções?*

Talvez fosse seu sangue. Me fez sentir viva. Invencível. Forte. E eu odiava o quanto me sentia grata e em dívida com ele por me dar uma sensação tão incrível.

Ah, e o prazer. Querida Deusa, ele despertou um calor em mim que eu queria experimentar várias vezes. O que me aterrorizou, já que era *quem* evocava esses sentimentos.

Como se eu precisasse de outra razão para me sentir atraída por ele.

Ele era bonito. Poderoso. Intimidador. Forte. E agora eu tinha coisas a adicionar à lista. Atencioso. Um homem que possuía um toque arrebatador.

Quase gemi, senti minhas coxas formigarem com a consciência novamente.

Eu o queria.

Mas não gostava dele.

Bem, não. Eu o *temia*. Também não.

E gritei com ele. Sim, de volta àquela transgressão.

Estava tão focado em brigar com ele, em procurar uma maneira de jogar este jogo, que fiquei frustrada com suas respostas.

*O que ele vai fazer comigo agora?*

Talvez eu devesse me ajoelhar com a outra garota. Pelo menos, isso me daria uma aparência de arrependimento.

Engolindo em seco, decidi fazer exatamente isso.

Larguei a toalha e fui para o chão perto da mesa. Mestre Cedric me queria nua e ajoelhada durante nossa primeira aula particular. Talvez se eu fizesse isso, ele me puniria em vez de me matar.

Mas eu não tinha certeza se o primeiro seria muito melhor.

*Deusa, estou péssima.* Perdi a cabeça, esqueci todo o meu treinamento e agredi verbalmente um superior. Com certeza esse não era seu desejo quando me disse para falar livremente.

Meus joelhos protestaram um pouco contra o piso de mármore. Me ajoelhar no tapete macio do quarto ou até mesmo na área de estar teria sido melhor. Mas presumi que a outra humana conhecia as preferências de Mestre Cedric.

Mantive a cabeça baixa e comecei a contar.

Quando cheguei a mil, recomecei.

E recomecei.

Isso me manteve calma e me ajudou a controlar a respiração.

Eu estava na sétima rodada quando Mestre Cedric finalmente voltou. Seus passos eram silenciosos, mas senti sua presença como um chicote em meus sentidos.

*Raiva.*

*Irritação.*

*Fome.*

Experimentei cada emoção como se fossem minhas. Mas não eram. Os sentimentos eram dele. Ele estava projetando? Beber seu sangue fez algo para nos conectar? Eu estava captando suas emoções por causa do meu estado aprimorado?

— Deixe-nos — ele falou com a voz profunda e dominadora. — *Agora.*

*Com quem ele está falando...*

A outra mulher ficou de pé e correu para fora do quarto, me deixando para trás de joelhos antes que eu pudesse terminar de processar meu pensamento.

*Devo segui-la? Foi um teste para ver quem corria primeiro? O que ele quer que eu faça? É isto...*

— Levante-se, Lily. — Sua voz manteve aquele tom letal. Senti sua fúria arder meu pescoço e arrepiar meus braços.

Minha garganta se fechou, tornando difícil engolir ou respirar.

*Levante-se,* disse a mim mesma. *Levante-se agora.*

Um espasmo provocou uma onda de choque pelas minhas coxas quando me forcei a me mover, e senti os joelhos doerem com o súbito fluxo de sangue nos meus membros. Mas a ardência diminuiu quase que instantaneamente.

Não encontrei o olhar do Mestre Cedric. Mantive a cabeça baixa e esperei por mais instruções.

Ele bufou, o som áspero, abrupto e cheio de irritação.

— Você não estava me acusando de querer transar com você?

Estremeci. Não só gritei com ele, mas também o acusei. Humanos não deveriam agir assim com seus superiores. Era classificado como comportamento ofensivo.

— Sinto muito, Mestre Cedric. Esqueci meu lugar. Aceitarei qualquer punição que queira me dar.

— Não tenho tempo para puni-la, muito menos corrigi-la — ele retrucou. — Essa bandeja está cheia de comida para você. Coma. Preciso fazer mais algumas ligações.

Ele não esperou por uma resposta ou minha concordância, saiu do quarto em uma onda de irritação ao voltar para a varanda.

Mordi o lábio inferior. *A bandeja é para mim?*

Mestre Cedric havia dito algo sobre comida mais cedo, mas ele voltou com água e me esqueci. Eu também não estava com tanta fome quanto normalmente estaria a esta hora da noite. Por causa de seu sangue sobrenatural ou meu nervosismo, eu não tinha certeza.

No entanto, fui até a bandeja para investigar o conteúdo.

Um pote de arroz. Carne grelhada. Vegetais. E uma estranha fruta vermelha.

*Morangos*, pensei, me lembrando de ter visto essa fruta há muito tempo. Na verdade, eu nunca a comi antes.

Peguei esse item primeiro e dei uma mordida. A doçura tocou minha língua, me fazendo gemer com o sabor delicioso.

Era quase demais. Senti o açúcar ir direto para minha cabeça. Mas devorei mesmo assim e aproveitei um segundo antes de trocar para os vegetais.

As porções me fizeram lembrar da bolsa que Mestre Cedric me deu na outra noite. Eu geralmente recebia um quarto daquela quantidade de comida, mas quanto mais eu comia, com mais fome ficava.

Estava pegando o último morango – algo que guardei para o final – quando Mestre Cedric voltou. Ele parou na entrada da sala, observando enquanto eu levava a fruta à boca.

Parte de mim se perguntou se eu deveria parar.

A outra parte não podia, porque eu realmente a queria.

Ele não disse nada enquanto eu mordia e engolia, seus olhos escuros indo para meu pescoço antes de trilhar um caminho quente pelo meu corpo ainda nu.

Eu tinha comido ao lado da bandeja, pois não sabia onde me sentar. Também não havia pensado nisso. A carne e os legumes já haviam sido cortados em pedaços pequenos, tornando mais fácil espetá-los com o garfo. Eu estava muito consumida com os morangos para me concentrar em outras coisas. Eram minha recompensa por terminar os outros itens da bandeja.

Mestre Cedric veio em minha direção enquanto eu colocava o resto do morango na boca e envolveu a mão em meu pescoço enquanto eu começava a mastigar.

— Você deveria remover a parte da haste — ele disse, massageando a lateral do meu pescoço com o polegar. — Não faz mal, mas pode alterar o sabor.

Como o gosto não me incomodou, engoli.

Ele semicerrou os olhos, em seguida me soltou e se virou para o quarto mais uma vez.

— Me siga. Você precisa de roupas.

Irritação e fome continuaram a emanar dele. As emoções eram como uma nuvem intoxicante que girou ao meu redor enquanto eu seguia atrás dele.

Ele apertou um botão na parede.

— Preciso de roupas para uma humana. Ela tem um metro e sessenta e é pequena.

— Claro, Sire — uma voz masculina respondeu. — Gostaria que levássemos aos seus aposentos?

— Sim. E não preciso de sangue, então não venha aqui e se ajoelhe. Já fui alimentado.

— Claro, Sire — a voz repetiu. — Algo mais?

— Sapatos para humana também. — Ele olhou para os meus pés e adivinhou o meu tamanho com precisão. — Nada mais.

O macho reiterou a mesma frase, então o quarto ficou em silêncio.

Mestre Cedric me encarou, sua expressão não revelando nada.

— Você não vai contar a ninguém sobre suas experiências aqui. Vai se esquecer do nome que te dei. E se alguém perguntar sobre sua recuperação milagrosa, você dirá que seus ferimentos não foram graves ou que fingiu. Entendido?

Minha garganta estava fechada novamente e minha boca seca, o que deixou minha voz um pouco rouca quando respondi:

— Sim, Mestre Cedric.

— Bom. Atenda à porta quando baterem. Vista-se. Vou te levar de volta à universidade em uma hora. — Com isso, ele voltou para a varanda. As portas de vidro deslizantes pareceram bater atrás dele com uma determinação que dizia que o que quer que fosse, estava terminado.

Nós havíamos terminado.

E eu fiquei boquiaberta, sem ter entendido o jogo.

Ele nem me deu a chance de jogar direito.

*Era o que eu queria, certo?*

Mas se era o caso, por que eu me sentia tão fria e vazia?

Estremeci, de repente me sentindo mais nua que segundos atrás.

Deslizei para a cama, me enrolando nos lençóis e

desejando poder voltar no tempo para quando acordei com o corpo dele pressionado contra o meu.

Eu estava quente.

Viva.

*Animada.*

Agora me sentia morta por dentro. Sozinha.

Ele havia tirado meu nome. Minha nova identidade. Minha sensação proibida de esperança.

— *Vai se esquecer do nome que te dei.*

*Lily.*

Eu realmente não tinha percebido o que isso significava para mim até que ele o tirou e me reduziu a nada além de um número novamente.

*Prospecto Quatrocentos e Sete.*

Mestre Cedric tinha me dado uma dose de algo que eu não entendia muito bem, então a reverteu no instante seguinte. Isso me deixou imaginando o que mais ele poderia ter me mostrado.

Isso me fez querer consertar tudo.

Lutar pelo meu novo nome.

Porque eu não queria ser o Prospecto Quatrocentos e Sete.

Eu queria ser Lily.

*Sua* Lily.

A percepção me atingiu no fundo do peito, apertando meu coração e roubando o ar dos meus pulmões.

*Então, como faço para corrigir isso?*

# LILY

Mestre Cedric não voltou até que eu estivesse vestida e pronta para ir. Ele olhou por cima do meu vestido branco, meias e sapatos baixos. A curva de seu lábio não parecia ser uma reação favorável, não com o jeito que ele grunhiu.

Mas ele não comentou.

Tudo o que fez foi acenar com a cabeça em um gesto para que eu o seguisse antes de me conduzir pelo palácio imaculado. Fiquei momentaneamente impressionada com a opulência ao meu redor. Isso me lembrou de seus aposentos, sendo que as pedras preciosas brilhantes mudavam de cor ao longo das paredes texturizadas em branco e creme.

Ele me levou por um pátio com uma fonte cercada por palmeiras. Meus dedos coçaram com o desejo de tocar uma das folhas espinhosas, mas ele estava se movendo rápido demais para eu parar.

Este lugar não era nada como o terreno da universidade.

Fios de ouro foram gravados nos arcos das várias

entradas do lado de fora, com vislumbres brilhando ao luar no topo das torres em forma de cone nos cantos do complexo. Tanta grandeza e beleza.

*Esta é a vida dele.*

*A vida de um vampiro de alto escalão.*

*Um vampiro antigo.*

*Com laços com o sangue real.*

Engoli em seco, deslizando meu olhar para a parte de trás de sua cabeça. Ele se movia com a graça de um predador, silencioso, elegante e letal. Mas havia algo em seus passos que não existia antes. Sua coluna estava rígida, as mãos soltas ao lado do corpo. Quase como se estivesse pronto para entrar em uma batalha.

Meu coração se apertou enquanto eu me perguntava se era o alvo pretendido.

Mas ele apenas me levou para outra seção do palácio, passando por um grande salão que se estendia por três andares e pelas enormes portas da frente.

Um carro estava parado no fim dos degraus de pedra, com um humano de pé ao lado do veículo, de cabeça baixa.

Mestre Cedric pegou algo das mãos do macho.

— Está dispensado.

O humano não respondeu, preferindo se afastar do carro. Mas ele não subiu as escadas principais. Começou a descer uma calçada que parecia levar a outro prédio.

— Entre — Mestre Cedric exigiu, voltando minha atenção para onde ele estava com a porta do carro aberta.

Me acomodei no banco sem dizer uma palavra, fazendo o meu melhor para obedecer a todos os seus comandos. Seu humor sugeria que fazer o contrário terminaria mal.

Ele se inclinou sobre mim, puxando uma fivela sobre meu colo e encaixando-a no lugar.

Bateu a porta no segundo seguinte, seu corpo se movendo rápido demais para eu compreender.

E ele estava no assento ao meu lado em um piscar de olhos.

Meu coração martelava contra minhas costelas, sua velocidade vampírica me deixando sem fôlego.

Ele ligou o carro no instante seguinte, pisando com força no pedal e nos jogando para a frente.

Engoli um grito. Meu treinamento assumiu e me forçou a controlar minhas emoções. Mas eu não conseguia parar meu pulso trovejante ou a respiração ofegante.

— Relaxe — Mestre Cedric murmurou. — Não vou te machucar, Prospecto.

*Prospecto. Não Lily.*

— Mas se você disser uma palavra de qualquer coisa que compartilhamos com outra pessoa, você vai morrer. — Seu tom parecia uma lâmina, afiada, letal e intimidante. — Mantenha nossos segredos seguros e prolongará sua sobrevivência.

Eu já havia concordado em fazê-lo.

— Sim, Mestre Cedric — sussurrei novamente, apenas para me certificar de que ele sabia que eu tinha ouvido os avisos.

Ele não disse mais nada enquanto seguia pelas estradas escuras como breu, a lua e os faróis de seu carro eram a única iluminação ao nosso redor.

Até chegarmos aos portões da Universidade de Sangue.

Então a luz inundou as paredes ao redor, fazendo quase parecer dia.

Um par de Vigílias deu acesso a Mestre Cedric sem comentários, permitindo que ele entrasse e estacionasse. Me lembrei vagamente de ele nos trazer aqui depois da aula. *Isso foi só ontem à noite?* Parecia pelo menos uma semana.

Ele saiu do carro quase tão rápido quanto entrou, chegando ao meu lado e abrindo a porta antes que eu pudesse começar a processar a mudança.

Seus dedos roçaram meu quadril quando ele encontrou a fivela, então recuou como se eu o tivesse queimado.

*Eu realmente estraguei tudo*, pensei, engolindo em seco enquanto me movia para sair do carro. Eu deveria ter tentado falar no caminho de volta, mas não consegui pensar muito além de controlar minhas reações. E ele irradiava tanta energia furiosa que me senti sufocada por sua presença.

Eu meio que esperava que ele batesse a porta, voltasse para o carro e me deixasse aqui. Mas, em vez disso, foi até a mala e pegou uma bolsa – a que eu usava para guardar meus livros e suprimentos.

Ele a colocou por cima do ombro em vez de entregá-la para mim, fechou o porta-malas e começou a andar com outro daqueles acenos.

Quase tive que correr para acompanhá-lo enquanto ele atravessava o pátio vazio do lado de fora – a areia era muito menos bonita que as palmeiras e fontes pelas quais passamos nem trinta minutos atrás – em direção à área residencial do campus.

Mantive a cabeça baixa do jeito que fui ensinada, seguindo-o sem questionar.

Não havia ninguém do lado de fora, sugerindo que havíamos retornado durante uma das horas de estudo do dia livre. Geralmente, tínhamos uma atividade de exercício obrigatória ao acordar, depois café da manhã, depois horas de estudo, até que finalmente nos permitiam sessenta minutos para passear pelo terreno antes do jantar.

Recentemente, comecei a usar essa hora livre para

praticar minhas rotinas de luta do lado de fora, onde tinha mais espaço para me mover.

Quase todo mundo ficava sozinho, já que confraternizações frequentes não eram recomendadas. Havia alguns alunos que estudavam juntos, mas a maioria preferia trabalhar em projetos sozinhos. No final de tudo, estávamos competindo pelas mesmas posições. Não nos beneficiava individualmente ajudar os outros.

Embora às vezes eu me sentasse com Seis e o ajudasse em certos tópicos. Seu bom desempenho em um curso tendia a agradar a nós dois, já que muitas vezes éramos parceiros.

O silêncio dentro do salão residencial confirmou que havíamos retornado durante um período de estudo. Todas as portas estavam fechadas, inclusive a do lycan residente que supervisionava essa ala.

— Apenas retornando um prospecto — Mestre Cedric disse de repente.

Franzi o cenho. *O quê?*

— Não. Eu cuido disso — ele acrescentou quando a porta do lycan residente se abriu.

Mestre Telisca apareceu, usando um par de jeans e regata, nos observando com a expressão curiosa.

— Escolha interessante — ela comentou, me fazendo perceber que Mestre Cedric estava falando com ela através da porta.

Seus sentidos aprimorados devem ter permitido que ele a ouvisse, assim como os ouvidos de lycan a teriam alertado sobre nossa presença. Ela provavelmente foi capaz de sentir nosso cheiro também.

— Você fala como se sua opinião fosse importante para mim — Mestre Cedric respondeu, passando direto pela lycan alta e ruiva, e indo na direção do meu quarto. — Como disse, vou cuidar disso.

— Sim, sim — ela bufou. Seus olhos castanhos piscaram com seu lobo antes que ela voltasse para o quarto.

Saltei para frente para alcançar Mestre Cedric, sentindo meu coração na garganta. Não queria correr o risco de Mestre Telisca reaparecer e me agarrar, algo que eu a tinha visto fazer antes.

Esses humanos sempre desapareciam.

E novos apareciam para substituí-los.

Nunca entendi como isso funcionava, se vinham de algum lugar dentro da universidade ou fora dela.

Muitos de nós eram deslocados frequentemente entre as várias residências.

No entanto, eu estava nessa pelos últimos quatro ou cinco anos. Talvez até seis. Perdi a conta.

Mestre Cedric não me perguntou o número do quarto ou em que andar eu morava. Ele subiu dois lances de escadas sem dizer uma palavra e me levou direto para o meu quarto.

Ele tentou a maçaneta.

— Horas de estudo — sussurrei. — As portas...

Ele abriu um teclado ao lado da porta, me silenciando enquanto digitava um código rápido demais para eu ver. Um som sibilante se seguiu, então a fechadura da porta se abriu, permitindo que ele passasse pela soleira.

Porque é claro que ele sabia sobre o processo de bloqueio automático.

Ele era Mestre na universidade.

Por que isso de repente parecia uma revelação ou uma lembrança? Como eu tinha me esquecido tão facilmente o que esse vampiro representava?

Ele colocou a bolsa na cadeira, bem na frente da mesa. Eu o segui para dentro e observei a pequena cama, cômoda, e a escotilha que permitia que um pouco de luar entrasse no quarto.

Tudo parecia monótono em comparação com seus aposentos luxuosos.

Ele havia trocado o pijama antes de sairmos, o que só pareceu fazê-lo se destacar mais agora, enquanto ele estava no centro do quarto usando o terno todo preto.

Seus olhos escuros encontraram os meus, enviando um arrepio em minha coluna. Eu imediatamente baixei meu olhar. Mas ele deu um passo à frente e segurou meu queixo, me forçando a olhar para ele.

Suas íris pareciam uma tempestade, os anéis de obsidiana vibrando com uma emoção estrondosa. Um pedido de desculpas caiu pesadamente em minha língua.

Palavras sussurraram em minha mente também. Do tipo proibidas, que imploravam para que ele me levasse de volta ao seu palácio. *Só mais uma noite. Deixe-me escapar desta existência mais um pouco. Por favor.*

Mas minha voz falhou.

Não consegui falar.

Seu toque mudou para minha bochecha e seu olhar de desviou para minha boca, como se estivesse esperando o que quer que eu pudesse dizer.

Nada veio. Eu estava sem ar. Não tinha palavras apropriadas. Nenhuma frase coesa. Nenhuma confissão, pedido de desculpas ou o que quer que ele precisasse ouvir. Apenas fiquei diante dele como uma escrava inútil, totalmente perdida em minhas emoções e na confusão das últimas vinte e quatro horas.

— Já está murchando — ele murmurou, acariciando meu rosto. — É um mundo cruel, florzinha. Gostaria que você tivesse nascido em uma época diferente.

Ele pressionou os lábios nos meus antes que eu pudesse sequer imaginar uma resposta. Não era como os outros beijos que compartilhamos. Este parecia final de alguma forma, quase frio.

Pelo menos até que sua língua penetrou minha boca.

Sua mão se moveu para a parte de trás do meu pescoço, seu aperto era firme enquanto ele me comandava com seu toque. Eu me derreti nele, perdida na sensação de sua presença.

Ele era tão forte, tão dominador, que era impossível pensar em outra coisa enquanto Mestre Cedric me segurava em seus braços.

E foi por isso que engoli, me sentindo à sua mercê.

*Ambrosia*, uma parte de mim registrou. *Ele está me dando seu sangue novamente.*

Não quantidades copiosas como ele tinha feito de seu pulso, mas apenas um pouco de sua língua. O suficiente para renovar meu espírito e trazer meus sentidos de volta à vida. Eu ainda estava no alto de sua essência de antes; isso apenas encorajou as sensações e as tornou muito mais profundas.

Ele estava tentando me lembrar do nosso segredo? Ou estava testando minha determinação de permanecer quieta?

Eu não tinha certeza.

E minha mente se recusou a processar quaisquer respostas potenciais às perguntas.

Tudo que eu queria era ele, sua boca, seu gosto, sua língua.

Mas ele se afastou, interrompendo nosso beijo, e passou os lábios pelo meu queixo até meu pescoço.

Suas presas perfuraram minha garganta no instante seguinte, fazendo minhas pernas fraquejarem com a intrusão inesperada. Uma faixa muscular – *seu braço* – envolveu minhas costas, me segurando na posição vertical enquanto sua mão oposta permanecia em minha nuca.

Sucumbi a ele, permitindo que ele bebesse, atordoada pelo sabor de seu sangue e o prazer de sua mordida.

Minhas veias queimaram.

Meu estômago se apertou.

E minhas coxas se esfregaram para criar o atrito necessário.

Eu mal me reconheci. Essa versão libertina de mim era muito diferente daquela que queria ser Vigília. Ela ainda existia lá no fundo. Talvez. Eu a procuraria mais tarde.

A perna do Mestre Cedric deslizou entre as minhas, sua coxa musculosa pressionando meu centro aquecido e me dando a pressão de que eu precisava.

Eu gemi.

Ele rosnou.

Então o colchão da minha cama encontrou minhas costas, me trazendo de volta à realidade.

Mestre Cedric ainda tinha uma perna entre as minhas com o joelho plantado na cama, mas seu braço não estava mais em minhas costas. Suas mãos estavam em meus ombros em vez disso, me prendendo debaixo dele enquanto ele pressionava a boca no meu ouvido.

— Cuidado — ele sussurrou. — Prospectos não reagem.

Suas palavras provocaram um arrepio na minha coluna.

Ele me disse para reagir mais cedo, para gritar e permitir que ele ouvisse meu prazer.

E agora estava me dizendo para não fazer nada daquilo.

Ele estava me lembrando do meu lugar, tirando o breve vislumbre de liberdade que me permitiu ter longe das paredes da universidade.

Um truque cruel. Um castigo severo.

— Mestre Cedric — murmurei, querendo me desculpar, voltar a ser sua Lily.

Mas sua mão cobriu minha boca.

— Silêncio, Prospecto. — O gelo em seu tom fez um buraco em meu espírito, me deixando vazia e congelada embaixo dele.

Ele me mordeu novamente, e senti uma onda de calor em cascata sobre minha forma que ameaçou me descongelar do meu estado frígido. Apertei o lábio inferior para segurar meu grito, o som de agonia misturado com prazer.

Meus olhos se encheram de lágrimas.

Meu mundo entrou em um espiral fora de controle em um piscar de olhos.

Eu queria levantar meus quadris contra os dele.

Desejava empurrá-lo de cima de mim.

Queria gritar um pedido de desculpas em sua boca.

Ansiava por cravar as unhas em seus ombros e implorar para que ele me levasse de volta ao seu palácio.

Eu queria desaparecer e esquecê-lo completamente.

De repente, cada desejo misturado dentro de mim, ameaçou dominar meu controle. Anos de treinamento tentaram assumir, querendo afastar tudo e me impedir de reagir. Mas não consegui impedir que a lágrima solitária escapasse do meu olho.

O polegar de Mestre Cedric a afastou enquanto sua mão ainda cobria minha boca. Em seguida, sua coxa pressionou meu núcleo, fazendo com que a eletricidade zumbisse através do meu ser e acelerasse meu coração.

Era sensação demais.

Muita emoção.

Eu ia explodir. Gritar. Me despedaçar.

Seus lábios capturaram os meus enquanto eu alcançava

o ápice, meu corpo vibrando com o ataque de fogo e gelo se acasalando dentro de minhas veias.

Aquilo agitou o caos dentro de mim. Queimou. Tremeu. Me fez querer gritar pelo êxtase.

*Oh...*

Gemi, mas ele capturou o som com a língua, seu sangue enchendo minha boca e me forçando a engolir.

Me engasguei, tossi, cuspi, mas ele exigiu que eu pegasse, aceitasse, abraçasse.

Tudo enquanto seus olhos se mantinham presos aos meus, transmitindo alguma mensagem oculta que eu não conseguia entender.

Quando ele terminou, minha alma parecia rasgada em pedaços. Eu não conseguia respirar ou processar o que tinha acabado de acontecer.

Ele olhou para mim com desgosto, uma expressão que eu nunca esqueceria.

*Fúria.*

*Ódio.*

*Tristeza.*

Tremi, não gostando nada dessa reviravolta.

Ele acabou de arruinar cada beijo, cada momento, cada memória que criamos.

Morto. Acabado. *Destruído.*

Assim como meu nome. Assim como minha esperança.

Ele pressionou a testa na minha, sua respiração passando sobre meus lábios.

— Considere esta nossa lição final — ele sussurrou, suas palavras soando estranhamente como um adeus. Assim como o nosso beijo começou. Uma finalidade espreitava entre nós. Uma que eu não conseguia definir.

Porque ele não queria mais jogar esse jogo?

Porque ele não queria mais me torturar?

Porque ele estava prestes a me matar?

Todas as noções eram resultados possíveis.

Seus lábios encontraram os meus uma última vez, então ele se levantou, com os ombros rígidos e o olhar não revelando nada. Ele olhou uma vez para o meu pescoço, e no instante seguinte, ele se foi.

A porta do meu quarto bateu, enviando um choque na minha coluna.

Minha chance de expressar um pedido de desculpas se foi.

E agora eu não tinha ideia do que o amanhã traria.

Outro teste? Outra falha? Mais de seu sangue?

Pisquei, sentindo meu coração ainda acelerado em meu peito.

Outro calafrio tomou conta de mim, uma sensação de pavor se desenrolou dentro do meu coração.

De alguma forma, toda essa troca parecia meu maior fracasso até hoje, como se eu tivesse feito algo incrivelmente errado. Como se eu tivesse arruinado minha chance de experimentar algo mais.

Estava lá, por um segundo. Um breve momento no tempo.

Deixando-me sem nada.

Apenas uma alma oca.

Um coração batendo rápido.

E a sensação de que amanhã se tornaria um dos piores dias da minha vida. Talvez até o último.

# LILY

Acordei com o cheiro de menta despertando meus sentidos.

Meus lábios formigaram como se eu pudesse sentir o gosto.

E eu senti.

Em minha boca.

Na garganta.

Em meu próprio ser.

Só que não era real.

Quando me mexi, me vi olhando para uma parede branca, não para móveis opulentos e pedras preciosas.

Minha prisão de cimento. Meu quarto. Minha vida real.

*Eu sonhei com tudo aquilo?*, me perguntei ao me sentar e tocar meu pescoço. Meus dedos encontraram a pele lisa, o que me fez franzir a testa.

Então me lembrei do sangue de Mestre Cedric e das propriedades curativas que o acompanhavam.

Minha bolsa estava na cadeira, exatamente onde ele a deixou.

Ou fui eu que a coloquei lá?

Uma olhada no relógio me indicou que estava na hora de me levantar para a noite. As aulas de hoje começariam em breve. Eu precisava tomar banho, depois tomar café da manhã.

Rolei para fora da cama, notando que ainda usava as roupas de ontem. O que confirmava que tudo tinha sido real, que aquela mordida era a última lição de Mestre Cedric.

Ele não poderia ter deixado sua rejeição mais clara.

Mas parte de mim não queria aceitar isso. Havia um lado meu que queria lutar contra sua decisão. Provar que ele estava errado. Fazê-lo reconsiderar.

Tensionei a mandíbula. Talvez fosse exatamente isso que eu precisava fazer. O que eu tinha a perder? Ele já havia tirado meu gosto de outra vida, me deixando sem nada mais uma vez.

Claro, ele poderia me matar.

No entanto, esse risco se aplicava a todos os monstros desta escola.

Então, o que eu realmente tinha a perder?

Eu queria outra chance de jogar seu jogo – o que quer que isso significasse – e tentar vencer. Provavelmente, era manipulado para que eu perdesse, mas pelo menos eu me sentiria viva novamente. Mesmo que por alguns breves momentos, valeria a pena escapar dessa existência repetitiva.

Ele me mostrou outro lado do mundo, me presenteou com prazer e emoção, e eu ansiava por mais. Outra mordida. Sensação intensa. *Êxtase.*

Eu diria o que queria depois da aula hoje à noite, me ajoelhando para ele. E se ele recusasse, eu faria de novo. E de novo. E de novo.

*Sim, é exatamente isso que vou fazer,* pensei enquanto

caminhava até a cômoda para pegar uma roupa nova. No entanto, um brilho no armário chamou minha atenção, me afastando da gaveta e me levando em direção à porta entreaberta.

Franzindo o cenho, abri a porta e encontrei várias embalagens de água empilhadas até o teto.

Pisquei. Devia haver centenas de garrafas aqui. Era uma nova maneira de entregar nossas rações? Uma forma de testar nossa capacidade de não abusar dos recursos?

As poucas roupas que eu tinha foram empurradas para o lado, e os sapatos agora estavam na prateleira de cima. Todo o resto era água. Para, pelo menos, seis meses, talvez mais.

Peguei uma do plástico e girei a tampa para tomar um gole. Isso também poderia ser um teste. Talvez estivesse envenenada, mas eu estava sedenta demais para recusar as garrafas diante de mim. Pulei o jantar na noite passada, tendo adormecido sob uma onda de autopiedade.

A água tinha gosto normal. Estava morna, não tão refrescante quanto o líquido que Mestre Cedric havia me fornecido, mas satisfez minha sede. Terminei metade, depois a coloquei de volta no engradado e esperei para ver se me sentia diferente.

Não notei nada além de me sentir um pouco mais hidratada que antes.

*Certo.* Fechei a porta e fui buscar roupas na cômoda, depois as levei comigo para o banheiro comunitário para tomar banho. Esperei que um dos outros mencionasse a nova distribuição de garrafas de água, mas ninguém disse uma palavra.

Isso não era anormal. A maioria de nós não falava.

Mas, às vezes, cochichávamos sobre mudanças, e isso parecia significativo o suficiente para ser discutido.

Ou talvez eu estivesse pensando demais.

Me preparei para o dia, tomei outro gole da água, caso não recebesse outras garrafas, e fui tomar o café da manhã.

Onde me foi dada uma ração maior que a habitual.

Em vez de uma colher de ovos, me deram três. Assim como recebi uma torrada inteira, não metade. E me deram uma laranja em vez de um talo de aipo.

E outra garrafa de água.

Eu não disse nada, mantive o rosto cuidadosamente neutro quando aceitei o prato.

Mas por dentro eu estava cheia de perguntas.

Por que mudaram meu regime alimentar?

Comi tudo com cautela, olhando ao redor para ver se mais alguém estava comendo mais que o habitual. Mas era difícil julgar, porque eu raramente prestava atenção às porções de comida dos outros.

No entanto, ninguém pareceu surpreso. Eles provavelmente estavam mascarando suas emoções assim como eu, tornando impossível saber se algum deles estava passando por essas anormalidades.

Permaneci vigilante durante toda a primeira aula, procurando sinais de algo fora do comum. Mas todos agiram como sempre.

A tarefa de hoje girou em torno dos serviços de limpeza, especificamente no quarto. Fomos cronometrados com que rapidez poderíamos arrumar a cama das maneiras específicas que Mestre Clarissa nos mostrou no outro dia.

Senti meus passos mais rápidos que o normal, minhas mãos mais eficientes e minha confiança, maior.

Talvez por causa do sangue de Mestre Cedric ainda fluindo dentro de mim. Tudo ainda estava exaltado. Ou talvez fosse pelo aumento da comida.

Independentemente disso, Mestre Clarissa me deu

notas altas e afirmou que os outros da classe precisavam ser mais eficientes... *como eu.*

Não reagi ao elogio. Em vez disso, me concentrei em manter a expressão neutra enquanto ela começava um novo tutorial de etiqueta na limpeza do quarto – como lidar com lençóis sujos. Ela fez a demonstração com lençóis encharcados de sangue, que provavelmente estavam frescos de uma morte.

Senti o estômago se revirar ao vê-lo, minha mente vagando para a mordida de Mestre Cedric.

Ele não tinha sido cruel, e sim, sensual.

Mas eu não era ingênua para considerar isso uma experiência normal.

Na verdade, nada sobre Mestre Cedric poderia ser descrito como *normal.* Ele era um enigma que eu não entendia.

Um que eu pretendia enfrentar esta noite.

Foi esse o pensamento que me seguiu durante as aulas, sem sair da minha cabeça enquanto eu assistia cada palestra e atividade.

Meu sangue praticamente fervilhava de excitação nervosa quando a hora de sua aula se aproximava.

Mas não era ele o vampiro que nos esperava na sala de aula.

Um homem de cabelos escuros e olhos turquesa estava em seu lugar, usando calça jeans preta e camiseta combinando sobre um corpo feito de músculos sólidos.

*Lycan,* adivinhei de imediato ao baixar o olhar para o chão.

Ele se apresentou como Mestre Khalid e prontamente reorganizou os pares em nossa classe. Me colocou com um homem mais próximo do meu tamanho – minha ex-parceira estava desaparecida – e colocou os dois homens enormes juntos novamente.

Em seguida começou a aula sem nenhum comentário sobre a ausência de Mestre Cedric.

Não que eu esperasse uma explicação. Eu era humana, não uma igual. Mas levou cada grama de força de vontade para não perguntar.

*Talvez isso seja temporário*, pensei. *Talvez ele volte amanhã.*

Exceto que ele não estava de volta na próxima aula.

Ou na seguinte.

Ou na que veio depois disso.

Quatro semanas se passaram sem nenhum sinal de Mestre Cedric. Parecia que Mestre Khalid havia assumido oficialmente, o que eu deveria me sentir grata, porque finalmente estava tirando boas notas em alguns dos testes deste curso.

Mas me vi desejando Mestre Cedric. Ele assombrava meus sonhos... sonhos que eu sabia que não deveria ter com ele.

Esses sonhos pioraram quando seu sangue saiu completamente de dentro de mim, o que fez meus sentidos voltarem ao normal. Era como se eu tivesse perdido a parte final dele, me deixando apenas com fantasias.

Fantasias que floresciam loucamente enquanto eu dormia.

O aumento das rações de comida continuou também com um almoço sendo adicionado à minha agenda diária. Eu me sentia rejuvenescida e mais forte a cada dia que passava, quase como o sangue de Mestre Cedric me fez sentir.

Só que não era o mesmo.

Alguma parte distorcida de mim sentiu falta dele.

Era por isso que eu achava difícil dizer seu nome agora, quando minha orientadora me pediu uma atualização sobre meus cursos.

Eu estava sentada na cama, olhando para a imagem

dela contra a parede. Ela aparecia a cada poucas semanas para discutir minha agenda e, originalmente, eu pretendia usar nossa próxima sessão para discutir a aula de Mestre Cedric. Agora, eu só queria perguntar para onde ele tinha ido e se eu poderia me matricular em um de seus outros cursos.

No entanto, meu treinamento entrou na conversa quando forneci a ela uma atualização sobre minhas aulas e como eu sentia que estavam indo. Até disse que acreditava que minhas habilidades de luta estavam finalmente melhorando.

— Sim, vejo aqui nas anotações do Mestre Khalid — ela respondeu, desviando o olhar de mim enquanto lia algo em seu *tablet*. — Parece que Mestre Cedric tinha dúvidas, mas seu conselho para aumentar suas rações de comida ajudou. Claro, seu peso também está flutuando. Então, teremos que decidir se essa é a rota apropriada para você.

*Mestre Cedric aconselhou a aumentarem minhas rações de comida?* quase perguntei, me sentindo cambalear com essa revelação.

Embora parte de mim já tivesse se perguntado se ele tinha sido o motivo por trás do meu novo programa alimentar.

Assim como me perguntei se foi ele que encheu meu armário de água.

Porque ninguém havia mencionado nada disso, e as matronas do refeitório continuavam a me dar a mesma quantidade de garrafas todos os dias. Quase perguntei a orientadora, mas uma parte de mim sussurrou um aviso para permanecer em silêncio.

Era a mesma parte que se lembrava de seu aviso para manter nossos segredos entre nós.

Se eu mencionasse a água, poderiam tirá-la de mim.

Ou isso talvez fosse parte do teste.

Independentemente disso, escolhi não dizer nada.

Parecia um pouco como uma rebelião, como se eu estivesse quebrando uma regra tácita de revelar tudo a minha conselheira o tempo todo.

Eu preferia guardar o conhecimento para mim e não compartilhá-lo com ela.

— No entanto, ele também notou que suas habilidades sexuais são bastante deficientes, então seu peso pode não ser um problema — ela continuou, me tirando de meus pensamentos e me dando um tapa no rosto com suas palavras.

*Ele notou o quê?*

— Na verdade, ele recomendou fortemente que sua rotina fosse mudada para cursos de servidão em vez de artes sexuais, afirmando que ele não achava que você seria adequada o suficiente para um harém. E, obviamente, não ficou impressionado com suas habilidades de luta — ela pronunciou as palavras de forma clara e sem emoção, como se não estivesse me machucando com cada sílaba.

Tudo o que eu ouvia era *Mestre Cedric notou que suas habilidades sexuais são bastante deficientes.*

*De que maneira?*

Porque eu gemi enquanto ele me alimentou da última vez? Porque eu não tinha gemido inicialmente? *O que ele queria de mim?!*

— É decepcionante, já que a Mestre Peyton te deu notas altas em sexo oral. Mas a Mestre Clarissa também confirmou sua aptidão para o setor de serviços.

Minha conselheira finalmente voltou a olhar para mim.

— Portanto, temos algumas opções de cursos para a próxima rodada. Dado o *feedback* de Mestre Cedric, estou hesitante em adicionar mais artes sexuais aos seus estudos. Claro, você só teve dois cursos, então é possível que melhore a tempo para o Dia de Sangue. Mas manter sua virgindade também é uma característica que muitos gostariam de oferecer.

Eu a encarei. O que eu deveria dizer sobre isso?

— Qual você acha que é o melhor curso, Prospecto? Talvez você não estivesse pronta para agradar um vampiro do calibre de Mestre Cedric, mas a maioria dos que entram na indústria de harém tem que se esforçar para esse tipo de experiência. Portanto, isso pode ser apenas um revés inicial. Claro, faz parte do seu registro agora, então pode afetar seu posicionamento. A menos que você queira trabalhar duro para consertar essa reputação nos próximos meses.

Entreabri os lábios, mas minha voz falhou.

Ele me deu notas baixas em luta.

E também em artes sexuais?

Tudo o que ele fez foi me morder e me agradar. Ele esperava mais? Que eu ficasse de joelhos e o chupasse?

O vampiro era um enigma ambulante que eu não conseguia resolver!

E agora ele estava destruindo minhas marcas em áreas nas quais eu tinha certeza de que poderia atuar.

Tudo o que ele fazia era para me minar, para me fazer parecer inferior ao meu valor. E para quê? Ser cruel?

— Prospecto? — a conselheira Livia instigou, arqueando a sobrancelha escura em clara expectativa.

— Quero tentar de novo — eu disse a ela, falando sem pensar. — Sei que posso me sair melhor.

Ela assentiu.

— Tudo bem, então vou te matricular no próximo curso. Vai se concentrar mais em treinamento anal, pois gostaria de manter sua virgindade vaginal intacta para uso potencial mais tarde.

Meu coração caiu em meu estômago. Não era isso que

eu queria dizer. Eu queria outra chance com Mestre Cedric, não fazer o próximo curso de artes sexuais.

Mas não havia como corrigi-la agora, pois as unhas compridas já estavam tocando no *tablet*.

— E quanto ao curso de luta? Prefere uma forma diferente de exercício? — ela perguntou sem olhar para mim.

— Quero fazer a próxima aula — falei automaticamente, esperando que Mestre Cedric fosse o instrutor.

Ela murmurou e digitou.

— E, obviamente, continuaremos seus cursos de serviço, já que você está se destacando. Vamos monitorar o ganho de peso também, apenas para garantir que isso não continue. Caso contrário, sua comida será ajustada de acordo. — Ela olhou para mim, seus olhos verdes brilhando como esmeraldas. — Sugiro praticar suas sequências de luta o máximo possível para ajudar no treinamento atlético, além de tentar aumentar sua pontuação nessa área.

— Sim, Conselheira Livia.

Ela voltou para suas anotações, murmurando um pouco mais.

— Vamos ver como vai ser a próxima rodada, assim posso te colocar como parceira novamente para outro teste fora do campus.

Meu coração acelerou. *Com Mestre Cedric ou outra pessoa?* me perguntei. Mas eu sabia que não devia perguntar isso. Só podia esperar que ele fosse o instrutor do próximo curso, assim eu mesma poderia perguntar a ele.

Se eu me sentisse corajosa o suficiente para fazê-lo.

*Ele me deu notas baixas.*

*De novo.*

*Por quê?*

— Certo. Acho que isso é tudo para este mês. Boa noite, Prospecto. — A conselheira Lívia encerrou a ligação antes que eu pudesse dizer outra palavra, meu destino já definido.

Tudo o que eu podia fazer era olhar para a parede e imaginar meu destino.

Mas quanto mais eu olhava para o espaço em branco, mais decidida eu me sentia.

Mestre Cedric me condenou em seu curso e depois chamou minhas habilidades sexuais de "bastante deficientes".

Ele nem me deu a chance de me apresentar de forma adequada.

Semicerrei o olhar, vendo seu rosto de repente em minha mente. *Acha que eu não posso te agradar? Me teste corretamente.* Se ele queria me condenar dizendo que minhas habilidades eram inadequadas, então eu tentaria provar com mais afinco que ele estava errado.

O primeiro passo seria fazer um curso avançado de luta – um em que eu passaria – e aprender mais sobre como agradar vampiros do sexo masculino.

Ele poderia nunca saber. Poderia nem se importar. Mas eu me importava. E provaria que ele estava errado sobre mim.

Eu não era uma flor murcha.

Eu ainda era Lily. *Sua* Lily.

*Me veja florescer*, pensei para Mestre Cedric, apertando a mandíbula. *Pode não haver luz do sol aqui, mas me recuso a murchar e morrer. Você está errado sobre mim. Você vai ver.*

# LILY

*Sete meses depois*

— ESTAMOS A UM MÊS DO DIA DE SANGUE — A Conselheira Livia me informou enquanto eu me sentava de pernas cruzadas na cama, de frente para a tela na parede. — Suas pontuações são exemplares em todos os cursos.

Ela começou a lê-las para mim como se eu não soubesse minhas próprias notas.

Eu sabia que tinha me destacado.

Me esforcei mais que nunca, esperando, a cada novo mês, ver o homem que duvidou de minhas habilidades e provar a ele meu valor.

Mas ele nunca apareceu.

Mestre Khalid havia ministrado todos os cursos de luta.

Incluindo o último que fiz, focado em esgrima.

E o anterior, o treino de arco e flecha.

Me destaquei nas duas as aulas, pois tinham mais a ver

com habilidade que força física. Até superei o Prospecto Seiscentos e Quarenta e Dois durante o exame final.

Mestre Cedric apareceu para mim em meus sonhos, sua expressão nunca impressionada. Então eu acordava e tentava provar que ele estava errado novamente.

E de novo.

E de novo.

— Precisamos discutir o curso final de treinamento em artes sexuais — a Conselheira Livia comentou, interrompendo meus pensamentos. — Desencorajo você a fazer o treinamento vaginal, pois sua virgindade é um ponto alto a seu favor. No entanto, há aqueles que preferem mulheres habilidosas. Portanto, se ingressar em um harém é uma rota que lhe interessa, podemos prosseguir.

— Quais são as outras opções? — perguntei com a voz vazia de emoção.

Porque eu não queria me importar.

Qual era o ponto, de qualquer maneira? Fiz praticamente tudo com o resto do meu corpo, exceto a arte real da relação sexual tradicional. Por que não completar meu treinamento e garantir que eu estivesse preparada de todas as maneiras para servir a um Mestre?

*Porque ainda quero Mestre Cedric*, pensei de forma sombria. E, alguma parte ingênua e estúpida de mim, quer que ele seja meu primeiro. Não Seis.

Não importava quantos orgasmos Seis me proporcionasse em nossos cursos de artes sexuais; nada se comparava ao que Mestre Cedric havia feito com as mãos.

Os da aula sempre pareciam forçados, meu corpo reagindo porque eu não tinha escolha.

Mas Mestre Cedric me fez sentir viva.

*Mestre Cedric se foi. Ele não se importa com você. Pare de pensar nele*, exigi de mim mesma enquanto a Conselheira Lívia começava a falar sobre as opções de curso.

Já havíamos combinado que eu faria o curso final da sequência de luta.

Além de uma aula sobre o setor de alimentos.

E uma lição semanal sobre os requisitos do serviço de matilha, caso eu acabasse em um clã lycan.

O último tópico estava relacionado às artes sexuais, que sempre pareceu ser o regime preferido da Conselheira Lívia para revisar. Ela reestruturou meu programa alimentar novamente vários meses atrás, reduzindo as porções aumentadas que Mestre Cedric havia recomendado, mas me dando mais que o plano anterior.

Isso me permitiu ganhar músculos, embora não muito.

Eu me sentia forte, mas frágil ao mesmo tempo.

O que ela alegou ser a combinação perfeita. Algumas fotos foram tiradas de mim recentemente para atualizar meus registros, e ela ficou muito satisfeita com meu tipo de corpo e curvas.

Então não fiquei surpresa quando ela recomendou que meu curso final fosse na arte de agradar outras mulheres.

— Acho que te daria alguma versatilidade — ela acrescentou, com os olhos verdes brilhando com aprovação.

— Tudo bem — concordei, principalmente porque eu preferia isso ao de preparação vaginal.

— Excelente — ela respondeu, digitando no *tablet*. — Vamos fazer contato novamente em duas semanas, pois estamos chegando ao fim do programa e quero garantir que você esteja preparada. Boa noite, Prospecto.

Ela desligou sem outra palavra, assim como fazia no final de cada reunião.

Olhei para a parede por um minuto, então me levantei para me preparar para as aulas.

A água no armário me ajudou nos últimos oito meses, mas eu estava com as últimas sete garrafas. Deixei-as ali, guardando-as para um dia em que mais precisasse.

Parte de mim ainda acreditava que Mestre Cedric as colocou lá. Era a mesma parte que sonhava com ele todas as noites.

Eu só o encontrei por algumas semanas. E a maioria desses dias tinha sido passada na aula onde tentei agradá-lo e ele constantemente me dava notas baixas.

Então passamos uma noite poderosa juntos.

Foi isso.

No entanto, sua presença em minha vida me impactou mais que qualquer outra. E eu não conseguia descobrir como apagá-lo de minha cabeça.

O único aspecto positivo que veio da experiência foi a obsessão em provar que ele estava errado. Porque no processo, consegui aperfeiçoar minhas pontuações.

A porta apitou quando a trava foi aberta. Então, um cronograma apareceu na parede enquanto a Conselheira Livia me enviava as informações revisadas do curso. Como de costume, após cada reunião mensal, meus horários e locais de aula mudariam imediatamente.

Às vezes, um ou dois cursos permaneciam praticamente os mesmos, como o curso introdutório de luta com Mestre Cedric, que durou mais de um mês. Pelo menos, até que Mestre Khalid assumisse. Então o curso dele continuou, mas o nome e o propósito mudaram todos os meses depois disso.

Mas, desta vez, tudo em minha agenda mudou.

Estudei o regime revisado e guardei os detalhes na memória.

Segui a rotina de tomar banho e pegar o café da manhã.

LEXI C. FOSS

Duas colheres de ovos. Uma torrada completa. Metade de uma banana.

Quase o mesmo de ontem, apenas um tipo diferente de fruta. Ontem foi metade de uma maçã.

Comi rápido, bebi um quarto da água e fui para o curso de alimentos.

Mestre Clarissa estava no comando novamente, o que não me surpreendeu. Ela tendia a liderar esses tipos de aulas.

A maioria dos alunos envolvidos eram os mesmos também, incluindo Seis. Fiquei ao lado dele como sempre fazia quando fazíamos um curso juntos e ouvi Mestre Clarissa explicar nossa primeira tarefa.

O curso de organização de clãs era o próximo – Seis não participava deste comigo –, liderado por um lycan chamado Mestre Felix. Ele não parecia tão empolgado por estar ensinando, o tom rude e a carranca eram sinais claros de seu aborrecimento.

E ele nos dispensou mais cedo.

Usei o tempo para deixar os livros novos em meu quarto e comer a barra de proteína que ganhei no almoço.

Em seguida, me dirigi ao prédio do ginásio para o novo curso de luta. A Conselheira Lívia havia dito que esse regime final combinaria várias ferramentas das aulas anteriores.

Eu esperava que isso significasse que eu poderia usar um arco novamente.

Foi divertido mirar em alvos.

Mesmo que tivessem a forma de corpos humanos com o centro do alvo sendo o coração.

Mestre Khalid já estava na sala quando cheguei, com a atenção em seu *tablet*. Ele usava sua roupa habitual, jeans preto e camiseta combinando, algo que ele escolheu usar em todas as aulas nos últimos oito meses e que lhe dava uma aparência intimidadora.

Originalmente, assumi que ele era um lycan por causa de sua altura e braços musculosos.

Mas ele era um vampiro.

Algo que descobri quando ele bebeu uma taça de vinho de sangue durante um de nossos exames. Seu olhar se tornou predatório na época, me lembrando de Mestre Cedric. Felizmente, não fui eu quem recebeu esse olhar.

Foi para o Prospecto Cento e Trinta e Nove foi que ele olhou com interesse. Ela finalmente se recuperou de seus ferimentos – algo que levou várias semanas – e tem sido minha parceira nesses cursos desde então.

Seu olhar se desviou para ela agora, que entrou na sala. O azul de suas íris parecendo ultrapassar o verde. Então ele piscou e voltou a atenção para o *tablet*.

Ela correu para meu lado e colocou seus itens ao lado dos meus. Havia tatames no centro da sala, sugerindo que iríamos treinar novamente. Mas nenhum de nós tirou os sapatos ainda. Faríamos isso apenas quando Mestre Khalid confirmasse a tarefa do dia.

O curso de arco e flecha iniciou nesta mesma sala antes de ele nos levar para fora. Então era possível que ele fizesse algo semelhante hoje.

Mais prospectos entraram na sala, muitos familiares, mas não dos meus cursos de luta anteriores.

Na verdade, além de mim e da Prospecto Cento e Trinta e Nove, apenas outros dois foram participantes do nosso último curso.

Curioso.

Todos nós progredimos como uma unidade.

Talvez nosso grupo fosse se juntar a outra turma?

Mas, se fosse esse o caso, onde estavam todos os outros ex-colegas de classe?

Seis entrou, seus olhos imediatamente encontrando os meus. Uma nota de confusão cintilou em seus olhos verdes claros. Retribui o olhar.

Ele se juntou a mim e ao Prospecto Cento e Trinta e Nove, e colocou sua bolsa ao lado da minha.

— Qual nome do seu curso de agora? — ele perguntou em um tom baixo.

— Sessão de Luta Avançada Sete — sussurrei de volta para ele. — E você?

— Sessão de Resistência Avançada Sete. — Seu olhar encontrou o meu enquanto ele adicionava o local e a hora.

— O mesmo que o meu, mas com um nome diferente — respondi.

Outros na classe começaram a murmurar também, fazendo com que Mestre Khalid pigarreasse.

— Quietos.

Todos ficaram em silêncio imediatamente.

Minutos se passaram, e mais prospectos entraram, até que havia quase sessenta ou setenta de nós.

*Algo está muito errado*, pensei, engolindo em seco.

A maioria das aulas tinha de dez a quinze humanos, no máximo.

Vários de nós trocamos olhares, com os nervos à flor da pele. Fiz o meu melhor para permanecer neutra, mas tornou-se mais difícil mascarar minha reação à medida que mais e mais prospectos chegavam – todos que eu reconhecia como sendo do meu ano.

O braço de Seis roçou no meu e os nós dos dedos tocaram as costas da minha mão. Não olhei para ele, mas retribuí o gesto. Não éramos amigos. Apenas aliados. Passamos por muita coisa juntos e, às vezes, tentávamos compartilhar conforto na presença do outro.

Esta era uma dessas vezes.

Comecei a contar os prospectos, precisando de uma

distração, mas só cheguei a setenta e dois quando Mestre Khalid começou a falar.

— O curso desta noite acontecerá em uma nova arena fora dos portões da universidade — ele anunciou. — Vou levá-los para a saída. Seu objetivo é correr e usar qualquer habilidade que vocês tenham para sobreviver e tentar não morrer quando forem pegos.

Mestre Khalid caminhou em direção à porta de forma casual, agindo como se não tivesse acabado de nos entregar uma sentença de morte no espaço de segundos.

A mão de Seis se contraiu contra a minha.

Quase agarrei a sua em resposta.

Mas eu estava muito paralisada para me mover.

*Correr. Lutar. Tentar não morrer quando for pega.*

As instruções de mestre Khalid reverberaram em minha mente, as palavras me deixando fria por dentro.

Mas ele não nos deu tempo para processar completamente seu comando.

Porque não era assim que vampiros e lycans agiam. Eles esperavam obediência imediata.

— Agora, Prospectos — Mestre Khalid ordenou, com um tom impaciente.

A Prospecto Cento e Trinta e Nove se encolheu, então deu um passo à frente como se a voz dele a tivesse puxado para a ação. Mestre Khalid olhou para ela, seus olhos turquesa brilhando com fome. Era como ele geralmente a olhava. Mas nunca agia.

No entanto, algo me disse que poderia fazer isso esta noite.

E seus passos frágeis sugeriam que ela suspeitava disso também.

Não havia nada que eu pudesse fazer para ajudá-la. Assim como também não conseguiria consolar Seis de verdade.

Estávamos todos neste mundo por conta própria. A maioria não sobreviveria por muito tempo.

E parecia que o exercício desta noite nos levaria a esse rumo mais que qualquer outro.

Um ar solene rodopiava ao nosso redor enquanto seguíamos Mestre Khalid pelo corredor, saindo pela porta do prédio e ao longo da parede do lado de fora.

Não escapou ao meu conhecimento que a maioria dos machos mais fortes da minha aula de luta não estavam lá. A maioria dos prospectos femininos ao meu redor também rivalizava com minha altura e tamanho.

E os machos eram todos maiores e semelhantes em estatura a Seis.

Ele tinha mais de um metro e oitenta e era magro de um jeito atlético, o que provavelmente o tornava rápido. Talvez fosse nisso que ele se concentrasse em seus cursos de resistência.

Será que cometi um erro ao fazer cursos de luta?

Eu poderia me mover rapidamente na maioria das situações. Mas não tinha certeza de por quanto tempo ou com que rapidez eu poderia correr.

— *E tentem não morrer quando forem pegos* — Mestre Khalid disse.

Essas palavras assombravam minha mente a cada passo. *De quem iríamos fugir? O que pretendem fazer conosco depois que nos pegarem?*

Talvez isso fosse um exercício para Vigílias, uma maneira de mantê-los afiados e testar nossos méritos contra eles. Era para isso que eu vinha treinando todos esses meses.

No entanto, isso não explicava Seis e os outros se juntarem a nós.

Nem explicava as armas espalhadas pelo chão ao lado de duas grandes portas de madeira à nossa frente. Não eram as mesmas com as quais me aventurei com Mestre Cedric todos aqueles meses atrás. Eram do tamanho de uma pessoa e presas na lateral de uma torre de guarda próxima.

Todos os Vigílias no topo nos observavam com olhares vagos, a linguagem corporal deles exalando mais tédio que antecipação.

*Então não é para eles*, concluí, engolindo em seco.

Claro, eu já suspeitava.

Um exercício de Vigília teria incluído mais homens dos meus cursos anteriores.

Isso era outra coisa.

Algo ruim.

Mestre Khalid parou antes de chegar à confusão de armas, passando o olhar por nós enquanto se virava e esperava que todos o alcançassem.

Formamos uma linha ao longo da passarela de concreto que margeava os enormes muros da universidade.

Um longo pátio arenoso decorava a outra metade do caminho. Os prédios da universidade estavam além, as estruturas eram quadradas e de cor creme, assim como a parede que cercava o campus.

Seis estremeceu ao meu lado, roçando os dedos nos meus com aquela necessidade de conforto.

Retribuí o gesto.

Mas, uma vez que este jogo começasse, estaríamos por nossa conta. Para o bem ou para o mal.

A lua crescente lançava sombras sinistras nas feições esculpidas de Mestre Khalid, acentuando a promessa sinistra que pairava no ar.

*Isso vai doer.*

Sua expressão não revelava nada. E nem sua voz quando disse:

— Escolham uma ferramenta.

*Uma ferramenta, não uma arma.*

Uma distinção interessante, considerando os itens no chão.

O Prospecto Cento e Trinta e Nove foi o primeiro a se mover. Sua escolha de um conjunto de estrelas não me surpreendeu. Ela frequentemente acertava seu alvo com aquilo durante nosso curso de treinamento de armas.

Outros se moveram para fazer suas seleções, seguidos por mim e Seis. Tornou-se mais uma provação ordenada, já que todos seguimos automaticamente nessa linha.

Felizmente, Seis e eu estávamos perto.

Ele escolheu um martelo.

Peguei um par de adagas.

O arco e a aljava de flechas ao lado dele teriam sido minha primeira escolha se fosse de dia. Mas eu queria uma "ferramenta" de curto alcance para esta tarefa. Algo que eu pudesse usar para me proteger quando fosse "pega".

Mestre Khalid observou enquanto o resto dos prospectos seguia para reivindicar seus itens.

Fiquei de lado, entre minha parceira de treino habitual e Seis. A tensão irradiava deles, me cobrindo com uma energia estática que zumbia através do meu ser.

Estremeci, e não tinha nada a ver com o clima. Eu não conseguia nem sentir o ar ao meu redor. Mestre Khalid reivindicou meu foco, seu comando pendente – seja lá qual fosse – se tornando meu mundo inteiro.

As portas atrás dele se abriram para revelar as planícies arenosas além das paredes.

Nada por quilômetros e quilômetros.

*A não ser por um palácio real*, me lembrei.

Mas estávamos diante de uma parte diferente do deserto. Eu não sabia em que direção correr para encontrar a casa de Mestre Cedric. Nem tinha certeza de que ele estaria lá.

Além disso, o que eu faria? Bateria de forma casual em sua porta e pediria ajuda?

Quase bufei com o pensamento.

Ele não demonstrou interesse em mim desde seu beijo de despedida.

Nem estava aqui esta noite.

No entanto, minha obsessão por ele não desaparecia, me fazendo considerar a opção de correr para ele.

Como ele reagiria? Me deixaria na areia para morrer? Esse poderia ser o objetivo deste jogo de qualquer maneira. Então talvez eu devesse tentar encontrá-lo.

*Correr e sobreviver.*

*Lutar quando for pega.*

Os pensamentos eram minha própria voz, mas lembravam a explicação de Mestre Khalid para a aula desta noite.

Ele apertou as mãos, sua postura totalmente relaxada.

— Vocês têm uma vantagem de cinco minutos. Então a caçada começa. — Ele deu um passo para o lado, nos dando acesso livre às portas. — Corram.

# LILY

UM TIRO ESTRONDOSO RASGOU O AR, O SOM ensurdecedor.

E então todos começaram a correr.

Pés batendo. Areia voando. O mundo girando em um borrão de movimento que eu não conseguia decifrar.

Porque eu estava entre eles, correndo pelas portas e saindo para terras inexploradas.

Me movi por instinto enquanto minha cabeça lutava para lembrar da direção da casa de Mestre Cedric.

Era um plano insano. Uma noção que eu deveria afastar. Mas aquela noite com ele me deu uma dose de segurança que eu ansiava.

Outro estrondo de trovão sacudiu a terra. Ou talvez fosse meu tremor violento que fazia parecer que o chão se movia sob meus pés.

*Isso não significa que os cinco minutos acabaram, certo?* me perguntei. Parecia que apenas alguns segundos haviam se passado, um minuto no máximo.

Não pensei mais nisso.

Continuei correndo pelo deserto, as paredes da

universidade ficando à vista. A estrada, pensei sem fôlego. Se eu puder encontrar a estrada, posso segui-la.

O resto desse plano não existia em meu cérebro. A sobrevivência era meu único objetivo.

Agarrei os cabos das adagas enquanto me esforçava mais, precisando encontrar o caminho.

*Pavimento.*

*Levando para a escuridão.*

*Iluminado apenas pela lua.*

Tentei me lembrar dos detalhes, mas eram confusos, na melhor das hipóteses.

*Bum.*

Esse foi o terceiro? Três minutos? Quatro?

Meu coração batia tão alto em meus ouvidos que eu nem tinha certeza de ter ouvido a quantidade apropriada de tiros. A tontura e o esforço pesavam, meu corpo despreparado para essa corrida na escuridão.

Eu deveria ter andado.

Meu pulso disparou, meus pulmões gritaram por ar.

Não corria com frequência suficiente. Não ia conseguir.

*O que vai me perseguir? O que acontecerá quando o que quer que seja me pegar?*

O barulho alto disparou novamente, me fazendo pular e quase perder o equilíbrio. Eu não conseguia ver nada além da parede e do deserto. Nenhuma estrada. Não havia fim à vista.

*Segui pelo caminho errado*, percebi.

Mas não havia como voltar agora.

Tive que me forçar a correr. A encontrar um lugar para me esconder e me defender. Mas onde? Em um monte de areia?

Eu quase ri. No entanto, não consegui extrair oxigênio suficiente para o som se formar.

*Corra. Corra. Corra.*

Me afastei da parede, procurando qualquer coisa que pudesse me abrigar.

Não havia outros prospectos nas proximidades. Pelo menos, nenhum que eu pudesse ouvir ou ver.

Algum deles uniram forças para lutarem juntos?

Em que direção Seis foi? E minha parceira de curso?

*Não pense neles. Se preocupe em encontrar um lugar para se esconder*, disse a mim mesma, sentindo as mãos escorregadias de suor.

Eu tinha passado por alguns exames intensos antes. Mas nada comparado a isso. Nem mesmo a luta na aula de Mestre Cedric com aquele prospecto que havia quebrado meu braço.

Uma última bala rasgou o ar. Ou pensei que poderia ser a última. Perdi a conta do que parecia uma eternidade.

Engraçado como o tempo parecia longo agora. Mas injustamente curto também.

Um grito ecoou pela noite, fazendo meu sangue gelar. *Começou.*

Outro grito se seguiu.

*Ah, Deusa...*

Eu estava correndo no meio do nada, procurando por um lugar que não existia!

Uma estrada que eu nunca encontraria.

Um palácio ao qual cheguei de *carro*, não correndo.

Este era um plano terrível.

Paralisei.

Então me agachei.

Eu precisava de um novo objetivo. Uma nova maneira de vencer isso.

As adagas pareciam escorregadias em minhas mãos, mas eu as agarrei como se fossem meu único propósito na vida.

*Calma,* sussurrei para mim mesma. *Acalme suas respirações. Concentre-se e ouça.*

Mais gritos encheram a noite, a proximidade desconhecida devido ao espaço aberto. Pareciam distantes, mas provavelmente não eram.

Respirei fundo, apertando as mãos em perspectiva.

*Sobreviva quando for pega.*

Eu poderia fazer isso.

Eu *faria* isso.

Só tinha que esperar.

Não havia para onde correr aqui. Nem lugar para me esconder. Eu estava destinada a ser capturada, a terra era muito plana, escura e vastamente esparsa para fornecer qualquer aparência de fuga.

Qualquer um que tentasse fazer o contrário ficaria desapontado.

Eu não deveria ter perdido tempo procurando a estrada. Sabia disso. Mas meu corpo reagiu como se Mestre Cedric tivesse me puxado por uma corda.

Minha obsessão por ele ia me custar a vida.

Mudei para uma posição de luta, me preparando para o inevitável. Então esperei enquanto minha respiração voltava ao normal a cada segundo que passava.

Isso parecia certo.

Eu precisava da minha força e foco, não da adrenalina provocada pela corrida.

Mais gritos surgiram, um deles soando como o de Seis.

Mas não reagi.

Em vez disso, continuei a respirar. *Esperando. Me concentrando. Ouvindo.*

O deserto estava estranhamente silencioso, o vento, inexistente. As únicas interrupções eram gritos humanos.

Ouvi, em busca de passos e sinais de movimento.

Nada.

Meu coração acelerou e minhas entranhas ameaçavam se derreter sob a pressão do momento.

Mas me forcei a inspirar e expirar, usando todas as lições que aprendi para acalmar meu corpo, apesar do desejo ardente de correr e gritar.

Eu quase podia sentir a agonia dos outros no ar, os gemidos ecoando na noite quieta.

*Eu sou a próxima. Eles estarão aqui em breve. Apenas espere.*

Mas o inevitável só tornou tudo pior.

Comecei a contar para distrair a cabeça.

Não funcionou. Eu não conseguia parar de imaginar a violência ocorrendo ao meu redor. Ouvi-la era quase pior que vê-la. E sabendo que eu seria a próxima...

Engoli em seco.

Quase fechei os olhos. Se eu não puder ver, não será real.

Mas era.

Como evidenciado pela sombra caminhando em minha direção.

Uma caminhada tranquila.

Um movimento que cativou minha atenção e me fez apertar mais as adagas.

*É a minha vez.*

Eu esperava que o ser me atingisse. Me atacasse. Mas ele apenas caminhou em minha direção com um ritmo preguiçoso que prolongava o momento.

— Você vai me esfaquear, florzinha?

A voz profunda e com sotaque afugentou meus instintos, fazendo com que eu quase derrubasse as adagas.

Mestre Cedric.

Ou minha mente estava me pregando peças? Fazendo com que eu transformasse esse jogo sombrio em algo que eu pudesse gostar?

A sombra estava quase diante de mim, a lua iluminando suas costas.

*É ele? É mesmo Mestre Cedric?*

— Não conseguiu entender o objetivo desta noite, linda? — Ele baixou a voz, suave como um sussurro, o sotaque agora disfarçado.

*Não é ele.*

*Eu imaginei.*

*Preciso...*

Ele me segurou pelo pescoço.

— Sobreviva — ele me disse e a raiva em sua voz me forçou a entrar em ação.

Este não era Mestre Cedric. Sonhei com sua voz e presença. Porque eu não podia esquecê-lo. O vampiro me assombrava, mesmo durante as horas de vigília.

*Lute*, ordenei a mim mesma, balançando as mãos enquanto tentava esfaqueá-lo. Ele girou para longe de mim, liberando meu pescoço.

Mas foi muito rápido.

Forte demais.

Muito *habilidoso*.

Segurou meu pulso, torcendo-o e me forçando a soltar uma lâmina. Era minha mão mais fraca, então não me incomodei em tentar parar o movimento.

Em vez disso, me concentrei na mão boa e meu objetivo, levantando o braço em um arco que me permitiria esfaquear o agressor no peito.

Ele se esquivou. Em seguida, tentou me agarrar novamente. Mas me abaixei. Meus olhos haviam se acostumados o suficiente com a escuridão para perceber sua sombra.

Ele riu, o som era uma provocação. Porque soava como Mestre Cedric. Só que não era ele. Não poderia ser.

Pulei para trás quando ele tentou me agarrar mais uma vez.

Então fiz o único movimento que pude, jogando a adaga quando ele tentou me capturar pela terceira vez.

Ele se dissolveu, sua sombra se materializando em minhas costas para me pegar em um aperto contundente.

O ar saiu dos meus pulmões quando a palma de sua mão agarrou meu pescoço novamente, e seu braço envolveu minha cintura para me segurar contra ele.

— Ah, minha doce flor de lírio — ele murmurou contra meu ouvido, o nome familiar me fazendo suspirar. — O que é que você fez?

Minhas costas bateram na areia no instante seguinte, quando Mestre Cedric me levou ao chão em um movimento rápido e rude.

Ele segurou meus pulsos em uma mão e puxou meus braços para cima, a fim de prendê-los. Então a outra mão foi para minha bochecha, seu toque surpreendentemente gentil.

A lua projetava seu rosto em sombras sinistras, mas tão perto que não havia dúvidas sobre sua identidade.

*Mestre Cedric está aqui.*

*Em cima de mim.*

*Me prendendo no chão.*

*E parece furioso.*

A raiva parecia chamas negras em suas íris escuras, me fazendo estremecer embaixo dele.

Ou talvez fosse apenas senti-lo contra a minha pele que provocou o tremor.

Fui de lutar pela minha sobrevivência para ser uma cativa voluntária em meros segundos.

Uma reação estúpida.

No entanto, eu não poderia lutar com ele. Estava muito feliz em vê-lo depois de todo esse tempo. *Meu Mestre Cedric.*

— Diga-me, querida, você entende o propósito deste curso? — Seus tons baixos e sedutores provocaram arrepios pelos meus braços.

— Treinamento — sussurrei. Mas eu não sabia para que estávamos treinando. Porque isso não tinha nada a ver com se tornar Vigília.

Ele murmurou, o som me dizendo que eu não tinha respondido corretamente.

— Treinamento para o que é a questão. — Ele roçou o nariz em minha bochecha. — Esta é uma arena onde os prospectos correm e os Mestres os perseguem. É um jogo que meus colegas esperam todos os anos. Porque, uma vez que pegamos nossa presa, podemos fazer o que quisermos para fazê-la gritar. A questão toda é ver quanto tempo leva até o humano se destruir.

Um calafrio percorreu minha coluna, afugentando o calor que sua presença havia evocado.

*Um jogo de perseguição, captura e tortura.*

*Uma arena onde Mestres podiam capturar e atormentar prospectos.*

Não me surpreendeu nada que Mestre Cedric me tivesse escolhido para esse propósito. Ele estava me provocando desde o começo.

E agora não seria diferente.

— Diga-me o que você está sendo treinada a fazer — ele falou, em tom letal.

— Para ser perseguida e capturada. — A resposta escapou automaticamente como se ele controlasse minha mente, corpo e língua.

— Por quem?

— Você — sussurrei.

Ele sorriu, mas não parecia.

— Não, querida. *Lycans.*

Entreabri os lábios.

— Caçada à lua... — As palavras eram quase inaudíveis, mas seu aceno me disse que ele as ouviu muito bem.

— Sim. O exercício desta noite é para testar seu mérito para uma caçada à lua. E você sabe o que os lycans amam? — Ele acariciou meu pulso com o polegar, o toque enganosamente terno.

Tentei falar, mas não consegui nem engolir. Estava muito ocupada processando o conceito do teste de hoje à noite.

Pela primeira vez, eu não queria passar.

Não sabia muito sobre a caçada lunar, mas sabia o suficiente sobre os requisitos: correr até ser pega. Então morrer.

Era um jogo para os lycans, uma maneira de brincar com suas presas.

Os vampiros recebiam escravos de sangue. Lycans recebiam presas para caçar.

— Eles gostam de uma luta — Mestre Cedric continuou quando não respondi. — Adoram presas que não se submetem. E presas sexualmente habilidosas são ainda melhores. Porque, quanto mais um humano trabalha, mais excitado um lycan fica.

Ele pressionou a virilha entre minhas coxas, me permitindo sentir seu próprio interesse.

Isso me marcou, mesmo através de nossas roupas, provocando um gemido dos meus lábios.

Ele estalou.

— Você é exatamente o tipo de presa que um lycan tomará como escrava temporária. Uma humana para satisfazer suas necessidades até a próxima caçada à lua. Se você tiver sorte, morrerá rapidamente sob os cuidados deles. Se não, ele a usará até que seu espírito esteja destruído e depois te enviará para um campo de reprodução.

Meus olhos se encheram de lágrimas com o futuro brutal que ele acabou de descrever.

Esse destino era pior que um harém. Pior que o setor de serviços. Pior que qualquer outra coisa imaginável neste mundo.

— Continuar os cursos de luta depois que te dei notas baixas só prova que você tem espírito. E suas marcas de aptidão sexual também são bastante impressionantes. Agora você está entre os últimos humanos a gritar durante este exercício. O que acha que tudo isso significa, florzinha?

Parei de respirar, a percepção me estrangulando.

Eu estava treinando todo esse tempo para a caçada à lua. Não para ser Vigília. Não para me juntar a um harém. Mas para me tornar a escrava temporária de um lycan.

Gelo escorria pelas minhas veias.

E o mundo ao meu redor começou a girar.

— Uma humana espirituosa e virgem — Mestre Cedric falou bem devagar, suas palavras não fazendo nada para descongelar meu interior gelado. Sua língua estalou para mim, o som me lembrando de uma bomba-relógio.

Eu não podia acreditar que queria correr em direção a ele, que desejei seu toque todos esses meses.

Ele era um monstro.

Alguém que estava desfrutando do meu tormento.

Porque ele estava rindo da minha resposta.

Só que o som não saiu tão divertido. Era muito duro para isso.

— Você sabe, normalmente não gosto desse evento anual, florzinha. Costumo rastrear um humano aleatório e quebrar um osso para fazer o prospecto gritar. Mas estou gostando de fazer isso com você.

Claro que estava. Ele sempre gostou de me torturar.

Foi por isso que ele me levou para seu palácio? Para me oferecer um dia de esperança para pairar sobre minha cabeça por meses em gloriosa agonia?

Seus lábios sussurraram nos meus, seu desejo ainda pressionando intimamente contra mim.

Mas meu corpo não respondeu da maneira que teria feito apenas alguns momentos atrás.

Eu estava com muito frio agora, muito... muito enfurecida... para me entregar. Porque ele me tirou tudo: arrancou as falsas crenças da minha alma e usou essa esperança para atingir meu coração.

Eu me senti rasgada.

Morta.

Mas furiosa ao mesmo tempo.

Ele traçou meu lábio com a língua e um zumbido de aprovação veio dele.

— Agora você entendeu — ele murmurou. — Agora você vê o seu propósito.

O ódio se desenrolou dentro do meu ser, atirando faíscas de calor em minhas veias enquanto sua língua deslizava em minha boca.

Mordi por instinto, querendo que ele sentisse uma fração da dor que causou.

Seu sangue escorria em minha garganta, mas não engoli. Cuspi de volta para ele comecei a me contorcer embaixo de seu corpo.

Eu não queria ser presa. Não queria outro momento desse tormento. Queria matá-lo.

Ele armou para mim da pior maneira.

E estava gostando da minha miséria.

— Eu te odeio. — Eu fervia, minhas palavras soaram baixas e roucas pelo que pareciam horas sendo incapaz de engolir. Mas ignorei tudo isso. Eu não tinha mais nada a perder. Se a caçada à lua era meu destino, por que me preocupar em tentar agradar mais alguém?

Eu preferia a morte a me tornar a escrava de um lycan.

Preferia a morte a permitir que Mestre Cedric tivesse outro momento de diversão às minhas custas.

Preferia a morte a toda essa besteira.

Então lutei contra ele, contraindo meus quadris e tentando com todas as forças desalojá-lo.

Sua mão alcançou meu pescoço e o apertou.

Eu o desafiei a fazer isso levantando a cabeça do chão e me movendo em seu aperto de morte. Então bati meus braços e pernas, sem me importar com meu treinamento. Sem me importar com nada além de acabar com tudo isso.

Sua boca reivindicou a minha novamente.

Então mordi seu lábio.

Seu sangue provocava minha língua.

Mas eu não queria. Cuspi em seu rosto.

Ele rosnou.

E eu rosnei de volta.

O que eu tinha a perder? Ele tinha acabado de me submeter a uma vida inteira de agonia.

*Que se dane isso.*

Sua mão apertou mais.

— Chega.

— Vá se foder — murmurei de volta para ele, plenamente consciente de que usar essas palavras era proibido para humanos. Mas lycans e vampiros as usaram em minha presença vezes o suficiente para eu saber o que significavam.

— Lily — ele retrucou.

— Esse não é meu nome — eu o lembrei com um chiado enquanto meus pulmões gritavam pela falta de oxigênio.

Mas ainda assim não me importei.

Eu lutei.

Ele me segurou com facilidade, sua forma mais forte dominando a minha.

Era inútil.

No entanto, não conseguia parar. Eu queria matá-lo. Ele tinha feito isso comigo. Ele armou para mim. E para quê? Alguma satisfação doentia em me ver murchar e morrer?

— Pare — ele ordenou.

Eu o ignorei.

Ele perdeu sua habilidade de me controlar quando decidiu revelar suas verdadeiras intenções. Tudo isso foi feito para me preparar para a caçada lunar.

Eu queria gritar. Mas seu aperto impediu que o som escapasse.

Certo. Porque ele queria que eu passasse em um teste – *esse* teste. Os humanos que não fossem destruídos rapidamente receberiam uma pontuação alta.

Quase ri da insanidade da situação. Tudo o que eu queria há meses era outra chance de agradá-lo e provar meu valor.

Bem, consegui meu desejo.

Porque fui mais que excelente nesse desafio.

Uma lágrima escapou do meu olho, a gota traiçoeira revelando o quanto me senti arrasada por essa revelação.

Um mês para o Dia do Sangue.

Um mês até o Magistrado selar meu destino.

Um mês até a verdadeira perseguição começar.

E não havia nada que eu pudesse fazer para impedir.

Nada que eu pudesse fazer para me salvar.

Fechei os olhos, a luta deixando meus membros enquanto meus pulmões choravam com a necessidade de respirar.

Mas mesmo quando Mestre Cedric soltou minha garganta, lutei contra a vontade de respirar.

Porque eu não queria mais sobreviver.

Não com a caçada à lua sendo meu destino.

Joguei todas as minhas cartas erradas.

E agora, tudo o que me restava era uma mão perdedora.

— Lily — Mestre Cedric sussurrou.

Continuei a ignorá-lo.

Não havia ninguém aqui com esse nome.

Apenas Prospecto Quatrocentos e Sete.

Destinada à caçada à lua.

Talvez eu tivesse sorte, como ele disse. Talvez os lycans me matassem rapidamente. Mas quando tive sorte na vida?

A mão de Mestre Cedric voltou para minha bochecha.

— Ah, doce flor. — Sua testa encontrou a minha. — Não murche.

Quase grunhi. Mas aquele som exigia ar, e me recusei a permitir que ele entrasse para esse propósito.

Ele queria me destruir.

E conseguiu.

Tudo o que eu podia fazer agora era aceitar o inevitável.

Finalmente me permiti respirar.

E então gritei.

Terminando o jogo de uma vez por todas.

# CEDRIC

*PUTA MERDA.*

O tom arrasado no grito de Lily me assombraria por toda a eternidade. Foi pior do que eu temia. Minha paixão por ela atingiu um lado meu que poucos alcançaram.

Levou cada grama da minha força não checá-la nos últimos oito meses. Mas era a única maneira de terminar a tarefa de Silvano – que eu havia concluído na semana passada.

Quando voltei para a universidade ontem, esperava encontrar minha pequena flor isolada, em segurança, fazendo os cursos focados em servidão.

Mas, não. A pirralha teimosa continuou fazendo sequências de luta e estudos sexuais, selando seu destino.

Um destino que me senti compelido a apresentar para ela esta noite, por que fiquei lívido.

Falhei com ela com um propósito: protegê-la. E ela ignorou tudo isso, indo direto para a armadilha da caçada lunar.

Mesmo esta noite, ela reagiu perfeitamente a tal destino, mantendo-se firme e tentando lutar.

Os lobos iriam rasgá-la em uma poça de seu próprio sangue, depois de transar com ela.

Apenas a noção disso fez meu sangue ferver novamente.

Então, sim, reagi de forma dura.

Mas nunca, em meus sonhos mais loucos, imaginei que ela responderia dessa maneira – brigando comigo em um minuto e gritando no próximo.

Seus olhos estavam fechados agora, mas eu tinha visto a cor opaca em seu olhar antes que ela os fechasse completamente.

Murchando. Secando. Morrendo bem debaixo de mim.

Era o pesadelo que eu mais temia, a realidade que eu sabia que um dia enfrentaria. Só não esperava que fosse hoje à noite. Não quando finalmente consegui voltar para ela.

Soltei seus pulsos e acariciei suas bochechas com as duas mãos.

Ela não reagiu, só ficou deitada ali e continuou a gritar. O som era rouco, sua garganta estava muito sensível para funcionar da maneira que ela desejava.

— Lily — murmurei, acariciando sua bochecha com o polegar.

Caramba, senti mais falta dela que de qualquer outra pessoa que eu pudesse me lembrar.

Estar longe foi uma agonia. Terminei o trabalho o mais rápido que pude, minha necessidade de retornar era uma força motriz por trás de cada decisão.

Eu deveria tê-la checado.

Mas não havia nada que eu pudesse ter feito, nenhuma maneira de me comunicar e avisá-la para sair desse caminho.

Talvez eu pudesse ter explicado minha ausência

necessária, dito a ela sem rodeios para evitar esses cursos. Mas não houve tempo para essa conversa. E eu não queria arriscar que ela mencionasse algo para a pessoa errada... como sua "conselheira".

O grito de Lily falhou quando sua garganta cedeu. Ela ficou mole debaixo de mim, esperando seu destino. Mas este era um jogo que ela não entendia ainda.

Eu a peguei.

Isso fazia dela meu prêmio.

Vários outros estavam brincando com seus brinquedos no deserto. Era para ser uma introdução ao futuro e aos destinos que os aguardavam.

Mas eu tinha um plano diferente para Lily.

Algo que não começou do jeito que eu esperava. Mas eu o consertaria. Só não aqui.

Rolei para longe dela e fiquei de pé.

— Levante-se.

Ela simplesmente ficou lá, com a respiração superficial e o pulso lento. Era como se tivesse decidido morrer aqui, agora.

Mas não estava ferida. Eu sabia, pois fui eu quem a derrubou.

Qualquer outra pessoa a teria feito sangrar.

Em vez disso, ela *me* fez sangrar.

Semicerrei o olhar com a lembrança. Eu podia sentir a evidência de sua reação endurecendo no meu queixo.

Em qualquer outra situação, e eu a forçaria a lamber.

Mas a atual exigia um tipo diferente de abordagem. Então usei a manga da camisa escura para limpar a evidência.

Lily permaneceu imóvel no chão, meu comando não significando nada para ela.

— É assim que vai ser? Eu te conto um pouco da

verdade, e você se desliga? — Olhei para ela, esperando por uma resposta.

Nada.

Era como se ela nem pudesse me ouvir.

Me ajoelhei e pressionei a palma da mão em seu abdômen. Ela engordou um pouco nos últimos meses, o aumento do regime alimentar ajudando suas curvas.

Claro, sua "conselheira" ainda havia reduzido as recomendações que eu havia escrito antes de ir embora.

Assim como desconsiderou minhas sugestões para o foco em cursos de serviço e, em vez disso, permitiu que Lily continuasse com os cursos de luta e atividades sexuais.

Não me surpreendeu nem um pouco ver uma aula de sexo oral feminino adicionada aos seus cursos para esta rodada final.

Que pena para Livia, mas Lily não faria esse curso.

Na verdade, ela havia terminado todas as suas aulas.

Passei os dedos por seu torso, indo para as contusões que agora se formavam em seu pescoço. Eu a segurei com muita força, algo que minha raiva e força aumentada influenciaram. Me inclinei para beijar seu pescoço, prometendo fazê-lo melhorar.

Então pressionei meus lábios em sua orelha.

— Temos um mês juntos, Lily. Um mês em que você será minha. Agora, levante-se para que eu possa levá-la para casa.

Bem, não para a minha casa. Mas uma temporária.

Planejei esta noite perfeitamente, garantindo que eu capturasse o prêmio que desejava e, pela primeira vez, aproveitando meu direito de reivindicar um prospecto.

Acontecia muitas vezes nas Universidades de Sangue. Ninguém se importava. Era visto como um benefício por ficar preso nessas áreas esquecidas por Deus e dedicar nosso tempo ao treinamento de escravos humanos.

Mas nenhum dos prospectos jamais me atraiu antes. Não até Lily.

Só que ela ainda não reagiu, seu corpo parecendo esfriar sob meu toque.

Franzindo a testa, me afastei para examiná-la.

— Eu sei que você está acordada — disse. — Sei que pode me ouvir.

Seus olhos se abriram, a cor da íris tão opaca que quase vacilei. Ela parecia a morte, seu espírito totalmente devastado.

— Não quero mais jogar. — As palavras eram quase inaudíveis, sua garganta muito machucada pelos gritos e minhas mãos que ela quase não conseguia falar.

— Hum. Bem, é uma pena, florzinha, porque voltei para brincar com você. — Mordi o pulso e o pressionei em sua boca. — Beba.

Não havia câmeras aqui.

E minha visão noturna me disse que não havia ninguém perto o suficiente para ver ou ouvir nossa conversa.

Não era necessariamente seguro, mas não tínhamos escolha.

Lily apertou a mandíbula, recusando meu sangue.

Então segurei seu queixo e forcei seus lábios a se abrirem.

Suas narinas se dilataram.

— Beba ou vou te sufocar — avisei. Eu não faria isso. Mas encontraria uma maneira de forçá-la a engolir.

Seus olhos pálidos brilharam, o primeiro sinal de vida retornando às suas feições.

Então ela mordeu meu pulso.

*Com força.*

Eu sorri.

— Essa é a sua versão de punição? — Soltei sua

mandíbula para passar os dedos em sua bochecha. — Porque considero mordidas como preliminares, linda.

Ela grunhiu, erguendo as mãos para tentar me arranhar, dar um tapa ou algo assim. Não foi um ataque pensado. Era desesperado e um pouco triste.

No entanto, eu permiti que ela me desse um tapa.

Em seguida, agarrei seus pulsos e os puxei contra seu peito para segurá-los com uma mão.

Sua expressão se tornou feroz enquanto ela tentava lutar novamente.

Segurei sua bochecha e a beijei, grato por ver seu espírito mais uma vez.

Então me afastei quando ela tentou me morder novamente e, em vez disso, pressionei o pulso em sua boca mais uma vez.

Ela mordeu, parecendo perceber, o que era exatamente o que eu queria.

Lily tentou girar a cabeça para desalojar meu pulso, mas eu a segurei com facilidade antes de aplicar alguma pressão para mantê-la no lugar.

— Engula e eu deixo você ir.

O fogo azul lambeu suas íris, superando o verde.

Foi uma visão linda vê-la voltar à vida. Desta vez, eu daria as raízes de que ela precisava para se manter viva.

Ela engoliu em seco, o tempo todo me encarando e me odiando com seu olhar.

Eu poderia aceitar esse ódio. Preferia isso a sua expressão mortal de momentos atrás.

— De novo — falei. Principalmente para atiçar as chamas de sua fúria.

Ela saiu completamente de seu modo prospecto, me permitindo ver a alma por baixo do exterior machucado.

E gostei muito do que vi.

Sua garganta se moveu enquanto obedecia. Ela engoliu uma terceira e quarta vez antes que eu a soltasse.

As bochechas de Lily floresceram com cor e seus olhos ficaram vibrantes mais uma vez.

*Linda.*

Tirei lentamente meu pulso de sua boca.

— Boa menina.

Ela bufou.

— Vá se foder.

Curvei os lábios.

— Seu vocabulário melhorou desde a última vez que nos falamos. — Eu me ajoelhei ao lado dela e soltei seus pulsos. — Estou curioso para descobrir o que mais melhorou.

Ela se ergueu e tentou me golpear. Segurei sua mão e a puxei para mim.

— E suas habilidades de luta não melhoraram. — Embora seu objetivo com aquela adaga tenha sido bastante mortal.

Ela se contorceu e a batalha entre nós reacendeu por minhas palavras. Lily moveu o cotovelo em direção ao meu queixo, fazendo com que eu soltasse seu pulso, pois a posição a colocava em risco de uma lesão.

Mas ela confundiu meu movimento com uma vitória.

E tentou atingir o meu rosto novamente com força total.

— Muito bem. — Peguei um punhado de seu cabelo, puxei sua cabeça para trás e a mordi.

Ela gritou, pousando as mãos em meus ombros enquanto tentava me empurrar.

Mas seu empurrão se tornou um puxão quando seus lábios se entreabriram da euforia em minha mordida.

— Eu te odeio — ela murmurou, mas as palavras não

tinham convicção enquanto seu corpo oscilava ao meu comando vampírico.

Envolvi o braço ao seu redor, segurando-a enquanto bebia de sua veia. Sua essência parecia uma droga para meus sentidos, meu corpo tendo passado muito tempo sem seu sabor.

Puta merda, eu estava viciado nessa mulher. Minha doce e linda flor.

O que me cativava tanto a ponto de apressar a tarefa de Silvano só para voltar para ela? Lily era meu objetivo, minha recompensa, o que me ajudou em minha missão.

Eu estava muito ansioso para o nosso reencontro.

Meu plano era roubá-la daqui no meio da noite e torná-la minha serva pessoal durante o mês.

Então vi sua agenda – encontrei este curso a esperando esta noite – e minha estratégia mudou de imediato.

Ela ainda iria para casa comigo.

Ainda teríamos nosso mês.

Mas agora eu tinha que encontrar uma maneira de alterar seu destino. Porque a caçada à lua não poderia ser seu futuro. Eu me recusava a permitir.

— Mestre Cedric — ela gemeu, aquela voz indo direto para minha virilha e inflamando minha necessidade por mais.

Tínhamos só começado nossa jornada juntos. Então Silvano nos roubou o tempo precioso que nos restava.

Oito meses não pareciam nada para alguém da minha idade.

Mas esses meses se estenderam pelo que parecia uma eternidade.

Eu a guiei de volta ao chão com minhas presas em sua garganta.

Ela se contorceu, as pernas se abrindo automaticamente em um convite descarado. Me acomodei entre suas coxas, afastando a mão de seu cabelo para movê-la para baixo e segurar seu seio.

*Muito melhor*, pensei, satisfeito com a resposta natural de seu corpo ao receber refeições adequadas.

Ela arqueou para mim, completamente perdida em minha mordida e nas endorfinas inundando seu organismo.

Outro som baixo e carente saiu de sua garganta.

Me deleitei com o som e sorri quando senti outro vampiro se aproximar de nós. Ele teria ouvido o deslize em seu condicionamento. Isso me beneficiaria quando eu declarasse meu desejo de mantê-la por um mês.

A menos que ele escolhesse levá-la.

Mas eu duvidava que o fizesse.

Eu tinha visto seu interesse em outra.

Levantei meu olhar para encontrá-lo a apenas três metros de distância com aquela mulher em seus braços, o corpo sem vida. Mas a sugestão de uma pulsação me disse que ela ainda estava viva. Por muito pouco.

— Vai matá-la? — Sua voz profunda fez Lily paralisar embaixo de mim. Ela o reconheceu, já que foi seu instrutor nos últimos meses. — Porque eu acho que isso seria um desperdício.

A advertência em seu tom foi inesperada.

O Príncipe Khalid não era de se importar com mortes frívolas. Afinal, ele era um assassino de renome.

Quando liguei para ele com a notícia sobre o decreto de Silvano, ele me disse que se encarregaria temporariamente minhas aulas. A universidade fazia fronteira com sua região, tornando responsabilidade sua supervisionar.

Mas fiquei bastante chocado ao descobrir que ele havia voado para cobrir pessoalmente as aulas em minha ausência. Eu esperava que ele delegasse a tarefa.

No entanto, seu nome na agenda dizia Mestre Khalid, não Príncipe Khalid, o que me deixou imaginando que jogo ele estava jogando aqui.

Khalid não era como os outros membros da realeza. Ele tendia a fazer suas próprias regras e espreitar nas sombras.

Então, se ele estava aqui, era por alguma razão.

E eu não queria me intrometer em seus planos.

Com cuidado, soltei o pescoço de Lily e me ajoelhei entre suas coxas abertas, propositalmente me mantendo em uma posição inferior a ele como uma demonstração de respeito.

— Seria um desperdício — concordei, me referindo aos seus comentários sobre acabar com a vida de Lily.

Ele me observou por um instante.

— Então ela está liberada?

— Não. Estou reivindicando-a para o mês.

Ele ergueu as sobrancelhas escuras.

— Mesmo?

— Isso será um problema?

— De jeito nenhum — ele respondeu. — Seria bom o palácio ter mais vida.

Um lembrete sutil de que ele estava hospedado lá. E sua linhagem o tornava meu superior também. O que significava que eu teria que compartilhá-la quando ele pedisse.

Assenti em reconhecimento de sua ameaça tácita.

Ele retribuiu o gesto.

— Vamos nos encontrar para o café da manhã. Acredito que temos certas coisas para discutir. Oito horas em ponto.

— Sim, Meu...

— Aproveite sua noite — ele me interrompeu, se

afastando antes que eu pudesse entregar a aceitação formal de seu pedido.

Olhei para ele, depois para baixo para encontrar Lily deitada perfeitamente imóvel embaixo de mim. Seus olhos arregalados estavam cheios de perguntas.

E tinham apenas uma pontada de ódio.

Eu poderia trabalhar com isso.

— Vai ficar de pé agora? — perguntei. — Ou preciso erguê-la?

Ela levou a mão trêmula ao pescoço e aos ferimentos que ainda não haviam cicatrizado.

— Vou ficar de pé.

Me levantei primeiro, limpei a areia da calça e esperei que ela me seguisse. Ela foi devagar, mas conseguiu encontrar o equilíbrio depois de alguns segundos de oscilação.

Em seguida, Lily tentou se livrar da areia grudada em suas roupas e cabelos e quase caiu de novo.

Eu a peguei pelo quadril e a ajudei. Ela cerrou os dentes, mas não comentou. E o olhar não mudou, mesmo quando passei os dedos por seus longos cabelos dourados.

— Vai precisar de um banho para tirar toda essa areia de você — eu disse baixinho.

Ela não respondeu. Em vez disso, fechou os olhos por um instante e estremeceu. Sua pele pálida indicava que ela estava sentindo os efeitos da perda de sangue.

E as feridas abertas em seu pescoço provavelmente não estavam ajudando.

Com gentileza, eu a puxei para mais perto e pressionei a boca na marca da mordida. Ela ofegou e suas mãos se apoiaram em meus ombros para se equilibrar.

Cortei a língua e a passei pelas reentrâncias, em seguida capturei sua boca e a forcei a engolir um pouco de minha essência.

Ela não lutou comigo desta vez.

Nem me mordeu.

Simplesmente aceitou meu beijo sem retribuir.

Eu sorri, gostando desse novo desafio.

— Vamos nos divertir juntos, florzinha.

— Você quer dizer que *você* vai se divertir — ela corrigiu, a ferocidade em seu tom me surpreendendo.

Segurei sua nuca, forçando-a a encontrar meu olhar.

— Não, doce flor. Nós vamos. Você vai ver.

Ela semicerrou o olhar.

— Não quero jogar.

— Como disse, isso é muito ruim. Porque voltei a este inferno especificamente para brincar com você. E não tenho intenção de mudar meus planos.

# LILY

— Siga-me, Prospecto. Um passo fora da linha e vou presumir que você prefere ser carregada. — As palavras de Mestre Cedric me envolveram como um laço, me puxando para frente como se ele segurasse a ponta de uma coleira.

Principalmente porque eu estava muito ocupada processando suas palavras anteriores para lutar contra meu instinto de obedecer.

— *Voltei a este inferno especificamente para brincar com você.*

Ele havia mencionado isso antes, mas não registrei até seu último comentário.

Se ele não estava aqui, para onde foi?

E por que voltou por mim?

*Torturar* significava *brincar* em sua mente distorcida de vampiro?

— *Estou reivindicando-a para o mês.*

Foi o que ele disse a Mestre Khalid. Afinal, o que isso queria dizer?

Quase perguntei, mas já estávamos perto de uma porta

lateral na parede. Mestre Cedric pressionou o dedo em um painel, fazendo com que uma série de bipes fossem registrados antes que a porta se abrisse.

Não era como as que usamos para sair para o deserto. Esta era uma entrada com apenas um metro de distância da cabeça de Mestre Cedric.

E dava para uma escada que levava para baixo, não para o pátio.

Mestre Cedric entrou com um gesto para que eu o seguisse.

O ar-condicionado me atingiu com força total, quase me derrubando com a mudança abrupta de temperatura. Era diferente de tudo que eu tinha experimentado nos prédios aqui.

Comecei a tremer. Minhas roupas de luta eram muito finas para este ambiente.

Mestre Cedric não pareceu notar, seus passos eram firmes enquanto ele liderava o caminho.

Estremeci quando a porta se fechou atrás de mim, em seguida saltei para alcançá-lo. Meus dentes começaram a bater. Tentei detê-los, ciente de que exibir uma reação tão humana iria enfurecê-lo, mas não conseguia parar o estremecimento que passava por mim.

Seu sangue não estava ajudando.

Meus sentidos estavam aumentando mais e mais a cada segundo que passava, tornando o ar quase insuportável. Cada inspiração parecia como facas espetando meus pulmões.

Mestre Cedric parou de forma abrupta e seu olhar escuro me avaliou.

Quase me desculpei.

Só que minha língua parecia um bloco de gelo.

Ele semicerrou os olhos.

— Você está com frio. — Não era uma pergunta, mas uma afirmação.

Eu pisquei.

Ele me pegou no segundo seguinte, me erguendo em seus braços e me embalando contra seu peito.

E então estávamos voando.

Bem, não exatamente voando. Mas nos teletransportando. Me lembrei de forma vaga da primeira vez que ele fez isso comigo. Eu estava tão fora de mim que não tinha entendido as sensações.

Mas eu as sentia agora.

O turbilhão de energia ao meu redor.

O som do túnel de ar em meus ouvidos.

A sensação vertiginosa de ultrapassar o espaço e o tempo.

Meu corpo não foi feito para esse tipo de transporte. Algo que meu estômago disse enquanto se agitava de forma violenta dentro de mim.

Felizmente, a jornada terminou quase tão rápido quanto começou. Minhas costas bateram em algo suave e minha mente registrou de forma bem lenta que ele me colocou no carro quando a porta se fechou ao meu lado.

Então ele estava lá, me prendendo ao sentar no lado do motorista.

Ele ligou o motor.

E partimos em um piscar de olhos, acelerando para fora dos portões e descendo a estrada que eu estava desesperada para encontrar quando este teste começou.

Minha cabeça girava com perguntas e acusações. Meu mundo foi virado do avesso e de cabeça para baixo em um instante.

Foi o que desejei por meses.

Mas agora eu não tinha certeza se queria.

Ele só queria me machucar. Me torturar. Me fazer falhar quando convinha, apenas para me submeter a uma vida inteira de dor.

*A caçada da lua.*

*Me tornar a escrava de um lycan.*

*Depois, a fazenda de procriação.*

Puta merda, eu ia vomitar.

Toda a minha raiva e desespero voltaram rugindo, me deixando tonta e furiosa.

Eu odiava esse vampiro. Não entendia por que ele me escolheu como objeto de seu tormento, mas eu daria qualquer coisa para fazê-lo parar.

Ele voltou por minha causa de onde é que ele tivesse ido. E eu ansiava por ele.

O que era exatamente o que ele queria.

Deusa, como pude ser tão estúpida? Os vampiros adoravam brincar com a comida.

E eu caí direto em sua armadilha.

— Sua fúria é inebriante — ele murmurou, com a mão apoiada sobre uma espécie de pau que havia entre nós. — Faz muito tempo desde que testemunhei tal emoção em um humano. Estou bastante satisfeito por ter vindo de você.

Olhei boquiaberta para ele.

— Então você quer que eu fique com raiva? Que demonstre emoção? Que acabe com o decoro para que você tenha um motivo para me punir? — Até que ponto? Os vampiros podiam fazer o que quisessem. Por que ele precisava de um motivo?

— Ah, não pretendo puni-la, Lily. Pretendo recompensá-la.

— Pelo quê? Por me fazer falhar de novo? — Não pude evitar a resposta sarcástica. Era muito diferente do meu habitual. Quebrava mil regras. Mas eu estava cansada de me importar. Chega de jogar este jogo. Parei de agir como o prospecto perfeito.

Qual era o sentido de cooperar quando minha obediência só levava à dor?

— Não vou te avaliar pelo desempenho emocional, florzinha. Se o fizesse, os outros a matariam.

— Vão me matar de qualquer maneira — murmurei.

— Sim — ele concordou, sua voz tinha uma emoção que eu não conseguia definir. Provavelmente porque não me incomodei em tentar. Ele devia estar ali para assistir à caçada, apenas para se deleitar com meu sofrimento.

Não nos falamos novamente pelo resto da viagem.

O que foi bom para mim.

Eu não queria falar ou estar perto dele.

Uma completa contradição com os últimos oito meses.

*Deusa, sou um fracasso em todos os sentidos.* Talvez eu merecesse esse destino.

Ele estacionou o carro do lado de fora do palácio, o exterior tão grandioso quanto eu me lembrava.

A luz suave iluminou a cerca e destacou várias palmeiras em todo o paisagismo externo. Degraus de pedra levavam às portas opulentas e ao interior cravejado de joias.

Segui Mestre Cedric em transe, meus pés se movendo sem que meu cérebro processasse a ação.

Ele me conduziu pelo pátio interno, ao lado de uma fonte que fluía de leve, e depois por outra porta. Em seguida, subimos uma escada. Passamos por um amplo corredor. E entramos em uma sala de estar que reconheci.

*Seus aposentos.*

Uma humana nos esperava lá dentro em uma posição curvada que o fez suspirar.

— Não pedi sangue. Apenas comida. Pode ir.

A fêmea estremeceu e se moveu para ficar de pé, mas tropeçou em parte do caminho. Ele se dissolveu diante de mim quando a segurou pelo cotovelo e a ajudou a ficar de pé.

Ela oscilou e seu rosto empalideceu enquanto murmurava uma frase ininteligível que soava como um pedido de desculpas.

— Está tudo bem — ele respondeu em um tom cortante. Mas seu toque permaneceu gentil enquanto a ajudava a se mover em direção à porta. — Reserve um momento para se sentar no corredor e esticar as pernas. Se a sra. Adrienne questionar, diga a ela que eu ordenei.

— Sim, Sire — ela sussurrou.

— Lily — ele disse da porta. — Pegue a água da mesa. — Ele virou a cabeça em direção à área de estar, onde uma bandeja de comida estava esperando na mesa de centro.

Fiz o que ele pediu e a levei para ele, meu corpo ainda se movendo sem que minha cabeça processasse as ações.

Ele a pegou e entregou para a garota.

— Beba isso aos poucos. Não volte para a sra. Adrienne até se sentir melhor. Entendeu?

— Sim, Sire.

— Bom. — Ele a guiou para o corredor e desapareceu de vista. Murmurou outra coisa para ela que não entendi direito antes de voltar e fechar a porta.

Parecia muito estranho ele ser tão carinhoso com uma humana. Talvez ela significasse algo para ele. Ou talvez fosse outro peão em seus jogos.

— Vá se sentar, Lily. Você precisa comer. Depois vamos lidar com a areia. — Ele apontou para o sofá e depois para a bandeja de comida antes de desaparecer em seu quarto.

Fiz uma careta, mas obedeci.

*Frango. Vagem. Arroz. Morangos.* Minha boca salivava com o último item, e meu dedo automaticamente o pegou primeiro. Mas Mestre Cedric apareceu do nada, tirando-o de mim e o colocou de volta na tigela.

— Coma a outra comida primeiro. — Ele colocou uma garrafa de água para substituir a que deu a humana. — Eu vou lidar com os morangos.

Apertei os lábios. Minhas papilas gustativas não estavam com vontade de se envolver em qualquer jogo cruel que ele pretendia começar. Eu só queria comer as frutas. Eram doces e diferentes de qualquer outra coisa que a universidade me dava.

Mas não queria que ele visse minha decepção.

Então, em vez disso, enfiei uma vagem na boca.

Usei a água para engoli-la.

Mestre Cedric se sentou ao meu lado. Sua coxa roçou na minha enquanto ele pegava uma faca. Meu coração acelerou e minha pele se arrepiou.

Mas ele não trouxe a lâmina para perto de mim.

Em vez disso, começou a remover os caules dos morangos.

Comi o frango enquanto ele trabalhava, mantendo o olhar grudado em suas mãos atléticas e nos dedos longos empunhando a faca. Cada corte era preciso. Os morangos permaneciam quase inteiros enquanto ele removia a parte verde.

A vagem e o frango tinham acabado quando ele terminou, só restava o arroz. Mordisquei o lábio, meu estômago já estava um pouco cheio por causa da refeição maior que o normal.

— Quer o arroz? — ele perguntou baixinho.

— Eu... prefiro os morangos — admiti.

Ele assentiu e me entregou a tigela.

— Você vai gostar mais desta vez.

Gostei muito deles da última vez, mas não falei nada. Em vez disso, coloquei uma das frutas na boca e quase gemi com a doçura.

*Doce e azeda.*

*Suculenta.*

*Perfeita.*

Ele estava certo. Gostei mais desta vez. Ele não disse nada enquanto eu devorava a tigela, mas seus olhos escuros ficaram em mim o tempo todo. Eu não podia nem me incomodar com o fato de ele parecer intrigado. Minha boca estava muito satisfeita para deixar qualquer coisa atrapalhar o momento.

Quando terminei, ele se levantou com a bandeja e a levou para o corredor. Ouvi-o falar novamente e presumi que fosse para a criada.

A resposta baixa confirmou isso.

Ele deu um aceno de cabeça e voltou para o quarto, então estendeu a mão para mim.

— Levante-se e me siga. Precisamos lavar a areia do seu cabelo.

Minhas entranhas se reviraram com o que isso significava – outro banho.

Mas ele passou direto pela banheira quando entramos no banheiro.

E foi para o chuveiro gigante.

Três chuveiros foram ligados ao mesmo tempo, o efeito de chuva era bastante hipnótico. Assisti as gotículas caírem por um instante, me sentindo estranhamente à vontade.

Até que Mestre Cedric interrompeu minha visão.

Seus olhos me lembravam de uma tempestade, escuros e ameaçadores. No entanto, seu toque era enganosamente gentil quando ele roçou os nós dos dedos na minha bochecha.

— Tire as roupas, Lily.

Quase o lembrei de que meu nome não era mais Lily, mas parecia inútil dizer isso. Ele gostava de me atormentar e provavelmente responderia com algo para me dar esperança apenas para que ele pudesse arrancá-la novamente mais tarde.

Suspirando, me abaixei para tirar os sapatos. Em seguida, tirei as calças e me levantei para tirar a camisa, ficando nua diante dele.

Algo brilhou em seu olhar enquanto ele me examinava.

Eu meio que esperava que ele tentasse me comer.

Mas ele me surpreendeu ao desabotoar sua camisa e a colocar sobre um balcão de mármore. Mestre Cedric colocou seus sapatos e meias ao lado dos meus. Em seguida, desabotoou o cinto e tirou as calças antes de colocá-las dobradas sobre a camisa.

Seu corpo era uma obra de arte, todo atlético, com linhas esguias que se flexionavam e se moviam de uma maneira que me hipnotizava mais que os chuveiros.

Então seus polegares engancharam no tecido fino que escondia a virilha e começou a descê-lo.

Minha boca ficou seca.

Ele não tinha feito isso da última vez que estivemos aqui. Ele manteve essa pequena barreira entre nós.

Mas não mais.

Agora ele a estava arrastando para baixo de suas coxas fortes e pernas longas e musculosas.

Engoli em seco.

Mestre Cedric já era difícil de se admirar vestido. Nu? Era como um deus exigindo ser adorado.

Meus joelhos vacilaram com a necessidade de me ajoelhar e implorar por seu toque.

Eu não conseguia parar de olhar.

Não podia parar de observar.

Eu não conseguia me impedir de *desejar*.

Este era o pior tipo de truque. Vampiros eram atraentes por natureza. Era como eles subjugavam suas presas. Mesmo sabendo disso, eu era uma escrava dos meus impulsos.

Seu estômago se contraiu quando ele adicionou a boxer à pilha de roupas. Seus braços eram repletos de poder e força tangível. Tentei me concentrar nessa perfeição, não seguir a leve camada de pelos que ia de seu umbigo para baixo, mas meu desejo inato de vê-lo forçou meu olhar a descer.

*Grandes. Orgulhoso. Duro.*

*Ah, Deusa.*

Engoli em seco novamente por uma razão totalmente diferente. Meus cursos de habilidades orais me prepararam para um macho de seu tamanho. Mas de repente me perguntei se estava preparada.

Ele estendeu a mão para mim e seus dedos seguraram meu queixo para me fazer olhar para cima.

— Olhar para mim assim vai levar a atividades para as quais ainda não estamos prontos. — Ele tocou meu queixo, depois meu pescoço, antes de roçar em meu mamilo com uma carícia leve que fez meus dedos dos pés se curvarem enquanto ele descia mais para segurar minha mão.

Esse toque podia não ter sido proposital, mas parecia intencional. E a diversão subjacente em suas íris escuras confirmou essa suspeita.

Ele me puxou para o chuveiro, diretamente debaixo do jato de água.

Fechei os olhos.

Sua mão deixou a minha. As pontas dos dedos subiram do meu braço até meu ombro, alcançando meu cabelo para tocar os fios úmidos.

— Senti sua falta, Lily — ele sussurrou. Sua respiração

era como um beijo em minha bochecha enquanto a mão ia para o meu quadril. — Este banho é para você. Você faz as regras. É você quem vai me dizer o que precisa, o que quer. E eu vou te dar, Lily, não importa o pedido.

# LILY

Os lábios do Mestre Cedric tocaram os meus de leve, provocando um arrepio pelo meu ser.

Este era outro truque. Um jogo que eu não sabia jogar. No entanto, suas palavras me embalaram em um estado calmo, todo o meu corpo estremecendo sob a mudança repentina de tenso para relaxado.

Era como se ele tivesse me encantado com declarações suaves.

Eu sabia que não deveria aceitá-las.

Mas uma parte fragilizada de mim queria que fossem reais. Desejava acreditar nele. Confiar.

Uma noção insana.

Letal.

No entanto, eu não tinha nada a perder. Ele já havia delineado meu destino. Por que não aproveitar esta oferta? Talvez fosse o suficiente para preencher meus sonhos à noite.

Ou talvez se tornasse o pior tipo de tortura.

Um belo tormento para assombrar meu futuro sombrio.

Valia a pena o risco?

Deveria ignorar a oferta?

Será que ele estava falando sério?

Talvez tudo isso fosse apenas uma maneira de usar meus anseios contra mim. Eu deveria dar essa vantagem a ele?

— Me diga o que você quer, Lily — ele sussurrou contra minha boca, ainda passando os dedos pelo meu cabelo. — Me diga como te agradar.

Fiz uma careta. Suas palavras soaram quase pesarosas. Mas por quê? Ele se sentiu mal por me contar sobre a caçada à lua?

Não era a notícia que eu desejava ouvir.

Mas eu preferia saber a verdade, mesmo que doesse.

Assim como queria sua verdade agora.

— Por que você está fazendo isso comigo? — perguntei. Minha voz soou rouca. — Por que você me escolheu para este jogo?

Eu queria pelo menos entender essa parte. Não que pudesse mudar. Não que isso me ajudasse no futuro. Mas tinha que saber.

— Por que você gosta de me torturar? — sussurrei. — Foi um erro que cometi? Algo que eu disse? Por causa das minhas habilidades inferiores de luta? — Agora que tinha começado a falar, não conseguia parar. — É por isso que você me atormenta? Ou é porque eu pedi ajuda?

Eu sosseguei quando essa pergunta deixou meus lábios.

— É isso, não é? Tudo porque quebrei o decoro e pedi orientação. — As palavras eram mais para mim que para ele. Finalmente entendi onde errei.

Claro que foi esse erro de julgamento.

Eu sabia que não devia questionar um Mestre.

No entanto, foi o que fiz.

E agora eu estava pagando pelo erro.

— É por isso que vou para a caçada à lua — murmurei. — Uma punição por questionar sua autoridade, quando tudo que eu queria era entender por que você me dava notas baixas.

Me senti entorpecida. Fria. Congelada no lugar.

— Eu pediria para me matar, mas você não vai fazer isso. — As palavras eram quase inaudíveis. — Você quer que eu sofra. Gosta disso. — Uma lágrima escapou do canto do meu olho. — Eu te odeio, Mestre Cedric. Odeio que você tenha feito isso comigo. E eu odeio isso, mas apesar de tudo, ainda anseio por mais.

Meu coração se partiu, uma parte frágil de mim se desfazendo sob o peso dessas revelações.

Tudo o que eu queria era me enrolar em uma bola.

E morrer.

Mas ele não permitiria.

Ele me forçaria a sentir. Brincaria comigo até ficar entediado. E me deixaria nas mãos do meu destino.

— Faça o que você quiser — eu disse com a voz frágil. — Não vou lutar contra. Nem vou questionar. Este banho não é para mim. É para você. Então, vamos pular a parte em que você inspira falsas esperanças e vamos direto ao que você realmente quer.

Abri meus olhos para encontrar seu olhar tumultuado.

— Você quer me testar de novo? Minhas habilidades orais melhoraram. Devo mostrar a você? — Minha voz soou morta aos meus ouvidos. Mas talvez fosse isso que ele queria... *uma flor seca.*

Sua expressão não revelou nada. Seus olhos escuros analisaram minhas feições enquanto ele apertava meu quadril.

— Quer saber por que vivia te dando notas baixas? — Sua voz tinha um tom que me lembrou de gelo irregular.

— Isso importa? — contra-ataquei. — Você vai me fazer

falhar, independentemente de como eu me comporte. Eu poderia ser perfeita e, ainda assim, você faria isso comigo.

— Você *é* perfeita — ele resmungou. — É por isso que agi dessa maneira, Lily. Para incentivá-la a seguir um caminho diferente. Porque vi para onde este estava indo. Mas você me desafiou e continuou seguindo em frente, e agora você vai para a caçada à lua, onde os lycans vão acabar com você. Você acha que isso me agrada?

— Sim — respondi sem precisar pensar sobre isso. — Você tem me torturado desde o começo. Vai gostar de assistir o final também.

Ele bufou.

— Você não entendeu tudo o que te dei.

Ergui as sobrancelhas.

— E o que você me deu, Mestre Cedric? Um nome que tirou? Um vislumbre de esperança, que você também me tirou? *Feedback* negativo sobre minhas habilidades de luta? Uma nota negativa para habilidades sexuais que nem tive oportunidade de realizar?

Minha respiração saiu ofegante. O calor subiu para minhas bochechas enquanto meu coração batia forte no peito.

— Ou você está falando sobre o seu sangue? — continuei. — O sangue que você usou para me curar para que pudesse acabar comigo de novo, não é?

Ele segurou meu cabelo e a mão em meu quadril quase me machucou.

— Sabe para onde humanos sexualmente habilidosos e com espíritos de luta vão depois do Dia de Sangue?

— Caçada à lua — murmurei, ciente disso, porque ele soletrou para mim.

— Por que você acha que te dei notas baixas em ambas as áreas, Lily? — Seu olhar escureceu. — Para impedi-la de seguir por esse caminho. Mas você correu de cabeça para ele no momento em que fui embora E por quê? Para provar que estou errado?

— Para te ver de novo — respondi. — Eu queria uma chance de mostrar que estava errado sobre mim. Mas você não apareceu. Então fiz as aulas seguintes, esperando a oportunidade de demonstrar minhas melhorias. — Porque eu era uma humana triste e patética com uma paixão idiota por um Mestre.

Ele franziu o cenho.

— Quer demonstrar suas melhorias agora? Me deixar te comer por trás na parede do box, só para ver se você pode tomar um pau de vampiro da mesma forma que pode tomar o de um humano?

— Se é o que você que, então sim — rebati, totalmente perdida e confusa sobre como a conversa havia chegado a esse ponto. Eu não conseguia nem lembrar o que ele disse para me fazer começar a falar. Mas eu estava com muita raiva dele. Por me levar a tais extremos apenas para provar que estava errado.

— Você é uma pirralha teimosa — ele murmurou, balançando a cabeça. — Fiz o que fiz porque queria tornar sua morte o mais pacífica possível. Você não atende aos requisitos físicos para ser Vigília. Não está marcada como elegível para a Copa Imortal. E estava no caminho para ir para um harém. Tentei direcioná-la para um caminho diferente, como a servidão, esperando que você acabasse em algum lugar menos violento. Mas agora, você é a principal candidata à caçada à lua.

Ele me soltou tão de repente que eu quase caí.

— Não verifiquei seus registros enquanto estava fora, porque não havia nada que eu pudesse fazer para ajudá-la. — Ele encarou a parede e bateu as mãos nos azulejos com tanta força que pulei. — E agora há pouco que posso fazer para consertar isso.

Olhei boquiaberta para suas costas. Suas declarações me atingiram com a ferocidade de uma arma de choque.

— Eu poderia te matar — ele continuou, curvando os dedos na parede de mármore. — Eu *deveria* te matar. Essa seria a solução amável.

Ele me encarou mais uma vez, sua expressão provocou um calafrio em minha coluna quando estendeu a mão para mim novamente. Dei um passo para trás por instinto, mas a mão dele segurou minha nuca e me puxou para frente.

— Mas eu não posso — ele sussurrou, desviando o olhar para a minha boca. — Não posso te matar, Lily. A própria noção disso me deixa com uma raiva cega. Você se tornou minha obsessão. Tudo o que fiz nestes últimos meses foi um esforço para retornar a você antes do Dia de Sangue. Para te ver uma última vez. Para te tocar. — Ele balançou a cabeça. — Não quero te machucar, Lily. Quero te dar vida. Te fazer florescer. Criar memórias suficientes para durar uma eternidade.

Parei de respirar, a intensidade de suas palavras e expressão me deixaram sem palavras.

Isso tudo era outra manipulação, uma maneira de me destruir de forma irrevogável.

Mas parecia incrivelmente real.

— Sou muito egoísta para te matar, Lily. — Ele me empurrou para trás até minhas costas baterem na parede. Então me prendeu lá com seus quadris e suas mãos seguraram minhas bochechas. — Me peça qualquer outra coisa e eu farei. Mas, por favor, não me peça para morrer.

# CEDRIC

UMA RISADA SOMBRIA ECOOU EM MEUS PENSAMENTOS enquanto eu repetia a confissão em minha cabeça.

A morte foi meu propósito por milênios.

No entanto, era a única coisa que eu não podia dar a Lily.

Um homem melhor a tiraria de sua miséria. Mas eu não era um bom homem. Eu queria Lily, mesmo que por um mês.

Ela morreria.

Eu viveria.

E as memórias de nosso tempo juntos me seguiriam por toda a eternidade, ou até que eu encontrasse uma nova flor.

*Hum.* Passei os polegares em sua bochecha. *Não. Nunca haverá outra Lily.*

Vivi milhares de anos e nunca encontrei uma mulher como ela. Lily me cativou de uma maneira fascinante, me fazendo pensar se algum ser superior a enviou aqui apenas para me torturar.

Ela me acusou de atormentá-la.

E talvez eu tivesse feito isso até certo ponto.

Só não pelas razões que ela descreveu.

Os lábios de Lily roçaram os meus. Seus olhos cintilavam com uma miríade de perguntas que ela não conseguia expressar. Então ela respondeu com a boca, me beijando pela primeira vez.

Ah, ela retribuiu meus abraços com paixão no passado.

Mas esta foi a primeira vez que ela deu um beijo por iniciativa própria.

A primeira vez que ela demonstrou um interesse que ia além de seu treinamento regular.

Eu a deixei conduzir, meus lábios respondendo aos dela com a mesma carícia gentil. Disse a ela que este banho era para ela, e falei sério. Era a minha versão de um pedido de desculpas, uma forma de recomeçar.

Todas as minhas cartas estavam na mesa.

Todas as minhas verdades.

O que ela quisesse, eu daria. *Exceto a morte.* Isso eu nunca concederia. Mas mataria por ela, se ela me pedisse.

Essa obsessão era quase tóxica, até onde eu iria por ela beirava o suicídio.

Sonhei em roubá-la antes do Dia de Sangue.

Sonhei em afirmar que ela havia morrido, e depois ficar com ela para mim.

Sonhei em fugir com ela.

Mas eram fantasias que nunca poderiam se concretizar.

Silvano me encontraria. Então descontaria sua raiva nela ao invés de em mim enquanto me forçaria a assistir. E eu nunca poderia sujeitá-la a esse destino.

Lily se afastou, suas lindas íris mais azuis que verdes agora.

— Não te entendo.

Curvei os lábios com sua admissão.

— Que tal jogarmos um jogo? — sugeri, descendo as mãos de suas bochechas para seu pescoço. — Pode me perguntar o que quiser enquanto eu lavo seu cabelo. E eu responderei a todas as perguntas.

Sua expressão ficou desconfiada com a minha menção a um jogo – um termo que percebi tardiamente não era o melhor para usar nessa situação. E essa cautela rapidamente se transformou em suspeita após minha explicação.

Ela semicerrou o olhar ao me perguntar:

— Em troca de quê?

— De eu poder te tocar. — Dei de ombros. — Isso é tudo o que quero. — Estendi a mão para puxar uma mecha de seu cabelo. — Nem vou fazer isso de forma sexual. Só vou cuidar de você enquanto me faz perguntas.

Porque isso era para ela.

Eu apenas me beneficiaria de tê-la aqui.

Ela engoliu em seco. Sua expressão me dizia que ela não acreditava em mim. Mas seu treinamento assumiu quando ela assentiu.

— Tudo bem.

Parte de mim queria pressionar por uma aceitação mais forte. No entanto, seria mais prudente provar que ela estava errada.

Então era o que eu faria.

Dei um beijo em sua testa e um passo para trás debaixo da água.

— Fique aqui — instruí, mostrando a ela com um gesto onde eu a queria. Então fui até a prateleira do canto para pegar alguns suprimentos.

Ela fez o que pedi, mordendo o lábio inferior enquanto me observava.

Fiquei quieto, permitindo que ela pensasse enquanto

colocava as embalagens no chão ao seu lado. Como ela não falou, me ocupei passando os dedos por seu cabelo mais uma vez, garantindo que seus fios estivessem úmidos o suficiente.

Foi só quando a empurrei para frente que ela finalmente perguntou:

— Você saiu da universidade?

Uma pergunta segura, pensei. Já que eu já insinuei isso.

— Sim. — Não elaborei porque queria que ela questionasse, saísse de sua zona de conforto e me perguntasse o que realmente queria saber.

Eu me abaixei para pegar uma embalagem e despejei um pouco de shampoo na mão.

— Para onde você foi? — ela sussurrou.

— Para a Região de Silvano. — Comecei a esfregar o shampoo em seu cabelo. — E também para o Clã Clemente.

— L-lycans?

— Sim.

— É para lá que eu vou?

Fiz uma careta para sua pergunta.

— Não sei. Seus registros ainda não mostram uma localização definitiva. — Mas eu esperava que ela não acabasse lá. Alpha Walter era um idiota narcisista com um complexo de poder.

Daí a razão de eu ter sido chamado.

— Então você não estava lá por causa da caçada à lua? — ela perguntou quando eu a puxei de volta para enxaguar o shampoo de seu cabelo.

— Por que eu iria lá para...? — Parei, franzindo a testa quando a virei para me encarar. — Você acha que fui até lá para fazer arranjos para te ver ser estuprada e morta? —

Não pude conter a fúria em meu tom. — Por que é que eu iria querer assistir a isso?

Ela arregalou os olhos.

Então se encolheu quando o shampoo entrou em seus olhos.

Xinguei baixinho e a ajudei a enxaguar o rosto, me repreendendo por cuidar dela de forma tão rude. Ela podia ter meu sangue em seu organismo, mas isso não a tornava invencível.

Depois de enxaguar seu cabelo com cuidado, eu a puxei para fora da água com gentileza.

— Silvano me ligou para pedir um favor. Ele precisava que eu lembrasse ao Alfa Walter de alguns itens importantes. Uma maneira educada de dizer que tive que dar uma surra em alguns de seus lobos. E levou vários meses para que a mensagem fosse entregue adequadamente.

Eu não deveria estar dizendo nada disso a ela.

Merda, eu nem deveria ter divulgado o que realmente queria dela.

Mas era bom ser sincero.

Parecia certo ser honesto com ela sobre minhas intenções também.

Ela não confiava em mim porque eu não tinha dado nenhuma razão para que ela colocasse sua fé em mim. No entanto, agora ela seria minha por um mês.

Silvano havia me prometido dois anos sem interferência, desde que eu o ajudasse com seu problema com o lobo.

Aceitei a oferta.

Por causa de Lily.

Para ter este único mês em que poderia conviver com ela sem outras responsabilidades.

Claro, não incluí o príncipe Khalid em meus planos.

Mas sentiria as intenções dele durante o café da manhã e determinaria se ele seria um problema.

— Não é preciso dizer que, qualquer coisa que eu compartilhe com você, é outro segredo entre nós — falei em voz baixa segurando seu queixo. — O que fiz por Silvano não pode ser compartilhado. E não tinha nada a ver com a caçada à lua.

Ela engoliu em seco, assentindo.

— Eles compartilham uma fronteira, certo?

— Sim. E têm trabalhado juntos. Mas Walter é um filho da puta arrogante. Então Silvano me pediu para lembrá-lo de seu lugar. — Ele ordenou. Mas consegui negociar minha prorrogação de dois anos como pagamento.

No entanto, no final, eu me tornaria oficialmente seu soberano.

— Abatendo seus lobos — ela sussurrou.

— Tenho um talento especial para a violência — respondi, me inclinando para pegar outra embalagem, essa de condicionador. — Também sou muito bom em entrar de forma furtiva em lugares sem ser detectado. — Como o território do Clã. Os executores de Walter não tiveram chance.

— Isso parece perigoso.

Dei de ombros e comecei a esfregar seu cabelo novamente.

— É a natureza da minha existência.

Embora, eu geralmente entrasse em situações como essa sem temer a morte. Desta vez, foi um pouco diferente porque Lily me deu algo pelo que esperar. Algo para viver.

— Sempre fui atraído pela violência e correção de erros. Até ganhei a vida com isso por muito tempo. Mas quando o mundo mudou, assumi um papel de executor para Silvano.

Executor não era o termo oficial, mas era um que ela entenderia de sua aula de política lycan.

— Ele me liga quando precisa de mim — esclareci, sem jeito. — Mas ele acabou de me dar mais dois anos antes que eu tenha que me juntar a ele na arena política.

— Como seu soberano — ela sussurrou enquanto eu a guiava sob o jato de água novamente.

— Como seu soberano — repeti. — Não é um futuro que desejo, mas é o que devo aceitar.

O silêncio caiu entre nós quando terminei de lavar seu cabelo.

Então fui para seu corpo, usando o sabonete e a esponja que peguei no canto.

— Que futuro você deseja? — ela perguntou depois de vários minutos de silêncio.

Me ajoelhei para começar com suas pernas enquanto considerava sua pergunta. A paz parecia uma resposta muito vaga.

— Honestamente, não tenho mais certeza — falei. — Este novo mundo é muito diferente do antigo para que eu possa te dar uma boa resposta.

— O que você quer dizer com "novo mundo"? — ela perguntou. Sua expressão já não exalava aquela cautela ou suspeita anterior. Apenas uma boa dose de curiosidade.

Passei a esponja em suas coxas enquanto a olhava nos olhos.

— O mundo nem sempre foi assim. Houve um tempo em que os humanos governavam e minha espécie vivia entre eles em segredo. Mas então os lycans foram descobertos, e os governos humanos responderam tentando transformá-los em armas. Não terminou bem para os mortais.

Um eufemismo.

Quase noventa por cento da humanidade foi morta pela atrocidade. Os dez por cento restantes foram escravizados.

E a Aliança de Sangue foi formada entre os vampiros reais e o alfas lycans.

— Não é uma história que as universidades ensinam aos humanos. Tudo o que eles querem que vocês saibam é que estamos no comando. Sugerir o contrário é perigoso e pode levar a uma revolução. — Uma sugestão risível, na verdade.

A única maneira de uma revolução ter sucesso era com vampiros e lycans no comando.

Virei Lily para começar a ensaboar a parte de trás de suas pernas enquanto a deixei processar tudo o que tinha acabado de revelar. Ela estremeceu quando me aproximei de seu traseiro. Sua pele se arrepiou enquanto o ar ao nosso redor parecia mudar.

Inspirei, sorrindo enquanto sentia o cheiro de sua doce excitação. Estava lá o tempo todo, apenas sutil e um pouco moderado, por causa da nossa conversa.

Seria muito fácil seduzi-la. Bastaria deslizar a esponja entre suas coxas abertas e tocar sua linda carne rosada.

Engoli em seco e afastei o desejo para longe, me lembrando de que o foco aqui era ela.

Ela estava no comando.

Eu seguiria seu exemplo.

E se ela se virasse e guiasse meu rosto para sua doce boceta, eu ficaria feliz em obedecer.

Infelizmente, ela permaneceu imóvel.

Então me concentrei em ensaboar sua bunda bonita e firme antes de me levantar para lavar suas costas.

Ela continuou a tremer, mas permaneceu em silêncio.

Dei a ela muito o que considerar. Se Lily quisesse fazer mais perguntas depois, eu permitiria.

Eu a girei novamente para esfregar seu torso, a esponja criando espuma contra seus seios e abdômen antes de me aventurar em seus braços.

Todo o tempo, ela me observava com os olhos semicerrados.

Terminei nosso momento íntimo com um toque rápido da esponja contra seu monte depilado e adicionei uma carícia rápida entre suas coxas. Em seguida, coloquei os suprimentos no chão e a enxaguei uma última vez.

Quando terminei, encontrei seu olhar e disse:

— Acabou o jogo. Mas podemos jogar outro, se você quiser.

Novamente, talvez não fosse a melhor escolha de palavras. No entanto, eu queria que ela entendesse minha versão de jogo. Talvez isso a ajudasse a me entender melhor.

Em vez de esperar que ela respondesse, dei um passo para trás.

— Vou colocar as mãos na parede. Se você quiser me tocar, pode. O sabonete está bem ali. — Fiz um gesto para onde eu o havia colocado contra o chão de mármore. — Se não quiser brincar, saia do chuveiro e pegue uma das toalhas. Vou me lavar e me juntar a você quando terminar.

Com essa oferta descarada, me virei e apoiei as palmas das mãos na parede de ladrilhos.

E esperei.

Ansiando que ela entendesse o propósito por trás da minha oferta. Uma desculpa. Não foi direto. Nem óbvio. Apenas uma maneira sutil de me submeter às suas necessidades.

Minha versão de exibição de intenção.

Provando a ela que eu queria que ela me escolhesse, não que se curvasse por causa de seu treinamento.

Eu entenderia se ela saísse. Com certeza eu merecia essa reação.

Só esperava que ela não o fizesse.

Fechei os olhos.

*O que vai ser, florzinha?*, eu me perguntei. *Você está pronta para a minha versão de jogo? Ou vai correr e se esconder?*

# LILY

Olhei para as costas de Mestre Cedric, me entregando à visão de sua forma impecável.

Ele era lindo.

Alto. Magro de um jeito atlético. Ombros largos. Cintura fina. Parte de trás esculpida. Pernas longas e musculosas.

*Um executor.*

Eu entendia esse termo no sentido lycan. Mas o que significava para um vampiro?

Ele parecia letal. Mas isso era bastante comum para sua espécie.

Ele assumiu uma posição pouco imponente contra a parede.

*Por mim.*

Minha cabeça girou com todos os seus comentários e ações. Eu não esperava que Mestre Cedric realmente respondesse às minhas perguntas, mas ele o fez. E com mais informações que jamais imaginei.

Ele foi embora por todo esse tempo.

Tentou me ajudar.

*Ele não quer que eu vá à caçada à lua ou para um harém.*

— Foi você que me deu a água? — perguntei, sem conseguir conter a curiosidade.

Ele já havia dito que nosso jogo anterior havia acabado.

Mas fiquei tão impressionada com todas as suas respostas que não pensei nisso até agora.

Até que percebi que havia entendido a situação de forma errada. Porque ele tinha me ajudado à sua maneira. Não feito algo para me machucar.

— Sim — ele respondeu sem olhar para mim. — Eu não podia deixar um bilhete sem arriscar sua segurança. Então deixei nutrientes para você.

— O que você teria escrito em um bilhete? — perguntei. — Se pudesse ter deixado um.

— Que você era minha Lily e que eu voltaria para você. — Ele pronunciou as palavras sem hesitação, me dizendo que tinha pensado sobre isso antes de eu perguntar. O que significava que era verdade.

— Você tirou meu nome.

— Sim, para protegê-la. — Ele continuou sem se virar ou olhar para mim, com as palmas das mãos apoiadas com firmezas na parede. — Você não pode ser Lily na universidade. Só aqui, onde está sozinha comigo.

*Foi por isso que ele me lembrou de não gritar na última vez que me mordeu,* pensei. *Ele estava me protegendo.*

A compreensão repentina de suas ações me deixou tonta. Havia muita coisa que eu não tinha interpretado corretamente. E agora, eu tinha mil novas perguntas sobre sua intenção.

Mas não podia expressá-las.

Eu ainda estava muito ocupada processando todo o resto.

*Mestre Cedric me deu notas baixas para me impedir de ir à caçada à lua ou para um harém.*

*Ele me deu a água. Não tirou meu nome de verdade. Voltou para mim.*

Tudo girou ao meu redor e a água parecia distante. Era demais para processar de uma vez. Demais para aceitar. *Esperançoso* demais.

Mestre Cedric me segurou quando meus joelhos fraquejaram. Me envolveu com seus braços, me carregando no colo.

— Não é assim que se joga esse jogo, Lily — ele murmurou. Seus olhos eram de uma escuridão pulsante que só me deixou mais tonta.

Ele se moveu para se sentar no banco de mármore que decorava um lado do box, me segurando com facilidade enquanto me acomodava em seu colo.

— Apenas respire — ele sussurrou quando apoiei a cabeça em seu ombro. — Inspire, expire e tente relaxar.

Seu tom hipnótico tomou conta de mim, aquecendo meu interior. Ele pressionou os lábios em minha cabeça e sua força me envolveu em um casulo de proteção.

A adrenalina e o horror da noite pareciam estar me alcançando. Meu corpo doía de uma forma estranha. Eu estava dolorida e exausta. Mental, física e *emocionalmente*.

Estava perdida em um minuto e em terra firme no próximo.

Os comentários de Mestre Cedric sobre o mundo anterior ainda circulavam em minha cabeça.

*Os humanos costumavam governar*, pensei. *Lycans e vampiros se escondiam.*

Que conceito estranho.

Como seria esse mundo?

Eu não conseguia imaginar isso de jeito nenhum. Não fazia sentido. Por que os seres superiores se esconderiam?

Mestre Cedric beijou minha têmpora, esfregando meu braço com a palma da mão enquanto me segurava apertado. Era uma sensação muito estranha ser abraçada assim, especialmente por um ser tão poderoso quanto ele.

Vampiros e lycans nunca exalavam cuidado ou afeição. Sensualidade e fome, sim. Mas nada como isto.

Lutei para correlacionar esta versão de Mestre Cedric com aquele que costumava liderar meus cursos de luta. Com aquele que me deu notas baixas sem remorso.

Era como se seu tempo fora o tivesse mudado.

No entanto, ele foi muito duro comigo mais cedo, durante o exercício do curso. Então, talvez não. Talvez eu estivesse apenas vendo uma nova camada de sua personalidade.

Ele me carregou depois que apanhei em sua aula. Me curou também.

Talvez ele fosse assim mesmo, afinal.

Ou talvez isso fosse apenas outra manipulação destinada a me destruir.

Suspirei, cansada de todo o pensamento e processamento de detalhes. Eu só queria viver por um momento sem pensar muito. Escapar para um ponto em que eu pudesse apenas sentir sem me preocupar com mais nada.

Ele me ofereceu essa fuga na forma de um jogo.

— Quero jogar — sussurrei, inclinando a cabeça para trás para examinar suas feições impressionantes. — Quero jogar seu novo jogo.

As coxas de Mestre Cedric ficaram tensas embaixo de mim enquanto seus lábios se curvavam.

— Tudo bem.

Ele não se moveu de imediato. Seu olhar escuro ficou preso ao meu por um longo momento. Suas íris não revelavam nada, sua expressão era ilegível além do pequeno sorriso flertando em sua boca.

Aquele leve sorriso o deixou ainda mais bonito, quase que de um jeito cruel. A mandíbula e maçãs do rosto eram perfeitas e simétricas, e seus olhos eram cobertos por longos cílios negros.

*Muito bonito.*

E ele me deu permissão para tocá-lo. Para explorá-lo. Para dar banho nele como fez comigo.

*Eu quero isso*, pensei, meu sangue aquecendo com a ideia. *Quero tocá-lo.*

Meus cursos me prepararam para isso.

Mas Seis não era como Mestre Cedric – um fato que não me intimidava, mas sim excitava.

Eu deveria ter medo.

Deveria estar fugindo em busca de uma toalha.

No entanto, não consegui me mexer. Eu queria jogar o jogo dele.

— Agora você está pronta — ele sussurrou, me colocando de pé.

Quase oscilei, mais pela perda de contato que pela tontura anterior, mas ele segurou meus quadris enquanto estava atrás de mim. Então, ele me manobrou sob os chuveiros novamente.

— A esponja está ali — ele disse no meu ouvido enquanto apontava para o item em questão. — Os sabonetes, aqui. — Sua mão se moveu para gesticular para as embalagens. — Estarei logo ali. — Ele indicou a parede contra a qual esteve minutos atrás. — O jogo termina quando você sair do chuveiro.

Ele deu um beijo na minha têmpora e me soltou.

Então foi até a parede de mármore e colocou as palmas das mãos ali mais uma vez.

Engoli em seco, meu olhar percorrendo seu físico impecável até sua bunda musculosa. *Eu posso tocá-lo.*

Meu interior se aqueceu com o pensamento e movi as mãos em direção à esponja. Não era como as que eu usava nas aulas de serviço. Era macia e leve, em vez de dura e firme.

Mestre Cedric tinha criado espuma com isso. Sem esfregar com força ou de forma extenuante. Apenas toques suaves e persuasivos contra minha pele.

Eu faria o meu melhor para imitar esses movimentos.

Apliquei um pouco de sabonete, a fragrância mentolada me lembrando Mestre Cedric, e segui em direção a ele.

Ele não se moveu, mas seu corpo relaxou enquanto esperava que eu o tocasse.

Considerei por onde começar, querendo tocá-lo por inteiro.

Mas sua bunda foi o que mais me chamou atenção. Então eu deixaria essa parte para o final como um deleite.

Me ajoelhei para começar em seus tornozelos e panturrilhas. *Tão firmes*, pensei. *Ligeiramente cobertos de pelos também.*

A universidade exigia depilação frequente dos membros inferiores e de outras áreas. Pelo menos para as fêmeas. Alguns machos eram obrigados a aparar também. Embora as regras parecessem variar para os homens. Nunca prestei muita atenção, pois meu foco era sempre em minhas próprias necessidades.

Mas eu gostava bastante das pernas de Mestre Cedric. Eram masculinas, fortes e levavam a partes pecaminosas dele que eu desejava explorar.

Ele falou mal do meu desempenho sexual. Entendi gora que tinha feito isso para me afastar desse caminho, mas isso não dissuadiu minha necessidade de provar que estava errado.

Estudei muito nos últimos oito meses, ansiando por uma oportunidade de me provar a ele. De mostrar que eu valia uma segunda chance.

Era minha obsessão.

E agora eu estava de joelhos, fazendo espuma contra sua pele. Suas coxas flexionaram sob meu toque, seus membros parecendo tensionar quando passei as mãos entre suas pernas para ensaboar a parte da frente. Não toquei sua virilha, apenas seus quadris e voltei para os joelhos e depois suas canelas.

Não parei até que cada centímetro de suas pernas estivesse ensaboado. Então me levantei.

— Quer enxaguar a parte inferior? Ou devo continuar? — perguntei, com a voz mais rouca que antes.

— Você está no comando, Lily. Me diga o que prefere.

Engoli em seco.

— Eu... eu acho que você deveria se enxaguar enquanto pego mais sabonete. — Usei a maior parte em suas pernas e precisava de mais.

Ele baixou as mãos e se virou, fazendo sua ereção empurrar meu ventre. Engoli um gritinho e minhas bochechas esquentaram com a forte evidência de seu desejo.

Ele segurou meu rosto com uma mão e deu um beijo nos lábios.

— Você está indo muito bem, florzinha. Não fuja agora.

Engoli em seco mais uma vez, arregalando um pouco os olhos.

— Não quero fugir. — As palavras saíram estranhamente engasgadas.

— Bom — ele respondeu, me beijando novamente. —

Vou lavar minhas pernas. — Ele parecia estar achando graça, seus olhos escuros brilhando.

Paralisei enquanto ele se movia ao meu redor.

Então me virei, como se ele me segurasse por uma corda, meu foco indo para a parte da frente de seu corpo e a evidência de sua excitação. Ele esteve duro durante a maior parte do nosso banho. Até senti sua espessura debaixo de mim quando me segurou em seu colo. Mas não tinha registrado que eu poderia cuidar dessa parte.

Ele disse que eu estava no comando.

E ele estava duro.

Isso significava que eu poderia agradá-lo, que eu *já* o estava agradando. Talvez esse fosse o objetivo do jogo.

Ele disse que o jogo terminaria quando eu saísse do chuveiro.

Mas e se eu o fizesse gozar? O jogo terminaria aí?

— Sabonete, Lily — ele murmurou sem olhar para mim. Mestre Cedric estava com a cabeça inclinada para trás debaixo d'água, passando os dedos por seu cabelo úmido e escuro.

Seu abdômen ondulou com o movimento, seus músculos me chamando para frente em um convite silencioso para tocá-lo.

Larguei a esponja. Meus dedos precisavam estar livres para essa experiência.

Suas mãos ficaram imóveis na cabeça quando minha mão encontrou seu abdômen. *Sólido. Duro. Masculino.*

Seis não era assim. Ele não era mole, mas não era Mestre Cedric.

Deusa, *ninguém* era Mestre Cedric.

Ele redefiniu a beleza, me cativando de uma forma que nenhum dos meus mestres anteriores jamais conseguiu. Queria memorizar cada centímetro seu com meus dedos e língua.

Lavá-lo não se aplicava mais.

Eu queria algo diferente.

Algo pecaminoso.

Algo que eu não deveria desejar, mas me recusava a ignorar.

*Sua aprovação.*

*Seu prazer.*

*Seus gemidos.*

Aproximei os lábios de seu peitoral, dando um beijo hesitante antes de olhar para cima para ler sua expressão. Ele abriu os olhos, mas os anéis escuros ao redor de suas pupilas estavam insondáveis.

Seus braços estavam flexionados por manter as mãos no cabelo.

Ele parecia estar esperando para ver o que eu faria em seguida.

Eu estava esperando para ver o que *eu* faria a seguir.

Umedeci os lábios e o movimento roçou em seu peito também. As gotas de água em sua pele eram refrescantes, me fazendo desejar provar de novo.

Então me entreguei à necessidade, entreabrindo os lábios para dar um beijo em seu mamilo.

Comecei um caminho familiar para baixo – não porque tinha feito isso com ele, mas por ter sido treinada em qual trilha seguir. Rapidamente, isso se tornou novo e excitante, seu abdômen era como uma paisagem de linhas côncavas e tensas.

Eu amei.

Cada linha do abdômen representava uma experiência erótica, minha boca faminta para tocar e conhecer toda parte dele.

Quando encontrei a área de pelos que descia de seu umbigo, quase gemi.

Minhas coxas se apertaram, o calor inundou minhas

veias com a noção de explorá-lo de forma íntima com a língua.

Fiquei de joelhos, dobrando as pernas de forma praticada enquanto minha força central se engajava para me manter firme. O truque era não tocar no macho ao se ajoelhar, algo que Mestre Peyton dizia que as espécies superiores esperavam de seus servos humanos.

Só deveríamos tocar vampiros e lycans de uma maneira excitante. E isso incluía não usar um Mestre para se equilibrar.

Infelizmente, meus dedos protestaram contra meu movimento, porque eu queria tocá-lo. Desejava agarrar seus quadris e me mover até seu traseiro firme. Para apertar e me deleitar com sua forma atlética.

Ele era tão perfeito. Muito bonito. Grande demais.

Quase engoli em seco quando sua masculinidade ficou a centímetros da minha boca. A cabeça era larga, mas não muito. Eu poderia envolver meus lábios em torno dela e engolir.

No entanto, seu comprimento me fez pausar.

Eu o senti contra a parte inferior da minha barriga, mas vê-lo de perto me deu muito mais detalhes.

*Ainda bem que fiz treinamentos com a garganta*, pensei, sentindo a boca seca de repente. *E se não for suficiente?*

— Está planejando me lavar com a boca? — Mestre Cedric perguntou. Seu tom tinha um toque de irritação que fez meus olhos retornarem aos dele.

Íris tumultuosas olhavam para mim e o olhar rivalizava com sua voz.

*Estou demorando muito para agir*, percebi, sentindo meu coração se apertar.

Humanos não deveriam questionar seus superiores. Eles apenas pegavam o que lhes era dado.

Incluindo aceitar um grande pau na garganta.

Eu sabia que não deveria parar e avaliar seu tamanho.

Isso tinha a ver com o prazer dele, algo que ele claramente desejava.

E eu pretendia provar que eu poderia agradá-lo de forma adequada.

— Desculpe, Mestre Cedric — sussurrei enquanto envolvia a mão ao redor da base dele. — Seu tamanho impressionante me pegou de surpresa. — Eu esperava que o elogio acalmasse a situação.

Mas sua expressão estrondosa me disse que não.

Pressionei os lábios na cabeça, esperando fazê-lo se esquecer da minha infração.

Só que ele me segurou pelos cabelos no instante seguinte.

Abri a boca, esperando que ele se enfiasse na minha garganta com raiva.

Mas ele me puxou para longe, dobrando os próprios joelhos quando se juntou a mim no chão.

— Este não é o jogo que estamos jogando, Lily. Não quero sua boca no meu pau. Quero suas mãos no meu corpo. Explorando. Tocando. Aprendendo. E certamente não quero que você me chupe de acordo com os padrões da universidade.

Minhas veias se encheram de gelo, afugentando o calor.

*Ele... ele não quer que eu o agrade?*

— É porque eu falhei antes? — perguntei, confusa. Pensei que ele tinha dito que eu não havia errado. Mas talvez eu tenha entendido errado. — Tenho treinado. Meu desempenho pode ser melhor. Eu sei que parei, mas...

Ele puxou meu cabelo, a ação me fazendo estremecer.

— Este banho é para você, Lily. Não para mim. — Seu aperto diminuiu, seu olhar de desviou para minha boca antes de encontrar meus olhos mais uma vez. — Quando eu foder sua boca, será porque você realmente quer que eu faça isso, não porque acha que é o que eu desejo.

— Mas não é isso que você quer? — perguntei, minha mão encontrando sua dureza mais uma vez. — Você está excitado.

— Claro que estou, Lily. Estou nu no chuveiro com você.

— Então me deixe agradá-lo — sussurrei. — Eu... eu quero fazer isso. — E eu queria. Não apenas por causa do fracasso anterior, mas porque sonhei com isso por meses. — Quero provar você. Quero ver o seu prazer.

Um pouco da raiva deixou sua expressão, seus olhos procurando os meus.

— Eu quase acredito em você.

— Porque é verdade — eu disse a ele.

— É o seu treinamento falando.

Balancei a cabeça. Em seguida, assenti um pouco porque ele não estava errado, mas também não estava certo.

— Sou treinada, sim. Mas treinei para você. Quero uma chance de mostrar o que sei e o que posso fazer. Você disse que meu desempenho não foi ruim. Mas quero saber como é ser realmente boa. Atender suas expectativas. *Te agradar*.

Percebi que soava ingênuo e quase obsessivo. Mas era a verdade.

— Você disse que esse jogo termina quando eu sair do chuveiro, mas ainda estou aqui — continuei. — E quero provar que posso vencer. Que posso impressioná-lo. Por favor, Mestre Cedric. Você vai me deixar te dar prazer?

# CEDRIC

Não. Não porque eu não quisesse, mas porque não era assim que eu queria que ela implorasse.

Lily estava desesperada para provar seu valor para mim, sem entender que já tinha feito isso. Esse foi o motivo pelo qual voltei para ela, porque a trouxe de volta aqui.

Eu já a queria.

Ela tinha passado em todos os testes imagináveis.

Mas sua expressão se desfez com a minha recusa. Seus ombros se curvaram em uma posição de derrota semelhante à que testemunhei meses atrás antes de partir.

Soltei seu cabelo para segurar seu queixo e a fiz olhar de volta para mim.

— Você ainda não está pronta para me agradar — eu a informei com gentileza. — Mas estará em breve.

Porque eu pretendia ensinar a ela do meu jeito, mostrar o que o verdadeiro arrebatamento significava.

Tínhamos só começado nossa jornada juntos meses atrás.

Esta noite, eu nos levaria mais um passo à frente.

Seu olhar se encheu de tristeza quando ela liberou meu pau que pulsava.

— Sim, Mestre Cedric. — Sua voz tinha um tom de desespero que me fez suspirar. Era *por isso* que ela ainda não conseguia me agradar de forma adequada. Lily foi doutrinada neste mundo de selvageria, sua mente havia sido distorcida a um ponto sem volta.

Eu teria que quebrar um pouco desse condicionamento para fazê-la entender.

Talvez fosse cruel fazer isso com ela poucas semanas antes de seu Dia de Sangue, mas era o único presente real que eu poderia dar: memórias para aquecer seu coração e mente em sua jornada para a morte.

— Não estou te rejeitando, Lily — assegurei a ela. — E não estou duvidando de suas habilidades ou treinamento. Sei quais cursos você fez, mas essas aulas não foram projetadas com minhas preferências em mente.

Tal como submissão voluntária, não submissão forçada.

— Quando você me chamar de Mestre no quarto, será porque ganhei o título. — Seria quando ela realmente entendesse o que significava. E isso poderia nunca se concretizar entre nós, o que estava bem para mim. Eu poderia lidar com todos os tipos de papéis no quarto.

Mas não poderia tê-la assim.

Não queria uma boneca plácida.

Eu queria uma flor desabrochando. Queria minha Lily.

— Eu sou Cedric quando estivermos sozinhos. Sei que mudei as regras antes, mas expliquei minhas razões. E agora que você é minha pelo próximo mês, pode me chamar de Cedric de novo.

A menos que alguém me dissesse que eu não poderia tê-la.

No entanto, o único com autoridade para fazê-lo era o

príncipe Khalid. Eu duvidava que ele negasse meu pedido, mas eu descobriria isso durante o nosso café da manhã.

Seus olhos azul-esverdeados me observaram.

— Ainda não te entendo.

Eu sorri.

— Você vai. — *Ou talvez não.*

Não importava.

O que importava era o nosso tempo juntos que restava.

— Nosso jogo não acabou, Lily. Minhas pernas estão limpas, mas falta a parte superior.

Suas narinas se dilataram e sua expressão ganhou vida com renovado interesse.

— Eu... eu ainda posso tocar em você?

— Sim. Mas não quero você de joelhos esta noite. Eu me levantei e a puxei comigo, segurando seus ombros. — Agora pegue a esponja e termine o jogo.

Dei um passo para trás para ver o que ela faria.

Ela passou os olhos por mim e suas pupilas pulsaram enquanto observava meu pau ainda duro.

Ela engoliu em seco e suas bochechas ficaram vermelhas.

Então foi buscar o sabonete, largando a esponja.

Arqueei a sobrancelha, curioso para saber o que ela pretendia.

Ela esguichou uma boa quantidade de sabonete líquido na palma da mão, colocou a embalagem no lugar e esfregou as mãos.

— Quero te tocar sem a esponja.

Meus lábios se curvaram em sua tentativa de estar no comando. Infelizmente, seu tom fez soar mais como uma pergunta do que uma afirmação.

No entanto, foi um bom começo para ela mostrar alguma independência sexual.

Então dei a confirmação que ela precisava para ir em frente.

— Continue.

Seus ombros relaxaram e um pouco da tensão pareceu deixá-la quando se aproximou de mim.

Mantive os braços soltos, focando em ler suas expressões faciais. A determinação gravou uma linha severa em sua testa, seus lábios estavam franzidos e seu olhar intenso.

Eu meio que esperava que ela pegasse meu pau e exigisse que eu a deixasse provar seu valor.

Mas ela pressionou as palmas das mãos em meu abdômen. Seu toque era quente. Ela lavou abaixo do meu umbigo antes de se aventurar mais para cima, pelo meu torso até o peito.

Lily foi precisa e metódica, garantindo que nem um centímetro do meu corpo ficasse intocada, exceto na área que levava à virilha.

— Enxágue — ela disse enquanto se virava para pegar mais sabonete.

Quase disse a ela para se inclinar e terminar a frente, mas decidi obedecer. Talvez ela não confiasse em si mesma para me tocar lá novamente.

Ou talvez ela tenha pensado que não tinha permissão, depois que neguei seu pedido para me chupar.

Eu esperaria para ver o que ela faria a seguir antes de falar algo.

Assim que terminei de me enxaguar, ela começou a esfregar minhas costas. Depois minha lateral novamente, seguido por meus braços.

Minha bunda e pau foram deixados intocados.

Ou ela estava tentando me provocar ou não entendeu o conceito deste jogo. Eu não me importava que ela explorasse. Só não queria que ela se concentrasse no meu prazer.

Ela observou enquanto eu me enxaguava mais uma vez, não mostrando sinais de pegar mais sabonete.

— Você já terminou? — finalmente perguntei quando ela não falou ou se moveu.

— Eu... — Ela engoliu em seco. — Tenho permissão para...?

— Você vai ter que terminar essa pergunta antes que eu possa responder — falei.

Ela franziu a testa, desviando o olhar para minha virilha.

— Você não quer que eu te agrade.

— Ah, eu quero muito que você me agrade — corrigi. — Mas o foco não é em mim, Lily. O que você quer?

— Agradá-lo — ela respondeu sem perder o ritmo.

Claro que ela diria isso. Era exatamente o tipo de declaração que seus instrutores teriam dito para ela usar.

— Que tal você terminar o que começou com o sabonete? — sugeri. Porque eu sabia que ela queria me tocar. Ela simplesmente não entendia como expressar esse interesse.

Quando saíssemos do chuveiro, ela compreenderia melhor minhas expectativas.

Ela me estudou por um momento, então se abaixou para pegar a esponja.

— Achei que você preferia as mãos — murmurei, ciente de que a estava provocando. Mas ela precisava de um empurrão sutil.

Lily permaneceu em sua posição por um instante, me proporcionando uma visão incrível de sua bunda bem torneada e uma espiada em sua intimidade. Isso me fez querer ficar de joelhos e prová-la. Mas tínhamos um jogo para terminar.

Ela se levantou bem devagar, a ação quase sensual, e caminhou até o sabonete. Admirei seu corpo quando ela se inclinou mais uma vez, amando a maneira graciosa como se movia. Ela não parecia estar ciente disso. Sua cabeça estava muito ocupada calculando a melhor forma de responder a mim e a esta situação.

Se ela olhasse nos meus olhos, saberia exatamente o que eu desejava.

Infelizmente, ela deu a volta atrás de mim para ensaboar minha bunda de forma clínica. Sem carícias. Sem toques persistentes. Apenas Lily se apresentando como foi ensinada, por medo de fazer a coisa errada.

O que, por natureza, tornava suas ações incorretas.

Segurei seu pulso quando ela chegou ao meu redor para repetir o processo com a frente.

Ela mal estava me tocando, apenas fazendo os movimentos de esfregar o sabonete contra a minha pele. Não era nada parecido com o jeito que ela explorou minhas pernas ou abdômen.

— D-desculpe — ela gaguejou.

Eu a encarei, ainda segurando seu pulso.

Levei a mão ao seu rosto, segurando o queixo.

— Me toque do jeito que você quiser, Lily. Não para me agradar. Mas para agradar a si mesma. Explore. Acaricie. Me observe, Lily. Siga seus instintos, não seu treinamento.

Guiei sua mão de volta ao meu quadril e soltei seu pulso.

Mas continuei a segurar seu queixo, querendo ler suas emoções através de seus olhos arregalados.

Sua garganta se moveu como se ela quisesse dizer alguma coisa.

Eu esperei.

Ela permaneceu em silêncio.

Um suspiro escapou do meu peito, a percepção de que eu precisaria terminar este jogo me atingiu com força no estômago. Tudo o que eu queria era que ela vivesse um pouco. No entanto, seu medo do fracasso a mantinha cativa, fazendo com que ela se questionasse a cada...

As pontas dos seus dedos se contraíram, cortando meus pensamentos e tomando meu foco.

*O que você vai fazer?* perguntei com os olhos.

Ela passou as unhas pelo meu baixo-ventre até a pele intocada abaixo do meu umbigo, em uma carícia leve de forma provocativa.

Então se aventurou para baixo, traçando a linha fina de pelos até a base do meu pau. Suas pupilas pulsavam e ela umedeceu os lábios. Em seguida, continuou gradualmente o movimento pelo meu comprimento até a cabeça. Apenas aquele leve toque de seus dedos.

Permiti que ela visse o desejo em meu olhar, a fome de que ela fizesse mais. Que ela percebesse como aquele toque leve me afetou. Que entendesse o quanto eu a queria.

Me conter enquanto ela explorava não era tarefa fácil.

Mas fiz isso por ela.

Um presente.

Uma maneira de me desculpar por confundi-la. Um jeito de mostrar minha gratidão por sua bravura. Uma forma de mostrar o quanto sua existência me intrigava.

Sempre assumi o comando. Mas esta noite, entreguei-lhe as rédeas. Até certo ponto, de qualquer maneira. Ela precisava experimentar ter um pouco de controle e buscar seu próprio prazer, para aprender a viver.

Seus dedos me envolveram, acariciando um pouco para testar os limites. Permiti apenas porque eu podia sentir o cheiro de sua própria excitação.

Como não falei nem a afastei, ela ficou mais ousada, a outra mão se juntando à exploração. Seu trabalho de limpeza era muito mais completo agora, as palmas das mãos indo em todos os lugares e até mesmo ao redor do meu corpo para tocar meu traseiro de forma mais adequada.

Eu a forcei a manter contato visual comigo o tempo todo, exigindo que ela testemunhasse minhas reações.

Suas bochechas estavam rosadas, a respiração ofegante e seu pulso vibrando de forma sedutora. Dei vários minutos a ela, permitindo que ela fizesse o que quisesse.

Cada momento que passava aumentava o aroma sensual no ar, sua excitação era como um farol que me deixava com água na boca por ela.

Eu queria mergulhar entre suas pernas e devorá-la. Fazê-la gritar meu nome. Ouvir seus gemidos enquanto eu a forçava a gozar várias vezes contra minha boca.

Esta era a preliminar que eu desejava.

Aquele sentimento irracional que levava mulheres e homens a fazerem coisas indescritíveis uns com os outros.

— Vou te beijar agora, Lily — sussurrei, meu olhar indo para sua boca. — E então vou nos enxaguar.

Isso prolongaria a experiência, aumentaria o desejo ilícito entre nós e a forçaria a entrar no estado irracional necessário para que pudéssemos derrubar suas paredes.

Não esperei seu reconhecimento ou aceitação. Apenas reivindiquei sua boca enquanto dava um passo para trás debaixo dos chuveiros. Ela se moveu comigo, com uma mão ainda em volta do meu pau e a outra em minha bunda.

Soltei seu queixo para segurar sua nuca e aprofundei nosso beijo com a língua.

Ela gemeu. Seus seios encontraram meu peito quando ela se inclinou para mim. Seu aperto ao redor da minha base intensificou sua necessidade de uma presença palpável entre nós enquanto a água caía em cascata sobre nossas cabeças. Segurei sua bunda com minha mão livre, puxando-a ainda mais perto.

Eu não iria comê-la.

Não assim.

Nem essa noite.

Mas logo.

Muito *em breve*.

Assim que ela entendesse como o prazer funcionaria entre nós.

— Jogos nem sempre são sobre ganhar, florzinha — eu disse contra sua boca. — Às vezes, são feitos com o propósito de prazer mútuo. — E essa era a lição aqui esta noite – que nossas experiências sensuais iriam entreter a nós dois, não apenas a mim.

Ela passou a mão pelo meu pau, enquanto a outra deslizou de minha bunda para o meu quadril.

— Gosto deste jogo.

Sorri.

— Eu sei. Também gosto.

Eu a beijei novamente, aumentando meu aperto contra seu pescoço enquanto ela aplicava pressão com seu toque abaixo. Então a mão contra meu quadril se aventurou para baixo, para alcançar entre minhas pernas e segurar minhas bolas.

— Hora de um novo jogo — eu disse a ela, interrompendo nosso beijo e segurando seu pulso novamente. Eu a puxei para fora do chuveiro, apesar do protesto brilhando em seu olhar.

Eu a enrolei em uma toalha antes de me virar para desligar o chuveiro.

— Use a toalha para se secar. Então vá para a cama — disse sem olhar para ela. — Quero você nua com as pernas abertas e as mãos sobre a cabeça. Entendido?

— Sim, Mestre Cedric. — Não havia uma pitada de medo em seu tom, apenas excitação.

Mas não consegui impedir o grunhido quando saí do chuveiro mais uma vez.

— Cedric, Lily. Não *Mestre*.

Ela mordiscou o lábio inferior e me considerou por um momento, me fazendo pensar se ela queria discutir o título comigo. Mas ela deve ter decidido o contrário porque ela assentiu.

— Sim, Cedric.

Bem, pelo menos ela estava sendo menos tímida.

Aceitei isso como um começo positivo.

— Se você realmente quer me agradar, vai abrir as pernas e dobrar os joelhos para que eu possa ver essa boceta bonita quando eu entrar no quarto. — Dei um passo em sua direção, ainda úmido, nu e dolorosamente duro. — Se eu gostar do que vir, vou te beijar direito.

Ela estremeceu.

— Estou depilada.

— Eu sei. Mas não é sua pele nua que eu quero ver, Lily. — Me inclinei para pressionar os lábios em sua orelha. — Quero você excitada e implorando pela minha língua. Quero seu clitóris inchado com a necessidade. Eu quero aquela carne rosa sedutora tão encharcada que vá deixar uma mancha molhada em minha cama. Quero que seu perfume natural me sufoque como um laço e me deixe de joelhos.

Essa última parte já estava acontecendo, sua excitação aumentando com cada comentário sombrio.

— Vá para a cama, Lily. Me mostre como você floresceu. E se eu ficar impressionado, você saberá pela força com que vou te lamber.

Ela estremeceu de forma tão violenta que minhas mãos flexionaram em preparação para segurá-la.

Mas ela não caiu. Em vez disso, largou a toalha e deu um beijo rápido na minha bochecha antes de sair do box.

Foi o convite mais sexy que já recebi – aquele doce toque de inocência seguido por sua caminhada trêmula para o quarto.

Porque aquilo não era tremor de medo. Era estremecimento de necessidade.

*Você está quase onde preciso que esteja, Lily*, pensei, pegando a toalha que ela deixou cair. *Esta noite, vou te fazer florescer.*

# LILY

Cada parte de mim queimou.

Meu rosto. Meus seios. Meu ventre. Minha intimidade.

Lutei contra o desejo de me contorcer, a necessidade de contato levando o calor a níveis desconfortáveis dentro de mim. Minhas veias pareciam fogo líquido.

Cedric me mandou aqui pelo que parecia horas. Exceto que meu cabelo úmido indicava que talvez só tivesse passado alguns minutos.

No entanto, parecia que eu estava morrendo.

Suas palavras me atingiram e alimentaram meu desejo, me deixando mais que encharcada entre as coxas.

Eu queria ficar envergonhada, mas isso exigiria que eu tivesse energia suficiente para sentir qualquer coisa além de excitação, e minhas reservas emocionais estavam todas esgotadas no momento.

Agarrei os travesseiros sobre a cabeça, minhas costas ameaçando se curvar quando um gemido quase escapou da minha garganta.

*Deusa, onde ele está? Por que isso está demorando tanto?*

Fechei os olhos com força, sentindo uma pequena pontada de medo me atingir.

*E se ele não vier? E se ele estiver apenas me testando para ver quanto tempo eu vou ficar assim, esperando por ele?*

A resposta era para sempre.

Porque eu não queria estar em outro lugar. Eu o desejava. E se me vir deitada aqui em um mar de excitação agonizante fosse o que ele precisava, eu faria isso.

Engoli em seco, sentindo a pele formigar enquanto meu núcleo pulsava com interesse.

Ele me deixou tocá-lo.

Sua bunda. Seu pau. Cada parte sua. Nunca experimentei tal perfeição. E a maneira aberta como ele me deixou explorá-lo só me fez queimar muito mais por ele.

Ele negou meu pedido para agradá-lo. Então exigiu que eu terminasse o jogo corretamente.

Não entendia seus motivos, mas ele deixou claro que o jogo do chuveiro tinha sido para mim. Ele me deu a oportunidade de explorá-lo em meus termos sem me permitir focar em seu prazer.

Foi uma experiência diferente de qualquer outra da minha existência.

Uma experiência com a qual eu sonharia para o resto da minha vida.

Sua pele lisa. Sua dureza. Sua forma musculosa. Tudo era tão perfeito que quase doía pensar nisso. Principalmente porque imaginá-lo me fez querê-lo, e eu já estava muito molhada.

— Cedric — murmurei, dolorida pela necessidade pulsando em minhas veias. — *Por favor.*

Eu não tinha certeza do que eu realmente queria que ele fizesse. Me tocar? Me lamber? Me morder?

Fechei as pernas, sentindo um desejo enorme de esfregá-las uma na outra.

Apertei os travesseiros com mais força, lutando contra a vontade de me tocar.

*Onde ele está? Por que não está respondendo? Que novo jogo é esse?*

Ele me queria molhada e inchada. Eu não podia tocar meu clitóris, mas a forma como ele pulsava sugeria eu que estava pronta para ele.

A umidade escorreu pela minha bunda, novamente me fazendo querer me contorcer.

Sussurrei seu nome mais uma vez e meus olhos se encheram de lágrimas quando comecei a chorar em silêncio por seu toque.

Eu não o tinha ouvido sair do banheiro. Mas ele poderia se transformar. Ele me deixou aqui para sofrer? Isso tudo era apenas mais uma maneira de me destruir?

Depois de todas as coisas gentis que ele disse... era tudo mentira?

*Isso é mesmo real?*

Abri os olhos. A necessidade de verificar o ambiente me atingiu com força no peito.

Engoli em seco quando encontrei Mestre Cedric parado ao pé da cama. *É real. Ele é verdadeiro. Ele está aqui.*

Seus olhos escuros ferviam com energia violenta.

Ele não parecia satisfeito.

Parecia furioso.

*Minhas pernas não estão abertas o suficiente?* me perguntei, automaticamente tentando abrir mais as coxas. Meus calcanhares deveriam ficar mais perto da minha bunda? Tentei deslizá-los mais para cima da cama, a curva nas minhas pernas me lembrando as asas de uma borboleta quando terminei.

Sua expressão ficou ainda mais sombria.

Engoli em seco, sentindo os dedos suarem contra os travesseiros.

Sua raiva me enervava e... e me deixava mais excitada.

Ele era perigoso. Letal. Um predador. E parecia como se ele quisesse me comer.

Talvez ele quisesse.

Talvez planejasse me morder.

*Ah, Deusa*, esse pensamento aumentou a dor dentro de mim, intensificando minha necessidade.

Mais lágrimas caíram. Murmurei seu nome enquanto arqueava as costas para fora da cama. Era uma agonia ele estar tão perto da minha carne dolorida. Eu queria gritar para que ele fizesse alguma coisa, implorar para ele tirar essa dor, exigir que ele me tocasse.

Mas não podia fazer essas coisas. Principalmente porque eu não sabia como articular o desejo de forma adequada.

Nenhum dos meus cursos me ensinou nada sobre buscar meu próprio prazer, apenas como agradar os homens. Especificamente, Seis. E as aulas em que ele praticou em mim não foram nada assim.

Não havia calor.

Nem sensualidade.

Sem sensações extremas de estar à beira da mais bela morte imaginável.

— Cedric — chamei, tentando dizer a ele o que eu queria. — Eu... isso *dói*.

— Eu sei — ele sussurrou, sua mão envolvendo seu comprimento impressionante. — Você está tão molhada.

Um som saiu da minha boca que eu não conseguia definir. Parecia quase animalesco, mas beirando o desespero.

— Você se agradou enquanto eu estava fora? — ele perguntou com a voz ainda suave enquanto continuava a passar a mão para cima e para baixo em seu pau. — Você pensou em mim quando gozou?

Minha garganta estava seca, toda a minha umidade parecia ter ido para baixo.

— Sim — admiti. — Pensei em você todas as vezes.

E a única vez que realmente gozei foi quando me toquei.

Seis nunca poderia me levar ao orgasmo corretamente.

Embora eu tenha tentado ajudar algumas vezes fingindo que ele era Cedric. Mas não funcionou. Ele não era duro o suficiente. Forte o suficiente. Dominante o suficiente.

— Coloque a mão entre as pernas. Me mostre como você se toca. — Sua voz continha um rosnado sutil que me fez choramingar.

Ou talvez fosse o seu pedido.

Porque eu não queria me tocar. Queria que ele me tocasse.

Cerrei os punhos nos travesseiros ao invés de obedecê-lo.

— Quero sua mão, não a minha.

— Você está recusando meu pedido? — ele perguntou, deslizando a palma da mão até parar em sua base.

Não. Não foi isso que eu quis dizer. Eu só... eu esperava... *ele*.

— *E se eu ficar impressionado, você saberá pela força com que vou te lamber.*

— Você não está impressionado? — sussurrei, lembrando suas palavras acaloradas do banheiro. — Você disse que me diria com sua língua... — parei, minha mente zumbindo sob uma avalanche de necessidade agonizante. *Por favor...*

— Você acabou de dizer que quer minha mão, não a sua.

— Quero. — Meus tornozelos estavam doendo por manter essa posição, adicionando uma pontada de dor à minha voz. Mas valeria a pena se eu o impressionasse o suficiente. — E sua língua — confessei. — Eu quero que você... me lamba.

Pensei que ele queria dizer entre minhas coxas.

Mas talvez eu tivesse entendido errado.

Deusa, eu esperava ter seguido corretamente. Porque era tudo que eu conseguia pensar agora.

— Mas você se tocar me agradaria, Lily — ele balbuciou. — Está dizendo que isso não será suficiente para você? Que você precisa de mais?

Mordi o lábio e o desejo de gritar me atingiu com força. Porque sim, eu queria mais. Eu tinha acabado de dizer isso!

Outra lágrima caiu, o tormento me deixando tonta.

— Você deseja mais? — ele perguntou, reformulando sua pergunta anterior. — Me responda, Lily. Você está dizendo que não vai me agradar fazendo um show?

Comecei a chorar. Isso tudo estava muito errado. Eu deveria estar fazendo tudo o que ele queria. Mas ele plantou uma ideia sensual na minha cabeça que eu não conseguia esquecer.

— Quero sua língua — sussurrei de forma entrecortada. — Por favor, Cedric. Estou inchada, como você queria. Molhada. Estou quente... Sinto que vou explodir.

— Mas isso não importa, não é? É o meu prazer que importa. Não foi isso que a Mestre Peyton lhe ensinou?

Suas palavras foram flechadas em meu coração.

Porque ele estava certo.

O prazer deveria ser dele, não meu.

Só que não foi isso que ele disse no chuveiro. Ele não

me deixou ficar de joelhos. Disse que não era assim que o jogo era jogado.

Então ele tinha feito tudo isso para me deixar louca de luxúria só para me negar prazer?

Não. Ele o estava oferecendo na forma de minha própria mão.

Eu queria rir. Não porque era engraçado, mas porque era humilhante, doloroso e errado.

— Eu te odeio — murmurei, soltando a mão do travesseiro para deslizar pelo meu corpo, para fazer o que ele exigia.

Só que eu não me sentia mais tão excitada quanto antes.

Senti frio.

Mas tinha que fazer isso por ele. Era o que ele exigia, e ele era o ser superior. Aquele que emitia decretos que eu tinha que seguir.

Mais lágrimas deixaram meus olhos quando encontrei meu clitóris, a agonia de seu novo jogo se misturando com a dor da minha necessidade.

Ele segurou meu pulso, apoiando o joelho na cama enquanto se ajoelhava entre minhas coxas.

— Você deveria me odiar — ele disse, suas íris de obsidiana furiosas com fogo negro. — Esse é o nosso mundo atual. É cruel. Seus desejos não significam nada. Sua excitação deve ser um prazer passageiro que é abusado e usado para o prazer de outra pessoa. Nunca o seu.

Apertei a mandíbula.

— Não precisa me lembrar do meu lugar. Eu sei o que sou para você, *Mestre Cedric*. — Circulei meu clitóris com o dedo para provar meu ponto, fazendo com que seus olhos abaixassem. — Me solte. Estou pronta para agir.

Ele sorriu.

— É raiva o que você sente agora? É isso que eu desejo de você.

— Então você me enganou para que eu pensasse que haveria mais apenas para me lembrar do meu destino, tudo para provocar raiva? — Eu realmente odiava esse homem.

— Sim — ele respondeu. — Porque agora você está pronta para experimentar. E vai apreciar muito mais no final.

Fiz uma careta.

— Apreciar o quê? — Não entendi uma palavra do que ele disse.

Ele rastejou sobre mim, o aperto em meu pulso forçando minha mão a se mover com ele. Então ele a colocou de volta nos travesseiros.

Cedric roçou os lábios em minha bochecha enquanto pressionava a boca em meu ouvido.

— Minha língua, Lily.

Ele acariciou minha mandíbula, seu corpo não tocando totalmente o meu enquanto ele equilibrava o peso em suas mãos, que ele apoiou na cama em ambos os lados da minha cabeça.

— Seu prazer não importa para a sociedade — ele continuou, roçando o nariz em minha bochecha. — Só meu prazer importa, de acordo com suas aulas. Mas, como eu disse no chuveiro, esses cursos não foram projetados com meus desejos e necessidades em mente.

Engoli em seco, seu comportamento errático me dando uma chicotada.

— Você está tão molhada, florzinha. Está implorando por êxtase. — Suas palavras foram quase reverentes. — Você negou meu pedido e expressou o seu. *Isso* e o que eu quero. *Esse* é o comportamento que recompensarei.

Mas ele acabou de passar os últimos minutos me lembrando do meu lugar.

Não entendi.

Por que ele faria isso? Era apenas mais um truque? Uma maneira de mexer comigo ainda mais?

— Me diga para comer sua boceta — Mestre Cedric falou, sua boca pairando sobre a minha. — Exija e eu te darei.

Estremeci.

— Você está brincando comigo.

— Não, estou te ensinando — ele corrigiu. — Você foi ensinada a se importar apenas com o prazer do mestre que você servirá. Mas sua diversão é importante para mim.

— Não foi o que você disse...

— Apontei o que a universidade ensinou a você. Agora, estou te instruindo sobre minhas preferências. Então me diga para comer sua boceta, Lily. Me diga para lamber esse doce clitóris até que você esteja chorando de prazer e me implorando para parar.

Suas palavras agitaram o fogo dentro de mim, renovando o inferno que procurava destruir minhas veias.

Eu o odiava por isso.

Odiava a facilidade com que suas palavras provocavam tal resposta.

Era tudo apenas um jogo para ele ver se eu seguiria suas ordens apenas para que ele pudesse me humilhar novamente.

Mas uma parte de mim queria implorar.

Essa parte de mim queria ser importante, buscar meu próprio prazer, fazê-lo cumprir sua palavra.

Porque eu merecia mais que isso.

Eu queria mais.

Queria suas promessas perversas e toque sombrio.

Desejava a versão de Cedric do nosso banho.

Ele era mesmo real?

Só havia uma maneira de descobrir.

*Jogando o jogo dele.*

Ele poderia me recusar novamente. Mas eu esperaria dessa vez. Alguma nova reviravolta.

E isso me enfureceu.

Me fez querer sacudi-lo e forçar sua cabeça entre as minhas pernas, para realmente exigir que ele fizesse algo por mim pelo menos uma vez. Não por ele.

Eu queria importar.

Queria *sentir*.

— Me lamba, Cedric — eu o desafiei. — Me faça gozar.

Ele sorriu e, por meio segundo, eu esperei o pior. Mas ele me beijou, sua língua dominando a minha antes de iniciar um caminho delirante para baixo.

Lambendo.

Mordiscando.

Me arranhando com os dentes.

Nunca de forma dura, sempre provocando.

Especialmente contra meus seios, onde ele lambeu os picos rígidos enquanto segurava meu olhar.

Eu quase gozei apenas com essa atenção.

Mas então ele continuou sua trilha sensual passando pelo meu umbigo até o calor úmido entre minhas coxas.

Ele não me provocou ali, ele tomou. Reivindicou. Possuiu.

Suas lambidas eram condenatórias, traçando minha abertura antes de penetrar profundamente. Então ele deslizou a língua até minha protuberância sensível e me permitiu sentir suas presas.

Estremeci, sentindo o coração disparar no meu peito. *Ele vai me morder ali.*

Eu já tinha visto isso na aula antes, quando Mestre

Peyton levou uma aluna de lado para punição. Ela mordeu a pobre garota enquanto um dos machos estocava na boca da fêmea.

Ela desmaiou depois de minutos de ruídos de asfixia que soavam como gritos borbulhantes.

A memória me deixou com frio, me tirando do momento enquanto o gelo descia pela minha coluna.

A boca de Mestre Cedric se afastou do meu centro, seus dedos substituindo sua língua enquanto ele deslizava um dentro de mim e acariciava meu clitóris com o polegar.

— Não sei que memória colocou esse olhar assombrado em seus olhos, mas não tem lugar aqui entre nós — ele disse m voz baixa enquanto me acariciava profundamente com o dedo. — Volte para mim, doce Lily.

Um tremor abaixo soltou um pouco do gelo que se formava dentro de mim.

Então sua boca cobriu meu mamilo novamente, o calor de sua língua como uma chicotada contra minha pele gelada.

Ele não cedeu, mantendo os olhos nos meus enquanto atormentava meu peito. Em seguida, mudou para o outro, e meus pensamentos se derreteram no abismo, tornando a boca de Mestre Cedric meu único foco.

E seus dedos.

Ele adicionou mais um, ainda massageando minha protuberância inchada com o polegar.

Comecei a ofegar, o calor queimando minhas entranhas novamente e me deixando quase louca.

Eu precisava de algo mais. Algo que não consegui transmitir.

Mas Mestre Cedric parecia saber.

Porque ele se moveu para baixo mais uma vez, sua boca criando uma linha abrasadora de beijos por todo o meu corpo.

Até que ele capturou meu clitóris novamente.

Desta vez com os lábios e não com os dentes.

Ele acrescentou a língua, com o olhar ainda no meu a cada instante.

Senti como se estivesse à beira da morte. Agitada. Ofegante. *Gemendo*.

Se ele parasse agora, eu o mataria.

Mas ele parecia decidido a terminar isso – acabar *comigo*.

Cedi. Eu o deixei liderar. Eu concedi acesso à minha própria alma. Isso me deixou vulnerável de uma maneira que eu nunca tinha previsto, mas ele não abusou da minha confiança, sua língua sussurrando doces bênçãos contra minha carne íntima.

O turbilhão dentro de mim continuou a crescer, rugindo com necessidade, alimentado por sua língua, até que senti uma paralisia temporária em meus membros que me paralisou na beira do ápice. Enviou um tremor pelos meus membros, meu espírito clamando por algo que eu não entendia.

Até que a presa de Mestre Cedric roçou de leve em minha carne pulsante, me enviando em queda livre para uma insanidade sombria.

Gritei, meu treinamento esquecido e incapaz de acender sob tal coação.

Eu estava perdida.

Nadando em um mar de intensidade eletrizante.

Meus membros tremiam, meu estômago apertava e meu coração batia rapidamente em meu peito.

O clímax foi tão poderoso que doeu.

E Mestre Cedric não parou.

Ele continuou chupando meu clitóris, me levando para outra colisão frontal com o êxtase que me deixou tremendo debaixo dele em um estado delirante de felicidade.

Ofeguei seu nome, dizendo que eu precisava de uma pausa.

Mas ele continuou, seu olhar ainda no meu enquanto sua boca exigia mais.

Comecei a chorar, meu corpo me dizendo que eu tinha acabado.

Mas uma nova tempestade ganhou vida sob seu ataque oral, me forçando a aceitar mais, me levando a novas alturas que ameaçavam escurecer minha visão.

Quase implorei para ele parar.

Apenas para uma explosão me levar às estrelas de uma nova maneira, me deixando sem fôlego e sem vida na cama.

Só então o Mestre Cedric me soltou, sem me morder do jeito que eu temia.

Ele até deu um beijo final no meu clitóris antes de ficar de joelhos entre minhas coxas.

Tensionei contra ele, apavorada com a ideia de que ele pretendia transar comigo agora que eu estava exausta de prazer.

Mas ele não o fez.

Em vez disso, Cedric pressionou a palma da mão no meu calor úmido, cobrindo sua pele com a minha excitação. Então ele envolveu a mão ao redor de seu pau e começou a acariciar, usando meu gozo como lubrificante.

Foi tão intenso. Quente. Lindo de assistir. Ele manteve os olhos nos meus o tempo todo, com a expressão sombriamente faminta.

— Eu vou te comer — ele prometeu. — Não essa noite. Mas vai ser assim, depois de eu ter tirado tanto prazer que você vai achar que não pode ter mais. E vou te provar com meu pau que você está errada.

Estremeci, gostando da imagem que suas palavras pintaram.

— Vou comer sua bunda também. Talvez até na mesma noite. Te encher com meu esperma e fazer de cada parte sua, minha. — Seu ritmo aumentou com suas palavras, seus músculos do braço flexionando. — Você vai provar meu gozo esta noite, Lily. Assim como provei o seu.

Engoli em seco, já ansiosa por seu sabor.

— Humm, você gosta dos meus planos — ele murmurou e vi suas pupilas pulsando enquanto seu aperto aumentava. — Você queria me agradar mais cedo. Talvez eu deixe você fazer isso amanhã. Mas só depois que eu te devorar de novo.

Ele se inclinou para me lamber entre as coxas, me fazendo estremecer e gemer ao mesmo tempo.

— Tão bom — ele gemeu, sua expressão ficando dolorosa. Sua mão livre foi para a cama ao meu lado quando ele se inclinou sobre mim, a cabeça de seu pau roçando minha abertura enquanto ele continuava se acariciando. — Vou gozar em cima de você, Lily. Marcá-la como minha e te fazer voar novamente com meu prazer dentro de você.

Estremeci, as chamas em minhas veias acendendo com excitação apesar do meu estado de cansaço.

Sua cabeça alcançou meu calor novamente, me fazendo pensar se ele planejava me penetrar, mas sua mão estava se movendo mais rápido agora, seu ritmo me dizendo que ele estava perto.

— Segure meus ombros — ele comandou.

Obedeci, amando a sensação de sua estrutura musculosa.

Então ele me beijou como se precisasse da minha boca para respirar.

Respondi na mesma moeda, me perdendo nas sensações provocadas por sua presença. Por seu toque. Sua língua. Por aquela sensação intensa entre as coxas.

Me senti perto do limite. Minha mente me catapultou para aquele estado delirante mais uma vez.

Era uma insanidade avassaladora.

Ele nem estava realmente me acariciando.

Cravei minhas unhas em sua pele como se fosse eu a explodir.

Ele grunhiu contra minha boca e meu nome soou como uma maldição em sua língua quando seu orgasmo o atingiu. O êxtase quente atingiu minha carne, me reivindicando entre minhas coxas.

— Toque-se — ele exigiu. — Esfregue meu esperma na sua boceta e goze de novo.

Não neguei sua ordem de auto prazer desta vez, meu desejo de fazer exatamente o que ele disse me atingiu no peito.

Porque eu queria sua reivindicação.

E apenas o pensamento dele liberar seu orgasmo entre minhas coxas me deixou à beira de me juntar a ele no doce êxtase.

Meu núcleo estava encharcado com sua excitação e a minha. Passei os dedos por ela e arrastei até minha carne inchada, acariciando como ele havia ordenado.

Doeu da melhor maneira e senti como se meu corpo estivesse à beira de se quebrar de tanta paixão.

Mas me forcei a seguir em frente, circulando minha protuberância e sentindo sua reivindicação íntima.

Sua cabeça cutucou minha entrada novamente, me excitando ainda mãos. Então sua mão substituiu sua dureza, seus dedos deslizando pelo sêmen e empurrando a essência para dentro de mim.

— Ohhh — gemi, aquela ação possessiva acabando com todos os meus pensamentos.

Ele fez de novo.

E de novo.

Todo o tempo, eu me acariciava.

Até que não conseguia pensar além da sensação e sua presença acima de mim, seus lábios se demorando perto dos meus.

— Goze para mim — ele sussurrou, seu olhar atento. — Agora mesmo, Lily. Eu preciso ver você desmoronar com meus dedos encharcados de esperma dentro de você.

Um terremoto violento ameaçou me destruir.

Mas eu o segui.

Abracei-o.

E gritei quando me alcançou.

A escuridão desceu, meu mundo estremeceu dando uma parada abrupta.

Mas a boca de Mestre Cedric me trouxe de volta à vida, seu sangue era um gosto familiar contra minha língua.

Seus dedos seguiram, cobrindo meus lábios com nossa excitação compartilhada, então ele me beijou novamente, me afogando no sabor único de nossa paixão.

Eu estava... acabada.

Sobrecarregada.

Moribunda.

Ainda assim, vivendo pela primeira vez.

Tudo por causa de seus jogos sombrios. Sua personalidade mercurial. Seus desejos delirantes.

— Amanhã vamos jogar de novo — ele prometeu, com os lábios no meu ouvido. Em algum momento, ele me colocou contra seu corpo, de costas para seu peito. E a umidade entre minhas coxas parecia fresca e quente, sugerindo que ele me limpou com um pano molhado.

*Perdi a consciência?* me perguntei, tonta.

— Durma, minha flor — ele sussurrou. — Durma e vamos nos satisfazer mais amanhã.

Fechei os olhos.

Meu mundo escureceu mais uma vez.

E sonhos esperavam por mim enquanto eu dormia.

Sonhos que rapidamente se transformaram em pesadelos do Dia de Sangue.

Onde o Magistrado era o Mestre Cedric, de pé no pódio e me mandando para a caçada à lua com um sorriso sádico no rosto.

*Corra depressa, florzinha*, ele sussurrou. *Corra depressa até que você morra.*

# CEDRIC

PASSEI OS DEDOS PELO CABELO DE LILY, desembaraçando os fios com cuidado enquanto ela dormia. Ela não tinha escovado as mechas depois do nosso banho, o que o deixou emaranhado. Eu já tinha pegado um pente para ela usar quando acordasse, deixando-o na mesa de cabeceira com um bilhete sobre o café da manhã.

Ela não iria fazer a refeição comigo e Khalid.

Porque eu não confiava nele.

E compartilhar Lily não estava no cardápio de hoje.

Esse novo mundo tendia a exigir o compartilhamento de nossa "comida". A noção de exclusividade era um conceito desprezado por muitos. Mas eu não era meus irmãos. Quando escolhia uma amante, eu a guardava para mim.

No entanto, os membros da realeza da minha espécie poderiam exigir que eu a compartilhasse... daí a razão pela qual eu queria mantê-la escondida de Silvano.

E agora de Khalid.

Só que ele já sabia que ela estava aqui.

O que o tornava uma ameaça.

Beijei a testa de Lily, jurando protegê-la dele e de seus gostos sombrios. Ele preferia brincar com facas, algo que eu sabia, pois o observei em ação várias vezes ao longo de nosso relacionamento.

Não éramos amigos. Mas também não éramos inimigos. Nós apenas nos entendíamos. Talvez porque éramos parecidos em alguns aspectos.

Sempre tramando.

Sempre à espreita.

Sempre escondendo nossas verdadeiras intenções.

Ele sabia jogar o jogo político tão bem quanto eu.

No entanto, a principal diferença entre nós era que ele foi obrigado a assumir seu território como membro da realeza, sua linhagem e *status* o marcando como o único capaz de liderar. Se ele tivesse se recusado, as terras teriam ido para Sahara ou Ankit.

Eu supunha que Khalid poderia ter escolhido viver fora da sociedade – algo que apenas um vampiro da realeza havia realmente optado por fazer – mas teria exigido que ele desistisse de seus palácios em todas as terras, assim como as pessoas que ele cultivava como suas. Incluindo seus assassinos de estimação.

Em vez de lutar contra o sistema, ele o aceitou.

E passou a brincar com as regras à sua maneira.

Algo que eu sabia do meu tempo aqui nesta Universidade de Sangue. O lugar se localizava na fronteira entre sua região e a região de Sahara.

Os dois membros da realeza se revezavam para manter a ordem na universidade aqui, e atualmente era a década de Khalid gerenciar tudo.

Uma tarefa que um membro comum da realeza delegaria a um soberano ou regente.

Mas não Khalid.

Ele estava tramando algo.

E eu pretendia usar esse café da manhã como uma maneira de determinar se isso me afetaria de alguma forma.

Esperava que não. Eu já tinha meus próprios jogos políticos para jogar com Silvano.

*Dois anos*, me lembrei. *Dois anos para resolver essa merda ou aceitar o destino.*

Assumindo que ele manteria sua palavra.

Lidei com o problema do Clã Clemente lembrando a Walter que ele não queria bater de frente com Silvano. Ou ele me enviaria para lidar com isso. E o alfa do Clã não queria que isso acontecesse, como evidenciado pelos dois executores que mandei de volta para ele em pedaços.

Fui eficiente e redefini o significado do termo para ele, provando que seus filhotes não eram páreo para minha força e habilidades únicas.

Suspirando, beijei Lily mais uma vez, então a deixei na cama.

Eu já tinha tomado banho e me vestido, ciente do cheiro persistente de Lily em minha pele. Não queria compartilhar essa parte dela com Khalid, então vestir um terno como armadura parecia apropriado. Além disso, ele provavelmente estaria usando algo do tipo também.

Eu usava o meu habitual preto sobre preto.

E não fiquei surpreso ao encontrá-lo esperando na sala de jantar formal em um esquema de cores semelhante.

Seu cabelo escuro ainda estava úmido de um banho recente, a barba fina bem aparada. E ele segurava uma caneca de café na mão, cuja borda estava em seus lábios quando entrei.

Uma serva humana estava ajoelhada ao seu lado, com a cabeça baixa, esperando seu próximo comando.

Todos eles faziam isso.

Especialmente quando estavam na presença da realeza.

— Boa noite — ele cumprimentou.

— Meu Príncipe — retribuí em tom formal.

Ele resmungou.

— Por favor, não. Nós dois sabemos que desprezo os títulos.

— É por isso que você está se passando por um Mestre na universidade? — perguntei, me sentando ao seu lado, o que manteve a servo ajoelhada entre nós.

— É fascinante, na verdade. Cheguei e apenas uma pessoa me reconheceu. Então mantive o título que me deram e comecei a ensinar. Depois de silenciar aquele que notou a verdade, é claro

Eu o observei.

— Eu não tinha ideia de que você estava tão entediado.

— Diz o soberano que escolheu ensinar ao invés de assumir seu manto.

— Tecnicamente ainda não é meu — corrigi enquanto me inclinava para me servir uma xícara de café da jarra. Eu poderia pedir à mulher no chão para fazer isso, mas seus ombros trêmulos me fizeram duvidar de sua capacidade de me servir sem fazer confusão.

— Semântica — Khalid respondeu.

Dei de ombros. Ele não estava errado.

— Se não te reconheceram, imagino que seja devido ao seu corte de cabelo e falta de lenço na cabeça.

Todas as fotos formais mostradas aos humanos em cursos políticos eram dele usando roupas que escondiam a maior parte de seus traços notáveis, algo que eu sabia que ele fazia para se manter disfarçado em fotografias.

Não que ele fosse admitir isso em voz alta.

— Chama-se *keffiyeh* — ele me informou. — E só uso porque a Lilith odeia.

Contraí os lábios, divertido por suas travessuras. Nós

dois sabíamos que ele só fazia isso para se esconder. No entanto, o fato de Lilith odiar simplesmente aumentava o fascínio.

— Sempre gostei de você.

— Uma mentira, mas o sentimento é mútuo — ele murmurou, bebendo de sua caneca novamente.

Segui o exemplo, observando sua influência cultural no café de hoje. Aprovei, a refeição ao estilo do Oriente Médio sempre foi uma das minhas favoritos. Era mais potente e mais forte que a minha mistura de estilo europeu habitual.

O mundo podia ser diferente agora, com regiões e países renomeados para atender aos nossos padrões.

No entanto, eu ainda preferia as culturas anteriores ao definir algo.

Lilith podia ter reestruturado os mapas, mas a história permanecia.

— Então. Como foi com o Clã Clemente? — Khalid perguntou.

— Sempre indo direto ao ponto, humm? — comentei, colocando minha xícara sobre a mesa com um sorriso. — O que você realmente quer saber, Khalid?

Nos conhecíamos há tempo suficiente para evitar os jogos de palavras que nossa espécie costumava fazer. Se ele quisesse informações que eu pudesse compartilhar, eu o faria.

Além disso, suspeitei que sua pergunta fosse apenas algum tipo de aviso – uma maneira de dizer: "Sei o que você andou fazendo", sem realmente vocalizar. Ele não dava a mínima para as travessuras de Silvano. Mas estava sempre observando, e queria me lembrar disso fazendo sua pergunta muito direta.

— Você quer ser soberano? — ele perguntou.

— Não. Mas o Silvano não está me dando escolha. —

LEXI C. FOSS

Era uma verdade que eu normalmente não revelaria, mas Khalid funcionava como um detector de mentiras ambulante. Dizer a ele o contrário apenas prolongaria uma discussão política entre nós que poderia ser encerrada em um punhado de frases.

Ele assentiu.

— Foi o que pensei. É por isso que você está se escondendo aqui.

— *Me escondendo* é um exagero — respondi, pegando meu café novamente para dar outro gole. — O que *você* está fazendo aqui?

Ele sorriu.

— Talvez eu também esteja me escondendo.

Bufei.

— Você está sempre se escondendo à vista de todos.

— *Touché* — ele falou antes de terminar sua xícara. Passou os dedos pelo cabelo da serva ajoelhada entre nós. — Você poderia, por favor, avisá-los de que estamos prontos para o café da manhã?

Uma pergunta formulada de um jeito tão educado para um membro da realeza fazer a um humano.

Mas resumia Khalid perfeitamente.

Ele estava sempre pegando as regras e distorcendo-as para se adequarem aos seus meios. E seria propositalmente gentil com os servos apenas para irritar toda a exigência de Lilith de que fôssemos cruéis com aqueles abaixo de nós.

— Sim, Meu Príncipe — a serva respondeu enquanto se levantava.

— Obrigado — ele murmurou, observando-a sair. — São brinquedos tão dóceis. É muito raro encontrar uma com espinha dorsal hoje em dia.

— Não foi esse o ponto ao acabar com todos eles? — perguntei.

Ele levantou um ombro.

— Acho que sim. — Ele considerou a porta por um momento antes de voltar seu foco para mim. — Prospecto Quatrocentos e Sete. Você pediu para ficar com ela por um mês.

Não havia uma pergunta ali, mas assenti de qualquer maneira.

— Ela precisa de mais treinamento prático.

— Hum. — Ele tamborilou os dedos na mesa, seus olhos turquesa brilhando com conhecimento. — Que treinamento prático você pretende fornecer?

— Treinamento sexual. Servidão. Talvez combate, mas apenas para fins de preliminares. — Não era uma mentira. Eu pretendia instruí-la sobre todos esses tópicos.

Ele me estudou por outro instante.

— Você gosta dela.

— Ela é linda e habilidosa com a boca. — Tentei soar o mais indiferente possível. — Gostaria de aproveitar enquanto posso.

A porta se abriu novamente quando dois servos apareceram com bandejas de café da manhã. Eles as colocaram sobre a mesa e começaram a se ajoelhar. Khalid os deteve com um breve comentário:

— Vocês estão dispensados.

Interessante. A maioria dos membros da realeza teria dito aos servos que se deitassem nus na mesa para variar a refeição entre comida e sangue.

Silvano nem teria se incomodado com a comida. Teria pegado a pequena serva, a colocado na mesa e transado com ela enquanto a bebia até secá-la.

Não Khalid.

Ele dispensou a equipe com uma severidade que lhes disse para não voltar.

— Você está surpreso. — Khalid não olhou para mim enquanto falava, seu olhar nas bandejas de comida. — Se precisar de sangue, pode chamá-los de volta.

Peguei um pedaço de pão pita de um prato lateral e olhei as várias pastas.

— Tenho uma prospecto na minha cama mais que disposta a me dar sangue. — Não que eu precisasse muito disso.

— Essa é outra razão para mantê-la? A "disposição" dela em doar sangue? — Seu tom tinha uma pontada seca, fazendo com que meu foco mudasse para ele. No entanto, ele não estava olhando para mim. Estava focado no prato *shakshuka*.

— Existe algo como "disposição" neste novo mundo? — rebati, fazendo com que seu olhar se voltasse para o meu. — Os humanos agora são gado. As vacas têm escolha em seu abate?

Ele me considerou por um longo momento, seus olhos guardando mil segredos, nenhum dos quais ele jamais revelaria.

Em vez de responder às minhas perguntas, ele voltou o foco para a refeição e mergulhou um pouco de pão pita na *shakshuka*.

Segui o exemplo, só que comecei com o *fūl* – o molho de fava sempre foi o meu favorito – e *homus*. Adicionei um pouco de creme de iogurte também. Então mudei para o meu próprio prato de *shakshuka*.

— A primeira vez que pedi isso, tentaram adicionar sangue ao molho — Khalid comentou. — Me perguntei se era sua preferência.

Considerei o prato à base de tomate e ovos escalfados por cima.

— Não. Normalmente só peço o *fūl* e o *homus*. — O que não acontecia com frequência, já que eu geralmente não tomava café da manhã.

— Essa é uma refeição chata.

Dei de ombros.

— Acho a maioria das coisas da vida chatas hoje em dia. — Uma afirmação que eu provavelmente não deveria admitir em voz alta, mas era a verdade. E como Khalid era ainda mais velho que eu, ele entenderia.

— Daí o fascínio por sua florzinha — ele comentou, me deixando imóvel.

Ele usou esse apelido com propósito, garantindo que eu soubesse que estava ciente da minha paixão.

— Não vou negar seu pedido — ele continuou, mantendo o foco em espalhar um pouco de iogurte em seu pão pita – *com uma faca.* — Mas vou alterá-lo. — Ele deu uma mordida e pousou a lâmina, algo que parecia servir a um propósito em si.

Uma espécie de gesto.

Uma maneira de dizer que ele era uma ameaça para mim, mas não estava me ameaçando ativamente.

Me obriguei a manter a calma e jogar este jogo perigoso.

— Que alterações você pretende fazer? — Minha voz parecia entediada, como se o que ele acabou de me dizer não significasse nada.

Mas por dentro, eu estava fazendo perguntas.

*Por que ele se importa com a Lily?*

*Ele a quer para si?*

*Isso tudo é apenas uma demonstração de poder? Uma maneira de me lembrar que ele é o superior nesta situação?*

*Por que ele está se incomodando com coisas tão frívolas? Tédio, talvez?*

Ele terminou de engolir e pegou a água, tomando vários goles antes de responder minhas perguntas.

— Ela precisa terminar seu curso de servidão e a aula de política lycan. Mas pode continuar seu treinamento em artes sexuais aqui, assim como o curso de combate. E eu vou assinar seus arranjos revisados, supondo que você a prefira em sua cama e não nos dormitórios.

Eu não poderia lutar com ele na decisão. Mas no que dizia respeito às alterações, eram aceitáveis.

Exceto por um item.

— Que tipo de treinamento sexual e curso de combate ela fará aqui? — Porque eu suspeitava que havia uma pegadinha nessa parte do currículo.

Ele não respondeu de imediato, jogando sua carta de poder ao comer devagar.

Segui o exemplo, me forçando a mastigar e engolir sem realmente sentir o gosto de nada.

— Ela está inscrita para um curso de prazer feminino — ele começou, então se inclinou para trás com o café para desfrutar de alguns goles antes de olhar para mim. — Ela pode praticar com a Prospecto Cento e Trinta e Nove enquanto as instruímos.

Arqueei a sobrancelha.

— Ela ainda está viva?

Ele sorriu.

— Como eu disse ontem à noite, a morte é um desperdício.

Essa não foi sua frase exata, mas resumiu o que ele quis dizer.

— E o treinamento de combate?

— Também com a Prospecto Cento e Trinta e Nove, mas vou liderar essa instrução. — Ele me deu um olhar sério. — Você pode observar. Mas não vai interferir.

Então era isso que ele realmente queria – uma parceira de luta para sua prospecto. Eu tinha visto as duas garotas lutarem antes. Embora elas possuíssem um espírito notável, não eram fisicamente capazes de causar muito dano.

Parecia estranho que ele quisesse treiná-las. Mas eu não ia discutir com ele por isso.

Dei de ombros.

— Parece razoável.

— Excelente — ele murmurou, mostrando os dentes em um sorriso bastante ameaçador. — Começamos esta noite. Quando elas voltarem.

Fiz uma careta.

— Quando voltarem? Minha prospecto ainda está aqui.

Ele balançou a cabeça.

— Não. Providenciei para que ela fosse escoltada para a aula depois que você saísse de seus aposentos.

Meu coração acelerou.

— Ela está na universidade agora?

— Como deveria estar, sim. — Ele me deu um olhar. — Isso é um problema?

*Sim, é a porcaria de um problema. Não tive a chance de avisá-la.*

— Sem problemas — consegui dizer em um tom de voz tão indiferente quanto possível.

*Eu odeio esses jogos.*

Essas manobras políticas e jogos de palavras.

Achei que Khalid os desprezasse também.

*Aparentemente, não.*

— Bom. — Ele pousou a caneca de café. — Sempre admirei você, Cedric. Suspeito que essa experiência vá nos aproximar.

Outra ameaça. Uma maneira de dizer que ele pretendia entrar na minha cabeça e foder com tudo.

E não havia nada que eu pudesse fazer para impedi-lo por causa de seu título.

— Estou ansioso por isso — menti.

— Eu também — ele respondeu, suas íris azul-esverdeadas brilhando com desafio. — E estou muito ansioso para conhecer melhor a sua Lily.

Meu sangue gelou.

*Ele está nos espionando.*

Não deveria me surpreender. Khalid prosperava nas sombras e adorava colecionar segredos. Só não esperava que ele se importasse o suficiente comigo para se preocupar com meus assuntos particulares.

— É um nome bonito, a propósito — ele continuou. — Também escolhi um para a Prospecto Centro e Trinta e Nove. Ela irá compartilhá-lo com você mais tarde. — Ele se afastou da mesa e se levantou. — Organizei uma caçada à meia-noite para aquecer as prospectos. Te vejo lá.

Ele saiu da sala, dispensando a mim e ao nosso café da manhã meio comido.

*O que é que você está fazendo?* me perguntei, sua natureza enigmática tornando-o impossível de ler.

De repente, tive uma nova apreciação pela aversão de Lily aos nossos jogos. Porque algo me disse que os que estávamos prestes a jogar com Khalid viria com apostas altas.

Apostas que podiam custar nossas vidas.

# LILY

*Meu pesadelo é minha realidade.*

Tem sido assim desde o momento em que acordei com um humano de pé sobre mim segurando algumas roupas.

— Você tem quinze minutos para se preparar — ele disse.

Obedeci.

Então fui colocada na parte de trás de uma van com a Prospecto Cento e Trinta e Nove e voltei para a universidade.

Sem uma única palavra de Mestre Cedric.

Nem mesmo um bilhete.

Participei do curso de serviço — porque não havia alternativa — o tempo todo me perguntando sobre meu destino. Mestre Cedric fez parecer que eu passaria o próximo mês com ele e só com ele.

Ou eu o interpretei mal...

Ou ele mentiu.

Suspeitei que fosse o último.

A noção me deixou quente, e não o tipo bom de calor como quando ele me tocou.

No momento em que o sinal tocou para sinalizar o fim da aula de hoje, que se concentrou em servir pratos e se ajoelhar nas mesas, eu estava fervendo.

*Ele mentiu. Claro que mentiu. Por que não mentiria?*

— Prospecto Quatrocentos e Sete — uma voz rouca chamou, provocando um calafrio na minha coluna. Um lycan.

Engolindo em seco, me virei para o dono do tom sombrio.

— Sim, Mestre?

— Me siga. — Ele não me deu chance de responder, apenas deu meia-volta e começou a andar.

*Isso é algum tipo de piada de mau gosto?* pensei, seguindo-o. *Mestre Cedric o mandou aqui para me provocar sobre meu destino de caçada à lua? Este lycan está me levando para outro teste? Ele pretende me perseguir pessoalmente?*

As chamas percorrendo minhas veias congelaram, cada passo atrás do lycan ficava mais e mais pesado.

*Este é um novo jogo para testar minhas reações?*

*Ou tudo isso era apenas um jogo em que falhei ao permitir que Mestre Cedric me convencesse a expressar meus próprios desejos e vontades?*

Tudo pareceu tão genuíno na noite passada, e o prazer foi insuperável.

Me senti viva, como se pudesse respirar pela primeira vez.

Foi tudo um truque? Uma maneira de me fazer desejar a morte agora?

O lycan me levou por um lance de escadas até um túnel frio, um que me lembrou da noite passada.

*É o mesmo? Estou sendo levada para o campo de treinamento novamente?*

Eu nem tinha tomado café da manhã hoje.

Ou água.

Eu pretendia almoçar à meia-noite.

Aparentemente, isso não aconteceria.

Talvez fosse o melhor. O que quer que este lycan tivesse planejado não poderia ser bom com o estômago cheio.

Agarrei as alças da bolsa com as mãos úmidas. Os livros não eram muito pesados, mas agora me lembravam pedregulhos.

O lycan não disse nada enquanto caminhava.

Então ele continuou em silêncio, subindo um conjunto de escadas que levavam a outra porta nada imponente.

Ele a abriu para revelar um pátio árido e um céu noturno sem fim. Fora das paredes do edifício. Assim como ontem à noite.

O macho enorme parou e olhou para mim.

— *Corra.*

Merda!

Larguei a bolsa, dispensando o peso extra, e parti para o deserto.

O pânico trovejou pelo meu coração, enviando-o para um ritmo caótico. Não havia sutileza ou pensamento analítico, apenas puro terror empurrando minhas pernas enquanto eu lutava para fugir do lycan atrás de mim. Eu não tinha ideia se ele me daria vantagem ou não.

Só que realmente não importava.

Ele me pegaria com facilidade.

Talvez até em forma de lobo.

*Ah, Deusa...*

Eu tinha visto lycans se transformarem em suas belas feras. Pelo branco sedoso, olhares penetrantes cheios de inteligência, patas gigantes... Pareciam magníficos.

Até que rasgavam humanos com os dentes.

Estremeci, já imaginando minha morte, quando mãos me agarraram pela cintura e me levaram até a areia.

Um grito ficou preso na minha garganta, meu treinamento me fazendo silenciar no momento apropriado. Não que isso importasse. Eu estava de bruços na areia. Uma inspiração me sufocaria.

*Ele vai me tomar assim? Me fazer engasgar na areia enquanto transava comigo?*

Eu queria lutar.

Me contorcer.

Fazer algo além de permitir esse destino.

Mas algo que o Mestre Cedric me disse foi registrado em meus pensamentos antes que meus membros pudessem se mover... "Uma humana espirituosa com a vagina virgem".

Os lycans gostavam da perseguição e da luta.

Então fiquei mole.

Nem tentei.

Fechei os olhos quando o lycan me virou, meus membros completamente mortos. Foi preciso esforço para não ofegar ou puxar o ar que meus pulmões precisavam desesperadamente.

Em vez disso, inalei muito de leve, pegando oxigênio suficiente para permanecer viva sem tornar a necessidade óbvia para o predador acima de mim.

Mas então um toque de menta provocou meus sentidos quando os lábios passaram pela minha bochecha até o meu ouvido.

— Muito esperta, florzinha — Mestre Cedric murmurou. — Você quase parece morta, a não ser pelo seu pulso. — Ele beijou a área em questão em meu pescoço, provocando o ponto de pressão com a língua.

Imediatamente agarrei seus ombros com a intenção de

empurrá-lo de cima de mim e me enfurecer com ele por este jogo cruel. Mas seus lábios tomaram os meus no instante seguinte, me silenciando com a língua. Ele segurou meus pulsos e os puxou sobre minha cabeça, me prendendo na areia abaixo dele.

Seu sangue gotejou em minha boca, me forçando a engolir.

Uma quantidade sutil.

Mas o suficiente para incendiar meus sentidos.

*O que ele está fazendo agora?* me perguntei, tonta pela corrida induzida pelo medo que terminou na sensação inebriante de tê-lo em cima de mim.

Chupei sua língua, querendo mais do que ele tinha a oferecer, se alguma coisa, para ajudar a acalmar a dor em meu estômago.

Sua essência proporcionava um renovado sentido de vida e força.

Era viciante.

Doce.

*Dele.*

Ele rosnou, mas me deu o que eu queria, me enchendo com seu sangue enquanto me afogava em seu cheiro.

Então ele deixou uma trilha de beijos pela minha pele até o topo dos meus seios. Uma de suas mãos segurou meus pulsos enquanto a outra se aventurou para baixo, para puxar o tecido do decote, expondo mais da minha carne.

Não havia sutiã por baixo, pois não tínhamos permissão para usá-los.

E ele aproveitou isso ao máximo, afundando as presas na minha pele nua a apenas um centímetro do meu mamilo.

Ofeguei, arqueando no chão enquanto as endorfinas

me inundavam, provocando uma sensação deliciosa no meu abdômen inferior. Queimava, pulsava e implorava pelo ápice, algo que ele me deu pressionando a coxa em meu centro dolorido.

Um orgasmo me atingiu, arrancando um gemido da minha garganta que não podia ser silenciado. Ele não estava pegando leve comigo, sua boca era voraz enquanto sugava tudo de mim.

Mas ele parou quase assim que começou, me deixando tonta e estranhamente saciada.

Mestre Cedric sorriu, acariciando meu nariz com o seu antes de me beijar novamente, desta vez com uma ternura que roubou toda a razão e pensamento da minha mente.

— Terminou? — uma voz profunda soou. Mestre Khalid.

— Humm — Mestre Cedric murmurou em resposta, sua boca pairando contra a minha. — Você me disse que isso era um aquecimento. É exatamente o que estou fazendo.

— Eu quis dizer para luta. — Mestre Khalid parecia se divertir.

— Mesmo para luta, ainda são preliminares — Mestre Cedric respondeu, finalmente olhando para o outro homem. — Sei que você concorda.

— Não vou discutir. Mas quero continuar isso no pátio safira.

— Certo. — Mestre Cedric soltou meus pulsos, saiu de cima de mim e ficou de pé em meros segundos. — Hora de ir, florzinha.

Arregalei os olhos com o uso do apelido na frente de Mestre Khalid.

Mas o outro vampiro simplesmente sorriu.

Foi quando notei que ele estava com a Prospecto Cento e Trinta e Nove ao seu lado. Seus olhos assustados encontraram os meus. Havia uma ferida aberta em sua garganta, o sangue escorria pelo decote, manchando sua camisa branca.

Um olhar para baixo mostrou que eu tinha uma ferida semelhante, só que era no meu peito.

— Levante-se — Mestre Cedric disse em um tom de comando.

Me movi, mas me senti um pouco tonta, e ele me segurou pelo quadril.

Uma ligeira olhada para o lado me deixou ver que Mestre Khalid tinha um controle semelhante sobre a Prospecto Centro e Trinta e Nove.

*Ele está jogando um jogo semelhante com ela?*

Isso me fez pensar se esse tipo de coisa acontecia com frequência: vampiros pegando humanos e brincando com eles dessa maneira.

*Mas...*

*Não é isso que eles sempre fazem?* me perguntei, franzindo um pouco a testa. Os seres humanos são brinquedos para seu prazer e comida. Nada mais.

Um conceito importante a ser lembrado.

Porque ainda que Mestre Cedric pudesse me dizer todas as coisas certas, eu era uma diversão passageira para ele.

Ele foi franco sobre o meu destino.

Embora, ele também tenha me dito que tentou mudar esse destino.

*O que sou para ele?* me perguntei, me sentindo tonta.

— Pátio safira — Mestre Khalid reiterou. — Uma hora. — Seu olhar deslizou para meus seios antes de voltar para Mestre Cedric. — Cure-a. Alimente-a. Certifique-se de que ela esteja preparada.

Ele passou os braços ao redor da Prospecto Cento e Trinta e Nove e desapareceu.

Mestre Cedric não disse nada por um longo momento.

Até que me segurou de forma semelhante.

Meu estômago protestou quando fui arrastada através do tempo e do espaço. Me senti ainda pior, com a pele úmida de suor e arrepiada, até que finalmente paramos. A sensação me deixou tonta ao ponto de exaustão, fazendo com que minhas pernas se dobrassem sob mim.

Foi quando senti um travesseiro macio contra minha cabeça e percebi que Mestre Cedric havia nos levado de volta ao seu quarto.

Da universidade.

Olhei boquiaberta para ele e para nosso entorno.

— Como...?

— Posso me transportar por um quilômetro ou dois de cada vez. — Ele deu de ombros e desapareceu. Cedric reapareceu um segundo depois com um pano úmido que pressionou na minha testa. — Não estava com vontade de dirigir hoje, então corri.

*Correu*, repeti para mim mesma. *Certo*.

— Você sabe quem é o Khalid? — ele perguntou enquanto levava o pano frio da minha têmpora até minhas bochechas, me proporcionando um conforto que eu nem percebi que precisava.

— Um Mestre como você — respondi.

— Sim. E não. — O pano continuou descendo até o meu pescoço. — Você conhece todos os nomes reais, certo?

Fiz uma careta.

— Sim. E Alfas também.

Ele assentiu e a sensação fria atingiu meu peito enquanto ele limpava com cuidado a ferida que havia criado. Em seguida, se inclinou para fechá-la com sangue de sua língua. Eu não tinha certeza de como funcionava,

DIA DE SANGUE

mas parecia divino. E quando terminou, me beijou novamente, me dando mais de sua essência.

Eu não sentia mais fome. Ou cansaço. Apenas me sentia viva.

*E segura*, pensei. *Ele me faz sentir segura.*

O que era insano. Eu não poderia estar em mais perigo que agora, e não apenas por causa de seu poder sobre mim. As emoções que ele despertava eram o verdadeiro perigo.

— Me diga os nomes dos vampiros da realeza — ele instruiu.

Comecei a lista.

— Jace, Kylan, Claude, Deusa Lilith, Silvano, Naomi, Sahara, Kha... — Arregalei os olhos. — Khalid...

Ele esperou.

— Príncipe Khalid. — Comecei a tremer, movendo a cabeça de um lado para o outro. — Não. Ele não parece... — Parei, pensando nas fotos que tinha visto. — Ele está sempre usando um lenço.

— Ele gosta de se esconder — Mestre Cedric respondeu. — Mas sim, é o Príncipe Khalid. E por alguma razão, ele escolheu treinar você e a Prospecto Cento e Trinta e Nove juntas. Tanto no combate quanto em gratificação sexual.

Entreabri os lábios.

— Eu... eu devo agradá-lo? — *Um membro da realeza? Um Príncipe? Alguém que não é o Mestre Cedric?* Cruzei as pernas por instinto. Eu não queria isso. De jeito nenhum.

— Talvez. — Mestre Cedric não parecia tão animado com a resposta e semicerrou o olhar enquanto colocava a toalha de lado. — Por enquanto, ele só solicitou que seu curso de gratificação feminina fosse redesenhado para se concentrar apenas na Prospecto Cento e Trinta e Nove.

Nós dois seremos seus instrutores em vez da Mestre Peyton.

— Ah. — Franzi a testa. Não soou tão ruim assim. — Tudo bem.

Ele arqueou uma sobrancelha.

— Você quer aprender a agradar mulheres?

— Eu... eu não sei. — Só estive com parceiros do sexo masculino. — Minha Conselheira recomendou.

— Sim, mas você quer transar com mulheres? — ele perguntou.

Engoli em seco, sem saber como responder.

Ele se inclinou sobre mim, separando minhas pernas com a sua enquanto as forçava a se descruzarem. Seus lábios sussurraram na minha bochecha enquanto ele pairava sobre mim com as mãos nas laterais da minha cabeça.

— Isso te deixa excitada, Lily? A ideia da sua língua entre as coxas de outra mulher? — Ele lambeu minha orelha, o calor de seu corpo marcando o meu. — Capturar o mamilo de uma mulher entre os dentes e mordiscá-lo, provocá-la, prolongar o prazer e atormentá-la com a boca? Beijá-la? Comer a boceta dela até ela gritar seu nome?

Tremi, pois suas palavras provocavam coisas estranhas em mim.

Eu gostava de ouvir isso de seus lábios.

Mas mais ainda porque eu queria que *ele* fizesse essas coisas comigo.

— Humm, posso sentir o cheiro do seu interesse, doce flor. Isso significa que você está interessada em fazer essas coisas com outra mulher? Ou está me imaginando fazendo essas coisas com você?

— Você — sussurrei, incerta de como expressar meus desejos e pensamentos. — Eu gosto da sua língua.

— Sei que gosta. — Ele deixou uma trilha de beijos do

meu pescoço até meus seios. Ele levantou a camisa em vez de puxá-la para baixo e capturou um mamilo entre os dentes e sussurrou.

Eu gemi.

— Sim. Assim.

— Você quer fazer isso com uma mulher? Isso te deixa excitada? — ele perguntou, lambendo o pico tenso enquanto segurava meu olhar.

Tentei me imaginar fazendo isso com outra mulher.

Mas tudo que eu podia ver era Mestre Cedric.

Balancei a cabeça.

— Não sei. — Porque eu não sabia. Era muito difícil imaginar. Tudo que eu queria era ele. Seu toque. Sua língua. Sua boca. Suas mãos. Seu... seu pênis. — Quero você.

Ele sorriu, roçando os dentes em minha pele sensível.

— Se eu disser para você comer a boceta dela para mim, você vai gostar? Sabendo que isso me excita?

Esse pensamento fez minhas coxas se apertarem contra as dele. Se fosse uma exibição para ele?

— Sim. — Sim, eu gostaria muito mais disso.

Ele gemeu, aproximando a boca da minha.

— Bom saber. — Ele me beijou de leve, seu corpo duro contra o meu. — Você precisa comer alguma coisa antes de treinar. Venha, doce flor. Vou fazer algo para você na cozinha, depois vamos lá para fora.

Pisquei quando ele saiu de cima de mim, seu olhar escuro me chamando para segui-lo.

*Tão mercurial*, pensei, sem fôlego. *Tão impossível de ler.*

E agora não era só ele.

Mas o príncipe Khalid também.

Nada disso poderia ser um bom presságio para mim.

No entanto, eu já sabia.

A perseguição desta noite só solidificou ainda mais meu destino.

Era um jogo sombrio, destinado a me preparar para o Dia de Sangue e a selvageria que se seguiria.

*Falta menos de um mês agora.*

*Então vou correr até morrer.*

Assim como Mestre Cedric me disse para fazer no meu pesadelo.

# CEDRIC

A FORMA DE LILY MELHOROU ENQUANTO ESTIVE FORA, assim como sua resistência.

Khalid se moveu em um círculo ao redor dela e da outra fêmea, com uma expressão quase letal. Ele examinou cada chute e soco, corrigindo as duas antes de fazê-las repetir.

De novo.

E de novo.

Elas lutaram por quase três horas, o que era muito mais que o tempo normal de aula. Isso se mostrava na maneira como as duas estavam começando a perder o ritmo.

Lily tropeçou, quase caindo, mas Khalid a segurou pelo braço e a endireitou, o toque me fazendo querer rosnar. No entanto, ele a soltou e deu um passo para trás.

— De novo — ele disse.

As duas garotas se encolheram visivelmente. Mas fizeram o que ele exigia, executando os movimentos em uma sincronia quase perfeita.

— De novo.

A Prospecto Cento e Trinta e Nove se endireitou, olhando direto para ele.

— Não, Khalid. Preciso de água. E comida.

Minhas sobrancelhas arquearam. Ela foi obediente desde o momento em que chegamos aqui, fazendo tudo o que ele exigiu sem um único comentário. Agora, falava com ele com uma autoridade que poucos sonhariam em usar em sua presença.

Khalid fez uma pausa e inclinou a cabeça para a fêmea. Em seguida, sorriu.

— Tudo bem, *habibi*. Vou te dar um pouco de sustento.

Ela semicerrou o olhar.

— Comida, Khalid. E água.

— Você vai engolir o que eu fornecer.

Ela cruzou os braços.

— Não sou uma escrava.

— Errado. — Ele a agarrou pela nuca e a puxou para si. — Você é *minha* escrava, querida miragem. E está se comportando mal.

— Então me morda.

— Talvez eu te coloque de joelhos e faça você comer a Lily — ele respondeu. — Isso satisfaria sua necessidade de sustento?

— Isso não é comida, Khalid.

— Alguns diriam que dá vida e alegria — ele rebateu.

Ela suspirou.

— Estou cansada. Sou humana. E preciso de uma pausa. Por favor.

O polegar dele roçou sua pulsação.

— Só porque você usou a palavra mágica, minha querida miragem. — Ele a girou em seus braços, seu olhar encontrando o meu. — Café da manhã amanhã. Oito horas. Traga a Lily.

Eles desapareceram antes que eu pudesse concordar ou dizer uma palavra.

Não que eu soubesse o que dizer.

Porque isso foi inesperado.

— Você já a ouviu falar assim? — perguntei a Lily.

Ela estava com os olhos arregalados, balançando a cabeça de um lado para o outro.

— Ele vai machucá-la?

— Talvez. Mas suspeito que ele vai se certificar de que ela goste. Porque não parecia zangado com ela, apenas achando graça.

O que era chocante, considerando que ela se comportou assim na minha frente.

Mas ele sabia sobre o meu nome para Lily, sugerindo que devia saber também que dei outras liberdades a ela. *Como o meu sangue*, pensei, lembrando-me de suas palavras mais cedo, quando ele me disse para curá-la.

Ele estava tratando sua "miragem" da mesma forma?

Ela nunca disse seu nome. Talvez eu o perguntasse amanhã para ver o que acontecia.

— Bem, parece que seu curso desta noite foi remarcado — comentei, um pouco aliviado por ser dispensado por Khalid. — Talvez eu teste suas habilidades orais por conta própria.

Lily entreabriu os lábios como se já estivesse preparada para se apresentar, e suas bochechas ficaram com um lindo tom de rosa.

— Vamos jantar primeiro — sugeri, pegando sua mão e levando-a para fora do pátio safira, que era de laje de mármore emoldurada por estátuas adornadas com gemas de safira.

Passamos pela fonte e por um arco em outra área de pátio, este decorado com pilares embelezados com opalas.

Eu poderia ter me transformado com Lily para voltar

aos meus aposentos, mas ela não parecia gostar do movimento. E eu gostava de vê-la admirar os arredores.

— Você se deu bem com Khalid — eu a elogiei. — Não se dirigiu a ele com formalidade.

— Você me disse para não fazer isso — ela respondeu, seus olhos azul-esverdeados encontrando os meus. — Que ele não gosta de ser reconhecido.

Ela estava certa. Falei isso enquanto almoçávamos à meia-noite. No entanto...

— Eu não tinha certeza se você seria capaz de desligar sua programação.

Sua atenção mudou para a piscina ao ar livre quando começamos a percorrer o longo caminho.

— Pensei nele como Mestre Khalid em vez de Príncipe Khalid. Ajudou.

— E como você pensa de mim? — perguntei, seguindo seu olhar para a cachoeira no meio da piscina. Ela parecia estar encantada com isso.

— Como Mestre Cedric — ela sussurrou.

— E se eu quiser ser apenas Cedric?

Ela franziu o nariz.

— Você nunca será apenas Cedric.

— Por que não? — perguntei, parando de repente e a puxando-a para me encarar. — Por que você não pode pensar em mim sem o título de Mestre?

— Porque você é o Mestre Cedric. — Ela engoliu em seco, seus olhos encontrando os meus. — Eu... gosto de pensar em você desse jeito.

— Por quê?

Ela deu de ombros.

— Não sei. É... — Lily fez uma pausa e franziu um pouco a testa. — É reconfortante de uma maneira que não consigo explicar.

— Porque você foi ensinada a pensar em todos os vampiros como superiores.

— Você *é* superior — ela respondeu. — Mas não, não é isso. É respeitoso? — Ela parecia estar lutando para se explicar até que fez uma pergunta. — Você não gosta que eu pense em você como Mestre Cedric?

— Gostaria que você pensasse em mim como seu Cedric. — Um pedido perigoso, que poderia causar confusão e prejudicá-la mais tarde. No entanto, era a verdade. — Não quero que você me chame de Mestre ou Senhor. Apenas Cedric.

— Enquanto estivermos sozinhos — ela esclareceu.

— Enquanto estivermos aqui. — Segurei sua bochecha. — Pode me chamar de Cedric em qualquer lugar que quiser, mesmo na frente de Khalid. — Como ele deixou muito claro esta noite que não se importava em deixar de lado todas e quaisquer formalidades. — Se houver alguém por perto, podemos rever o título. Mas, por enquanto, quero que sejamos Lily e Cedric.

O que não era nem remotamente justo, dado o que aconteceria em algumas semanas.

Mas a vida não era justa.

Às vezes, era preciso apenas viver no presente e aproveitar o momento.

Como agora.

— Está com fome? — perguntei a ela em voz baixa.

Ela considerou e balançou a cabeça.

— Estou mais com sede que com fome.

Assenti e usei a mão livre para puxar uma tela do meu pulso. Ela arregalou os olhos com a exibição de tecnologia enquanto eu digitava uma nota rápida para a equipe do palácio.

— Vamos fazer um lanche aqui — declarei, observando

as mesas próximas e espreguiçadeiras. — É um desperdício ter essas comodidades e não usá-las. — Olhei para a piscina. — E acredito que prometi a você uma aula de natação.

Ela entreabriu os lábios.

— A-agora?

Com uma reação dessas?

— Sim. Tire a roupa.

Um doce rubor começou em seu pescoço e subiu por suas bochechas. Minha querida florzinha gostava do meu lado exigente, o que era bom, pois eu não tinha intenção de mudar por ela ou qualquer outra pessoa.

Sua doce língua escapou para umedecer os lábios, em seguida ela tirou a camisa, expondo os lindos seios. Estavam pálidos sob a lua, fazendo-a parecer uma deusa da noite.

Uma imagem que só se fortaleceu quando ela tirou os sapatos e calças, ficando gloriosamente nua diante de mim.

— Impressionante — sussurrei. Não importava que eu estivesse perfeitamente familiarizado com seu corpo, sempre que o via parecia a primeira vez. — Agora me dispa.

Lily deu um passo à frente, levando as mãos para meu cinto. Eu a observei enquanto ela trabalhava, apreciando a forma como seu rubor parecia se espalhar por sua pele enquanto ela desabotoava minhas calças.

Eu a ajudei com os sapatos, levantando o pé de leve enquanto ela se ajoelhava para tirá-los com minhas meias. Ela permaneceu na mesma posição para baixar minhas calças.

Depois se levantou, levando as peças para uma cadeira e dobrando-as com cuidado antes de voltar para pegar minha camisa, que ela acrescentou à pilha. Meus sapatos foram para debaixo da cadeira, onde ela colocou os seus também. Em seguida, pegou suas roupas para organizá-las ao lado das minhas.

Foi meticuloso e bem-feito.

E terminou com ela de joelhos diante de mim, com a cabeça baixa.

— Não vamos ter nossa aula de oral ainda, doce Lily — eu disse, embora estivesse duro por ela e muito pronto para sentir aqueles lábios aveludados ao redor do meu pau.

— Quero nadar primeiro.

Estendi a mão, deixando meu desejo claro.

Ela me deu a palma da mão e me permitiu puxá-la do chão.

Seria um bom exercício de confiança.

Eu a levei para as escadas perto do centro da piscina e comecei a descer com ela ao meu lado.

Seu aperto aumentou quando chegamos ao fundo, quando a água já atingia seu pescoço.

— Esta é a área mais rasa — avisei. — Mas a cachoeira no meio tem uma saliência. Vamos nadar até lá.

Bem, eu nadaria.

E a levaria comigo.

Deslizei pela água para ficar na sua frente. Soltei sua mão para segurar os quadris.

— Eu n-não sei nadar, Cedric — ela gaguejou, agarrando meus ombros.

— Eu sei. — Dei um beijo em seu pulso trovejante e inalei profundamente, amando a fragrância de terror que a cercava. — Seu medo é inebriante, Lily. — Queria mais disso, meu lado predatório rosnando de excitação.

Ela não decepcionou. Seu suspiro era um belo som na noite calma enquanto eu a puxava mais fundo na piscina e longe de onde ela podia ficar de pé.

Ela passou os braços ao redor do meu pescoço e senti seu coração bater rapidamente contra meu peito.

— Tão sedutora — sussurrei com a boca ainda perto de seu pulso enquanto usava minhas pernas para nos manter à tona. — Você gritaria se eu te empurrasse para longe agora. Toda a sua programação se fragmentaria em sua brilhante necessidade de sobreviver. Isso é o que minha espécie realmente anseia: essa realização final quando um humano percebe que vai morrer e sua resposta natural a isso. Nenhuma quantidade de ensino pode matar esse instinto, Lily.

Os humanos foram treinados para não reagir.

Mas isso não importava.

Quando confrontados com uma morte terrível, eles sempre imploravam.

— A razão pela qual alguns ficam em silêncio é simplesmente porque não podem falar. — Minhas presas roçaram sua garganta. — Estão perdidos demais ou bêbados de prazer, mas por dentro estão gritando, implorando para serem salvos.

Nos levei para uma área mais profunda, onde não podíamos mais tocar o chão. Ela tremeu de forma violenta contra mim.

— Cedric...

— Seria tão fácil — sussurrei. — Um empurrão. Você gritaria até gorgolejar, tentando inutilmente abrir caminho até a superfície, apenas para falhar. Meu sangue em seu organismo também prolongaria o tormento. Uma morte cruel. Algo que não desejo a ninguém.

Mudei meu aperto em seus quadris e braços, vendo sua pele se arrepiar quando o verdadeiro horror tomou conta de seu coração.

Inalei novamente, sentindo meu pau duro como pedra contra seu ventre.

— Não há nada mais sedutor que uma presa aterrorizada, pequena flor. — Beijei seu pescoço, explorando a lateral do seu corpo com gentileza, prolongando o tormento.

— Por favor — ela sussurrou, tremendo de uma forma que me fez querer transar com ela aqui, agora. Ela choraria. Gritaria. Acabaria gozando no meu pau em uma exibição de paixão induzida pelo medo. Então eu a puxaria para debaixo d'água, apenas para forçar essa sensação a aumentar ainda mais.

Mas não era o que ela precisava para sua primeira vez.

Também não era o que ela merecia.

Isso seria para um curso avançado, algo que tentaríamos quando ela confiasse mais em mim.

Levantei uma das mãos para seu cabelo, segurando os fios ainda secos e puxando-os ligeiramente para trás.

— Respire fundo.

— Cedric...

— Respire fundo, Lily — repeti.

Seus olhos estavam cheios de lágrimas, mas ela fez o que eu pedi.

Então mergulhei para umedecer nosso cabelo.

Ela paralisou contra mim, com os braços travados com firmeza em volta do meu pescoço.

Esperei um pouco, depois nos levei de volta à superfície e usei o impulso para nos conduzir em direção à cachoeira.

Um soluço escapou de sua boca quando ela tentou inalar.

Era um som bonito, e não deveria gostar tanto dele quanto o fiz. Mas era tão cheio de vida e expectativa que não pude deixar de me entregar.

Ela me fez sentir.

E enquanto parte desse sentimento estava manchado de arrependimento por ter despertado aquele som dela, a maior parte era pura euforia por ela sentir qualquer coisa.

Esta pequena flor estava me transformando em um

humano, me dando uma dose saudável de humanidade e me lembrando como era realmente viver.

Eu a beijei enquanto seguia em direção à cachoeira, com o braço envolvendo suas costas enquanto minha língua transmitia minha gratidão.

Ela era perfeita.

Tão sedutora.

Me fazia querer acreditar em algo mais, explorar emoções que eu nunca tinha considerado.

— Respire fundo de novo — disse a ela, dando-lhe apenas alguns segundos para obedecer antes de mergulhar debaixo da cachoeira.

Então fui para o banco atrás dela, os assentos permitindo uma boa plataforma para sentar e observar a água fluir.

Me acomodei e permiti que Lily se enrolasse em meu colo, seus soluços ecoando no pequeno espaço privado.

— Eu te odeio — ela sussurrou.

— Eu sei. — Acariciei seu pescoço, amando a forma como seu pulso ainda cantava de terror. — Mas também me quer.

Passei a mão entre suas pernas, sentindo a lubrificação natural que diferia da água ao nosso redor.

Ela me apertou mais e enterrou o rosto no meu peito.

— Eu te odeio — ela repetiu com a voz rouca.

Beijei o topo de sua cabeça enquanto penetrava dois dedos dentro dela, roçando o polegar para cima para encontrar seu clitóris.

— Eu te odeio — ela disse pela terceira vez, sua boceta apertando meus dedos e exigindo mais. — Te odeio. Te odeio. Te odeio.

— Monte em mim, Lily — sussurrei. — Me mostre o quanto você me odeia.

Ela estremeceu e moveu os quadris enquanto se

pressionava contra a minha mão. Enganchei os dedos de uma maneira que eu sabia que a deixaria louca, provocando um som engasgado de sua garganta.

A outra mão foi para o seu cabelo, agarrando os fios e inclinando a cabeça para trás para expor seu rosto expressivo.

Lágrimas escorriam por suas bochechas coradas, ela entreabriu os lábios em um gemido estrangulado e seus olhos estavam vidrados com paixão odiosa.

— Monte em mim — repeti.

Ela semicerrou o olhar e as palavras "vá se foder" brilharam ali. Mas seu corpo obedeceu.

Tirei a mão de dentro dela enquanto Lily deslizava sobre meu colo, aquelas coxas esbeltas se abrindo em um convite glorioso.

Lily cravou as unhas em meus ombros como se estivesse com medo de cair para trás na cachoeira. O que só me fez querer empurrá-la exatamente nessa direção.

Segurei seus pulsos.

— Me solte.

Seu lábio inferior tremeu quando ela se forçou a obedecer.

Seus cílios grossos se separaram para revelar um ilustre oceano de desejo, seu medo se derreteu em uma piscina fumegante de necessidade requintada.

— Eu te odeio — ela disse pela milionésima vez.

Em seguida, pressionou a boceta lisa no meu pau.

— Quer que eu te coma até tirar esse ódio de você? — perguntei, roçando seu pulso com o polegar enquanto empurrava contra ela, a cabeça do meu pau encontrando seu clitóris.

— Sim — ela sussurrou, inclinando a cabeça para trás em um claro convite. — Quero que seja você. — Ela não estava olhando para mim. Sua voz era um som rouco que mal ouvi sobre o fluxo de água. Mas quando seus lindos olhos encontraram os meus, vi a resposta que eu precisava antes mesmo que ela dissesse as palavras. — Me come, Cedric. Me faça te odiar um pouco menos.

— Ou um pouco mais — murmurei, beijando-a antes que ela tivesse tempo de refletir sobre o que eu quis dizer.

Então inclinei seus quadris para onde eu precisava.

E fiz um movimento para cima, reivindicando o que deveria ser meu para sempre.

# LILY

Gritei, a dor inesperada me rasgou e me puxou de volta para o momento.

Um momento cheio de perigo.

Terror não adulterado.

Água.

Pisos sem fundo.

*Vou morrer aqui.* Eu podia sentir no fundo do meu ser que esse vampiro iria me mudar de forma irrevogável. Ele já tinha feito isso. Mas essa união, esse momento, parecia fundamental. Como se o resto da minha vida dependesse do que quer que aconteceria a seguir.

E havia uma boa chance de eu não sobreviver.

Seu aperto em meu pescoço aumentou quando um grunhido baixo retumbou através dele, fazendo meus mamilos vibrarem. Estremeci.

Ele não se moveu. Nossos corpos estavam presos um no outro enquanto seus olhos seguravam os meus. Uma miríade de emoções queimava em seu olhar, escurecendo suas íris para um tom preto.

Não havia muita luz passando pela água, a lua fornecia

apenas um brilho misterioso que aumentava o ambiente ameaçador.

Prendi a respiração quando vi sua expressão devastadora que prometia violência.

Cravei as unhas em meus cotovelos enquanto lutava contra o desejo de agarrá-lo, de segurá-lo por toda a vida.

Ele não era meu salvador ou herói. Era o vilão do meu mundo, aquele que exigia que eu me curvasse e desse tudo de mim antes de me jogar aos lobos literais.

No entanto, eu não conseguia parar esse fascínio que crescia entre nós, esse impulso de reivindicá-lo de alguma forma, essa necessidade estranha de garantir que ele nunca me esquecesse.

Eu o desejava mais que o ar.

Era perigoso para minha saúde, um vício que com certeza me mataria.

Mas me recusei a negar a mim mesma o prazer de escolhê-lo. Ele expressou seu desejo de transar comigo como uma ameaça. Aceitei, dizendo que era o que eu queria.

Agora estávamos unidos, seu pau tão profundo dentro de mim que senti cada centímetro seu como uma marca quente contra minha alma.

Parecia mais intenso que uma simples intrusão. Era como se ele tivesse trancado uma jaula em volta do meu coração e roubado a chave que daria liberdade às minhas emoções.

Ele era meu dono.

*Me possuía.*

Encantou meu ser.

Seu nome era o único que eu conhecia. O mundo ao nosso redor foi redefinido por esse significado de existência.

Eu não entendia isso. Ele nem se moveu além de

penetrar minha intimidade intocada, roubando minha inocência e reivindicando-a como sua.

Suas feições letais permaneceram inalteradas, as íris escuras queimando com uma fúria que eu não entendia.

*Fiz algo de errado? Ele vai transar comigo até eu me afogar?*

Meu pulso acelerou. Meu coração batia de forma tão descontrolada que me deixou tonta.

Seu polegar roçou em meu pescoço, indicando que ele podia ouvir e sentir minha reação.

A outra mão apertou meu quadril, me guiando para longe dele apenas para penetrar em mim novamente.

Engoli em seco. A sensação era ainda mais intensa desta vez. Mas de uma maneira mais quente, fazendo meus músculos se contraírem em torno dele em uma demanda silenciosa por mais.

Ele deslizou para frente no banco, me levando junto, e de repente tive uma visão dele me empurrando para baixo da cachoeira novamente para transar comigo enquanto eu sufocava até a morte.

Era uma estranha mistura de excitação e terror, despertando uma necessidade que eu não entendia muito bem.

Eu gostava de seu poder sobre mim.

Gostava da facilidade com que ele podia me matar.

Porque, no fundo, eu sabia que ele não o faria. Confiava nele para me segurar, para me dar o ar que eu precisava para sobreviver, para me proporcionar uma vida digna de ser vivida.

Foi uma percepção inebriante que me fez ansiar por mais, minha mente totalmente perdida em sua presença.

Ele me apresentou a um mundo inteiramente novo, onde meu prazer importava.

*É por isso que ele parou de se mover.*

Ele queria que eu me adaptasse à sua presença dentro de mim.

Eu não tinha certeza de como sabia disso, mas no momento em que pensei, mais real se tornou.

Tudo o que Cedric fazia era para me ajudar de alguma forma, para me guiar para uma existência revigorante.

Era temporário.

Nós dois sabíamos disso.

Mas ele queria me fornecer memórias suficientes para durar uma vida inteira.

*Como eu sei disso?* pensei, vendo-o de uma maneira inteiramente nova. *De onde vem essa compreensão?*

Ele ainda estava com a mesma expressão, provocando um calafrio na minha coluna. Mas um movimento de seus quadris afugentou o frio, substituindo-o por um beijo ardente contra minha pele.

Meu estômago girou e minhas coxas se apertaram ao redor de suas pernas. Eu precisava de algo mais dele, algo que não conseguia definir.

Suas presas?

Seu beijo?

Seu poder?

Meus cotovelos doíam por agarrá-los com tanta força. Eu queria soltar meus braços e abraçá-lo, tocá-lo, adorá-lo com minhas mãos.

Mas não queria arriscar destruir o momento me movendo sem permissão.

Ele dilatou as narinas e suas pupilas transmitiam o predador à espreita. Ele estava de olho em sua presa e debatendo o que queria fazer.

*Jogar um pouco mais?*

*Matá-la?*

*Devorá-la?*

*Adorá-la?*

Os pensamentos não eram meus, mas sua voz profunda parecia sussurrar as perguntas em minha mente.

Estremeci.

— Cedric. — Eu não tinha certeza do motivo pelo qual falei seu nome, só que eu precisava falar. Sua intensidade silenciosa me dominou. Me deixou desconfortável e incerta.

O que, é claro, só me fez queimar muito mais.

Porque eu não sabia o que ele pretendia fazer. Essa mistura apaixonada de medo e luxúria criou um inferno de necessidade dentro de mim.

Arqueei e quase perdi o equilíbrio com os braços nas costas.

Seu aperto afrouxou, sugerindo que ele me deixaria cair.

Mas no fundo, eu sabia que me puxaria de volta.

Quase deixei acontecer só para provar meu ponto de vista.

Mas sua mão apertou novamente quando ele me puxou com mais firmeza contra si.

E capturou minha boca com a sua.

A adrenalina me atingiu quando ele saiu de dentro de mim novamente e sua língua seguiu a minha até a água atrás de mim.

Cravei as unhas em minha pele, meu instinto de agarrá-lo me atingiu com força no peito.

Mas ele se acalmou, me mantendo na superfície com o nariz acima da água, me permitindo respirar enquanto ele dominava minha boca.

Foi um abraço inebriante que me deixou à sua mercê, me obrigando a confiar nele.

Então confiei.

Relaxei os ombros e braços, ainda segurando os cotovelos atrás de mim, e agarrei seu pau com meu núcleo.

Sua língua expressou gratidão, seu polegar acariciou a base do meu pescoço enquanto ele me penetrava novamente.

Eu me sentia ainda mais perto dele agora, conectada de uma forma que eu não conseguia definir. Não apenas por causa de sua presença dentro de mim, mas algo mais.

Cedric não queria me machucar. Me assustar, talvez. Mas ele nunca faria nada para causar qualquer dano verdadeiro. Ele só queria que eu vivesse. Que eu fosse quem eu quisesse ser. Que eu expressasse minhas emoções e desejos, e quebrasse a construção mental infligida a mim pelos programas universitários.

Era mais uma daquelas explosões de conhecimento que eu não entendia, vindo de um lugar que desabrochava entre nós.

*Diga-me o que você quer, Lily*, ele sussurrou em minha mente, sua voz surpreendente e ainda estranhamente certa. *Me diga e eu te darei.*

*Estou imaginando isso?* perguntei de forma sonhadora.

Ele não respondeu. Seus lábios deixaram os meus enquanto ele me lançava outro daqueles olhares sombrios.

Eu não tinha certeza se ele realmente tinha falado comigo ou se eu tinha inventado.

Talvez eu tenha apenas criado a declaração como um palpite sobre suas intenções. Ele me disse ontem à noite para expressar meus desejos. Então fiz isso de novo agora.

— Quero que você me coma, Cedric — eu disse. — Me mostre como é ser sua.

Ele sorriu.

— Um pedido perigoso.

— Não há alternativa. — Ele sempre seria perigoso para mim. No entanto, algo no fundo sussurrou que eu também era perigosa para ele, que ele estava tomando decisões e escolhas que o colocavam em risco, e que ele queimaria o mundo se isso significasse salvar a nós dois.

A ferocidade desse conhecimento me atingiu, pintando uma nova realidade ao nosso redor.

Uma que ele abraçou dizendo:

— Enrole as pernas em mim e agarre meus ombros.

Não perdi um segundo considerando minhas opções. Simplesmente obedeci. A ação de me envolver nele aprofundou nossa conexão tanto física quanto espiritualmente.

E então ele começou a se mover.

Se mover *mesmo*.

Ao ponto da dor.

Dor extraordinária e feliz.

Ele agarrou meus quadris com as duas mãos, direcionando meu corpo para receber seus impulsos punitivos. Tudo o que eu podia fazer era me segurar e receber.

Mas ah, foi lindo. Intenso. *Exótico*. Doeu da melhor maneira, sua sensualidade me consumiu e me afogou em um mar de Cedric. Me dominando. Completando. Garantindo que eu me lembraria para sempre dessa primeira vez e marcando seu nome em minha alma.

Tentei acompanhar seus movimentos, mas a água me desacelerou.

Isso não o incomodou, sua velocidade, agilidade e poder me saquearam com pouca resistência.

Seus lábios foram para o meu pescoço, sua língua traçou minha pele sensível.

— Me morda — implorei, precisando daquela intrusão final, aquela que me reivindicaria com ferocidade.

Ele desenhou um círculo com a língua, prolongando o momento enquanto meu corpo implorava por mais.

Foi tão avassalador, minha visão ia e vinha enquanto

ele me levava com uma força que poderia facilmente me matar.

Mas ele não me deixou morrer.

Ele queria que eu florescesse.

Vivesse.

Senti aquela verdade em meu espírito, aquela ligação entre nós aberta e pulsando com vigor renovado.

Seus incisivos atacaram, me trazendo de volta à nossa realidade, me lembrando de seu poder e virilidade.

Gritei seu nome como um xingamento e uma oração enquanto meu mundo se dissolvia em ondas arrebatadoras de felicidade.

O ar não importava mais.

A água ao nosso redor não era mais uma ameaça.

Tudo que eu podia sentir era o orgasmo rasgando minha alma e me destruindo completamente.

*Cedric.*

*Cedric.*

*Cedric.*

Seu nome girou em minha mente, escapou da minha língua e ecoou ao nosso redor.

Ele não parou de beber.

Não parou de me comer também.

Ele apenas me forçou a um ápice mais sombrio, exigindo mais prazer do meu corpo e me deixando chorando contra ele.

Não aguentava mais. Nem mais um segundo.

No entanto, ele forçou um terceiro clímax, provocando sons de minha garganta que eram de natureza desumana.

Só então ele me seguiu até o limite, seu próprio orgasmo provocando um rosnado trovejante que assombraria meus sonhos por toda a eternidade.

Muito apaixonado e intenso.

Monstruoso e selvagem.

*Ah, Deusa...*

Ele estava quebrando cada parte minha, desmantelando meus pontos de vista sobre o mundo e me conduzindo a algo novo.

Uma existência onde nossas almas dançavam. Onde nossos corações batiam como um. Onde seu único propósito na vida seria me proteger.

Um futuro impossível.

Um que eu sabia que era mais fantasia que uma realidade.

Mas, no momento, me contentei em acreditar que esse poderia ser realmente o nosso destino.

Absorvi seu prazer e permiti que ele me alimentasse, amando a forma como nossos corpos se conectavam e me divertindo com a sensação de sua excitação quente dentro de mim.

Não estávamos nem perto de terminar.

Algo que ele provou enquanto nos conduzia para o ambiente familiar de seu chuveiro.

O azulejo frio me fez gemer quando ele me pressionou contra a parede.

A água gelada caiu, mas ele a aguentou com as costas.

Então o calor gotejou, e ele começou a se mover dentro de mim mais uma vez.

Lento.

Estável.

Com movimentos intencionais.

Tão intensamente certo.

Ele me beijou, me deixando provar meu sangue em sua língua. Então ele adicionou sua própria essência, me alimentando com seu poder.

Isso me revigorou de uma maneira inesperada, algo que eu não havia sentido antes.

Porque esse beijo parecia uma promessa. Um voto

proibido. Uma alegação antiga que eu não entendia completamente.

No entanto, a verdade disso foi sussurrada entre nós, um termo que eu nunca tinha ouvido antes: *Erosita*.

Estremeci, o poder daquela única palavra acariciou minha alma.

*Você é minha agora*, Cedric sussurrou, sua voz novamente na minha cabeça. *Sua vida está ligada à minha imortalidade.*

— Como? — murmurei contra sua boca.

— Sangue e sexo. — Sua língua traçou meu lábio inferior enquanto ele se movia lentamente dentro de mim, seu pau alcançou um lugar profundo que provocou mais um orgasmo agitado. — Nós compartilhamos sangue muitas vezes, e sua boceta virgem me reivindicou.

Ele parecia achar graça.

Ao mesmo tempo, estava sombriamente perturbado.

— Não entendo. — Arqueei para ele.

— É um ritual pouco realizado. — Ele passou o nariz pela minha bochecha e seus lábios encontraram minha orelha. — Um que permite que vampiros reivindiquem companheiros humanos.

Arregalei os olhos. Eu nunca tinha ouvido falar de tal coisa.

— A única maneira de quebrar o elo é permitindo que outro homem transe com sua companheira — ele continuou. Suas palavras tinha um tom tão gelado que me deixaram com frio. — O que significa que você é minha até que alguém transe com você. Daí o acasalamento é quebrado.

Pisquei, cravando as unhas em sua pele.

— Você vai deixar isso acontecer?

Ele não respondeu. Voltou a boca para a ferida aberta em meu pescoço. Ele traçou um caminho sensual com a língua, murmurando com satisfação.

Mas a resposta foi sussurrada em sua mente, palavras que me fizeram apertar em torno dele.

*Não tenho escolha.*

O que significava que ele me compartilharia e permitiria que alguém quebrasse esse vínculo. Não necessariamente porque desejava, mas porque teria que fazê-lo.

Meu coração se encolheu e minha mente se apagou por uma fração de segundo.

Até que ele começou a se mover novamente, me lembrando de sua afirmação.

O vínculo prosperou, forçando meu corpo a reagir de forma favorável à sua intrusão.

Outro clímax se construiu, me atingindo em agonia prazerosa.

Mas em seu rastro havia um coração enfraquecido.

Um coração que tinha começado a bater pela primeira vez.

Só para me assustar ao perceber que Cedric só poderia ser meu temporariamente.

Nossos destinos foram feitos para se cruzarem neste breve momento.

Em um piscar de olhos, esse vínculo entre nós terminaria.

Ele continuaria sobrevivendo.

Enquanto eu sofreria um destino pior que a morte.

Tudo porque ele escolheu se acasalar comigo em uma breve experiência, sabendo que eu nunca poderia ser sua.

Ele me beijou, sua língua expressando um pedido de desculpas que eu não queria sentir. Mas ele não me deixou escolha. Seu corpo ainda tomava o meu, sua excitação era uma marca quente que exigia liberação.

Quando gozou, foi meu nome que ele sussurrou. No entanto, soava mais doloroso que prazeroso.

Uma dor que eu entendia muito bem, pois rivalizava com a minha própria.

Este era o jogo mais cruel de todos. Um vislumbre da vida que poderíamos ter, sabendo que acabaria tão depressa quanto começou.

# CEDRIC

— *Você vai deixar isso acontecer?*

As palavras de Lily me assombraram, me impedindo de persegui-la em seus sonhos. Ela estava fisicamente saciada e emocionalmente exausta, o que deixou sua mente levá-la com facilidade a um descanso muito necessário.

Mas não a minha.

A minha mente se recusou a fazer outra coisa além de repetir essa frase e os sentimentos que se seguiram.

Eu não tinha sido capaz de responder. Não em voz alta, de qualquer maneira. Porque eu não me importava muito com a resposta "não tenho escolha".

Silvano me obrigaria a romper o vínculo. Ele não permitia tais complicações e, como meu criador, eu não teria escolha a não ser seguir o comando.

Ele pegaria minha doce flor e a arruinaria.

A menos que eu a matasse primeiro.

Passei os dedos pelo cabelo dela, me deleitando com a textura sedosa. Sua alma se casou com a minha, tornando-a imortal. O que significava que sua vida seria prolongada para resistir à eternidade. Um presente íntimo que os vampiros raramente davam a uma companheira humana.

Lily seria muito mais difícil de matar agora.

E se algo acontecesse, seu espírito tiraria energia do meu e a revitalizaria.

Pelo menos, até o vínculo de *Erosita* se quebrar.

Esse ato exigia que uma de duas coisas acontecesse: minha morte ou intimidade com outro homem.

Mas não qualquer intimidade. Eu poderia compartilhá-la com um amigo, deixar que ela fizesse sexo oral nele, e ela ainda permaneceria minha. Mas a relação vaginal – e anal – quebraria meu domínio sobre ela. Só eu poderia penetrá-la de forma íntima.

Como nunca tive a intenção de ter uma companheira, eu não sabia muito sobre o elo frágil além do básico. Tal como a história da origem, que afirmava que a deusa suprema de todos, Nyx, havia presenteado os vampiros, suas criações, com a capacidade de tomar companheiros depois que a primeira linhagem de Abençoados expressou tristeza por sobreviver a seus equivalentes humanos.

Mas havia regras que acompanhavam a magia que ligava humanos a vampiros.

E fidelidade era uma delas.

Como com todas as coisas que minha espécie fazia, eles testaram os limites. Vampiros podiam de fato ter mais de uma *Erosita* – e vários tinham feito isso – e podiam compartilhar até certo ponto.

*Erositas* masculinos não podiam receber anal, ao contrário das femininas. Uma distinção interessante que uma vez custou sua companheira a um vampiro.

Ou assim era a história, de qualquer maneira.

Mas esse era frequentemente o caso do vínculo *Erosita*.

Já havia sido tão reverenciado que poucos vampiros falavam sobre as nuances, pois consideravam os detalhes íntimos demais para serem divulgados.

Tendo passado pelo processo agora, entendi o desejo de permanecer em silêncio.

Parecia muito especial e raro discutir isso com alguém além de Lily. No entanto, Silvano provavelmente exigiria que eu fornecesse todas as informações sobre meu vínculo com Lily.

Ele ficaria furioso com esse desenvolvimento.

Enquanto *Erositas* já foram estimados entre minha espécie, agora eram fortemente desaprovados. Os humanos eram fracos demais para serem dignos de tal conexão.

Eu achava Lily a mais digna de todas.

Uma parte sombria de mim tinha reconhecido o que aconteceria com nossas frequentes trocas de sangue. Levou apenas três trocas completas – três momentos diferentes dela bebendo meu sangue e três ocasiões em que eu bebi dela – para iniciar o vínculo com uma virgem humana.

Tudo o que eu precisava fazer no final era deflorá-la.

Se alguém tivesse vindo antes de mim, mesmo que fosse um humano, a magia teria perdido seu poder.

Mas ela ainda estava intocada onde importava, me permitindo reivindicá-la.

A troca de sangue podia ter sido o motivo pelo qual me senti tão compelido a levá-la, mantê-la, torná-la minha. Exceto que me apaixonei desde o momento em que coloquei os olhos nela.

Todo esse cabelo sedoso.

Pernas longas e semelhantes a caules.

Ar de inocência feliz.

Um espírito que se recusava a morrer.

Quando ela me encarou com aqueles olhos de tirar o

fôlego, me implorando para ensiná-la a passar em minha aula.

Me perdi para ela desde então.

E não melhorou agora quando seus cílios grossos se separaram para revelar suas íris deslumbrantes. Eles praticamente brilhavam no escuro, me atraindo muito mais para ela.

Lily esteve acordada nos últimos minutos, ouvindo minhas reflexões mentais porque eu não tinha me incomodado em deixá-la de fora. Eu a deixei ouvir tudo, desde a história do vínculo *Erosita*, o pouco que eu sabia sobre ele, até o fato de ser desaprovado no mundo de hoje. Cheguei a compartilhar um pouco do velho mundo com ela, dando-lhe memórias da vida quando lycans e vampiros viviam em segredo.

Sua mente absorveu a informação como uma esponja carente, perdida para o mundo que eu conhecia.

Também lhe dei um vislumbre dos jogos políticos atuais e disse a ela como qualquer tipo de relacionamento com um mortal era considerado um sinal de fraqueza.

Apenas dois humanos poderiam se tornar imortais a cada ano, uma regra que eu não quebrei, já que *Erositas* ainda eram permitidas, apenas desaprovadas.

Eu poderia lutar para mantê-la. Poderia até tentar. O absurdo político nunca me atraiu. Havia também um soberano na região de Jace que tomou uma *Erosita*. A diferença, claro, era que eu respondia a um sádico autoproclamado enquanto o outro soberano respondia a um santo proverbial.

Ah, Jace não era perfeito. Ele tinha seus próprios gostos. Mas não tentaria destruir o novo brinquedo de seu soberano como Silvano faria com o meu.

Ajudou que Darius, o soberano em questão, tivesse acasalado com uma rara virgem de sangue. Seu sabor viciante a protegeria, supondo que ele a compartilhasse de forma voluntária com Jace — o que os rumores confirmavam que ele estava fazendo. E frequentemente.

Lily possuía uma doçura que achei sedutora. Mas era uma doçura que Silvano azedaria de imediato.

Eu preferiria matá-la a colocá-la em seu caminho.

Ela estremeceu ao ouvir aquela ameaça.

Mas ao invés de se afastar de mim, ela rolou para mais perto e pressionou os lábios no meu queixo. Serviu como um beijo silencioso de perdão, um que eu não merecia.

Eu deveria tê-la matado meses atrás e nos poupado da dor. No entanto, estava muito consumido por ela para acabar com essa paixão doentia.

Tudo o que eu conseguia pensar enquanto estava longe dela era em quanto tempo eu poderia voltar.

Apenas por um mês.

Nem mesmo trinta e um dias.

Onde ela poderia ser minha.

Segurei sua bochecha e a acariciei com o polegar.

— Boa noite — sussurrei. Minha voz estava profunda com a falta de sono. Eu não havia descansado, mas também não tinha falado.

— Oi. — Ela deu outro beijo no meu queixo, então se moveu para pairar perto dos meus lábios.

Não falei ou dei ordem. Apenas esperei que Lily fizesse o que desejasse. Eu devia muito a ela depois de tudo que a fiz passar, depois de tudo que eu a fiz sentir também.

Ela ouviu cada pensamento. Toda intenção. Cada arrependimento. Não mantive nada escondido, incluindo o conhecimento da minha capacidade de afastá-la. O que significava que ela sabia que dei acesso à minha mente. Ela ficou maravilhada com isso, atordoada com a facilidade com que a deixei entrar em mim.

Mas quando ela percebeu a extensão dos meus sentimentos, entendeu.

Isso a surpreendeu. Ouvi o choque em seus pensamentos enquanto ela tentava processar as reações a tudo que compartilhei.

Então ela se desligou e me beijou.

Lily não queria pensar. Queria sentir.

E eu estava de acordo com essa decisão.

Eu a puxei para cima de mim, amando a forma como suas pernas se abriram automaticamente ao redor dos meus quadris.

*Já molhada para mim*, pensei em sua mente. *Minha linda flor molhada.*

Ela gemeu de volta, deslizando a língua contra a minha enquanto se pressionava no meu pau endurecido.

Puta merda. Arqueei para ela. *Você é tão perfeita, Lily.*

Talvez ela fosse minha fraqueza, um vício que eu não conseguia parar de provar.

Enfiei os dedos em seu cabelo e aprofundei nosso beijo, precisando de mais. Ela aquiesceu, dando-me todo o controle.

Meu nome rolou por seus pensamentos, o calor subjacente ao seu tom fazendo algo comigo. Algo perigoso.

Isso me fez querer ouvir essa voz todos os dias pelo resto da minha vida. Aquela carícia suave e sussurrante cheia de desejo e confiança.

Agarrei seu quadril, movendo-a de uma forma que me permitiu deslizar para dentro dela. Não houve resistência, apenas um aperto sutil que pedia mais.

*Lily*, murmurei. *Doce e linda Lily.*

A maioria dos humanos ficaria dolorida depois de tudo que fizemos, mas ela não era mais mortal. Ela estava ligada a uma linhagem antiga. *Minha* linhagem.

O que a deixou se sentindo muito viva. Forte, até. E lindamente devassa.

Ela fez uma tentativa de flexionar os quadris, me levando mais fundo dentro de si. Um gemido baixo deixou sua boca, e então ela começou a se mover.

Eu a deixei liderar, com uma mão apoiada em sua coxa enquanto a outra se movia para a parte de trás de seu pescoço.

Era minha maneira de dizer a ela para conduzir, e ela não decepcionou. Ela me beijou, me montou e passou a ponta dos dedos por todo o meu abdômen.

Adorei senti-la tomar seu próprio prazer e satisfazer suas necessidades.

Ela finalmente se sentou, a nova posição a fez inclinar a cabeça para trás com um som sedutor. Seus seios balançavam enquanto ela se movia e um lindo rubor cobriu sua pele.

Passei a mão de sua coxa até sua intimidade quente e meu polegar encontrou sua pequena protuberância inchada. Ela estremeceu e os braços se arrepiaram. Seus mamilos se eriçaram em picos sedutores e aquele rubor se espalhou e escureceu enquanto seu prazer aumentava.

— Você está perto, doce flor? —perguntei, com o olhar preso ao dela.

Eu sabia que ela estava, mas ainda assim gostei de ouvir sua resposta sibilada.

— Sim.

— Humm. — Apliquei um pouco mais de pressão. — Quero sentir você apertar em torno de mim, Lily. — Eu a acariciei um pouco mais rápido. — Quero ouvir enquanto você goza.

Seus movimentos eram erráticos, suas íris estavam vidradas com paixão enquanto ela perseguia seu prazer.

— Vai fazer isso por mim? — perguntei em voz baixa. — Vai gozar para mim?

Um ruído ininteligível escapou de seus lábios e as palavras soaram como um consentimento estrangulado.

— Agora — acrescentei, colocando uma ordem sutil em meu tom. — Goze para mim, Lily.

Ela arqueou as costas quando desmoronou em cima de mim. Sua intensidade trêmula vibrou em cada centímetro do meu ser. Estava tão gostosa que quase a segui até o orgasmo.

Mas ela se moveu, tirando sua doce boceta.

E substituindo-a por sua boca.

— Puta merda — grunhi, chocado e fascinado por seu movimento abrupto. Ela ainda estava gozando, seus gemidos provocando meu pau enquanto ela me levava profundamente em sua garganta.

Sem reflexo de vômito.

Sem hesitação.

Eu odiava admitir o quanto a universidade a havia treinado bem.

Mas não podia negar isso neste momento.

Ela me pegou de forma tão perfeita que não consegui parar o rosnado retumbando em meu peito.

— Lily.

Sua garganta se contraiu, me lembrando de sua boceta, e seu prazer contínuo girou em minha mente.

Ela estava se acariciando.

Provocando seu clitóris com os dedos.

Prolongando seu orgasmo enquanto me chupava.

Foi o momento mais sexy da minha vida, exceto talvez pela noite passada. Ou talvez tudo isso junto. Eu não sabia. Tudo o que importava era ela e sua língua arrebatadora. Seus doces gemidos. O cheiro da nossa excitação. Seus olhos marcantes.

Puta merda, ela estava olhando diretamente para mim.

Me levando profundamente.

Engolindo em volta da cabeça.

Observando minhas deixas enquanto brincava consigo mesma.

Entrelacei os dedos em seu cabelo novamente, aplicando pressão apenas o suficiente para dizer a ela de que ritmo eu gostava, mas ela nem precisava disso. Ela sabia. Porque ela foi feita para ser minha.

— Bem assim, Lily — eu disse, estocando em sua boca e amando a forma linda com que ela me tomou. — Puta merda, você está me matando. — Eu estava tão perto de explodir, e senti seu próprio clímax se formando pela segunda vez. — Goza, linda. Quero sentir seus gemidos ao meu redor enquanto gozo em sua garganta.

Ela soltou um gemido baixo, me dando uma prévia do meu pedido. Então ela me tomou mais fundo, provando que suas notas altas eram mais que precisas para essa atividade, e se levou ao limite.

O poder de seu orgasmo ondulou através de mim pelo nosso vínculo. Sua boca vibrou em meu pau com os sons de seu êxtase.

Foi a combinação mais sedutora de sensações, me fazendo explodir em sua garganta de uma maneira quase violenta. Mas ela o abraçou, me engolindo e a minha essência, me sugando até secar. Tudo enquanto desfrutava de seu próprio orgasmo.

No momento em que a última gota atingiu sua língua, eu a segurei pelos cabelos e a puxei para cima. Então reivindiquei sua boca em um beijo selvagem cheio de sangue. Meu. Dela. *Nosso*. Não era humano. Era animalesco. Assim como eu.

Esta mulher tinha acabado comigo. Eu não conseguia

pensar em nada além de reivindicá-la. Apreciá-la. *Agradecer* a ela com minha língua.

Lily estremeceu contra mim, seu coração batendo loucamente.

Eu a rolei de costas, minha metade inferior se acomodando entre suas coxas abertas. Mas não a penetrei. Continuei a beijá-la, compartilhando através da minha mente o quanto eu a adorava. O quanto eu queria mantê-la.

Eu odiava este mundo.

Detestava as regras.

Odiava o que eu sabia que tinha que fazer.

O café da manhã esta noite era prova suficiente do pouco controle que eu realmente possuía neste mundo atual. A realeza fazia as regras.

No entanto, sempre fui rebelde. Eu não ligava muito para autoridade.

O que me colocava em uma posição muito perigosa.

Porque eu queria matar o mundo por essa mulher. Queria reivindicá-la para sempre, não apenas por um mês.

Um desejo letal, dado o que custaria.

Mas talvez ela valesse a pena.

Talvez *nós* valêssemos a pena.

Eu não tinha que decidir agora ou mesmo esta noite. Ainda tínhamos algumas semanas.

Assumindo que Khalid não ficasse louco com esse desenvolvimento. Porque ele saberia no momento em que chegássemos ao café da manhã – um conhecimento compartilhado que deixou Lily tensa embaixo de mim.

Ela viu para onde meus pensamentos foram e a preocupação muito real de que Khalid pudesse exercer seu poder sobre mim... e quebrar o vínculo por conta própria.

Nesse caso, isso terminaria antes mesmo de começar.

Havia muitos vampiros que eu poderia matar com facilidade neste mundo.

Infelizmente, Khalid não era um deles.

Se ele quisesse Lily, ele a tomaria. E meu vínculo com ela apenas a tornava muito mais valiosa.

Vampiros adoravam um bom jogo de poder.

E eu estava prestes a entregar a Khalid uma mão vencedora.

A questão era: ele jogaria? Ou deixaria para outro dia?

# CEDRIC

Havia duas maneiras de abordar isso: fingir que eu não dava a mínima para Lily e apresentar uma fachada inexpressiva ou revelar todas as minhas cartas.

Uma olhada em Khalid esta manhã me fez escolher a última. Não que eu tivesse a intenção de escolher a primeira. Talvez eu tivesse feito isso com Silvano. Mas no momento em que ele tocasse em Lily, a fachada teria se quebrado.

O que era um problema.

Toda essa situação era um problema.

No entanto, eu não conseguia encontrar um único pingo de culpa dentro de mim. Nem mesmo quando considerei o que isso faria com Lily.

Porque isso tudo parecia certo demais para nos negar o prazer íntimo do vínculo.

Uma avaliação fodida, e eu deveria me sentir mal. Infelizmente, vivi muito tempo e não ia rejeitar algo que me fazia sentir.

Coloquei a mão na parte inferior das costas de Lily, expressando minha reivindicação enquanto segurava o olhar ardente de Khalid. Suas íris mudaram de turquesa para marrons escuros, sugerindo que a caneca em sua mão não era café esta manhã. Sua prospecto estava sentada ao lado dele com a cabeça loira inclinada, o fogo de ontem longe de ser visto.

— Humm — o Príncipe murmurou. — Parece que você teve um dia agitado.

Puxei uma cadeira para Lily, então me sentei entre ela e Khalid.

— Foram alguns meses agitados.

— Concordo. — Khalid olhou para seu prospecto e pousou a caneca. — Bem, minha linda, parece que você não vai comer a querida Lily no café da manhã hoje. — Seus olhos escuros voltaram para os meus. — A menos, é claro, que você deseje compartilhar?

As palavras eram um teste, um que eu não poderia passar.

Se eu concordasse, arriscaria uma reação fortemente possessiva que poderia resultar em dano físico a alguém nesta sala.

Se recusasse, estaria admitindo minha fraqueza.

Mas ouvir os pensamentos sussurrados de Lily – todos centrados no meu prazer e não no dela – me fez responder:

— Não. Não desejo compartilhar.

— Um sentimento que tenho certeza de que Silvano vai adorar — Khalid refletiu. Então ele se inclinou para frente para juntar os dedos na mesa de madeira escura, sua expressão ficando séria enquanto ele me avaliava e então a Lily.

Eu não disse nada. Porque realmente não havia nada a dizer. Eu sabia o perigo de minhas ações. Assim como sabia como meus pares reagiriam.

Khalid possuía a autoridade para tirar Lily de mim, incliná-la sobre a mesa e acabar com nosso vínculo.

Eu poderia reagir. Poderia tentar salvá-la. Mas seria à custa da vida dela, e até da minha.

No entanto, eu não tinha certeza de que o custo realmente me impediria. Já podia sentir minha irritação com Khalid por estar no mesmo lugar que Lily. A noção dele a tocando me fez querer matá-lo sem questionar.

Era um fio que ele parecia sentir porque semicerrou os olhos em aviso descarado. *Isso não vai acabar bem para você*, ele parecia estar dizendo.

*Me tente*, respondi com o olhar. Ele podia ser mortal, mas eu também era. E eu tinha mais a perder que ele no momento, o que me tornava ainda mais perigoso que o normal.

A mão de Lily encontrou minha coxa, seu toque enviou um choque pelo meu coração. Ela estava procurando conforto no meio da tempestade agressiva que se desenrolava ao seu redor. No entanto, também estava fornecendo apoio.

Ela confirmou com um pensamento sussurrado que faria o que tivesse que fazer para garantir nossa sobrevivência. Incluindo deixar Khalid tê-la.

Descartei a ideia de imediato, dizendo a ela: *Isso não vai acontecer.*

Eu não permitiria, algo que eu sabia com firmeza agora que estávamos sentados aqui, olhando um para o outro.

Ele teria que me machucar para poder tocá-la. E eu não cairia facilmente.

Khalid continuou a me observar por mais um instante com a expressão calculista.

— Silvano vai destruí-la.

— Eu sei.

Ele arqueou uma sobrancelha escura.

— E você a colocou nesse perigo de boa vontade?

— De *boa vontade* não é o termo que eu usaria. — Eu não tinha planejado fazer Lily minha. Embora eu não me arrependesse.

— Gosto de você, Cedric. — Khalid falou as palavras com um tom persistente de ameaça, quase como se quisesse que eu soubesse que seu carinho por mim não era uma coisa boa. — Se você me pedir para quebrar esse vínculo de uma maneira humana, eu o farei.

Era uma oferta para libertar a mim e a Lily do vínculo de acasalamento, e poucos de sua estatura e idade a expressariam dessa maneira. Um presente de amizade, de uma forma sombria. Um que eu deveria aceitar, porque salvaria Lily de Silvano.

No entanto, eu não conseguia encontrar as palavras ou a vontade de deixar isso acontecer.

— Aprecio a oferta — respondi, falando sério. — Mas não posso. — Minha alma não permitiria. No segundo que Khalid tentasse tocar Lily, eu reagiria com violência. Eu podia sentir a energia possessiva nublando minha mente e se recusando a diminuir.

Lily era minha.

Talvez temporariamente.

Mas eu lutaria como louco para mantê-la por tanto tempo quanto pudesse.

— A oferta é válida até o Dia do Sangue. — Khalid pegou a caneca novamente para tomar um gole, seu olhar turquesa cintilando com brasas escuras novamente. — Depois desse ponto, você está por conta própria.

— Entendido. E obrigado. — Foi uma oferta generosa e uma reação que eu não esperava dele. A maioria dos membros da realeza em sua posição apenas tomaria Lily para provar um ponto. Ele estava respeitando meus desejos e se oferecendo para me ajudar à sua maneira, e eu realmente apreciava a demonstração de compaixão.

— Obviamente, a agenda dela exigirá uma mudança — acrescentou.

— Sim. — O vínculo *Erosita* seria evidente para qualquer um que conhecesse seu cheiro. Era uma mudança sutil, que alguns podiam não perceber. Mas quem o fizesse criaria um problema.

Não seria considerado apropriado permitir que uma *Erosita* frequentasse aulas com outros humanos. Meu vínculo com Lily não apenas elevava seu status, marcando-a como uma possessão vampírica, mas também a tornava temporariamente imortal e concedia a ela acesso a um dos segredos mais preciosos de minha espécie.

Tudo isso fazia dela uma candidata imprópria para frequentar a Universidade de Sangue.

— Temos duas opções — Khalid apontou depois de terminar o conteúdo de sua caneca. — Ou marcamos sua mudança de *status* no sistema, ou simplesmente aprovo sua solicitação original para mantê-la fora para treinamento prático. Este último poderia despertar o interesse de Silvano, o que eu queria evitar. No entanto, o primeiro certamente o intrigará, e não gosto muito da ideia de receber uma visita de seu criador. Portanto, iremos optar pela mudança de cursos.

Tentei não deixar minha surpresa transparecer. Assumi que sua revisão do meu pedido de agendamento para Lily tinha sido uma jogada de poder da parte dele. No entanto, ele estava tentando evitar chamar a atenção de Silvano.

Eu concordava com ele, já que não queria Lily perto do meu criador.

Se Khalid colocasse o novo status dela no sistema, Silvano estaria em seu jato em horas, vindo direto para cá.

Ele ficaria chateado, e eu seria forçado a suportar qualquer punição que ele desejasse dar.

O que seria às custas de Lily.

Daí a oferta de Khalid de acabar com nosso vínculo e salvá-la.

Agora ele a estava protegendo de uma maneira diferente, pelo menos temporariamente.

— Ela ainda vai precisar comparecer ao Dia de Sangue — o Príncipe continuou. — Como você disse, ainda não é um soberano. Você não tem poder ou autoridade para reivindicá-la. E se alguém os vir juntos, saberão o que ela é para você.

Tensionei a mandíbula. Ele não estava insinuando que minha natureza possessiva seria óbvia – embora eu suspeitasse que seria – mas que os cheiros nos denunciariam.

O doce perfume de Lily tinha um toque da minha colônia vampírica, que aqueles que me conheciam bem notariam. Todos os outros simplesmente assumiriam que era seu cheiro natural. Ou que talvez um vampiro a tivesse tocado de forma íntima antes de comparecer à cerimônia.

A menos que eu estivesse por perto.

Nesse caso, minha fragrância estaria em nós dois, reivindicando-a abertamente como minha. Assim como aconteceu agora. Uma espécie de escudo protetor natural, que se ativava quando havia alguém por perto.

No entanto, se eu estivesse longe dela, seria fraco e quase indetectável.

A menos que alguém a mordesse.

Se isso acontecesse, seu sangue entregaria.

Eu nunca tinha mordido a *Erosita* de outra pessoa, mas pelo que entendia, havia um elemento viciante no sabor que despertava um instinto competitivo em meus irmãos.

Os vampiros adoravam jogos de poder.

Encontrar uma companheira desprotegida seria realmente frutífero. Ela se tornaria uma moeda de troca ou simplesmente um brinquedo a ser atormentado, sabendo que a metade vampira sentiria a dor.

*Erositas* costumavam ser reverenciada, mas não por todos.

E agora, eram vistas como conexões emocionais – fraquezas – entre minha espécie.

Khalid não parecia compartilhar dessa opinião, pois aparentava estar tentando me ajudar.

Pelo menos, nas próximas semanas.

Foi por isso que sua oferta era válida até o Dia de Sangue. Depois desse ponto, ela pertenceria a outro lugar, e nosso vínculo inevitavelmente levaria à minha dor, além da dela.

A jogada inteligente seria deixá-lo acabar com tudo agora.

Cortar o vínculo antes que as emoções ficassem mais fortes entre nós.

Mas não consegui. Eu queria essa experiência. Desejava conhecer Lily. Ansiava que ela me conhecesse.

*Sou um péssimo companheiro*, reconheci. *Mas me recuso a deixar você ir, Lily. Você é minha. Mesmo que por algumas semanas.*

Sua mão permaneceu na minha coxa mesmo enquanto pensamentos conflitantes se misturavam em sua mente.

Ela queria esse sentimento também.

Mas também me odiava por distorcer sua visão da realidade.

Desprezava que tivéssemos criado algo tão especial , mas que não pudéssemos manter.

Ao mesmo tempo estava grata pela experiência e a mim por fazê-la sentir algo quente. Algo intenso. Algo agradável.

Coloquei a mão sobre a dela e a apertei, uma ação que

Khalid acompanhou com os olhos como se pudesse ver através da mesa de madeira maciça.

— Lily precisará continuar seus estudos aqui com Emine. — O olhar de Khalid voltou para o meu. — Isso precisará incluir algum tipo de treinamento sexual e cursos de luta. Elas estão empatadas, e Emine precisa de prática.

Presumi que *Emine* era seu nome escolhido para sua prospecto.

— Eu entendo. Mas vou lidar com o treinamento sexual de Lily.

— Vamos lidar com isso em algumas sessões de grupo — ele corrigiu. — Emine precisa aprender a se comportar de forma adequada em certas situações, e a informação também beneficiará Lily.

Eu o considerei por um momento.

— Minha resposta a essa demanda depende do que você tem em mente.

Ele sorriu.

— Vamos tomar café da manhã primeiro. Então vou fazer a demonstração de Emine.

Sua prospecto loira estremeceu e seus olhos azul-acinzentados se voltaram para Khalid enquanto suas bochechas ficavam em um lindo tom de rosa. O que quer que ele quis dizer com "demonstrar" pareceu deixá-la intrigada.

Ele estendeu a mão para roçar os nós dos dedos na bochecha dela de uma maneira carinhosa, em seguida pegou a campainha na mesa para solicitar serviço.

Aparentemente, isso significava que seu comentário era uma exigência, não um pedido.

O que não me surpreendeu.

Ele foi excessivamente generoso esta noite.

Era hora de seu motivo para essa generosidade aparecer – na forma de uma "sessão em grupo".

Lily apertou minha coxa, sua energia nervosa ecoando alta em sua mente. Mas ela não reagiu externamente a não ser pelo aperto em minha perna.

Passei meu polegar pelas costas de sua mão.

O que quer que Khalid pretendesse para nós, sobreviveríamos.

Caramba, poderíamos até gostar disso.

*Não deixe de comer tudo que eu colocar no seu prato, florzinha. Suspeito que você vai precisar de sua força.*

Especialmente porque Khalid tinha uma propensão para tirar sangue e testar os limites sensuais.

Exatamente como eu.

Só que com um pouco mais de violência.

E brinquedos letais.

Como facas.

# LILY

TIRE A ROUPA.

O comando de uma única palavra parecia um chicote contra meus sentidos, fazendo meu coração acelerar.

Voltei o olhar para Cedric. Ele baixou o queixo em confirmação, me dizendo para fazer como Mestre Khalid havia indicado.

A Prospecto Cento e Trinta e Nove, a quem Mestre Khalid chamou de Emine durante o café da manhã, tirou a roupa sem hesitar. Toda a ousadia que testemunhei nela ontem parecia ter desaparecido.

Engolindo em seco, fiz o que foi ordenado e abaixei a cabeça para combinar com a posição de Emine.

Era o que eu deveria ter feito desde o início.

— Primeira lição — Mestre Khalid começou com a voz suave. — Eu sou da realeza, Lily. Você deve me obedecer, não ao seu companheiro. Quando eu pedir para fazer algo, faça sem questionar.

Estremeci.

— S-sim, Mestre. Quero dizer, Meu Príncipe. —

Estremeci. Mestre Cedric me disse para não chamá-lo assim. Mas como eu poderia não seguir essa última regra?

— Não — Mestre Cedric disse, com aço em sua voz. — Você acabou de dizer a ela que é da realeza. Ela está se dirigindo a você de forma apropriada.

— Percebe que defendê-la revela seus sentimentos por ela, não é?

— Ela é minha *Erosita*. Meu brinquedo. Minha companheira. Minha boneca de cama. Como você quiser chamá-la. Mas é minha. E não permitirei que uma infração menor seja a causa de você terminar nosso vínculo.

Mestre Khalid suspirou.

— Eu não ia mordê-la, Cedric. Ia apenas pedir com severidade que ela me chamasse de *Mestre*.

— Se quer que ela seja *severamente* corrigida, me diga e eu cuidarei disso.

— Você falaria com Silvano dessa maneira?

— Eu preferiria matar Lily a colocá-la em um quarto com Silvano — Mestre Cedric respondeu, suas palavras fazendo meu sangue gelar. — Considere isso um presente da minha paciência, Khalid. Ela está nua. Está se curvando. Não me pressione.

O silêncio se seguiu, com a tensão espessa no ar.

Meus braços se arrepiaram em resposta. *Mestre Cedric?* sussurrei.

Mas ele não respondeu. No entanto, sua raiva queimou em minha mente. Seus pensamentos eram caóticos, sua necessidade de violência me deixava tonta.

— Isso não vai dar certo, Cedric — Mestre Khalid finalmente declarou. — Essa possessividade inata é exatamente o motivo pelo qual a sociedade desaprova essa união.

— No passado, era reverenciada. Sagrada até. —

Mestre Cedric baixou a voz, mas as palavras eram repletas de poder.

Outra onda de silêncio se seguiu.

— Está me dizendo que sente falta dos velhos hábitos?

Mestre Cedric pensou em como responder, seus pensamentos abertos aos meus. Ele não estava escondendo nada. Foi assim que discerni o conceito desse jogo de palavras.

Este exercício não tinha nada a ver com treinamento.

E tudo a ver com o teste de Mestre Cedric.

*Oh, pode haver outro propósito para tudo isso, mas sou o assunto principal da lição de hoje*, Mestre Cedric pensou, sua voz mental ecoando um estranho tipo de leveza. Quase como se ele achasse isso engraçado.

— Os velhos hábitos — ele repetiu como se contemplasse o significado. Mas seus pensamentos me disseram que ele já sabia o propósito. — Alguns aspectos de nossas vidas devem ser valorizados. E encontrar uma companheira deve ser um desses aspectos. No entanto, nos dizem que é uma fraqueza. Talvez seja. Mas talvez uma fraqueza seja o que torne a vida interessante.

— Interessante — Mestre Khalid ecoou. — Uma escolha de palavras intrigante. Interessante como?

Mestre Cedric se moveu para ficar na minha frente. Seus dedos encontraram meu queixo e me fez olhar para ele.

— Me sinto vivo de uma maneira que não experimentava há muito tempo.

Meu coração acelerou. Suas palavras pareciam ser mais para mim que para Mestre Khalid.

— Minha Lily deu uma nova vida em minhas veias. Ela me deu um ar de excitação. Algo que perdi desde que a perseguição foi roubada de nós.

Ele colocou uma mecha de cabelo atrás da minha

orelha, então olhou para Mestre Khalid, que estava ao meu lado.

— Você pergunta se sinto falta dos velhos hábitos? Sim. Porque sinto falta de me sentir vivo. Esse novo mundo pode ser mais fácil de gerenciar, pode nos colocar em nossos papéis legítimos no topo da cadeia alimentar, mas é mundano. É previsível demais. É... é muito simples.

Ele tirou a mão do meu rosto, dando a Mestre Khalid todo o seu foco novamente.

— Ela é minha. Como membro da realeza, você pode tirá-la de mim. Mas tenha certeza de que não vou facilitar as coisas para você.

— Eu poderia denunciá-lo.

Mestre Cedric sorriu, algo que notei porque nunca retornei à minha reverência necessária.

— Isso exigiria que você admitisse sua presença aqui. E nós dois sabemos que você não vai me denunciar. Se achar meu comportamento problemático, vai lidar com isso sozinho.

— É o que estou tentando fazer, mas agora você está me fazendo mudar isso.

— Besteira. Você queria testar minha reação. Agora você conseguiu. Qual é o próximo passo? — Mestre Cedric havia abandonado toda a pretensão de formalidade, o que me fascinava. Ele sempre me pareceu no controle. Mas agora, parecia um pouco imprudente.

Mestre Khalid semicerrou os olhos turquesa.

— Seu desrespeito está começando a me irritar.

— Assim como o seu — Mestre Cedric retrucou. — Você pode ser um descendente direto dos Abençoados, mas ainda tenho *status* devido à minha idade e habilidades. Então, ainda que eu vá me curvar a você na maioria das coisas, o vínculo *Erosita* não é uma delas. Agora pare de jogar, Khalid, e me diga o que você realmente quer.

Meu sangue gelou com a letalidade no tom de Mestre Cedric.

Suas palavras giraram em meus pensamentos, a precisão de sua declaração tão afiada quanto uma lâmina.

— *Agora pare de jogar, Khalid, e me diga o que você realmente quer.*

O gelo pareceu congelar o ar quando os dois vampiros poderosos chegaram à esse ponto. Experimentei sua virilidade e auras sobrenaturais ao longo dos anos, mas não exatamente assim.

Mestre Khalid era da realeza.

Mestre Cedric era um vampiro antigo.

Enquanto a realeza provavelmente ganharia uma partida, eu suspeitava que Mestre Cedric iria se defender e causar dano.

No entanto, Emine e eu morreríamos.

Apertei as mãos diante de mim, entrelaçando meus dedos enquanto a tensão continuava a crescer.

Meus joelhos tremeram com um desejo repentino de me ajoelhar, o poder na sala sufocando minha capacidade de processar qualquer coisa além da necessidade de me submeter.

— Parece que você não é o único insatisfeito com nossa situação atual, Cedric — Mestre Khalid finalmente disse, mas suas palavras não eram o que eu esperava ouvir.

A surpresa de Mestre Cedric rivalizava com a minha e sua mente confirmou que ele não estava esperando aquelas palavras.

— Mesmo?

O príncipe olhou para ele com a íris azul-esverdeada atenta.

— Há uma revolução chegando. Não sei quando. Nem vou detalhar. Mas estou me preparando para esse destino. E você deveria estar também.

— Fazendo o que exatamente?

— Decidindo de que lado você pretende lutar — o vampiro real respondeu.

— Isso é difícil de determinar sem entender os jogadores no tabuleiro. — A mente de Mestre Cedric já estava repassando os membros da realeza e os alfas, sua mente catalogando os participantes em potencial. Também podia ouvi-lo questionar a veracidade da afirmação do príncipe.

*Isso tudo pode ser apenas mais um jogo*, ele pensou. *Um movimento político fodido para testar minha lealdade.*

Apenas ouvi-lo considerar todos os ângulos dessa conversa me deixou exausta.

Os vampiros eram muito carregados politicamente. Nada era o que parecia. E, aparentemente, toda essa experiência não era diferente do resto.

— Sim — Mestre Khalid concordou. — Dito isso, você estava certo. Eu queria ver o quanto sua obsessão por sua Lily era profunda.

— Por quê?

— Porque ela é uma responsabilidade, e isso vai te matar no Dia do Sangue se você não se recompor. — O Príncipe fez uma pausa. — E eu sinto que sua morte seria um desperdício de talento.

— Entendo. — A mente de Mestre Cedric ganhou vida com mais estratégia quando ele começou a se perguntar o que o Príncipe queria dizer.

— Seu conjunto de habilidades pode ser bastante útil em breve. Especialmente se moldado de forma adequada.

— O que isso significa?

— Que quero mantê-lo vivo. E se para isso eu precisar remover sua distração, eu o farei. — O vampiro real levantou a mão antes que o outro pudesse falar. — Mas estou começando a perceber que remover essa distração pode ter consequências. Então, estou reavaliando minhas opções.

Mestre Cedric contraiu a mandíbula e sua mente processava abertamente cada palavra enquanto eu ouvia.

— A distração de que você fala forneceu uma nova sensação de excitação em uma existência mundana. Portanto, remover essa distração seria imprudente. Especialmente se você sentir que meu conjunto de habilidades pode ser necessário para algo no futuro.

— Sim. Foi o que entendi hoje.

— De fato. — Mestre Cedric cruzou os braços. — E agora?

— Agora? Começamos outra lição. — O olhar vibrante do Príncipe foi para Emine. — Ainda preciso que ela seja treinada. No entanto, valorizo a vida dela e não quero correr o risco de você matá-la por tocar em sua *Erosita*.

*Você faria isso?* perguntei, surpresa com o comentário.

Mestre Cedric não hesitou. *Sim.*

*Por quê?*

*Porque você é minha, Lily. E não quero compartilhar você.*

*Mas...*

*Isso não é um debate, doce flor.*

— O que você sugere? — ele perguntou em voz alta, mantendo o foco no outro homem.

— Sugiro que alteremos nosso curso e ensinemos Emine e Lily como se comportar por perto de vampiros. Se sua flor for continuar sendo sua *Erosita* – algo que eu poderia facilitar para você se escolher trabalhar comigo – será necessário que haja um entendimento entre nós.

*E aí está*, Mestre Cedric pensou. *O verdadeiro pedido.*

— Trabalhar com você — ele repetiu. — O que isso significa?

O membro da realeza sorriu.

— Que posso precisar de um novo soberano. E talvez eu gostaria que esse soberano fosse você.

— É disso que se trata? Você quer que eu me junte à sua região e deixe Silvano para trás?

Ele deu de ombros.

— Como eu disse, há mudanças chegando. Gostaria dos jogadores certos do meu lado.

— Mudança que você não pode elaborar.

— Não até que eu confie em você.

— Então essa é a verdadeira razão de você estar aqui? Para me recrutar? — Mestre Cedric perguntou.

O Príncipe zombou.

— Não, você está fazendo testes para mim há anos. Por que mais acha que permiti que você fosse um Mestre na universidade? — Ele arqueou uma sobrancelha. — Um vampiro tão poderoso quanto você, perto das fronteiras do meu território? Vamos lá. Você sabe que isso exigia permissão especial.

— E então, o que, eu finalmente passei no seu teste?

— Não exatamente — respondeu o Príncipe. — Quando recebi a notícia de sua partida, vim cuidar de suas aulas. Foi assim que conheci Emine. Ela é a razão pela qual permaneci. Mas acabou sendo bastante fortuito no geral, pois me permitiu uma oportunidade de avaliá-lo de forma adequada.

— Me avaliar... para uma posição de soberano.

— Sim. Uma que eu sei que você não quer. Isso o torna perfeito.

— Silvano nunca vai permitir isso.

— Silvano não me intimida. Ele pode reclamar o quanto quiser, mas não há nada que o prende a ele além de sua lealdade. O que, ironicamente, eu admiro. Mas preferiria que a lealdade fosse dirigida a alguém que a mereça.

— Alguém como você? — Mestre Cedric perguntou.

Os lábios do Príncipe se curvaram novamente.

— Como eu disse, eu poderia ajudá-lo com este problema. Se você concordar em me ajudar. Mas não decida hoje. Pense nisso. Talvez meus métodos de treinamento o convençam. — Ele foi até Emine e passou o polegar por sua mandíbula, puxando o queixo até que seus olhos encontrassem os dele.

Ela olhou para ele sem demonstrar nenhuma emoção, algo que parecia apaziguá-lo.

— Ela não é uma bela atriz, Cedric? — Mestre Khalid deslizou os dedos pelo pescoço dela até os seios. — Seu corpo reage ao meu toque, mas seu rosto não revela nada. Mesmo sabendo que ela está morrendo de vontade que eu lamba seu sexo. Não é mesmo, princesa?

— Sim, Mestre — ela respondeu com a voz desprovida de emoção.

— Me responda como você faria e talvez eu a recompense — ele disse, e sua expressão imediatamente mudou para uma que reconheci.

Era o tipo de olhar que eu sabia que lançava regularmente para Mestre Cedric.

— Estou encharcada para você, Khalid — ela o informou, com a voz ofegante. — Por favor, me coma.

— Uma miragem tão boa — ele respondeu, seus lábios brevemente encontrando os dela. — Ela está aprendendo a se comportar em público *versus* em privado. — Ele deu outro beijo em sua bochecha antes de dar um passo atrás dela, levando as mãos aos seus quadris enquanto se inclinava para mordiscar seu pescoço.

Meus mamilos tensionar com a exibição, principalmente porque pensei na boca de Mestre Cedric contra meu próprio pescoço. Sua mente foi para um lugar semelhante, seus pensamentos mudando de analítico para excitado em um instante.

Mas ele manteve distância, aquela parte estratégica ainda avaliando cada palavra que o Príncipe disse.

— Este é o treinamento que desejo continuar, Cedric — o membro da realeza murmurou, passando a mão pelo torso de Emine para apalpar seu abdômen. — Acho que beneficiaria sua Lily também.

Emine arqueou quando ele afundou as presas em sua garganta, mantendo a palma da mão na sua barriga enquanto a outra mão se movia para segurar seu seio.

Ela gemeu, fechando os olhos enquanto se entregava totalmente a ele.

Engoli em seco, minha pele corando com a visão. Uma imagem vívida de Mestre Cedric me segurando daquele jeito passou pela minha mente, fazendo meus joelhos fraquejarem.

No entanto, ele não se moveu. Ele apenas observou, sua expressão não revelando nada.

Se eu não pudesse ouvir o anseio em sua mente, teria pensado que isso não significava nada para ele.

Só que eu podia ouvir seu desejo tão alto quanto o meu, sua necessidade de me reivindicar de maneira semelhante tornando difícil para ele ficar parado.

— Eu sei que você já começou a treinar a Lily — o Príncipe disse depois de um tempo. — Mas acho que seria benéfico combinar nossas lições para um objetivo comum. Poderíamos mostrar a elas como ser sexuais uma com a outra sem serem verdadeiramente íntimas. — Seu olhar se fixou em Mestre Cedric. — Afinal, esta sociedade exige jogos. Então vamos jogar juntos e do mesmo lado.

# CEDRIC

*ESTE É UM JOGO PERIGOSO MESMO.*

Khalid não estava apenas me pedindo ajuda para treinar nossas escravas para os propósitos da sociedade. Ele estava me pedindo para escolhê-lo ao invés de Silvano.

— *Posso precisar de um novo soberano* — *Khalid falou.*

Não era uma oferta, mas uma posição dentro de seu território. E ele parecia estar me avaliando como um candidato em potencial há anos.

Eu não tinha considerado essa possibilidade quando meu cargo na Universidade de Sangue foi aprovado. Apenas presumi que estavam com falta de pessoal e seriam beneficiados com uma influência mais antiga em seu corpo docente.

No entanto, eu deveria saber que isso exigiria a aprovação de Sahara e Khalid.

Eu não era da realeza.

Mas era antigo. Poderoso. E a progênie de um vampiro real. Se alguma coisa acontecesse com Silvano, eu seria considerado um candidato a assumir seu território.

E se escolhesse trabalhar com Khalid, o mesmo poderia ser dito sobre seu território.

Ele voltou a boca para o pescoço de Emine, afundando as presas em sua carne novamente enquanto a mão em seu estômago desceu para sua boceta depilada.

Lily se contorceu, apertando as próprias coxas com a exibição erótica. Eu podia sentir o cheiro de sua excitação. O cheiro inebriante me deixou tonto enquanto o aroma do sangue de Emine pulsava no ar.

Khalid estava me convidando para me juntar a ele nessa dança letal. E os aromas estavam dificultando a recusa.

Ele provocou meu lado possessivo quando deu um passo em direção a Lily mais cedo. Sua nudez a deixou ainda mais vulnerável, me fazendo reagir de forma instintiva, avisando-o para não tocá-la. Porque eu a defenderia, algo que eu não tinha certeza até o momento.

No segundo em que ele se moveu, decidi meu destino.
*Minha.*

Essa palavra reverberou em minha mente até agora. Meu desejo de esconder o corpo de Lily de sua vista era uma necessidade intensa que exigia uma quantidade insana de esforço para negar.

Nunca minha paciência foi testada como quanto esta situação.

Dado a tudo que vivi, essa percepção era chocante, para dizer o mínimo.

Mas nunca tive uma *Erosita*.

Eu não tinha certeza de quanto dessa obsessão foi impulsionada por nosso vínculo *ou* apenas Lily. Provavelmente era alguma combinação dos dois.

— *Khalid* — Emine gemeu. Seu corpo estremeceu quando seu toque e mordida a levaram ao limite em um clímax que a fez gritar de prazer.

As bochechas de Lily adquiriram um tom escuro e suas pupilas dilataram com a exibição. Ela parecia pronta para ficar de joelhos e saborear o prazer de Emine. Talvez porque quisesse que um pouco daquele êxtase passasse para si.

No entanto, aquele brilho faminto em seu olhar me deu uma ideia.

Este jogo era sobre controle e a percepção dos outros.

Havia maneiras de ser sexual e vampírico ao mesmo tempo em que se era sensual e fiel aos nossos companheiros.

Porque o vínculo me dava liberdade para acessar os pensamentos de Lily, para derivar suas necessidades e avaliar seus limites.

E ela estava me dizendo agora que o pensamento de brincar com Emine não a repelia. Se alguma coisa, ela ficou intrigada e se perguntou como seria.

*Tão jovem, minha Lily*, pensei em sua mente. *Há tantas experiências que te faltam, e me vejo querendo te dar todas as oportunidades enquanto posso. Você quer saboreá-la?*

*Eu... eu não sei.*

*Gostaria que eu te mandasse se apresentar para que você não tenha escolha?* Porque eu faria isso. Não necessariamente porque gostaria de ver as duas mulheres juntas, mas porque queria ouvir os pensamentos de Lily enquanto ela provava Emine, observar sua técnica e sentir suas emoções ao dar prazer a uma mulher.

Para viver novamente.

Esse foi o presente que Lily me deu: outra chance de experimentar tudo como se fosse a primeira vez. De me lembrar como era ser humano.

*Sim*, ela sussurrou. *Sim, Mestre Cedric.*

*Se em algum momento isso se tornar demais, me diga*, avisei a ela. Eu não podia prometer que iria parar, porque às vezes uma amante precisava ser pressionada para experimentar o ápice total. Mas eu cuidaria dela e ouviria com atenção seus pensamentos por uma infinidade de razões.

*Sim, Mestre Cedric*, ela repetiu.

*Uma flor tão doce*, murmurei em sua mente enquanto me movia para ficar atrás dela, semelhante à forma como Khalid se posicionou atrás de Emine. Mas não agarrei Lily pelo pescoço. Em vez disso, entrelacei os dedos em seu cabelo loiro espesso e segurei os fios macios antes de pressionar os lábios em sua orelha.

— Ajoelhe-se — exigi.

Ela estremeceu, mas fez o que mandei, ficando de joelhos diante de Emine enquanto mantive moeu aperto em seu cabelo.

Khalid encontrou meu olhar. Sua boca deixou o pulso de Emine enquanto ele arqueava uma sobrancelha.

— Tem algo em mente?

— Sim. A Lily quer provar sua Emine. — Levei a mão livre ao ombro de Lily para dar um pequeno aperto. — Lily?

— Sim, Mestre? — ela respondeu com obediência, sem dúvida ouvindo meus pensamentos sobre este jogo formal e minha necessidade de que ela respondesse de forma adequada.

— Peça permissão ao Príncipe Khalid para lamber a boceta da escrava dele. — Usei o título de forma proposital para que ele soubesse que eu estava aceitando seu pedido de aulas compartilhadas. Pelo menos, por enquanto.

Suas íris turquesa tinham mudado para um tom da cor da meia-noite enquanto se alimentava. A mudança de cor era uma característica incomum para nossa espécie, o que de alguma forma o fez parecer ainda mais letal que já era. O brilho em seus olhos só aumentou a aparência perigosa, mas a leve contração de sua boca me disse que ele estava ansioso para jogar.

— Príncipe Khalid — Lily falou em voz baixa. — Posso lamber a b-boceta da sua escrava?

*Tão perto da perfeição*, pensei para ela, movendo a mão de seu ombro até o pescoço, onde desenhei uma linha ameaçadora com o polegar.

— Pergunte novamente com mais confiança, Lily. O Príncipe Khalid precisa acreditar que você fala sério.

Se ela fosse qualquer outra aluna, eu teria feito essa declaração com um tom rude. Mas eu não conseguia fazer isso com Lily. Não mais, de qualquer maneira.

Ela engoliu em seco e o movimento roçou meu toque enquanto eu envolvia a palma da mão ao redor de sua garganta.

Um instante se passou enquanto ela se preparava mentalmente, repetindo a frase três vezes. Não a interrompi, mas era uma falha que precisaríamos aperfeiçoar, e rápido. Porque esse tipo de hesitação a mataria em uma sala com meus irmãos, algo que ela já sabia, como evidenciado por seus próprios pensamentos de repreensão em relação à sua incerteza.

*Apenas fale*, ela disse a si mesma, e sua voz soou alta em minha mente. O verdadeiro medo estava tomando forma em seus pensamentos enquanto ela ouvia minha própria mente elaborando as maneiras pelas quais ela seria punida por isso se estivéssemos em qualquer outro lugar.

Mas as sedas ricas desta sala escondiam a todos nós e as janelas tinham sido fechadas antes de chegarmos à área de estar para esta lição. Ficava perto da sala de jantar e em um canto com apenas uma entrada.

Uma área reservada.

Muito diferente das salas abertas que minha espécie

normalmente preferia brincar. Mas Khalid estava provando desafiar todas as normas.

Eu só não sabia o quanto isso era um teste para ver minhas verdadeiras preferências *ou* uma exibição de sua realidade desejada.

*Poderíamos realmente ser tão parecidos? Ou o infame assassino está fodendo comigo?*

— Posso lamber a boceta da sua escrava, Príncipe Khalid? — Lily perguntou, a ousadia e confiança em seu tom imediatamente me atraíram de volta ao jogo. Também havia um camada sutil de sensualidade em sua voz que fez meus lábios se curvarem em resposta.

*Muito bom*, eu elogiei.

— Como posso negar um pedido formulado de forma tão doce? — Khalid questionou, curvando os lábios em um sorriso ao tirar a mão do espaço entre as coxas de Emine. Ele levou a mão à boca de sua escrava. — Abra, querida miragem. Quero sentir você gemer nos meus dedos enquanto Lily lambe sua boceta.

Os lábios de Emine se entreabriram para levá-lo para dentro e suas bochechas afundaram enquanto ela chupava a própria umidade da pele dele.

— Pode provar minha escrava, Lily — Khalid disse a ela. — Mas espero que você a faça gozar também. Entendeu?

— Sim, meu Príncipe — ela respondeu com a voz ofegante.

Khalid assentiu.

— Vá em frente.

Soltei o pescoço de Lily para levar a mão ao seu ombro novamente.

— Pergunte ao Príncipe Khalid se você pode usar as mãos para tocar a escrava dele.

— Príncipe Khalid, posso usar as mãos também? — Lily perguntou.

— Você pode acariciar as pernas, estômago e seios dela, mas apenas sua língua e boca podem tocar a boceta — Khalid respondeu.

— Obrigada, Meu Príncipe. — Lily levantou as mãos e tocou as coxas de Emine, deslizando-as para cima até os quadris, o toque sensual deixando um rastro de arrepios nas pernas da outra mulher.

*Muito bem*, sussurrei na mente de Lily. *Pense em como você gosta que eu te toque. Como faço quando chupo seu clitóris e te lambo profundamente. Tente imitar essas ações com Emine.*

*Sim, Mestre Cedric.*

*Apenas Cedric em nossas mentes, doce flor*, eu disse. *Especialmente quando estamos tendo intimidade.*

*Sim, Cedric*, ela respondeu enquanto se inclinava para dar um beijo no monte depilado de Emine.

Meu aperto no ombro de Lily aumentou, a visão dela tocando outra pessoa com intimidade provocou coisas estranhas em mim.

Parte de mim queria puxar Lily para longe de Emine e reivindicar abertamente minha *Erosita*, penetrando meu pau em sua garganta esbelta.

Mas outra parte de mim... ardia de curiosidade.

O que ela vai fazer? Será que ela vai gostar disso? Será que Lily vai querer fazer isso de novo?

Tantas perguntas.

Muitas sensações.

Eu me entreguei a vários encontros sexuais ao longo da minha longa vida, mas isso... isso era diferente de tudo que já experimentei.

Porque senti a novidade na mente de Lily.

Sua ânsia de obedecer.

Seu desejo de me agradar.

Sua necessidade de fazer isso direito.

*Gosto quando você me mordisca,* Lily disse enquanto demonstrava a ação em seu caminho para a maciez de Emine. *E quando você me come com a língua.*

Suas mãos se moveram para as coxas de Emine para abrir mais espaço, lhe dando acesso total à sua boceta e permitindo que Lily demonstrasse o que havia acabado de mencionar.

Meu abdômen se apertou com a exibição e as palavras vulgares vindas da mente da minha doce flor. Ela estava encontrando uma maneira de me envolver da forma mais íntima, me dizendo o que ela gostava enquanto demonstrava na mulher diante dela.

*Você está me imaginando fazendo isso com você?* perguntei a ela, totalmente ciente de que ela estava, sua mente totalmente aberta para a minha.

*Sim,* ela murmurou. *Eu... estou pensando no que você faz comigo... e fazendo nela... mas isso está me deixando...*

*Está te deixando o quê?* Levei a mão até seu pescoço novamente, desta vez para roçar os dedos contra seu pulso. *Está te fazendo queimar, doce flor?*

*Sim. É muito sensual.* Ela passou a língua até a protuberância sensível de Emine, fazendo com que a outra mulher se estremecesse e gemesse ao redor dos dedos de Khalid. Mas eu mal a vi. Meu foco estava inteiramente em Lily, seus pensamentos e na maneira como ela processava cada movimento enquanto me visualizava entre suas próprias coxas.

*Puta merda, Lily,* eu murmurei.

Ela gemeu em resposta, fazendo Emine tremer.

Lily repetiu a ação.

— Estou começando a pensar que não será necessário muito treinamento neste departamento — Khalid comentou, seus lábios estavam na têmpora de Emine enquanto ele continuava a estocar os dedos em sua boca.

— É como se vocês duas tivessem nascido para brincarem juntas.

— Ou nós quatro estávamos destinados a dominar este jogo — eu disse a ele, encontrando seu olhar intenso mais uma vez.

Estávamos formando algum tipo de vínculo, um impulsionado pela boca de Lily no clitóris de Emine. Como se ela estivesse selando a promessa entre nós quatro com a língua.

*Cedric*, ela sussurrou. *Gosto quando você me chupa aqui. Quase dói, mas é tão bom.*

*Você está fazendo isso com a Emine agora?* Eu sabia a resposta, mas esse não era o ponto. Nos comunicarmos assim estava intensificando o momento, nos aproximando e incendiando.

*Sim*, Lily respondeu. *Estou chupando-a. Então mordiscando. E passando a língua.*

*Você está fazendo ela se contorcer.*

*Acho que ela está perto de gozar*, Lily me disse.

*Está, sim*, confirmei, notando a forma como as bochechas de Emine estavam ficando com um tom mais profundo de vermelho. *Khalid disse que você podia tocar nos seios dela. Alcance um e aperte o mamilo.*

Lily estremeceu e sua mente imediatamente me imaginou fazendo exatamente isso com ela.

— Está muito molhada agora, florzinha? — perguntei em voz alta, olhando para onde ela dava prazer a Emine.

— Minhas coxas estão úmidas — ela respondeu contra a carne úmida da outra mulher. — Eu... eu quero sentir a escrava do Príncipe Khalid gozar. Quero prová-la.

— Você vai gozar para a Lily, pequena miragem? — Khalid perguntou, roçando a boca no pescoço de sua escrava. — Vai dar o que ela quer?

A palma da mão de Lily se deslocou para cima para agarrar o seio de Emine, fazendo com que a outra mulher gemesse e soltasse uma resposta incoerente contra os dedos de Khalid.

Ele riu.

— Você precisa da minha mordida. — Ele mordiscou seu pulso. — Você anseia por isso.

Seguiu-se outra resposta pouco clara.

— Pequena depravada — ele sussurrou. — Vai me fazer te compartilhar com todos os vampiros da minha corte, deixá-los se banquetearem com você, apenas para se contorcer de prazer.

Ela estremeceu, balançando a cabeça de um lado para o outro.

— Não? Só minha mordida? — ele perguntou a ela. — Prove. — Seu olhar encontrou o meu. — Morda a Emine.

Lily ficou tensa sob minhas mãos. Ela claramente não gostou da ideia.

Mas era uma lição que nós dois precisávamos, porque era assim que enganávamos no jogo, como fazíamos os outros pensarem que estávamos compartilhando sem realmente compartilhar.

*Você pode morder sem se alimentar*, sussurrei na mente de Lily. *E ele claramente me disse só para morder.*

*É... parece...*

*Como uma traição?* terminei por ela, ouvindo enquanto sua mente parecia perplexa com o termo. *Como compartilhar contra sua vontade*, esclareci. *Esse é o nosso vínculo, doce flor. Estamos ligados um ao outro até que ele seja quebrado. Nossos instintos serão de natureza protetora. E é exatamente por isso que reagi a Khalid mais cedo.*

E ele estava lançando outro desafio aos meus pés.

Só que este não era só para mim.

Era para Lily também.

Encontrei seu olhar novamente, dizendo a ele com os olhos que eu entendia o que ele queria dizer. *Se você reagir, ele vai puni-la, Lily. Você precisa continuar agradando Emine. Ele diria que a aceitação do que você está fazendo é um presente, algo que você irá desrespeitar se não a fizer gozar do jeito que ele exigiu.*

Ela não respondeu de imediato, seus pensamentos presos entre tentar discernir a estratégia em minha mente, entender minhas palavras e lembrar o que fazer com a mão e a língua.

— Há algo de errado? — Khalid pressionou.

— Não, estou apenas decidindo onde quero morder a sua escrava — falei.

— O pulso dela vai servir — ele respondeu. — Levante a mão para o Cedric, Emine. — Seus lábios voltaram ao ouvido dela quando acrescentou: — Se ele te fizer gozar, saberemos se você está ou não mentindo sobre desejar apenas a minha mordida.

*Um teste de várias camadas*, pensei, quase impressionado.

Maas eu não me importava muito com esse experimento.

Se Lily reagisse, Khalid a puniria.

Se eu reagisse, ele me puniria.

E se Emine gozasse, ele a puniria.

*Entendo*, Lily me disse. *Pode mordê-la. Não vou reagir.*

Passei o polegar por seu pescoço enquanto Emine me ofereceu sua mão trêmula.

— Obrigado pela oferta, Khalid — falei, mantendo o tom formal e desempenhando meu papel nessa farsa.

Meu aperto aumentou no cabelo de Lily, mantendo-a no lugar enquanto envolvia a mão no braço de Emine.

Em vez de olhar para ela, olhei para Khalid enquanto levava o pulso de sua escrava à boca.

E então peguei o sutil alargamento de suas narinas.

Um sinal que me disse que ele não estava satisfeito com a visão da minha boca tão perto da pele de sua fêmea.

Essa pequena revelação me fez afundar as presas na carne delicada, pois me permitiu testá-lo.

*Como é?* queria questionar. *Você ainda quer jogar este jogo?*

Não me incomodei em puxar a veia. Eu nem mesmo engoli o sangue que subiu com a mordida.

Apenas encarei Khalid e esperei.

Sua mandíbula tensionou.

E Emine gemeu, seu corpo estremecendo enquanto ela lutava contra o orgasmo.

Ela parecia estar perdendo o equilíbrio, seu corpo se apoiava em Khalid em busca de apoio.

Mas ela não gozou. Nem mesmo com a boca de Lily levando-a à beira do clímax.

— Humm — Khalid murmurou, o som um pouco mais profundo e próximo a um grunhido. — Você está muito perto de gozar de novo, não é?

Emine parecia dolorida, as endorfinas da minha mordida provavelmente a inundou com a necessidade de gozar. No entanto, seu controle parecia admirável. Ou talvez ela estivesse falando sério quando alegou que só queria os dentes dele em sua carne.

Eu podia ouvir o eco desse sentimento vindo de Lily, só que era minha boca que ela desejava. *Meu,* ela parecia estar dizendo.

E percebi que era um pensamento provocado por minhas presas nas veias de outra humana.

Lily não queria me compartilhar.

Nem queria ser compartilhada.

Mas essa situação com Emine parecia diferente para ela. Foi uma extensão de *nós* que ela sentiu enquanto se ajoelhava para a outra mulher, assim como decidiu que minhas presas agiam como uma unidade.

Um *nós*.

Um *casal*.

Porque estávamos juntos.

Ligados.

Em uma relação que transcendia o tempo e o espaço, e redefiniu as formalidades da pura existência.

Esses atos não significavam nada e tudo ao mesmo tempo. Ela nos viu nos entregarmos a este jogo como um mesmo jogador. Não duas entidades separadas, mas um par de almas se solidificando como uma.

Ou talvez fosse apenas minha mente decifrando seus pensamentos e juntando-os de uma maneira que eu entendia.

Ela estava certa.

Estávamos juntos nisso e conectados em um nível que poucos entenderiam.

Isso nos tornava uma dupla poderosa.

Uma que poderia prosperar e sobreviver a qualquer coisa jogada nela.

E, ainda mais que isso, poderíamos *apreciar*.

Porque Lily gostou da sensação de dar prazer a outra sob meu comando. Foi uma experiência compartilhada que nos deixou excitados um pelo outro.

Assim como eu gostava de sentir sua experiência, sua *visão* dos acontecimentos. E sentir suas emoções como se fossem minhas.

Toda essa situação era totalmente fodida.

No entanto, fazia sentido nesta vida sombria. Nos agradava. Isso... tornava possível um futuro entre nós.

Meu foco voltou para Khalid e seu olhar conhecedor.

— Agora você entende o jogo — ele disse, claramente tendo lido todos esses pensamentos no meu rosto.

Ou talvez ele pudesse me ouvir.

Eu não conhecia toda a extensão de seu poder, apenas

aquela energia que emanava dele em ondas mal controladas.

Ele não era como os outros vampiros.

Eu não ficaria surpreso se ele possuísse uma pontada lycan em seu sangue.

Ou talvez outra coisa.

Algo mais sombrio.

— Solte a minha escrava — ele sussurrou, seus olhos se desviando para o pulso ainda em minha boca.

Imediatamente soltei a mão de Emine.

Ele o pegou antes que pudesse cair, levando o ferimento até a boca e atacando como uma pantera destruindo sua presa.

Mas Emine não gritou de dor.

Ela gritou de prazer quando a mordida dele imediatamente a enviou em um clímax contra a boca de Lily.

Continuei a segurá-la, exigindo em sua mente que ela não parasse até que Khalid desse permissão. Mas Lily não parecia interessada em terminar a experiência. Seus pensamentos viajaram para seu próprio êxtase e a sensação de ter minha língua contra seu doce calor.

Ela considerou minhas presas, como era tê-las contra seu clitóris, como elas a aterrorizaram antes. Mergulhei nessa linha de pensamento, curioso para saber a causa de seu medo, e encontrei nas memórias de suas aulas com Mestre Peyton.

Essa vadia sádica usava o prazer como arma, transformando-o em dor e punindo os humanos abaixo dela como resultado.

Muitos de minha espécie operavam dessa maneira.

Mas Khalid provou que nem todos faziam isso.

Ele extraiu o prazer de Emine de uma forma calorosa, movendo a boca até sua garganta para mordê-la novamente, mas de forma mais suave desta vez. Ela imediatamente caiu em um terceiro clímax, este semelhante ao primeiro, antes de Lily se ajoelhar.

Quando ele terminou, Emine parecia estar tendo problemas para abrir os olhos. Seu corpo estava mole contra ele.

— Já chega, Lily — Khalid disse enquanto pegava Emine e a puxava para seus braços. — Vamos retomar nosso treinamento amanhã.

Ele não deu a nenhum de nós a chance de comentar, preferindo se teletransportar com Emine e me deixando com Lily ainda ajoelhada.

# LILY

A MÃO DE MESTRE CEDRIC MARCAVA A PARTE INFERIOR DAS minhas costas enquanto ele me ajudava a flutuar na piscina.

Depois que Príncipe Khalid nos dispensou, Cedric perguntou se eu queria dar um mergulho.

Concordei.

Porque eu queria me refrescar depois do treinamento com Emine. Mas a água fria fez pouco para dissipar o calor que queimava em minhas veias.

O medo de um possível afogamento também não ajudou muito, principalmente porque eu podia ouvir a segurança na mente de Cedric.

Ele nunca me machucaria.

Ele brincava comigo, até mesmo me assustava um pouco, mas a fera sádica dentro dele havia me reivindicado em um nível que nem mesmo Cedric parecia entender.

Em vez de lutar contra isso, ele estava abraçando.

E tentando me ensinar a nadar.

— Braços para fora — ele disse. — Você tem que encontrar o seu equilíbrio.

Ele me mostrou com a mente o que queria dizer, mas eu não conseguia encontrar a habilidade para isso.

Compreender um conceito e aplicá-lo eram duas atividades completamente diferentes.

Como evidenciado pela minha forma afundando quando Mestre Cedric removeu a mão.

Meus braços se agitaram enquanto eu lutava para voltar à superfície novamente, a água entrou pelo meu nariz.

Ele me pegou e me puxou para si.

Então me colocou de costas mais uma vez para tentar novamente.

Não era assim que eu esperava passar nossa noite, mas não ia reclamar. Não com as estrelas e a lua brilhando no céu.

Se estes fossem meus últimos dias de vida, eu os abraçaria e os lembraria em minha morte.

— *Shhh* — Cedric me silenciou. — Nada desses pensamentos.

Eu podia ouvir em sua mente como ele queria viver as próximas semanas em paz e fingir que o Dia de Sangue não se aproximava do nosso futuro.

Ele ainda não tinha certeza de qual era a finalidade do jogo de Khalid ou como jogaríamos nele, mas não ia permitir que esse jogo manchasse nosso precioso tempo juntos.

Parte de mim queria reclamar com a injustiça de tudo isso. Mas eu sabia que isso não resolveria nada.

Este mundo era cruel.

Tínhamos que tirar todo alívio que pudéssemos.

E se Mestre Cedric quisesse me presentear com essas experiências, eu não as negaria.

— Doce flor — ele murmurou, me movendo com

facilidade pela água e me trazendo de encontro a seu corpo. — Acho que não te mereço.

Pisquei.

— Por quê?

Ele sorriu.

— Sou o monstro em seu mundo, Lily. Um monstro que brinca com a comida e dá falsas esperanças. No entanto, não consigo transformar seu sonho em pesadelo.

Suas palavras provocaram um arrepio pela minha coluna.

— Então não transforme — sussurrei. — Me deixe ficar no sonho.

— É cruel e egoísta da minha parte concordar — ele admitiu, sua mente me dizendo o quanto ele acreditava nisso. — Um homem melhor a tiraria de sua miséria, te mataria de forma misericordiosa e te salvaria da dor.

— Mas então eu não experimentaria a vida — eu disse. — Eu nunca teria vivido de verdade. — Ouvi seus pensamentos sobre reviver todas as suas estreias mortais através de mim e como minhas reações o fascinaram. — Se você me matar, nós dois perdemos.

Ele suspirou.

— Eu deveria te bloquear da minha mente.

— Por favor, não. — Eu gostava de ouvir seus pensamentos enigmáticos e análise sombria do destino, mesmo que suas reflexões mentais prenunciassem um futuro violento que eu não queria reconhecer.

Sua mão foi para o meu quadril enquanto a outra circundava meu pescoço. Sua ginástica mental era aterrorizante e hipnótica.

*Seria tão fácil quebrar seu pescoço.*

*Afogá-la.*

*Mas a que custo?*

*E se pudermos encontrar uma maneira de ficarmos juntos?*

*E se eu puder ficar com ela?*

*E se eu a perder? Seria mais gentil matá-la agora.*

*Mas eu nunca vou me perdoar por não tentar...*

Sua voz profunda aqueceu meus pensamentos com cada declaração. Sua mente estava em guerra com seu espírito.

E o tempo todo, seu pau endureceu contra mim, seu corpo reagindo às minhas pernas apertando sua cintura.

— Não consigo resistir a esses longos caules — ele me disse com um suspiro. — Ou toda a essa pele macia. Minha delicada e linda flor. Quero te separar até você murchar diante dos meus olhos.

Seus lábios estavam muito próximos dos meus, suas palavras assombrando e cheias de promessas violentas.

Mas seus pensamentos afugentaram a dor, sua mente conceituando como seria quando eu florescesse para ele novamente.

— Por que uma flor? — perguntei. — Por que *Lily*?

— Porque você é frágil e se quebra facilmente. — Sua mão me apertou, cortando meu fluxo de ar por um breve segundo antes de afrouxar. — No entanto, você também é deslumbrante e inegavelmente sedutora.— Ele se inclinou para inalar contra meu pulso furioso. — Seu perfume é refrescante, como uma flor de lírio em um dia de verão.

Estremeci, ouvindo a veracidade de cada declaração através do nosso vínculo.

— Seu cabelo me lembra a luz do dia — ele continuou, afastando a mão do meu pescoço para passar pelos meus fios úmidos. — E seus olhos me lembram o mar, mas salpicados com o verde vibrante encontrado nas folhas da flor.

Ele beijou meu pescoço, subindo a boca para a minha orelha.

—Você é minha flor. Minha maior tentação. Um presente

de vida renovada. — Ele se afastou para encontrar meu olhar.
— Você é uma dose de vitalidade. Meu Lírio. Minha Lily.

Cada palavra parecia uma promessa para mais, mesmo enquanto sua mente lutava contra ele com razões para me destruir.

Nenhuma dessas razões era de natureza violenta ou perversa. Apenas práticas. Uma série de sugestões sobre meu destino e como era errado me manter viva para seu próprio benefício pessoal.

Mas isso não só o beneficiava.

Beneficiava a mim também. Me dava a chance de existir plenamente.

Eu escolheria mais segundos com Cedric em vez de uma morte rápida, o que eu disse a ele com o pensamento.

— Você é jovem — ele sussurrou. — Não sabe muito. Mas eu sei. No entanto, me encontro agarrado ao seu desejo com uma quantidade doentia de esperança. Não quero te perder, doce flor.

— Então não me perca. — Me pressionei contra seu comprimento duro e lutei contra o desejo de me mover e tomá-lo dentro de mim.

— Cada dia só vai aprofundar meu desejo de mantê-la.

— Você diz isso como se fosse errado.

— Digo isso como um aviso — ele corrigiu. — Quase lutei com um vampiro real por você hoje. Mais algumas semanas com você e posso acabar lutando contra uma corte inteira deles.

Ele encenou o cenário em sua mente, me permitindo ouvir cada movimento.

Vampiros não morriam facilmente.

Mas Cedric quase se resignou a esse destino como resultado de me proteger.

Meu coração disparou de alegria e despencou de dor.

Aqueceu meu espírito ao perceber a profundidade de seu cuidado por mim, mas gelou sobre minhas veias ao perceber o que isso significava para ele.

— Não quero te compartilhar — ele admitiu. — Quero te manter como minha.

Mais pensamentos giravam dentro dele, considerações sobre me levar, fugir e se esconder por toda a eternidade. Plano após plano formado em sua mente brilhante, cada um criado e executado em segundos um após o outro.

Porque ele não conseguia traçar uma rota perfeita, uma que garantisse minha segurança.

— Então nós ficaremos — eu disse a ele. *E veremos o que o Príncipe Khalid tem reservado para nós.*

Cedric encarou meu olhar com uma expressão maravilhada.

— Sua bravura é ingênua, mas admirável.

— Não é bravura. É instinto de sobrevivência.

Suas pupilas se dilataram, tornando suas íris muito mais escuras.

— De fato. E você é uma mestre em sobrevivência, Lily. Reconheço isto.

Ele moveu os quadris e me penetrou em um impulso que me fez arquear por instinto. Não houve preliminares. Não me forçou a aceitá-lo. Apenas uma proteção de nossos corpos enquanto ele continuava a olhar profundamente nos meus olhos.

— Vivi uma vida muito longa. — Seus dedos se enrolaram em meu cabelo e ele os segurou, usando isso para guiar meus lábios aos seus. — E ninguém nunca me provocou dessa maneira antes, me deixando sem um caminho conciso a seguir. Você me faz desejar o céu e o inferno, Lily. É quase como se você tivesse me enfeitiçado simplesmente por existir.

Raiva e admiração lutavam por um propósito em cada declaração.

Mas foi o último que ganhou quando sua boca reivindicou a minha.

Não foi rude ou duro.

Apenas um beijo doce.

Repleto de intenção perigosa.

Porque sua mente continuava formulando maneiras de me matar, o que só parecia deixá-lo muito mais desesperado para transar comigo.

O ar embaçou ao nosso redor enquanto ele nos teletransportava para fora da piscina e para algo macio próximo.

*Um bangalô*, decifrei através de seus pensamentos.

Havia cortinas de gaze que nos mantinham escondidos enquanto ainda exibiam nossas silhuetas.

Qualquer um que passasse o veria transando comigo contra a cama macia de vime.

Mas ele não se importava em ser descoberto.

E nem eu.

Eu só me importava com o movimento lento do comprimento duro que ia até a ponta antes de me penetrar novamente.

Doeu da melhor maneira.

Como se ele estivesse me perfurando de prazer.

— Se eu esperar mais, acho que não vou conseguir te matar — confidenciou. — Eu nem tenho certeza de que posso agora. Sou muito egoísta para isso.

— É egoísmo desejar a vida? — perguntei. — Desejar essa intensidade e querer experimentar mais?

— Sim.

— Então sou egoísta também — respirei, me curvando enquanto ele me penetrava novamente. Nunca mais quero parar.

Ele me beijou novamente, desta vez com mais paixão. Seu coração parecendo bater bem contra meus lábios.

Cada parte sua estava aberta para mim.

Sua mente. A alma. A essência do seu ser.

Ele queria que eu o tomasse, o dominasse e o tornasse meu.

Porque ele tinha toda a intenção de fazer o mesmo comigo.

Os pensamentos de morte fugiram, substituídos por planos renovados. Imaginações do agora. Fantasias que ele desejava realizar.

Transar comigo no deserto.

Me tomar contra um dos pilares.

Reivindicar meu traseiro no chuveiro.

Forçando-me a chupá-lo no café da manhã antes de me saborear como sua sobremesa.

Cada ideia sórdida que ele poderia conceituar passou pelo nosso vínculo, e eu aceitei cada uma.

Com Cedric, eu não tinha limites.

Eu só queria a ele e todas as experiências que ele oferecia.

*Um desejo letal*, ele pensou em minha mente. Mas não vou deixar que isso me impeça de aproveitar sua aceitação ansiosa.

Um tremor alcançou minhas veias enquanto o calor pulsava dentro de mim. *Quero tudo o que você puder me dar, Cedric. Isso me torna gananciosa?*

*Isso te torna perfeita*, ele corrigiu enquanto acelerava o ritmo. *Faz de você minha.*

*Sua*, ecoei, movendo os quadris no ritmo de seus impulsos. Minhas pernas o embalaram, esta posição inegavelmente íntima.

Porque ele não estava apenas transando comigo. Estava fazendo amor.

As emoções aqueceram o ar entre nós, sua mente e coração me dizendo sua intenção.

Estávamos criando uma espécie de promessa sombria.

Uma promessa para mais.

Um sussurro para um futuro potencial.

Ele queria me manter. Eu também queria.

Determinar um caminho a seguir seria quase impossível. Mas talvez juntos resolvêssemos isso.

Porque cada movimento de seus quadris aprofundava ainda mais seu desejo de tornar isso uma realidade permanente.

Não havia mais sonhos. Apenas uma fantasia trazida à vida.

Para a eternidade.

Como um par unido.

*Eu nunca entendi o amor*, ele sussurrou com a testa contra a minha enquanto se agarrava ao meu quadril com uma mão e segurava meu seio com a outra. *Sempre pensei que era imune a isso*, ele continuou. *Mas com você... acho que posso estar vivenciando isso. Essa obsessão inegável, a necessidade de possuir, a leveza que sinto quando nos tocamos e a dor que se forma com o pensamento de algo te prejudicar, inclusive eu.*

Ele diminuiu o ritmo mais uma vez, circulando meu mamilo com o polegar enquanto extraía o prazer crescente entre nós.

*Não sei se é o nosso vínculo, nós ou uma combinação de ambos, mas não posso te machucar, Lily. Eu não posso... não posso mais negar isso. Algo em você desmantela meu controle. Tudo que quero é fazer você minha para sempre.*

*Então me mantenha*, eu sussurrei. *Porque eu já sou sua.*

Ele olhou para mim com afeição gritante em seus olhos enquanto continuava seu lento ataque de paixão.

— Vou te morder, Lily. Vou liberar tanto prazer em sua

corrente sanguínea que você vai gozar até desmaiar no meu pau. E então vou te comer até você acordar para que eu possa fazer isso de novo.

— Você está me punindo? — perguntei em voz alta, suas palavras soando irritadas e agonizantes ao mesmo tempo.

— Sim. Não. Não tenho certeza. Mas quero que você chegue ao clímax até o amanhecer. Para fazer você sentir uma vida inteira de felicidade orgástica e muito mais.

Um tremor sutil se agitou dentro de mim com o pensamento.

— Sim.

Ele sorriu. Não era cruel ou malvado, mas um sorriso verdadeiro. Um que me disse que via isso como um presente.

Sua maneira de garantir que eu soubesse o que significava para ele.

Por essencialmente me matar com paixão.

*Você não pode morrer de verdade*, ele me lembrou. *Mas sim, você pode encontrar temporariamente o outro lado. Prometo que isso trará um êxtase diferente de qualquer outro.*

Não havia muito o que eu dizer. Ele faria isso independentemente de minha escolha.

Mas eu nunca iria lutar com ele em uma experiência como esta.

Porque eu queria isso tanto quanto ele. Talvez ainda mais.

— Me morda — sussurrei. — Me morda, Cedric. — Ele não era mais Mestre Cedric para mim agora.

Apenas Cedric.

*Meu* Cedric.

— Sua confiança será nossa ruína — ele respondeu, sua boca indo para a minha garganta enquanto ele me penetrava completamente, acariciando aquele ponto bem no fundo.

O que me fez queimar com a necessidade de mais.

Que ele me deu na forma de sua mordida.

Começou devagar, envolvendo minha corrente sanguínea com uma construção de calor semelhante a lava e queimando cada terminação nervosa em seu rastro.

Atravessando meu ser.

Pulsando no ritmo do meu batimento cardíaco.

E se espalhando para o meu núcleo.

Gritei quando a primeira onda me atingiu, me levando a um ápice que ameaçava reescrever minha própria existência.

Me contorci debaixo dele, pressionada em sua virilha enquanto procurava mais.

Mais.

*Mais.*

O êxtase ondulou ao meu redor, me afogando em uma piscina quente de intensidade que queimava minhas entranhas.

Ele estava me marcando.

Me possuindo.

Me *matando*.

Não. Não era morte. Ele não estava engolindo, apenas empurrando seu veneno vampírico em mim e me forçando a tomar mais que um humano deveria.

Se ele iria extinguir minha existência, agora seria a hora de fazê-lo. Ouvi a confirmação dessa ideia através do nosso vínculo, a noção rodopiando de forma sombria nos vestígios de seus pensamentos.

*Cedric*, murmurei. *Não. Não me mate.*

Ele não respondeu, o conceito crescendo com propósito dentro dele.

*Quando se ama alguém, se faz o que é melhor para ele*, ele dizia a si mesmo. *Isso é o melhor para ela.*

*Não!* gritei com ele, mesmo quando meu corpo disse *simmm*. Ele estava dominando meus sentidos. Ultrapassando minha mente. Possuindo meu corpo.

Ele me comeu mais forte enquanto eu continuava a gozar, meus membros tremendo com a energia esgotada.

Ele estava me destruindo.

Contemplando minha morte.

E me levando a um êxtase perigoso.

*É demais*, eu ofegava. *Cedric, é... não posso... Cedric!*

*Pegue*, ele respondeu. *Você pode levá-lo.*

*Não posso!*

*Pode*, ele grunhiu, empurrando ainda mais em mim enquanto continuava a transar comigo loucamente, me levando para uma sombra escura de insanidade onde tudo que eu podia fazer era sentir.

Sua mente se aquietou.

Não... não, *minha* mente se acalmou.

*Cedric?* choraminguei.

Nenhuma resposta.

Apenas mais ondas de êxtase, me puxando cada vez mais fundo em um redemoinho de sensações inebriantes.

Eu não conseguia respirar.

Não tinha certeza se precisava.

Era apenas o céu puro. Um beijo feliz de calor sensual.

Me derreti. Permiti que isso me derrubasse. Deixei de entender a vida e o desejo de sobreviver. Eu apenas existia em um estado de pureza, graça e intensidade.

O calor logo se desfez em um mar gelado.

Mas, ainda assim, eu me contorcia em êxtase.

Sentindo nada além da beleza do momento.

Meus pulmões queimavam, apesar do gelo se formando em minhas veias.

Meu coração não fazia mais barulho.

Mas aquele beijo quente de felicidade orgástica permaneceu, consumindo meu foco.

Até que o ar renovado ganhou vida dentro de mim e minhas pálpebras se abriram para encontrar Cedric ainda pairando acima de mim com uma expressão apaixonada.

Suspirei.

E então ele me beijou enquanto deslizava para dentro e para fora de mim.

Eu não tinha certeza do que tinha acabado de acontecer. No entanto, podia ouvir claramente seus pensamentos.

Ele havia cumprido sua promessa.

Me nocauteou com prazer.

E agora ia fazer isso de novo com seu pau.

Era assim que um vampiro transava. De forma atenta. Com crueldade. No entanto, com tanta paixão que apenas sensações de fogo permaneceram.

Eu não conseguia me mexer, preenchida e exausta.

No entanto, meu interior vibrou.

E em segundos, eu estava gozando novamente, desta vez com um pouco de agonia.

*Muito. Muito. Muito.*

*Você está indo muito bem*, Cedric elogiou, me beijando ainda mais forte. *Você é perfeita. E está me deixando louco.*

*Cedric...*

*Só mais um*, ele insistiu. *Seja uma boa florzinha e goze mais uma vez.*

Ele afundou os dentes no meu lábio, me levando para aquela espiral perigosa novamente.

Eu não podia fazer nada além de me deixar levar.

Para longe.

Longe.

Longe.

Em uma euforia sombria e bela.

Só que, desta vez, ele me seguiu em um rugido que soava como meu nome.

E então seus pensamentos me cobriram de amor. Em louvor. Em uma promessa de me manter. Em um voto que dizia que eu era dele para a eternidade.

*Não importava o que acontecesse.*

# CEDRIC

O SANGUE DE LILY ESCORRIA PELA MINHA LÍNGUA, O sabor delicioso da minha nova refeição favorita.

Ela se contorceu embaixo de mim, entreabrindo os lábios enquanto eu a levava ao limite pela terceira vez.

Acordamos assim quase todos os dias nas últimas quatro semanas.

E eu ainda não estava nem perto de satisfazer meu desejo por ela. Só a desejava mais.

— Cedric — ela gemeu enquanto eu a segurava com a mão em sua barriga.

*Não se mova*, disse a ela. *A artéria femoral é delicada.*

Ela estremeceu, sua boceta apertando meus dedos enquanto lutava contra as sensações que tomavam seu corpo.

Estávamos trabalhando em seus limites.

Ela poderia aguentar muito mais do que imaginava. No entanto, monitorei suas reações e ouvi seus medos.

Foi por isso que me abstive de morder seu clitóris ou qualquer outro lugar muito sensível. A filha da mãe da

Peyton arruinou essa perspectiva com seus treinamentos cruéis.

Talvez um dia Lily quisesse experimentar, mas não tão cedo.

Eu adoraria dizer que teríamos tempo.

Mas não tínhamos.

Tínhamos dias.

Uma parte selvagem de mim queria pegar Lily e fugir. No entanto, Silvano não me deixaria me esconder por muito tempo. E ele descontaria minha punição em Lily.

Seus dedos apertaram meu cabelo, um puxão sutil que me trouxe de volta ao meu café da manhã enquanto ela estremecia sob outra onda arrebatadora.

*Puta merda, Lily*, murmurei em sua mente, sua excitação saturando meus sentidos e excitando meu impulso predatório.

Rastejei até sua forma propensa e reivindiquei sua boca com a língua enquanto meu pau estocava dentro de seu calor úmido.

*Tão perfeita*, eu disse a ela. *Tão minha.*

Ela arranhou minhas costas enquanto ela tentava fazer valer sua própria reivindicação, seu corpo me envolvendo em um abraço quente enquanto ela aceitava cada impulso punitivo em sua boceta apertada.

Queria acordar assim todos os dias pelo resto da minha longa vida.

Eu fui um tolo em supor que um mês seria suficiente.

Um tolo por considerar matá-la e perder esse tempo precioso juntos.

*Um tolo por me apaixonar por ela.*

Mas não pude evitar.

Eu... eu não conseguia parar. Estava viciado nessa linda garota, sua existência trazendo vida renovada aos meus pulmões.

Havia tantas experiências faltando entre nós. Tantas oportunidades que não fomos capazes de buscar por causa dos parâmetros cruéis deste novo mundo.

As sessões de treinamento de Khalid ocuparam a maior parte do nosso tempo juntos.

Lutas.

Fachadas sexuais.

*Compartilhamento.*

As aulas não eram apenas para Lily e Emine, mas também para mim. Para *nós*. Uma maneira de me treinar a não reagir a alguém tocando minha *Erosita*. Uma maneira de ajudar a testar os limites da paciência de Khalid. Claro, ele dominava esse ato. Parecia totalmente imperturbável quando se tratava do bem-estar de Emine. Sua única dica aparecia no olhar, o que ele provavelmente esconderia atrás de um par de óculos escuros.

Ou a porcaria do seu *keffiyeh*.

Eu o odiava.

Detestava este mundo.

Odiava tudo, exceto minha doce flor.

Minha Lily.

E sua boceta gostosa.

— Puta merda — xinguei novamente, enterrando a cabeça em seu ombro. — Continue fazendo isso. — Ela tinha um aperto forte no meu pau, pulsando ao meu redor e exigindo que eu gozasse dentro dela.

Eu queria preenchê-la.

Queria possuí-la.

Possuir cada centímetro para que ninguém mais pudesse tocá-la.

Ela era *minha*. Minha companheira. Minha *Erosita*. Minha vida.

E esses idiotas queriam tirá-la de mim.

Eu me recusava a permitir. Eu só... não sabia como impedir.

— Cedric — ela sussurrou, arqueando para mim, exigindo meu foco.

Esses momentos não devem ser desperdiçados com pensamentos sombrios sobre o futuro.

Não, eu deveria me concentrar em transar com ela.

Reivindicando-a.

Me entregando a este belo vínculo e nossa conexão viciante.

Capturei sua boca novamente, minha língua dançando com a dela enquanto diminuía o ritmo para prolongar o momento. Mas suas coxas se fecharam em torno de mim, sua forma menor assumindo o controle e me arrastando para o ápice em um estado delirante de prazer.

Grunhi, irritado e exultante ao mesmo tempo.

Ela tinha aprendido muito nas últimas semanas.

— Agora você vai ter que me chupar — avisei em um som baixo enquanto continuava a gozar dentro dela. — Eu não estava pronto.

Ela mordiscou meu lábio inferior.

Depois mordeu forte o suficiente para me fazer sangrar.

A ação fez com que meu abdômen se contraísse enquanto meu orgasmo espiralava em novas profundezas. *Lily*, gemi, morrendo um pouco enquanto ela chupava a essência da minha boca. *Atrevida*.

Ela gemeu e engoliu meu sangue.

Como uma pequena vampira.

Exceto que seus dentes eram cegos e evocaram um pouco mais de dor quando ela mordeu meu lábio novamente.

*Você está seduzindo minha besta interior*, eu disse a ela.

*Estou aproveitando meu café da manhã*, ela respondeu.

*É? Está com fome, florzinha?* perguntei, minha mão encontrando seu quadril enquanto a minha oposta foi para a parte de trás de sua cabeça.

*Sim.*

Eu nos rolei, colocando-a por cima. Então desça e beba tudo.

Seus lábios se curvaram em um sorriso, seus olhos brilhando com vigor renovado do meu sangue. *Sim, Mestre.*

Ela pronunciou a frase como uma provocação, sabendo muito bem que iria acender outro fogo dentro de mim.

*Vou te afogar no meu gozo*, eu disse a ela. *Fazer você se sufocar com isso e te trazer de volta à vida com meu sangue.*

*Uma punição que vou gostar*, ela respondeu, o tom de provocação era tão novo, fresco e muito bem-vindo. Ela estava realmente começando a confiar em mim. Ou talvez ela tenha sempre confiado.

Estávamos ligados por um laço sobrenatural que parecia existir mesmo antes do nosso acasalamento.

Isso me deixou em conflito e confuso sobre o nosso futuro. Nosso passado. Nosso presente. Eu não conseguia pensar direito com ela nublando minha mente, sua presença me escravizando de uma maneira que eu nunca poderia entender.

Eu estava totalmente perdido para ela.

Especialmente agora com sua boca descendo em direção ao meu pau.

— Me chupe, Lily — eu disse a ela. — Sem provocações.

Ela respondeu envolvendo aqueles lindos lábios na cabeça e descendo. Minha mão encontrou seu cabelo novamente, meus dedos se entrelaçando nos fios enquanto eu insistia que ela me levasse mais fundo.

Eu poderia culpar a universidade por muitas coisas. Poderia até odiar a estrutura. Mas não havia como negar os presentes que eles deram a Lily em termos de treinamento oral.

Ela era fenomenal.

Uma vez eu disse algo sobre ela não ser treinada para lidar com seres sobrenaturais.

Eu estava errado.

Muito, *muito* errado.

— É isso — eu a encorajei. — Desça tudo. — Não importava que eu tivesse acabado de gozar dentro dela momentos atrás; já podia sentir outro orgasmo se formando.

Porque era *isso* que ela fazia comigo.

Minha pequena flor encantadora. Tão terno e doce, mas depravada entre os lençóis.

*Vou ficar com você*, gemi. *Para todo sempre.*

Não sabia como. Talvez eu a pegasse e fugisse, assim como continuei sonhando. Talvez Khalid encontrasse uma maneira de torná-la parte de seu harém, como parecia indicar que o faria.

Esse foi o objetivo de todo o seu treinamento: preparar Lily e Emine para o futuro em sua corte.

Um futuro ao qual me juntaria como um novo soberano.

Assumindo que tudo corresse conforme o planejado.

Era um plano que eu precisava discutir com ele.

O que eu faria.

Mais tarde.

Depois que terminasse

*Puta merda.*

Lily abocanhou minha cabeça, seus lindos olhos azul-esverdeados me observando de baixo. Ela sabia que eu adorava isso – ver seu olhar enquanto ela sugava ao redor da minha circunferência, vê-la me dar tudo enquanto afundava as bochechas e engolia.

Minhas veias eram como fogo líquido, minhas entranhas prontas para entrar em erupção.

Eu realmente poderia afogá-la, assim como ameacei.

— Respire fundo — falei, tirando-a do meu pau apenas o suficiente para ela realmente inalar.

Ela obedeceu, seu instinto de obediência arraigado nessa dinâmica entre nós.

Houve momentos em que ela ultrapassou alguns limites, testando nós dois – momentos em que senti que a verdadeira Lily estava prestes a brilhar – mas suas tendências submissas sempre a anularam no final.

Nós trabalharíamos nisso.

Eu a ajudaria a se encontrar.

*Com o tempo*, pensei. *Tempo. Tempo. Tempo.*

Os dentes de Lily roçaram em minha pele sensível, enquanto lágrimas rolavam por suas bochechas.

Uma visão tão bonita.

Tão tentadora.

Muito perfeita.

Eu a fiz respirar mais uma vez, então empurrei tão fundo quanto sua garganta permitiu e me desfiz em um rosnado que vibrou as paredes ao nosso redor.

Ela me bebeu com uma habilidade que quase me fez querer gozar de novo, mas ela me drenou com suas atenções.

Eu estava tão feliz que mal notei o zumbido em meu pulso.

No momento em que reconheci, a ligação havia terminado.

Resmunguei e puxei Lily para beijá-la, sem me preocupar em olhar para quem tentou interromper esse momento precioso.

Só que a vibração começou novamente quando meus lábios roçaram sua boca inchada.

Ignorei, com a intenção de adorar minha companheira com a língua.

Mas uma terceira ligação me fez me afastar para olhar a notificação no meu relógio.

*Silvano.*

*Claro.*

Lily paralisou em cima de mim, arregalando os olhos.

— Merda. Preciso atender, Lily.

Eu a desloquei para o lado e me sentei, então a instiguei com um pensamento para se esconder debaixo das cobertas e abraçar minha perna. Ela não falou, apenas fez o que pedi e se enrolou em mim.

Limpando a garganta, apertei o botão de atender — quando meu pulso começou a vibrar pela quarta vez — e falei:

— Boa noite, Meu Príncipe. — A tela preencheu o ar diante de mim, o que significava que ele podia ver meu peito nu e o cabelo bagunçado.

Isso deveria servir como uma explicação para minha resposta atrasada.

Ele arqueou uma sobrancelha.

— Noite ocupada?

— Agradável — disse a ele. *Pelo menos até você interromper.* — Como posso ajudá-lo, Meu Soberano?

Seu olhar dançou ao redor da tela como se estivesse procurando pelo meu lanche. Não demonstrei nada, apenas relaxei na cabeceira da cama e fingi tédio.

*Não faça barulho, Lily*, eu avisei. *Ele está procurando provas de que você ainda está aqui.*

*Entendi.*

Outro instante se passou, e o momento de fascinação de Silvano desapareceu.

— A situação com Walter está chegando ao auge —

ele finalmente disse. — Precisamos nos reunir para discutir os próximos passos.

— Ele ainda está se comportando mal?

— Está me confundindo com um tolo — Silvano gritou. — E você ter ido embora parece tê-lo feito pensar que está livre para continuar suas travessuras.

— Entendo. — Então essa discussão seria realmente sobre me forçar a voltar para casa de forma indefinida para bancar a babá do alfa lycan errante.

*Excelente.*

— De qualquer forma, já estou a caminho. Devo chegar à luz do dia. Por favor, veja se meus quartos estão prontos.

Ah, então isso foi mais do que apenas uma ligação de cortesia para me informar que nosso combinado de dois anos estava prestes a ser anulado devido aos jogos dele com Walter. Não. Este era principalmente um telefonema para exigir que eu preparasse seus aposentos para sua chegada inesperada.

Nós deveríamos nos encontrar na Romênia – lar do ritual do Dia do Sangue.

Não aqui.

Ele poderia ter ligado para Adrienne, para fazer os arranjos. Mas escolheu me ligar em uma demonstração de poder para me colocar em meu lugar.

— Vou cuidar para que tudo esteja pronto para a sua chegada — eu o informei, fazendo o meu melhor para não reagir ao pedido depreciativo ou à intenção muito clara de renegar nosso acordo por minha liberdade temporária.

Era quase como se Silvano quisesse que eu entrasse nos braços abertos de Khalid.

Ou talvez esse fosse o objetivo de tudo isso... algum tipo de teste de lealdade.

Khalid estava dando informações a Silvano sobre mim e Lily?

Era assim que Khalid sabia sobre minhas visitas ao Clã Clemente? Silvano contou a ele?

Assumi que Khalid estava me seguindo ou usando seus espiões para coletar informações. Eu realmente não tinha considerado que ele poderia estar jogando a pedido de Silvano.

— Bom. Até breve —Silvano falou, com um tom de advertência ao encerrar a ligação.

Apertei a mandíbula. *Que jogo estamos jogando aqui?*

*De que lado Khalid está?*

*Suas ofertas são genuínas? Ou uma armadilha?*

Passei a mão pelo rosto, minha mente correndo a mil por hora enquanto eu tentava classificar através deste labirinto político de verdades e mentiras.

Só uma coisa ficou clara para mim: Lily precisava voltar para os dormitórios. Esta noite. Porque, independentemente das verdadeiras intenções de Silvano e Khalid, meu criador a mataria à primeira vista.

Pelo menos, ela estaria um pouco protegida na universidade.

Mesmo que temporariamente.

— Cedric — ela sussurrou.

— É a única opção — eu disse. — Se a proposta de Khalid for real, preciso te manter em segredo. E não posso fazer isso com você aqui. Ele sentirá o cheiro da nossa conexão no momento em que chegar.

— Ele não vai senti-la de qualquer forma?

— Ele pode pegar uma nova fragrância em mim, mas não saberá o que é até te ver — eu disse a ela. — *Erositas* são raras e ele nunca tolerou tais conexões em sua corte. Então ele não reconheceria prontamente. Mas no momento em que te conhecer, ele saberá de imediato. Porque você cheira como eu. E ele me fez.

Ela rastejou para fora dos cobertores.

— E se ele for para a universidade?

— Ele não vai. Ele consideraria isso muito abaixo dele. E a realeza nunca se preocupa com prospectos. Eles nem chegarão perto de você no Dia do Sangue, a menos que você seja escolhida para o campo de harém ou a Copa Imortal.

Ela franziu a testa.

— Khalid não disse que me quer em seu harém?

— Isso está implícito — falei, me lembrando do nosso jantar de duas semanas atrás, quando ele mencionou como uma maneira potencial de garantir que Lily e Emine terminassem em seu território. — Mas vou precisar falar com ele sobre isso.

— Porque Silvano pode reconhecer nosso vínculo se eu for enviada para o campo de harém — ela respondeu.

Fiz uma careta.

— Talvez. — *Puta merda.* — Independentemente disso, preciso te levar de volta para o dormitório. Agora. Levaria horas para tentar remover o cheiro dela dos meus quartos. Deste palácio. De mim.

Silvano ainda perceberia vestígios de sua doçura, mas consideraria uma refeição recente. Ele não tinha coração. Nem sequer consideraria a possibilidade da existência de Lily.

*A menos que Khalid esteja falando com ele*, pensei novamente.

Mesmo assim, ter Lily fora de seu alcance garantiria a ela alguma segurança.

Temporariamente.

Enquanto eu sentia a situação.

Isso me daria alguma clareza e liberdade para pensar também.

— Tudo bem — ela disse, lendo o caos em minha mente. — Me leve de volta para os dormitórios. Vou esperar por mais instruções suas.

A confiança em sua voz combinava com a fé em seus olhos.

E apenas por um segundo, isso me deu uma pausa.

Me fez perceber o quanto nos tornamos entrelaçados. Como não era só eu que me sentia viciado nela, mas que ela estava encantada por mim. Talvez ainda mais, dada sua inocência e idade impressionável.

Eu queria viver de acordo com a esperança florescendo em sua mente.

Queria ser o herói que ela esperava que eu fosse.

Não o vilão. Não o monstro. Mas seu cavaleiro branco.

No entanto, este mundo não permitia que esses tipos de contos de fadas existissem mais.

Queria dar o final feliz que Lily merecia.

Só não tinha certeza se poderia.

Então a beijei e permiti que todos os meus sonhos fossem sussurrados em sua língua, um voto silencioso de desejo e fantasia embrulhado em um abraço proibido.

Se eu pudesse salvá-la, eu o faria.

Mas não iria prometer mais nada a ela.

Porque eu me recusava a mentir.

Não para ela.

Minha Lily.

Minha vida renovada.

*Meu futuro.*

# CEDRIC

Devolver Lily para a universidade fez minha pele se arrepiar.

Algo estava prestes a mudar.

Silvano. Dia de Sangue. Khalid.

Eu não conseguia definir a causa dessa sensação sombria, mas estava vivo o suficiente para saber que não deveria ignorar meus instintos.

O quarto de Lily não mudou.

Sua cama estava feita. Seu armário estava cheio com o guarda-roupa regulamentado para os alunos. E o ar viciado carregava uma umidade irritante que imediatamente a fez suar.

Mas ela não pediu minha ajuda, água ou qualquer coisa. Ela simplesmente ficou lá e olhou para mim com olhos brilhantes.

Um olhar perigoso. Algo que eu deveria castigar. Mas não consegui. Não quando aquele olhar me fez sentir heroico, quase como se eu não fosse um monstro ou uma criatura violenta da noite.

Então a beijei.

Não, eu a *devorei*.

Eu me implantei dentro dela da mesma forma que ela vivia dentro de mim. Derramei tudo o que pude em nosso abraço, deixando promessas contra sua língua que eu esperava que ela guardasse com seu coração.

*Você não vai me ver por alguns dias*, eu a avisei. *E há uma boa chance de eu ter que cortar nosso vínculo.*

Eu não podia permitir que Silvano suspeitasse de nada. E permanecer conectado a Lily me deixava vulnerável.

*Você ainda deverá ser capaz de me sentir*, continuei, falando em sua mente enquanto a beijava. *Mas não de me ouvir. Nem eu poderei te ouvir.*

Era a última coisa que eu queria fazer. Mas não podia arriscar me distrair com seus pensamentos na presença de Silvano.

*Se algo der errado, encontrarei uma maneira de entrar em contato com você*, prometi. *Vou encontrar uma forma de te avisar. Mas você precisa estar preparada. Se o Silvano vier atrás de você...*

Engoli em seco, meu coração instantaneamente passou a lutar com minha mente, me recusando a permitir que o resto daquela declaração fosse ouvida.

Apenas o pensamento do que eu precisava que ela fizesse me tornava um assassino. Triste. Totalmente destruído.

Mas eu tinha que dizer a ela.

Ela precisava entender.

*Lily.* Segurei sua bochecha e apoiei a testa na dela enquanto nos permitia respirar. *A morte é preferível a jogar com Silvano.*

*Eu entendo*, ela sussurrou, seus lindos olhos encontrando os meus com toda aquela vibrante esperança e adoração novamente.

*Você não pode deixar ninguém te ver me olhando assim*, avisei.

*Não vou deixar.*

Eu a encarei por um longo momento, memorizando suas feições e já sentindo falta dela. *Nunca conheci o amor, Lily. Nem acreditei que tal emoção pudesse existir. Mas você faz meu coração bater com vida renovada. Você é a existência que eu nunca soube que desejava.*

*E você é o sonho que eu nunca esperei experimentar*, ela respondeu. *O sonho que nunca me permiti conceber.*

*Não pare de sonhar ainda*, eu disse a ela. *Nossa fantasia está apenas começando.*

Ela sem dúvida podia ouvir a incerteza em minha mente, aquele pequeno murmúrio inoportuno que questionava se o que eu tinha acabado de dizer era mentira.

Mas ela não reagiu.

Tudo o que ela fez foi me beijar novamente.

Duelei com minha boca em um abraço que parecia um adeus.

*Ainda não*, pensei. *Este não é o nosso fim.*

Eu a soltei em um piscar de olhos e me teletransportei para as cozinhas para pegar água e rações adicionais.

Ninguém me notou.

E ajudou que eu soubesse onde ficavam as câmeras.

Lily ainda estava de pé onde a deixei momentos atrás quando voltei. Ela arregalou os olhos ao me ver segurar o que parecia um mês de água. Era apenas uma caixa com vinte e quatro garrafas.

E um saco de frutas que não se estragariam por mais alguns dias. Bananas e maçãs.

*Apenas no caso de alguém lhe causar problemas no refeitório quando você for buscar suas rações*, murmurei. *Vou ter que informar a Livia dessa mudança também. Ela pode exigir uma ligação.*

Eu odiava a vampira que se disfarçava de Conselheira. Mas isso era só algo que se somava ao meu desprezo por toda essa besteira.

Eu me encontraria com Khalid primeiro. Sentiria a situação. Então descobriria o que fazer com Silvano.

Na pior das hipóteses, eu sequestraria Lily e fugiríamos.

Na melhor... Eu realmente não achava que havia uma melhor. Um mundo renovado? A capacidade de ter uma *Erosita* de minha escolha que não precisava compartilhar?

Isso tudo parecia muito irreal.

E embora eu pudesse me permitir ter um pouco de esperança por causa de Lily, eu era muito prático para perder o juízo por fantasias impossíveis.

Coloquei os suprimentos no armário de Lily.

Em seguida, a abracei.

E afundei as presas em seu pescoço.

Eu queria deixá-la com minha marca para todos verem. Era o que meus irmãos esperavam depois de tê-la reivindicado como companheira de brincadeiras por um mês. Sua "Conselheira" também ficaria satisfeita com a exibição, supondo que ela acabasse me ligando mais tarde esta noite, como eu já suspeitava que faria.

Lily se agarrou a mim enquanto eu tomava um gole profundo.

Ela aceitou meu beijo mais uma vez. Mas não lhe dei nada da minha essência desta vez. Já havia uma boa quantidade em seu corpo. Além do nosso vínculo. Ela se curaria depressa, talvez até demais. Mas não havia muito que eu pudesse fazer sobre isso.

*Tente não tomar muitos banhos. Os outros vão sentir meu cheiro em você. Quero que assumam que é por causa de quanto tempo passamos juntos. Não por causa do nosso vínculo.*

Eu não tinha certeza de que isso seria suficiente.

Ela não cheirava como um vampiro, mas também não tinha mais o cheiro de um humano.

*Tente evitar ficar muito perto de qualquer um da minha espécie, sim?*

Ela assentiu.

*Vou me certificar de que a Livia não te inscreva em nenhum curso de última hora. Dessa forma, você poderá permanecer em seu quarto o máximo possível.*

*Certo.* Ela traçou meu queixo com os dedos e me observou. *Vou estar pensando em você.*

*Eu também*, prometi. *Nos veremos novamente em breve.*

*Sim, Mestre Cedric.*

Lutei contra a vontade de sorrir e dei um último beijo em seus lábios. *Seja boa, florzinha.*

Não esperei por sua resposta, em vez disso me teletransportei para o carro e entrei antes de mudar de ideia sobre deixá-la aqui.

Seria tão fácil prendê-la no banco do passageiro e ir embora.

Mas não iríamos longe.

A região de Khalid se estendia a leste, com a região de Sahara abrangendo o oeste. Indo para o norte nos levaria para o Mar Mediterrâneo e depois para a região de Ayaz ou de Hazel.

Sem boas opções.

O que me deixou tendo que resolver isso da maneira política – jogando esse jogo com Silvano e Khalid.

Voltei para o palácio, minha mente ciente da calma de Lily. Doeria cortá-la. Mas era o que eu precisaria fazer para me concentrar assim que Silvano chegasse.

No entanto, deixei o vínculo aberto enquanto ponderava a situação com Khalid.

*Quais são seus reais motivos?*

*Por que ele insistiu em treinar Emine e Lily juntas?*

*Foi tudo uma manobra para me embalar em um falso estado de conforto? Uma maneira de garantir que trabalharíamos juntos?*

*Ou ele realmente pretendia que nos tornássemos parceiros?*

Eu poderia abordar isso de algumas maneiras diferentes. Poderia esperar até que Silvano chegasse e ser honesto sobre a oferta de Khalid para a posição de soberano, então dizer a ele que só joguei porque estava tentando descobrir seus verdadeiros motivos.

Eu poderia ir a Khalid com um aviso sobre a chegada iminente de Silvano e ver que tipo de plano ele tinha em mente. Então poderia executá-lo na esperança de que Khalid cumprisse sua oferta para me tornar seu soberano. Ou eu poderia usar o plano contra ele me aliando a Silvano.

Ou eu poderia simplesmente perguntar seu plano e avaliar sua sinceridade a partir de qualquer ideia que ele sugerisse.

Também poderia colocar minhas cartas na mesa e ser honesto. Mas isso exigiria que eu soubesse o que eu queria.

O que eu não sabia.

Além de Lily, eu realmente não tinha certeza do que desejava.

Ser soberano nunca me atraiu. No entanto, se isso significasse que eu poderia ficar com Lily, eu consideraria.

Uma posição de poder me daria muita autoridade. E ser soberano me colocaria apenas abaixo de um membro da realeza, me tornando superior a todos os outros.

A questão era: a qual vampiro real eu queria servir? Khalid ou Silvano?

Eu não confiava em nenhum deles.

Mas Silvano foi meu criador. Servi-lo seria mais adequado. Exceto que ele nunca me deixaria ficar com Lily. Ele a usaria como um peão para me controlar. Ou a destruiria apenas para remover a distração potencial.

E Khalid... eu não tinha certeza se poderia me curvar

completamente a ele. Mas ele fez parecer que me ajudaria em várias ocasiões.

*Ele está falando sério?* me perguntei enquanto estacionava o carro do lado de fora do palácio. *Ou está brincando comigo?*

Cerrei os dentes. *Só há uma maneira de descobrir.*

Se tudo isso fosse um ardil elaborado, então o jogo estava prestes a terminar com a chegada de Silvano.

O que significava que eu não perderia muito mais indo até Khalid agora, porque se ele estivesse trabalhando com meu criador, já teria dado a Silvano todas as informações de qualquer maneira.

No entanto, caso ele não estivesse, eu precisava usar essa nova amizade.

Não era minha estratégia habitual trabalhar com os outros. Mas reconheci a necessidade nesta situação de procurar ajuda onde pudesse.

Eu me teletransportei para fora do carro, sem me preocupar em deixar as chaves na porta ou quaisquer outras formalidades, e fui direto para os aposentos de Khalid.

O cheiro de sangue fresco me alcançou, sugerindo que eu poderia estar interrompendo uma refeição com Emine. Mas, se ele se importasse com ela como eu suspeitava, ele iria querer levá-la para um lugar seguro o mais rápido possível.

Silvano poderia não conseguir pegar um brinquedo de outro membro da realeza, mas isso não o impediria de tentar.

Levantei a mão para bater na porta, mas ela se abriu antes que meu punho encontrasse a madeira.

As íris escuras de Khalid encontraram as minhas, confirmando que ele tinha acabado de se alimentar. Havia evidência disso em sua camisa branca também, junto com um rasgo no tecido em seu peito.

*Emine deve tê-lo arranhado*, pensei, achando graça.

— Ah, bom, você está aqui — Khalid falou, se encostando no batente da porta. — Isso me poupa uma ligação.

Arqueei uma sobrancelha.

— Uma ligação?

Ele assentiu e permitiu que a porta se abrisse um pouco mais para revelar a bagunça que ele havia deixado no chão.

— Preciso de ajuda para limpar. — Ele olhou por cima do ombro para a mulher sem vida no tapete. — Você pode lidar com a papelada enquanto eu cuido do corpo? — Um pouco de turquesa tinha retornado a sua íris quando ele olhou para mim. — Gostaria de resolver isso antes que o Silvano chegue.

Puta merda.

*O que houve?* Lily perguntou, sentindo meu choque.

Eu a bloqueei antes que ela pudesse ver os eventos em minha mente. Ela podia não ter sido amiga íntima de Emine, mas se importava com a mulher.

A última coisa que eu queria era que Lily soubesse sobre a morte da outra mulher através de nossa conexão mental.

Além disso, eu tinha um problema muito mais importante para lidar agora.

Porque Khalid tinha acabado de deixar claro que estava trabalhando com Silvano o tempo todo.

*Emine está morta.*

*Foi tudo um ardil. Um estratagema inteligente para ganhar a minha confiança. E eu caí na armadilha dele porque pensei que compartilhávamos um desejo comum: manter nossas humanas vivas.*

*Puta merda.*

Os lábios de Khalid se curvaram como se ele pudesse

ver as peças do quebra-cabeça se juntando em minha mente.

— Você não achou que a chegada do seu criador era um segredo, achou?

— Não sabia que ele tinha ligado para você.

— Ah, então você veio me contar? — Seu sorriso se ampliou quando não respondi. — Que leal.

Fechei as mãos com força enquanto minha mente guerreava com o que fazer.

*Matar Khalid?*

*Correr?*

*Tentar chegar a Lily e desaparecer?*

*Eu poderia me teletransportar e...*

— Não — Khalid me advertiu. Contra o quê, eu não tinha certeza.

Mas eu odiava que ele parecesse ser capaz de me ler tão facilmente. Isso me deixou cauteloso e ainda mais incerto de como proceder.

Talvez jogar junto fosse minha melhor opção.

Pelo menos temporariamente.

— Basta preencher a papelada — ele falou. — Inclua o que você precisar para Lily, pois presumo que ela já esteja de volta à universidade. — Ele me deu um olhar que falou muito sobre sua incrível capacidade de ver vários passos à frente. — Quando você terminar, vamos conversar.

# LILY

*Cedric?* sussurrei. *Está tudo bem?*

Me concentrei no teto acima de mim, esperando por uma resposta que eu já sabia que não chegaria.

Cedric me bloqueou logo depois de me deixar aqui. O que eu sabia que ele faria — ele mencionou que precisaria me cortar assim que seu criador chegasse —, mas eu esperava que ele fosse me checar ou me enviar sinais de que ainda estava tudo bem.

O fato de ele não ter feito isso me fez pensar se algo havia acontecido.

E com apenas minha própria mente como companhia mais uma vez, imaginei cerca de mil problemas em potencial, todos amplificados pela frieza deixada por nossa conexão interrompida.

Tentei entrar em contato várias vezes. No entanto, não ouvi nada em resposta. Eu me senti desconectada. Deixada de fora. Perdido.

*Apenas respire*, eu disse a mim mesma. *Está... está tudo bem.*

Mas não estava.

Não estava nada bem.

*O Dia do Sangue é amanhã.*

O pensamento enviou gelo em minhas veias, a sensação me deixando rígida quando uma série de bipes soaram dentro do meu quarto.

*Chamada recebida.* Me levantei, ficando com a coluna mais rígida que o normal enquanto forçava um olhar inexpressivo no meu rosto.

A Conselheira Livia apareceu na parede branca ao lado da minha cama, na tela que normalmente acendia durante nossas reuniões.

— Prospecto — ela cumprimentou, virando o olhar ligeiramente para a direita como se estivesse lendo de outro monitor. — Você sairá do portão da frente em uma hora no ônibus sete. Seu número de assento atribuído é quatorze. Não haverá discurso ou socialização de qualquer tipo, nem mesmo durante a cerimônia de amanhã.

Seus olhos se voltaram para os meus, a expressão entediada combinando com a voz.

— Você tem alguma pergunta? — ela questionou, o tom indicando que eu não deveria ter e que seria imprudente desperdiçar seu tempo com mais palavras que o necessário.

— Não, Conselheira Livia.

— Bom. Traga seu robe branco de formatura. E não se atrase. — A tela foi desligada, fazendo meu coração pular uma batida.

*Cedric,* sussurrei. *A conselheira Livia disse que estou no ônibus sete. Vou sair em uma hora.*

Nada.

Apenas silêncio.

Meu estômago se revirou. *Ele não virá.* Eu podia sentir isso. Algo ruim aconteceu.

Ou...

*Ou ele nunca se importou.*

*Não. Não, isso não está certo. Ele se importa,* jurei a mim mesma. *Ele... ele definitivamente se importa.*

Mas se algo tivesse acontecido com Cedric, então ele não seria capaz de se importar.

Ele pode estar morto. Ou machucado. Ou... eu não sabia onde ou o quê. E essa incerteza manifestou todos os tipos de cenários mórbidos em minha mente, os quais estavam me deixando louca.

*Cedric.* Tentei colocar um pouco de força em meu tom..

Sem resposta.

Um calafrio desceu pela minha espinha. Algo está muito errado. Ele me avisou que teria que me cortar, mas essa parede fria parecia permanente demais.

Como deveríamos nos comunicar? Como eu poderia mantê-lo atualizado?

*Como posso dizer a ele para onde estou indo?*

Ele já sabia? Se sim, por que ele não me avisou? Por que ele não estava me dizendo o que esperar?

*Onde você está?*

Estive dentro de sua cabeça no último mês. Eu estava dentro dele. Ele se importava comigo. Me acalentava, até. Pelo menos à sua maneira fria.

Ele não queria que eu morresse.

E ainda...

*Parte dele continuou a fantasiar sobre me matar,* me lembrei. *Uma parte sombria dele. Uma que era sensata.*

Ele tinha me cortado para poder ouvir aquela voz perversa em sua mente? Para ouvir esse seu lado sobre a parte que se importava?

Estremeci. *Cedric...*

Ele tinha me deixado ao meu destino? Ele era muito mais velho, tinha visto muito mais. Talvez ele finalmente tenha percebido que não havia esperança, então ele... foi embora.

*Me desligando.*

*Me dispensando.*

*Fugindo.*

*Não*, pensei. *Não. Ele não faria isso. Seu coração retorcido sentiu algo. Ele... ele me amava à sua maneira.*

Ou não?

Eu não entendia o amor. Não de verdade. Eu só sabia que ele me fazia sentir viva. Ele me ensinou a respirar.

Eu estava me afogando sem ele, perdida nesse mar de confusão.

*Ônibus sete.*

*Robe de formatura.*

*Uma hora.*

As palavras da Conselheira Livia se repetiram na minha cabeça por quase trinta minutos, girando com meus chamados por Cedric, minha crescente preocupação de que ele realmente não viria atrás de mim.

Quando faltavam apenas dez minutos para o meu horário de apresentação e ele ainda não havia chegado, me resignei ao perceber que ele havia me abandonado.

Se de propósito ou não, eu não tinha certeza.

Mas eu não tinha escolha. Precisava seguir as regras.

Ou me arriscaria a morrer.

*Isso seria tão ruim?* me perguntei enquanto me movia de forma robótica para o meu armário. *A morte seria melhor do que esta mágoa?*

Uma lágrima ameaçou cair do meu olho.

Eu a afastei.

*Talvez ele esteja atrás do ônibus. Talvez eu veja Emine e possa perguntar a ela o que está acontecendo.*

Eu não a via desde nossa última sessão no palácio. Claro, eu não saí do meu quarto porque pensei que Cedric queria que eu ficasse aqui.

*Mas ele não voltou mais.*

*Ele me bloqueou.*

*Estou por conta própria.*

Por que isso doía tanto? Estive sozinha por toda a minha vida. Eu sobrevivi. Joguei esses jogos distorcidos, passei em todos os testes e fiz tudo o que pude para ser digna de mais neste mundo.

Então Cedric despertou minha mente. Ele me ensinou o quanto mais esta vida tinha a oferecer.

Antes de acabar com tudo e me afastar.

*De propósito*, eu disse a mim mesma. *Ele avisou que isso iria acontecer. Então ele está fazendo isso de propósito. Ele virá para mim. Ele vai me salvar.*

*E se ele não vier?* A outra metade da minha mente exigia enquanto eu saía do prédio, procurando por Cedric. *E se ele terminar comigo? E se fosse isso o que ele pretendia o tempo todo?*

*Então por que não ouvi isso em seus pensamentos?* me perguntei. *Se essa fosse sua intenção, então certamente eu teria percebido.*

Talvez eu não tivesse.

Ele era muito mais experiente que eu. Um especialista em engano e manipulação da mente. Ele poderia ter escondido seus verdadeiros planos para mim.

*Eu caí em seu feitiço sem querer?* Minha garganta ficou seca. *Ele apenas queria brincar com seu novo brinquedo? Se divertir e depois me destruir?*

Quantas vezes ele disse que queria me ver murchar? Isso tinha sido em voz alta ou em sua mente? Tudo se misturou agora, me deixando insegura.

Mas me lembrei nas várias vezes em que ele pensou em como eu era uma flor que ele pretendia destruir.

*Talvez... talvez esse realmente fosse o meu fim.*

Engoli em seco quando me aproximei dos portões, reconhecendo os outros prospectos. Mas Emine não estava entre eles.

Fui ficar ao lado de Seis. Seus dedos roçaram os meus, mas ele não me reconheceu. Senti uma sensação de alívio por estar ao lado de alguém que eu conhecia um pouco. Ele parecia irradiar a mesma sensação de calma.

Um lycan apareceu no portão com uma prancheta na mão.

— Passem pelo portão enquanto eu digo seus nomes — ele anunciou de forma ríspida.

Ele não parou para fazer perguntas, apenas começou a chamar os prospectos pelo número.

— Prospecto Vinte e Dois.

— Prospecto Cento e Treze.

— Prospecto Cento e Dezenove.

— Prospecto Cento e Trinta e Dois.

— Prospecto Cento e Cinquenta e Sete.

Meu coração afundou quando ele pulou o número de Emine. Claro, eu esperava, já que ela não estava aqui.

Ele continuou chamando os números, cada prospecto dando um passo à frente para passar pelo portão enquanto ele falava.

Seis roçou meus dedos novamente enquanto seu nome ecoou pela noite.

Então eu o segui enquanto o lycan chamava meu número em seguida. *Esse não é meu nome*, pensei. *Eu sou Lily. Lily do Cedric.*

Exceto que ele ainda não tinha aparecido.

Nem depois que me sentei no ônibus.

E também permaneceu totalmente ausente quando o motor foi ligado.

Havia cerca de cem de nós no veículo, um número que calculei depois de me sentar. Eu precisava de algo para manter a cabeça ocupada.

Seis estava ao meu lado, nossos assentos número treze e quatorze.

Ele se sentou ao lado de uma janela escurecida, escondendo a vista dos muros da universidade.

Eu estava no corredor.

Um lycan embarcou em nosso ônibus por último e examinou as fileiras.

— O silêncio garante que eu deixe vocês viverem. O barulho garante que vocês vão morrer. Entendido?

Ninguém se moveu ou respondeu, todos nós bem versados neste exercício.

O lycan sorriu.

— Pena. — Ele se sentou atrás do motorista, que também era um lycan, e o ônibus começou a se mover.

Sem nenhum sinal ou palavra de Cedric.

*Eu vou embora*, disse a ele. *Não que você possa me ouvir.*

Mais silêncio.

Apenas eu, Seis e um ônibus cheio de prospectos, todos segurando nossos robes de formatura no colo, enquanto nos dirigíamos em direção ao nosso destino.

Dia de Sangue.

A viagem de ônibus durou apenas duas horas.

E nos deixaram em um campo arenoso onde nos disseram para ficarmos em filas, em silêncio.

Fiquei atrás de Seis, com o coração na garganta. Cada quilômetro doía um pouco mais porque me mostrava ainda mais que Cedric não viria.

Algo que eu já sabia.

Mas experimentar a verdade doeu mais do que conceituá-la.

Minha garganta queimava, minha mente girava com tristeza, raiva e uma infinidade de outras emoções. Temor.

Medo do que havia acontecido com Cedric. Medo do que estava prestes a acontecer comigo.

Essa sensação só piorou quando minha fila começou a se mover novamente, desta vez com um vampiro no comando.

*Em marcha.*

*Em marcha.*

*Em marcha.*

Nenhuma palavra foi dita. Nenhuma explicação. Apenas um gesto em direção às escadas que levavam a algum tipo de avião. Era enorme e com gaiolas dentro.

*Gaiolas para nós.*

Eu segui Seis em uma. Ficamos na parte de trás com nossos ombros se tocando enquanto outros preenchiam o espaço à nossa frente.

— Sentem-se — um dos lycans grunhiu.

Todos dentro o obedeceram instantaneamente, então as portas foram fechadas com força quando os prospectos foram encurralados em uma segunda gaiola.

Depois uma terceira.

E finalmente a quarta.

Havia aproximadamente vinte e cinco prospectos por gaiola, algumas com um pouco mais. Porque era meu ônibus carregado no avião.

*Onde estão os outros?* me perguntei. Eram mais de mil no meu ano. No entanto, Cedric havia mencionado uma vez que nem todos compareceriam ao Dia de Sangue.

— Existem dez locais da Universidade de Sangue em todo o mundo — ele disse algumas semanas atrás. — E o campo do Dia de Sangue contém apenas cerca de mil de vocês. Assim, apenas uma porcentagem de sua classe realmente vai se qualificar. O resto vai diretamente para seus destinos.

— E eu? — perguntei. — Eu irei para o Dia de Sangue?

— Provavelmente, sim — ele me disse. — Suas pontuações estão entre as mais altas em seu ano prospectivo. No mínimo, adicionarão você para fins dramáticos.

Eu não tinha entendido o que isso significava, mas sua mente havia aludido à verdade.

Ele estava preocupado que eu fosse um exemplo, alguém esperando por mais apenas para receber um destino sombrio destinado a provocar lágrimas e gritos.

Algumas lembranças das cerimônias anteriores do Dia do Sangue haviam passado por seus pensamentos, de candidatos perdendo a cabeça e sendo destruídos no palco por reações inadequadas. Tudo isso significava uma espécie de prazer doentio e distorcido para os seres superiores que observavam o show.

Eu me recusava a ser uma de suas diversões.

O motor rugiu ao nosso redor, fazendo meu estômago dar um nó.

*Cedric será capaz de me sentir a longa distância?* me perguntei.

Então fiz uma careta.

*Espere, é por isso que não consigo ouvi-lo? Talvez ele tenha me bloqueado originalmente, depois partido e agora não consegue me alcançar. Ele já está lá? Me esperando chegar?*

Meu coração acelerou com a perspectiva.

*Sim, talvez seja isso.*

— Não falem — um dos lycans rosnou, com o foco em outra jaula. — Nenhum som.

Seis se inclinou um pouco mais para mim.

Respondi aceitando seu peso e o conforto de sua presença familiar.

*Para onde ele vai?* Eu me perguntei. *Que caminho escolheram para ele?*

O motor ficou mais alto quando o avião começou a se mover. Fechei os olhos, o estrondo torcendo minhas entranhas em nós.

Nós que só ficavam mais apertados à medida que ganhávamos velocidade.

*Mais rápido. Mais rápido. Mais rápido.*

*Oh, Deusa...* Meus olhos se abriram quando o ar mudou ao nosso redor, a sensação de estar debaixo d'água nublando meus ouvidos e roubando minha respiração.

O lycan rosnou e o som de uma gaiola se abrindo ecoou pelo avião.

Um grito se seguiu, fazendo meu estômago revirar. Seis agarrou minha mão, apertando-a antes de me soltar, o movimento rápido e fácil passou como um acidente.

Felizmente, os guardas estavam muito ocupados assistindo aos eventos se desenrolarem na outra jaula, suas risadas ecoando pelo ar enquanto o lycan arrastava um dos prospectos para frente.

Reconheci a mulher loira como um número menor, mas não sabia sua designação exata.

Lágrimas escorriam por suas bochechas e sua respiração estava ofegante enquanto o ar continuava a mudar ao nosso redor.

*Voando*, percebi. *Estamos voando.*

E ela se apavorou em resposta às sensações.

Agora o lycan ia lhe ensinar uma lição.

Uma que provavelmente terminaria em seu sangue espirrando nas jaulas.

Forcei meu olhar para longe dela, pensando em Cedric quando os sons começaram.

*Sinto sua falta*, pensei para ele. *Sinto saudades do nosso mundinho. Nossa utopia. Mesmo que eu nunca mais te veja você, sempre irei apreciar nosso tempo juntos. Obrigada por me dar o dom da vida.*

Continuei falando com ele.

Pensando nele.

Sonhando com ele.

Mesmo muito tempo depois que os gritos morreram e os restos foram removidos.

Mesmo quando pousamos novamente várias horas depois.

Tudo o que fiz foi pensar em Cedric. Seus olhos escuros. Seu lindo sorriso – do qual só vi *flashes* durante nosso breve tempo juntos.

*Eu gostaria de ver você sorrir mais*, eu disse a ele. *Talvez eu ainda vá ver.*

Mas quando saímos do avião, eu ainda não conseguia ouvi-lo.

Nem o vi ou o senti a caminho de nosso novo destino.

*Outro ônibus*, eu disse a ele. *Este sem número.*

Mas Seis ainda estava sentado ao meu lado.

Uma curta viagem nos levou a outro complexo murado, cercado por árvores e o que parecia ser terra verde.

*Grama*, percebi, reconhecendo-a pelas fotos.

Mas não havia tempo para explorar ou tocar.

Fomos levados para fora do ônibus e diretamente para um prédio.

Descendo uma escada.

Em uma sala cheia de armários de metal.

— Deixem seus robes aqui — um vampiro instruiu, apontando para a fileira de armários. — Depois tirem a roupa e se alinhem lá. — Ele gesticulou para uma porta nos fundos.

Seis e eu escolhemos dividir um armário, pois parecia que a maioria já estava cheio.

Colocamos nossas roupas e robes dentro e entramos na fila.

A porta levava a uma área de chuveiro, cheia de prospectos, muitos das quais eu nunca tinha visto antes. *Das outras universidades*, pensei.

Ninguém falou nada.

Ninguém reconheceu os vampiros e lycans observando da periferia, também.

Mas eu podia sentir seus olhares famintos vagando sobre nós com interesse, esperando que alguém quebrasse uma regra. Esperando por uma razão para punir. Esperando uma chance de atacar.

Entrei debaixo da água gelada e me forcei a não vacilar. *Sinto falta da sua banheira, Cedric*, pensei. *Também sinto falta do seu chuveiro.*

No entanto, parei de pensar nisso, porque o pensamento de Cedric na água trouxe de volta muitas memórias acaloradas.

E a última coisa que eu queria fazer era me despertar acidentalmente enquanto estava cercada por essas criaturas de mente sombria.

Se eles escolhessem transar comigo, quebrariam meu vínculo com Cedric.

Arrancando e matando minha ligação com ele.

*Minha última pétala de esperança.*

Engoli em seco.

*Cedric...* Seu nome ecoou dentro da caverna vazia que era a minha mente. *Por favor, não me deixe assim.*

No entanto, à medida que a noite avançava, ficou muito claro que ele tinha toda a intenção de manter o muro entre nós. Tentei pegá-lo, encontrar algum caminho, mas ele era muito forte. Muito antigo. Muito magistral.

Os vampiros nos levaram para nossos aposentos

durante o dia – um grande quarto cheio de beliches. Fui designada para a cama de cima com Seis embaixo de mim.

Então as luzes se apagaram, deixando o quarto em uma escuridão terrível.

— Durmam. — Foi o único comando.

Não o obedeci. Eu duvidava que muitos de nós o fizessem. Não com essa atmosfera estranha e as ameaças muito reais que permaneciam do lado de fora da porta.

Quando eles viessem atrás de nós, seria para nos levar para o Dia de Sangue.

A cerimônia final que marcava nossa formatura do inferno e nos acolhia em uma vida de servidão.

*Vou para a caçada à lua? Os haréns? Khalid e Cedric têm um plano?*

Queria perguntar a Emine. No entanto, eu não a tinha visto nos chuveiros ou na área do vestiário. Eu não a tinha visto em lugar nenhum.

E estava começando a me perguntar se ela tinha chegado tão longe.

Ou se algo mais havia acontecido.

Algo que fez Cedric me cortar totalmente.

*Gostaria que você falasse comigo*, pensei, sonolenta pela falta de sono e pelo longo dia de viagem sem comida. Eles não se deram ao trabalho de nos dar o jantar. E a única água que recebemos foram os picos de gelo dos chuveiros. Bebi com moderação, sem saber a fonte.

*Amanhã é um novo dia.*

*Um mortal.*

*Você estará lá, Cedric?*

*Ou você me deixou para trilhar este caminho sozinha?*

# LILY

*TUM, TUM.*

A batida do meu coração ressoou em meus ouvidos.

*Tum, tum.*

Um ritmo constante.

*Tum, tum.*

Me esforcei muito para controlar.

Eles nos deram uma bolsa de café à noite. A minha continha garrafa de água, algum tipo de barra energética e uma banana.

Eu comi tudo.

E agora, me arrependia.

*Tum, tum.*

O ar não tinha a umidade do deserto, mas trazia consigo um perfume intrigante. Árvores. Eu não conseguia definir o tipo, apenas que estavam cobertas de mato.

Assim como a grama emoldurando o caminho em que eu estava.

Minha roupa de formatura branca ondulou contra minhas panturrilhas nuas, o tecido mais parecido com um vestido transparente que com um robe de verdade. Não deixava nada para a imaginação, o que eu supunha que era o ponto.

Seis usava um manto semelhante, só que o dele descia até os tornozelos.

Estranho, considerando o quanto ele era mais alto que eu, mas parecia que a maioria dos machos eram adornados em comprimentos semelhantes.

Eles nos colocariam em ordem novamente.

Havia exatamente mil de nós, mas reconheci talvez cinco por cento dos que estavam na fila.

O homem atrás de mim era o Prospecto Quatrocentos e Oito, Ano Cento e Dezessete. Mas ele era de uma universidade diferente.

Ele piscou para mim, a confusão evidente em sua expressão por meio segundo antes de controlar suas emoções e parar atrás de mim.

Eu esperava novos prospectos, porque Cedric me avisou que havia outras universidades. No entanto, isso não era de conhecimento geral.

Havia tanta coisa que não nos disseram.

Como o fato de que a maioria de nossos ex-colegas de classe já haviam sido levados para seus destinos.

A procissão começou, o som de pés marchando pelo caminho ecoando ao nosso redor.

*Cedric*, sussurrei, ainda sem senti-lo. *Onde está você?*

Eu não conseguia olhar para cima ou procurar na multidão. Fazer isso arriscaria quebrar o decoro.

*Fique em silencio.*

*Seja obediente.*

*Não grite.*

*Não reaja.*

*Faça reverência.*

*Desvie o olhar.*

Todas essas regras foram arraigadas em mim nos últimos vinte e um anos.

Eu as ecoei para mim mesma enquanto seguia Seis pelo corredor principal, passando por fileiras e mais fileiras de cadeiras vazias.

*Cedric está sentado entre a realeza?* eu me perguntei. *Ele está aqui com o Príncipe Silvano? Ou talvez o Príncipe Khalid?*

Pelo que entendi, apenas vampiros e lycans mais poderosos compareciam ao Dia de Sangue. Os soberanos eram incluídos nesse status, concedendo-lhes acesso à cerimônia.

Se Cedric tivesse aceitado o cargo, ele poderia estar aqui.

*É por isso que você me manteve bloqueada?* perguntei a ele. *Porque você está interpretando um papel com Silvano?*

Desejei que ele apenas aparecesse e me dissesse o que estava acontecendo. Fiquei preocupada que ele não pudesse, que talvez algo realmente terrível tivesse acontecido.

Mas eu não sentiria? Não me sentiria ainda mais desconectada?

Só que eu não poderia imaginar me sentir mais afastada do que agora. Era como se uma parte de mim tivesse... tivesse *morrido*.

*Ah, Deusa...*

Quase tropecei, mas algum milagre do destino me manteve de pé e me movendo na direção certa. Porque um passo em falso era o suficiente para chamar atenção muito negativa.

*Foco, Lily,* disse a mim mesma.

Se Cedric estivesse morto, então não havia nada que eu pudesse fazer agora.

Além de aceitar meu destino.

Seis entrou na fila, seguindo os prospectos à sua frente.

Eu me movi atrás dele, marchando pela fila de cadeiras vazias. Vários prospectos estavam parados na fila diante de nós, todos de pé na frente de suas cadeiras e virados para frente com os olhos baixos.

*Deve ser na direção do palco*, pensei, me forçando a não arriscar um olhar além da minha periferia.

Quando Seis parou, eu também parei.

Então nos viramos, colocando as cadeiras atrás de nós. Mantive a cabeça baixa como os prospectos na minha frente.

E esperei.

As horas pareciam passar, os únicos sons eram o arrastar de pés no caminho.

Seis tocou os nós dos dedos nos meus, o gesto que parecia ter se tornado nossa norma nas últimas vinte e quatro horas.

Repeti o gesto de volta para ele.

*Cedric*, pensei. *Se você está aqui, agora seria um bom momento para me dizer.*

Eu não tinha certeza por que me incomodei. Nossa conexão permaneceu fechada, algo que eu podia sentir em minha alma. Ele me afastou para sempre.

Meu coração doeu enquanto simultaneamente ganhava velocidade quando um silêncio assustador caiu sobre a multidão.

*Não havia mais passos.*

No entanto, eu podia sentir a energia mística crescendo, o poder percorrendo minha pele, arrepiando cada pelo do meu braço em seu rastro.

*Os seres superiores estão aqui.*

*A cerimônia está começando.*

*É hora de descobrir o meu destino.*

A eletricidade zumbiu em minhas veias, meu senso de

consciência parecendo aumentar com a presença de poder não adulterado que se aproximava.

*Estou sentindo isso por causa de Cedric?* perguntei. *Isso significa que ainda estamos conectados?*

Ou eu estava sentindo isso por causa da presença sombria que esses seres carregavam com eles?

Eram os sobrenaturais mais antigos e poderosos a andar na terra. E sentir suas assinaturas de energia agora só confirmava o porquê.

*Autoridade.*

*Supremacia.*

*Idade.*

Eu praticamente podia sentir o gosto de cada atributo em minha língua.

Isso me lembrou Cedric, só que mais *pesado*.

*Espero que esse influxo de sensações seja por sua causa*, pensei para ele. *Espero que isso signifique que você está vivo.*

Talvez eu não estivesse me preocupando à toa.

*É hora de focar*, eu disse a mim mesma. *Concentre-se no hoje.*

Porque este era o dia que eu estava esperando. A formatura pela qual trabalhei toda a minha vida.

Exceto que o glamour disso foi apagado como resultado das verdades de Cedric. Eu nunca me tornaria Vigília. Nunca me classificaria para a Copa Imortal. Então, para onde eu iria?

— Bem-vindos ao Dia de Sangue deste ano — uma voz feminina cumprimentou, uma que eu conhecia bem das minhas aulas enquanto crescia.

*A Deusa Lilith.*

— Este é um dia glorioso de celebração, que iluminará o futuro de muitos — ela continuou. — Quem entre vocês foi selecionado para a Copa Imortal deste ano? Há apenas doze lugares cobiçados. Você será um desses poucos escolhidos? Nosso maravilhoso magistrado lhes dirá.

— Eu vou — uma voz profunda confirmou. — Tenho as atribuições bem aqui na minha mão.

— Ah, que emocionante — a Deusa aplaudiu. — Então, sem mais delongas, apresento a todos os nossos mil principais prospectos em potencial do ano cento e dezessete.

Alguns murmúrios podiam ser ouvidos à distância, mas nada mais.

Nenhuma salva de palmas.

Nenhum comentário animado.

Apenas algumas palavras suaves destinadas aos ouvidos imortais.

*Cedric está entre eles? Sussurrando para o príncipe Khalid? Me assistindo?*

O Magistrado limpou a garganta, sua herança lycan aparecendo naquele som profundo.

— Como sempre, começaremos com as estatísticas — anunciou. — O ano cento e dezessete começou inicialmente com vinte e um mil e trezentos e sete prospectos em potencial. A taxa de sucesso para a classe como um todo foi de setenta e três por cento, o que representa uma queda de dois vírgula nove por cento em relação ao ano passado.

Franzi a testa.

*A taxa de sucesso equivale ao fato de estarmos vivos?*

*E se for isso, significa que mais de cinco mil humanos da minha classe morreram no ano passado? Ou esse número foi contado ao longo do tempo? Significando que vinte e sete por cento da minha turma morreu nos últimos vinte e um anos de treinamento?*

O último parecia mais preciso com base no que observei.

Prospectos desapareciam o tempo todo, mas não cinco mil deles. Mais como algumas centenas no máximo.

No entanto, eram frequentemente substituídos por novos.

E havia dez universidades.

Então, talvez fosse mais próximo daquele valor de cinco mil – *quase seis mil*, meu cérebro matemático corrigido. *Deusa... tantas vidas...*

O Magistrado pigarreou.

— Isso deixa um total de quinze mil quinhentos e cinquenta e quatro prospectos para classificação, das quais foram divididos igualmente entre espécie sobrenatural e região.

— Obrigada, Magistrado — a Deusa respondeu. — Agradecemos o seu trabalho árduo e a devida diligência.

O macho lycan grunhiu em resposta.

— Então podemos começar com a classificação formal dos mil restantes.

Ele fez outro som, este me lembrando de um rosnado.

A hostilidade disso arrepiou os pelos dos meus braços, algo que eu suspeitava ser o ponto, já que suas próximas palavras foram para nós, *os prospectos*.

— Sentem-se direito. Olhos para cima. Agora vocês podem observar os procedimentos de hoje — ele nos informou. — Considerem isso um presente por todo o seu trabalho duro.

Engoli em seco. *Isso não soa como um presente, mas como uma ameaça.*

Mas levantei o olhar independentemente disso, precisando ver meu destino e procurar por Cedric.

O palco diante de nós era enorme, com a realeza e alfas todos sentados nas laterais em plataformas de aparência régia, alinhadas com tronos confortáveis e cores aveludadas.

Eu não podia vê-los bem no escuro, mas estava claro que eu seria capaz de vê-los quando subisse na enorme plataforma à frente.

Havia escadas em ambos os lados, que o Magistrado apontou agora, nos dizendo para entrarmos à direita e encontrá-lo no pódio perto do centro. Assim que nossas designações fossem anunciadas, ele queria que saíssemos pelas outras escadas.

— Onde um Vigília estará esperando para escoltá-los até sua seção apropriada — ele concluiu, suas palavras provocando um calafrio na minha espinha. — Agora vamos começar. Prospecto Um, Ano Cento e Dezessete.

Uma mulher com cabelos loiros claros se levantou da primeira fila e seguiu em direção às escadas.

Ela não olhou para a realeza ou para os alfas, em vez disso lançou seu olhar para baixo em reverência enquanto passava por eles.

A Deusa Lilith estava sentada ao lado, seu próprio trono parecendo ainda mais real que os dos outros. Ela observou a prospecto com interesse, os lábios curvados em um sorriso suave.

Mas eu sabia que não devia acreditar.

Essa mulher era o epítome do mal.

Eu tinha ouvido o suficiente sobre ela através dos pensamentos de Cedric para entender que ela não era uma Deusa, apenas uma vampira antiga com propensão ao poder. Ela se imaginava um ser supremo, mas apenas os humanos a adoravam.

Vampiros como Cedric meramente toleravam sua existência.

Embora, ele tenha mencionado que alguns de seus irmãos a respeitavam.

*Vampiros como Silvano.*

Porque eles gostavam dessa nova sociedade que ela havia criado.

O que forçou essa prospecto solitária a marchar pelo palco agora.

Olhei para a realeza e alfas presentes, mas as sombras continuavam a esconder seus rostos. Eu nem sabia dizer se eles estavam olhando para ela ou ocupados com outras atividades. Eram como uma nuvem sinistra e sombria de poder, escondida de nossa vista, mas claramente presente.

A Prospecto Um parou perto do pódio, curvando ainda mais a cabeça enquanto se ajoelhava. Ele não mencionou esse requisito, mas era instintivo da nossa parte nos ajoelhar.

*Fazer reverência. Ajoelhar. Suplicar. Sobreviver.*

O foco do Magistrado permaneceu no longo rolo de papel diante de si, sua expressão não revelando nada quando ele disse:

— Fazenda de procriação.

A Prospecto Um pareceu congelar, o que o fez olhar para ela.

— Continue indo pelo palco até as escadas. Agora. — O estrondo sutil em seu tom ecoou pelo microfone, fazendo meu coração acelerar.

A loira imediatamente deu um passo à frente, seus movimentos mais frágeis que antes.

Ele a ignorou completamente, seu foco voltou para o pergaminho enquanto ele chamava pelo próximo prospecto.

Era isso. Uma cerimônia simples em que nossos números eram anunciados, seguidos de nossa designação, e então descíamos as escadas para encontrar nosso destino.

Cedric havia dito que tudo isso era para entretenimento para aqueles que gostavam de observar nossas designações. Mas na verdade parecia ser um método para manter os humanos na linha.

Fomos todos ordeiros e obedientes, caminhando até o Magistrado e mostrando a devida reverência, depois aceitando nosso...

Um grito ecoou através do campo quando uma das fêmeas reagiu à sua designação. Caçada à lua. Apenas a menção dessas duas palavras gelou minhas veias, mas sua reação visceral só piorou a sensação.

No entanto, sua reclamação foi quase imediatamente silenciada.

Por um lycan que passou as garras em sua garganta.

Então ele torceu a cabeça dela e a colocou perto das escadas de entrada – não as de saída – como uma espécie de decoração mórbida. Um aviso para aqueles que subiriam ao palco para não se comportarem mal.

O Magistrado simplesmente olhou para a tela e deu de ombros antes de chamar o próximo prospecto.

Olhei para a cabeça da mulher por vários minutos enquanto a procissão continuava, meu coração aparentemente alojado na garganta. Eles a deixaram lá como se sua vida não tivesse significado nada, tudo porque ela reagiu.

O que violava uma das regras primárias.

Talvez ela tenha reagido de propósito. Pelo menos sua morte aqui tinha sido rápida.

Muito diferente da caçada à lua.

*Devo fazer isso?* me perguntei.

Mas imediatamente descartei a ideia.

Porque não, eu não poderia fazer isso. Não quando ainda havia uma chance de que Cedric pretendesse me ajudar. *Onde está você?* perguntei pela milionésima vez.

No entanto, antes que eu pudesse realmente cair

naquele buraco novamente, o Magistrado começou a chamar os números na casa dos quatrocentos.

*Já?* pensei, com as palmas das mãos escorregadias.

Seis roçou os nós dos dedos contra a minha mão pela última vez.

E então prendi a respiração enquanto ele subia ao palco.

Seu cabelo ruivo me lembrou de sangue sob a lua pálida, o visual me deixando enjoada. *Por favor, não morra. Por favor, não morra. Por favor, não morra.*

Ele não era o tipo de reagir. Mesmo quando Mestre Peyton o torturou, ele manteve o silêncio. Seis parecia pronto para seu destino enquanto caminhava pelo palco, com seus ombros largos e pernas magras e musculosas.

Eu sentiria falta dele.

Ele não era um amigo. No entanto, uma parte de mim quase o considerava meu irmão. Crescemos juntos, sempre lado a lado, nossos números nos arrastando por esse caminho sombrio para nosso destino à frente.

Mas esta era a bifurcação na estrada.

*Para onde você irá?* me perguntei enquanto ele se ajoelhava no pódio.

O Magistrado ergueu o olhar para inspecionar Seis, sua expressão era avaliadora quando assentiu.

— Humm, uma escolha interessante de fato.

Prendi a respiração. *O que isso significa?*

— Prospecto Quatrocentos e Seis, Ano Cento e Dezessete é agora o Concorrente Três da Copa Imortal.

Entreabri os lábios. *Copa Imortal? Ele vai para a Copa Imortal?*

Seis não parecia perturbado enquanto se levantava. Ele simplesmente baixou o queixo em reconhecimento e encontrou um Vigília no topo da escada que começou a levá-lo para o lado onde os outros dois competidores da Copa Imortal estavam sentados perto do palco.

— Prospecto Quatrocentos e Sete — o Magistrado chamou, fazendo meu coração pular na minha garganta. Eu estava tão focada em Seis que quase esqueci que era a próxima.

Ah, eu não teria a mesma sorte de um destino como o dele. Nossas pontuações eram parecidas, mas Cedric já havia me dito que eu nunca me classificaria.

Porque nada disso era verdadeiramente baseado em pontuação.

Meus joelhos tremeram quando comecei a avançar, mantendo a atenção no caminho à frente e depois nas escadas.

Rapidamente tentei procurar por Cedric, mas a realeza e os alfas estavam tão sombreados no palco quanto na multidão. Eu só podia ver Lilith em seu trono, com o cabelo dourado brilhando sob o luar.

Desviei rapidamente o olhar, não querendo chamar mais atenção para mim.

Claro, ela já estava olhando, já que eu era a próxima.

Eu esperava que ela não tivesse notado meu interesse.

Esperava que isso não fosse usado contra mim.

*Espero sobreviver a isso.*

O Magistrado não olhou para mim como fez com Seis. Em vez disso, manteve o foco em seu roteiro. *Não é um bom sinal*, pensei, engolindo em seco enquanto me ajoelhava.

Ele limpou a garganta e embaralhou um pouco os papéis, prolongando o momento enquanto meu pulso batia descontroladamente em meus ouvidos.

— Caçada à lua — ele anunciou.

*Caçada à lua*, repeti, meu coração parando de bater. *Eu vou... vou para a caçada à lua.*

# CEDRIC

— Caçada à lua. — A declaração do Magistrado ecoou em minha mente.

*Que. Merda. É. Essa?*

Olhei para Khalid, mas ele estava escondido em suas vestes escuras, com o foco no palco. Merda, ele poderia até estar dormindo.

*Traidor.*

Foi preciso muito esforço para não reagir a essa decepção. *Tínhamos um acordo*, pensei. Lily deveria ir para os campos de harém, onde ele a escolheria. Então eu os seguiria de volta à sua região e mudaria minha lealdade.

Nunca deveria ter confiado nele.

No entanto, depois de ajudá-lo a lidar com Emine, pensei que tínhamos um acordo. Aparentemente não. Ele ainda estava brincando comigo. Me pressionando para provar o meu valor de maneiras que eu não entendia.

Mas talvez fosse a vez dele de provar seu valor para mim.

Silvano grunhiu ao meu lado, com o foco em seu

426

tablet, não na forma murcha de Lily. *Puta merda*, ela parecia assustada. Destruída. *Sozinha.*

Mas não consegui ativar nosso vínculo. Eu não podia arriscar que alguém notasse nossa conexão. Especialmente Silvano.

— Talvez essa aqui? — Ele apontou para a foto nua de uma possível prospecto na tela. Ela tinha cabelo ruivo escuro e pele clara. Prospecto Setecentos e Três. Ela estava destinada à Copa Imortal, mas marcada claramente como um potencial harém.

Este dia inteiro foi uma grande charada. Doze candidatos seriam escolhidos para competir, mas antes que a batalha começasse, a realeza e os alfas teriam a oportunidade de escolher um novo brinquedo do grupo de candidatos.

Apenas alguns deles era rotulado como fora dos limites. E a beleza da tela não era uma delas.

Dei de ombros, fingindo desinteresse. Porque eu não me importava nem um pouco com quem ele escolhia, não com minha *Erosita* sendo escoltada pelo corredor por um Vigília.

Indo para a porcaria de um acampamento de caçada à lua.

*Merda.*

Isso era um pesadelo. Eu não poderia simplesmente pegá-la, não sem que todos os membros da realeza e alfa presentes soubessem. E o mesmo valia para pegá-la de um ônibus.

O desejo de me conectar a ela, de sussurrar em sua mente e fazer uma promessa que eu não tinha certeza se poderia cumprir, atormentou meu coração. Mas Khalid havia me avisado que até mesmo um mínimo de comunicação poderia alertar Silvano sobre meu vínculo.

Era tudo uma questão de cheiro, e criar esse muro entre Lily e eu minimizou um pouco minha mudança.

No entanto, Silvano notou uma pequena diferença e comentou sobre isso logo após chegar.

Eu estava prestes a admitir que levei uma prospecto em potencial para casa quando Khalid disse:

— Ah, você deve estar sentindo o cheiro da Emine. Sim, Cedric e eu nos divertimos um pouco com minha escrava. Você teria gostado dela. Infelizmente, está morta agora.

E esse foi o fim da discussão.

O cheiro ainda existia, mas Silvano não parecia se importar. O tempo operava exclusivamente para os imortais. Ele via alguns dias como meros segundos, o que significava que a fragrância mortal poderia durar semanas antes que ele começasse a questioná-la novamente.

Embora, se ele sentisse meu cheiro em Lily, quase imediatamente saberia a verdade.

O que fez com que o afastamento dela do palco fosse uma coisa boa. Assim como foi uma reviravolta positiva que ele estivesse muito ocupado procurando prospectos em seu *tablet* para se importar com o desfile de graduados diante dele.

Ele ainda estava com a ruiva na tela.

— Então? — ele me incitou.

Eu não tinha certeza de por que ele se importava com a minha opinião. Ele poderia pegar qualquer humano que quisesse destruir. Mas claramente, ele queria uma resposta.

— Ela é bonita — respondi, com o tom entediado. Eu não tinha interesse em ajudá-lo a escolher um novo brinquedo. Não com Lily sendo levada para a área de candidatos à caçada à lua ao lado do campo. Eles seriam escoltados até seus respectivos ônibus e eventuais aviões logo após a cerimônia.

*Puta merda. O que vou fazer? Como vou resolver isso?*

O cabelo loiro de Lily brilhava ao luar enquanto o Vigília gesticulava para que ela se juntasse à seção de candidatos à caçada lunar.

Ela manteve a cabeça baixa, me impedindo de ver sua expressão.

*Não me odeie, florzinha*, pensei para ela. *Eu abriria o vínculo se pudesse. Mas juro que não te abandonei.*

Meu peito doía.

*Só não tenho ideia de como vou te salvar.*

E eu odiava admitir essa parte. Odiava toda essa situação.

Silvano virou para outra candidata, perguntando o que eu achava dos peitos dela. Dei outra resposta evasiva. *Abra o perfil de Lily e darei uma resposta honesta.*

Testemunhei alguns Dias de Sangue, já que muitas vezes eram televisionados, e tive acesso à cerimônia por ser um Mestre na universidade.

Mas nunca me sentei com Silvano durante um.

Ele normalmente comparecia sozinho. Embora os soberanos fossem tecnicamente autorizados a comparecer, geralmente só participavam dos eventos quando solicitados por um membro da realeza.

Alguns membros da realeza convidavam todos os seus soberanos como um sinal formal de agradecimento.

Outros escolhiam soberanos que desejavam honrar, o que Silvano parecia estar fazendo agora, quando eu estava prestes a me tornar seu mais novo membro.

E havia aqueles – como Khalid e geralmente Silvano – que escolhiam comparecer sozinhos.

Todo o desfile político era um jogo de poder.

Assistir sozinho sugeria um certo nível de confiança na capacidade de se defender.

No entanto, participar com soberanos transmitia um

nível de lealdade e respeito que basicamente dizia: "Me ataque e terei lacaios poderosos que trabalharão juntos para destruí-lo".

Era tudo um concurso de superioridade que eu não tinha interesse em participar.

No entanto, prosperou ao meu redor durante a cerimônia, os vampiros e alfas fazendo comentários baixos sobre candidatos e intenções, enquanto avaliavam as respostas dos outros.

*Entretenimento*, pensei, agradecido quando o décimo candidato à Copa Imortal foi anunciado. Era um homem loiro de comportamento firme, que reconheci como estando na lista dos intocáveis, o que significava que não poderia ser selecionado para um harém. Ele era um possível futuro imortal. Mas vê-lo agora indicava que estávamos quase terminando.

Porque o décimo primeiro candidato à Copa Imortal foi escolhido logo depois dele.

Embora esse fosse apenas a Prospecto Setecentos e Três, aquela com o cabelo ruivo sobre a qual Silvano havia perguntado.

Assim, ainda tínhamos quase trezentos humanos para passar.

*Puta merda, esta noite nunca vai acabar.*

Eu não conseguia mais ver minha Lily, seus cabelos claros perdidos na multidão de candidatos ao seu redor. Os participantes da caçada à lua se misturaram com os participantes do acampamento de reprodução, pois todos seriam levados juntos para seus destinos finais.

Porque alguns dos participantes da caçada à lua acabariam reproduzindo.

Se sobreviveram sendo caçados e comidos pelos lycans selvagens.

Meu estômago se revirou. *Eu te avisei*, pensei para Lily. *Puta merda, eu avisei que esse seria o seu caminho.*

Mas eu não podia culpá-la. A culpa era minha. Confiei em Khalid para me ajudar, o que ele claramente não tinha intenção de fazer, algo com o qual eu teria que lidar *mais tarde.*

Porque agora, eu tinha que descobrir como salvar minha *Erosita.*

*Se eu conseguir escapar durante a primeira rodada com os candidatos à Copa Imortal, talvez consiga alcançar o ônibus de Lily.*

E depois?

Como Mestre, eu poderia mentir e dizer que precisava de Lily para uma tarefa. Qualquer lycan designado para o transporte dela estaria abaixo de mim na classificação.

*Todos os membros da realeza e alfas, os únicos mais poderosos que eu, estarão ocupados com os candidatos à Copa Imortal por pelo menos uma hora. Talvez mais.*

Porque cada um deles teria sua vez examinando os candidatos e decidindo se preferiam que um deles se juntasse ao seu harém agora. E se achassem que faltava, o que era raro, poderiam escolher entre o grupo de candidatos destinados ao campo de harém.

O objetivo de toda a prática era desmoralizar os competidores da Copa Imortal. Eles ficaram emocionados por serem selecionados como um dos doze melhores humanos para lutar pela imortalidade.

Apenas para saber que não valiam nada e poderiam acabar como escravos sexuais apenas alguns minutos depois.

Era a parte da cerimônia que membros da realeza como Silvano mais esperavam, daí sua leitura ansiosa da lista.

Mas isso significava apenas que ele e os outros como ele estariam distraídos.

Então poderia ser...

— Prospecto Mil — o Magistrado chamou, designando o último humano a ser classificado.

Eu mal notei o mortal caminhando até o palco.

Só queria que terminasse. Eu queria um motivo para fugir. Escapar. Correr. Para salvar Lily.

Mas eu não tinha um plano de verdade. Se eu a pegasse, não fazia ideia para onde iríamos. Os vampiros reais e alfas ficariam distraídos, mas apenas momentaneamente e, em algum momento, alguém notaria sua ausência.

Assim como Silvano notaria a minha.

E depois?

— Indústria de serviços do Clã Clemente — o Magistrado anunciou.

Meu coração acelerou.

— Viu algum de que você goste? — Silvano perguntou.

Eu pisquei para ele, sem entender.

— Um o quê?

Ele me deu um olhar que dizia que me achava idiota.

— Um candidato para foder.

Franzi a testa.

— Esse é o nosso plano para a noite? — Por que eu realmente esperava que não fosse o que ele pretendia que fizéssemos esta noite. Preferiria morrer a tocar em alguém que não fosse minha Lily.

Ele sorriu.

— Bem, pretendo que seja *seu* plano. Vou te dar meu novo escravo de presente.

Meu queixo tremeu de leve, algo que ele percebeu porque seu sorriso se alargou.

— Você está surpreso. — Não era uma pergunta, mas uma afirmação. — Bom. Achei que você poderia aprovar depois de saber que gostou de uma das escravas do Khalid. Então, vou comprar uma para...

— Isso conclui nosso Dia do Sangue anual — Lilith anunciou, interrompendo Silvano. — Vigílias, por favor, acompanhem suas respectivas equipes até suas saídas. Os prospectos de harém e participantes da Copa Imortal permanecerão.

Silvano não olhou para ela, apenas continuou a sorrir para mim.

— Dê uma olhada e me diga três ou quatro que lhe interessam. Quando for a minha vez, vou selecionar a escrava e entregá-la a você.

*Puta merda.*

De todas as vezes em que Silvano tentou ser gentil, ou seja lá como esse ato de me dar um "presente" poderia ser chamado, ele tinha que escolher *agora*.

O que significava que escapar dele sem ser notado seria impossível.

E salvar Lily...

*Vai ser impossível.*

Depois que ela colocar os pés naquele ônibus, talvez eu nunca mais consiga encontrá-la.

O sistema continha detalhes e atribuições dos prospectos, mas isso não significava que ela sobreviveria o suficiente para chegar ao seu destino final. Ou que poderia não haver uma mistura ao longo do caminho.

*E se um dos lycans transar com ela?*

*Isso vai quebrar nosso vínculo.*

*Isso... isso poderia matá-la.*

Silvano me deu um tapinha no ombro com uma risada.

— Você está chocado demais para escolher um? Devo tentar a ruiva, então? Ou talvez a Prospecto Novecentos e Um? Com peitos empinados?

Eu não quero a porra de uma escrava. Já tenho uma.

Em vez disso, queria me teletransportar, pegar Lily e correr.

Queria matar Silvano.

Eu queria desaparecer.

Desejava voltar no tempo e me opor a todo esse maldito processo.

Eu queria...

— Sugiro dar uma olhada na Prospecto Quatrocentos e Nove — Khalid disse por baixo de suas vestes, a voz gentil e baixa cortando todos os meus desejos.

*Pode parar com isso. Quero te matar*, pensei, olhando diretamente para ele. *Quero te matar por me fazer pensar que eu poderia confiar em você.*

— Você tende a gostar de coisas delicadas, não é? — Khalid continuou como se eu não fosse pular sobre os assentos e estrangulá-lo. — Essa aqui me lembra uma flor. Fácil de destruir e quase como aquela coisinha bonita que enterramos no início desta semana, humm?

*Flor.* Essa única palavra – um apelido que foi direto ao meu coração – me fez dar uma pausa e me impediu de realizar meu desejo de aniquilá-lo. *Que jogo você está jogando agora?*

Khalid levantou seu tablet, algo que eu nem tinha percebido que ele estava segurando, e meu coração parou com a imagem do corpo nu de Lily na tela.

Abaixo do nome dela, dizia *Candidata a Caçada à Lua.*

E embaixo estavam os detalhes sobre sua remessa.

— Essa não é candidata a escrava — Silvano disse a ele.

Khalid virou o tablet para analisá-lo.

— Oh, me desculpe, meu cursor deve ter escorregado. Espere. — Ele o tocou com a mão coberta, o que de alguma forma conseguiu fazer a tela se mover. — Aí.

Ele me mostrou a imagem de uma morena, a Prospecto Quatrocentos e Nove.

Mas não a vi.

Só vi Lily e as informações que ele acabou de me dar.

*Sua designação de caçada à lua.*

*E mais importante, seu destino.*

Silvano fez alguns comentários sobre a prospecto na tela, me dizendo que não aprovava a escolha.

Fingi concordar, distraído pela nova estratégia que se formava em minha mente.

Khalid havia prometido me ajudar.

E parecia que ele tinha feito isso.

Porque, de alguma forma, Lily estava destinada ao território de um lobo que eu conhecia muito bem, o *Clã Clemente*.

Eu só precisava sobreviver a esta visita com Silvano e voltar para casa.

Então eu poderia ir caçar minha *Erosita*.

*Não murche, minha querida Lily.*

*Estou indo te buscar.*

*Eu prometo.*

# LILY

*Não sou mais a Prospecto Quatrocentos e Sete.* Olhei para o cartão em minha mão. *Agora sou o Item Dezessete da Caçada à Lua, Designação Clã Clemente.*

A fêmea loira ao meu lado tinha um cartão semelhante, só que o dela dizia, *Vadia Reprodutora Doze, Designação Clã Clemente.* Acima estavam as palavras *Universidade de Sangue Três, Prospecto Setecentos e Um, Ano Cento e Dezessete.* Essa distinção foi riscada, assim como a minha.

Apenas o meu dizia *Universidade de Sangue Sete, Prospecto Quatrocentos e Sete, Ano Cento e Dezessete.*

Assumi a distinção de número depois que a universidade detalhou qual delas havíamos frequentado. Parecia uma suposição segura de se fazer, considerando que ela era uma estranha para mim.

Um lycan rosnou da frente do ônibus, mantendo o olhar fixo em uma mulher que soluçava em silêncio alguns assentos à minha frente. Ela estava fazendo o seu melhor para não fazer barulho – todos nós estávamos – mas o metamorfo obviamente sentiu que a humana precisava se esforçar mais.

Ignorei a troca, desviando o olhar para o meu cartão novamente. *Agora sou o item dezessete da Caçada à Lua.* Continuei repetindo a declaração, sempre com a esperança de que Cedric me ouvisse e respondesse.

A decepção ameaçava me afogar toda vez que ele não me reconhecia.

Mas continuei tentando.

Mesmo quando fomos arrastados para fora do ônibus e para um avião.

Mesmo depois de encontrar meu lugar dentro de uma jaula.

Mesmo quando me disseram para deitar e dormir.

Mesmo enquanto eu sonhava e novamente quando acordava.

*Nada. Nem uma única palavra.*

*Porque ele está me deixando. Ou desistiu de mim ou está morto.*

Só que eu suspeitava que sentiria o último. Ou talvez não. Eu não conseguia senti-lo dentro de mim. Eu era apenas Lily. Sozinha com meus pensamentos. Segurando um cartão como se ele carregasse o sentido da vida. Sentada ao lado da fêmea do campo de procriação. Tentando não demonstrar um pingo de emoção.

A mulher chorando no ônibus já havia partido. Ela foi incapaz de suprimir os soluços, e o lycan lhe ensinou uma lição. Ou, mais precisamente, usou a humana para demonstrar o que aconteceria com todos nós se não ficássemos em silêncio.

Eu mal havia notado, estava muito ocupada pensando para Cedric, para realmente temer a brutalidade que se desenrolava diante de mim.

Houve mais incidentes no avião.

Mas o ônibus ao meu redor estava bem mais silencioso, todos resignados com seus destinos, ou talvez todos tivéssemos simplesmente perdido a vontade de viver.

Embora a mulher loira ao meu lado – a mesma com quem estive ao longo da minha jornada desde a cerimônia do Dia do Sangue até aqui – não parecia abatida. Em vez disso, ela estava com uma expressão entediada, seu olhar passando rapidamente pelas janelas enquanto dirigíamos pela escuridão.

Havia algo de calculista nela. Eu esperava que ela não tentasse fugir ou causar uma cena. Os lycans iriam persegui-la e destruí-la.

*Como vão fazer comigo durante a próxima caçada à lua,* pensei. *Estou exatamente onde você disse que estaria, Cedric. E estou começando a me perguntar se essa era sua intenção o tempo todo.*

Não era exatamente uma declaração justa a se fazer depois de tudo o que passamos juntos, mas não pude evitar que o núcleo da raiva abrisse caminho em meu coração e em minha mente.

*Ele me deixou.*

*Me abandonou.*

*E agora vou ser comida de lobo.*

O ônibus passou por um portão de muro alto, a lua brilhando no topo de arame. A mulher ao meu lado semicerrou o olhar para a barricada e tensionou a mandíbula. Mas em um piscar de olhos, ela ficou inexpressiva e olhou para frente novamente.

Só para olhar para mim quando percebeu que eu a estava observando.

Ela arqueou uma sobrancelha loira em desafio, confirmando que não estava abatida, mas com a intenção de lutar contra esse destino.

Eu a ignorei e voltei o olhar para os lycans. Não queria fazer parte do que ela planejava.

O metal rangeu ao nosso redor enquanto os pneus protestavam contra o caminho, forçando o ônibus a avançar lentamente por uma estrada longa e escura que parecia ter quilômetros de extensão.

Minha companheira de assento olhou para a janela, assim como eu, nós duas observando a terra árida e iluminada por luzes fortes.

Um prédio de cimento sem janelas apareceu à distância, a estrutura de três andares mais parecida com uma rocha que com uma residência.

*Este é o campo de procriação?* me perguntei. *Ou o centro de espera para a caçada à lua?*

Meu sangue gelou quando o ônibus estacionou ao lado da estrutura sinistra.

*Eles vão nos dizer para desembarcar e correr?*

*Ou haverá sessões de aquecimento primeiro?*

*Talvez tenhamos alguns treinos à meia-noite, semelhantes àqueles no deserto.*

Tinha areia aqui. Sem árvores.

Ainda não conseguia sentir o ar, o ônibus gelava para manter os lycans a bordo confortáveis.

Claro, eles desligaram tudo quando saíram do ônibus. A falta de um comando dizia muito. *Não se movam* era o que suas ações indicavam.

Engoli em seco, sentindo o coração acelerar. Minha companheira de assento vai agir agora? Ou esperar até sairmos do ônibus?

Eu estava perto do corredor, bloqueando seu caminho.

Mas ela não pediu para trocar. Ela não disse ou fez nada além de observar pela janela.

Vários outros estavam inquietos ao nosso redor, todos esperando.

Mas ninguém falou. Ninguém tentou correr. Todos nós simplesmente esperamos como escravos bem treinados.

*Entendo agora por que os humanos te aborrecem*, pensei para Cedric. *Nosso senso de livre arbítrio foi tirado de nós.*

No entanto, Cedric me devolveu o meu. Ele me mostrou como a vida poderia ser ao seu lado.

Só que tudo foi uma mentira. Um conto de fadas temporário. Um sonho que eu nunca deveria ter realizado.

*Você estava certo*, continuei. *Teria sido uma misericórdia me matar*.

No entanto, eu teria escolhido esse caminho de qualquer maneira.

Um pensamento ingênuo, talvez, já que eu ainda não havia realmente sofrido meu destino, mas o prazer de conhecer Cedric valia minha dor futura.

Ele não era o monstro que se considerava. Era apenas antigo. Um vampiro com um conceito diferente de humanidade, ou a falta dela.

*Você me deu o presente da experiência*, murmurei. *Isso pode me assombrar até meu último suspiro, mas também me dará paz*.

Também me forneceria um propósito.

Uma luta.

Uma *vontade* de sobreviver.

*Ele está vindo atrás de mim*, decidi. Eu tinha que acreditar nisso, ou a desesperança me destruiria.

A mulher ao meu lado ficou tensa, chamando minha atenção para o telhado do prédio, onde lycans rondavam em forma de lobo. Seus deslumbrantes pelos brancos brilhavam sob a lua, dando-lhes um apelo misterioso.

*Apropriado*, pensei, sentindo o coração bater mais forte. *Este lugar é cenário de pesadelos*.

Entreabri os lábios quando alguém saltou do prédio para cair em cima do nosso ônibus com um baque.

Dois humanos gritaram.

Mordi o lábio para não emitir nenhum som enquanto a mulher ao meu lado inalava profundamente.

A porta se abriu quando outro lycan entrou no ônibus usando apenas um par de jeans, suas íris piscando como uma tocha dourada enquanto ele examinava a multidão.

Ele curvou o lábio. Seu desgosto era palpável.

Então ele agarrou o humano mais próximo e exigiu ver o cartão dele.

— Caçada à lua — o lycan falou arrastado. — É melhor começar a correr. — Ele empurrou o homem para fora do ônibus, provocando uma confusão de rosnados do lado de fora.

Baixei o olhar para o meu cartão, desejando ser invisível enquanto os sons dos uivos ecoavam na noite.

Sua canção bestial era faminta e cruel.

E pontuado por gritos humanos.

*Apenas respire*, disse a mim mesma. *Se submeta e sobreviva.*

*Por enquanto.*

O lycan na frente do ônibus grunhiu.

— Bem, se ele é uma introdução à remessa, teremos um ano chato.

Suas palavras foram dirigidas aos que estavam fora do ônibus.

Mas as próximas foram direcionadas a nós.

— Levantem-se e formem uma fila fora do ônibus para inspeção. — Como ninguém se mexeu, ele acrescentou: — Agora.

Todos se levantaram, fazendo o lycan grunhir ao sair do ônibus.

Eu estava cerca de doze bancos atrás, o que me colocava no meio da fila quando desembarcamos. A mulher loira seguia atrás de mim, com movimentos silenciosos. Fiz o meu melhor para ignorá-la, não querendo ter nada a ver com o que ela havia planejado.

Mas tudo o que ela fez foi parar ao meu lado e manter a cabeça baixa, assim como eu.

— Cartões para cima — um dos lycans ordenou.

Olhei para a esquerda para ver como os outros seguravam o deles, e segui o exemplo, então levantei um pouco mais alto depois que o primeiro humano foi repreendido por fazer o lycan se abaixar para ler.

Eram todos muito maiores que nós, o volume deles aprimorado pela herança sobrenatural.

Ou talvez eu só me sentisse pequena porque todos os lycans ao nosso redor eram homens.

Havia alguns humanos de estatura semelhante, mas que empalideciam em comparação a musculatura dos lycans. Eu os observei por entre os cílios, mesmo mantendo a cabeça baixa, minha leitura terminando contra a maioria de seus torsos nus.

A maioria deles usava jeans e nada mais, nem mesmo sapatos.

Quando o lycan me alcançou, fez uma pausa.

— Caçada à lua. Interessante. — Ele agarrou meu queixo para forçar meus olhos para cima, o olhar calculista e cheio de interesse.

Engoli em seco, sentindo meu coração quase parar. Mas anos de treinamento mantiveram minhas reações sob controle, o que só pareceu intrigar ainda mais o lycan.

Ele se inclinou para frente, seu nariz indo para o meu pescoço enquanto inalava profundamente.

— Humm — ele murmurou, pensativo. — Talvez você precise ser transferida. — Ele se endireitou, os olhos azulgelo encontrando os meus. — Supondo que você sobreviva à caçada. — Ele me soltou com uma piscada antes de passar para a loira ao meu lado.

Imediatamente olhei para o chão enquanto lutava para ignorar a sensação que seu toque havia deixado em minha pele. *Muito quente. Muito perto. Muito errado.*

Felizmente, eu não era a única em quem ele parecia

interessado, seus comentários sobre a reatribuição ecoando enquanto ele continuava a examinar o grupo.

Ele não era o Alfa do Clã Clemente, algo que eu sabia porque não o reconheci, já que fomos forçados a memorizar todos os nossos superiores e suas fotos em uma aula várias décadas atrás. Mas mesmo sem isso, eu conheceria seu *status* inferior por causa da assinatura de energia.

O fato de que eu podia sentir confirmava que ainda estava ligada a Cedric, porque eu suspeitava que a consciência vinha de nosso vínculo *Erosita*.

*O que significa que você ainda está vivo*, pensei para ele, sentindo meu sangue congelar. *E você está me ignorando.*

Minha mente ameaçou mergulhar fundo no turbilhão de *e se* novamente, mas me mantive no presente, voltando a atenção para os lycans ao meu redor. Eu não podia me dar ao luxo de me distrair agora.

— Por aqui — um dos metamorfos disse com a voz rouca enquanto nos conduzia através de uma porta lateral até o prédio sem janelas.

O ar frio arrepiou os pelos dos meus braços expostos, meu robe branco fazendo pouco para me proteger da mudança abrupta no clima. Eu nem tinha percebido o quanto estava úmido lá fora até passar pela porta. Agora, parecia que eu tinha entrado em um freezer.

Meus joelhos tremiam enquanto caminhávamos, meus membros estavam congelando não apenas pelo frio, mas também pelos ruídos que chegavam aos meus ouvidos.

Grunhidos.

Choro.

*Gritos.*

Me recusei a olhar pelas portas abertas enquanto passávamos pelas fontes daqueles sons. Eu não precisava dessas imagens gravadas em minha mente.

O corredor acabou se transformando em um grande espaço aberto cercado por gaiolas. *Uma prisão*, pensei, me lembrando do termo usado para celas trancadas como esta.

Cada quarto continha duas camas.

Mas não fomos enviados para lá.

Em vez disso, o lycan nos conduziu até um vestiário e ordenou que nos despíssemos e tomássemos banho, assim como nossa preparação para o Dia do Sangue. Só que desta vez, estávamos todos muito expostos aos seus olhares famintos.

Tentei não pensar no que aconteceria se eu atraísse o interesse de algum deles, como isso mancharia meu vínculo com Cedric e provavelmente terminaria em minha morte rápida.

Eles não seriam gentis. Não que Cedric fosse gentil também, mas pelo menos ele me dava prazer. Esses animais... não.

*Onde está você?* perguntei, quase delirando com a água gelada batendo em meus ombros.

Um grunhido rasgou o ar quando um dos lycans reagiu a uma fêmea. Não olhei, apenas fechei os olhos e terminei meu banho. *Fique invisível. Obedeça. Sobreviva.*

Esse se tornou meu mantra quando saí do chuveiro para me secar e vestir as roupas que nos esperavam: calça azul e camisa branca.

Continuei repetindo aquele mantra para mim mesma enquanto nos escoltavam até uma área de refeitório para uma refeição de frango grelhado, arroz e ervilhas.

E continuei sussurrando isso em minha mente enquanto eles me levavam para a minha cama para passar a noite.

Sem surpresa, a loira compartilhou minha cela.

Parecia que nossos números estavam ligados e, pelo

que pude perceber, cada quarto tinha um candidato à caçada à lua e um à procriação.

— Luzes apagadas — o lycan disse.

O quarto ficou escuro como breu antes de eu reivindicar uma cama, me deixando de pé ao lado da outra garota em um teatro de pesadelo cheio de ecos de humanos gritando à distância.

Foi o suficiente para me fazer desejar que não fosse transferida.

*Talvez eu deixe que eles me peguem.*

*Ou talvez eu encontre um lugar para me esconder.*

Improvável, mas que escolha eu tinha?

Minha fantasia com Cedric chegou ao fim. Era hora de encarar a realidade. E a realidade significava sobreviver.

*Para fazer o quê?* pensei. Para ir para o campo de reprodução desta instalação? Correr e me esconder no desconhecido? Eu não sabia nada sobre o território do Clã Clemente além de minha breve excursão lá fora.

Para onde eu iria?

Onde eu me esconderia?

*Como vou sobreviver?*

# CEDRIC

Três. Dias.

Esse foi o tempo que demorei para encontrar uma janela de oportunidade para deixar a região de Silvano. Aparentemente, meu criador me presentear com uma *escrava* deveria me convencer a renunciar a meus dois anos de liberdade.

Eu sabia que tinha que haver um problema. Silvano não fazia nada sem propósito.

Recusar abertamente não era uma opção. Então joguei com ele e observei como me ajudou a "destruir" minha nova escrava no voo de volta para sua cidade. Levei o que restava da garota para o meu quarto na Silvano Tower.

E prontamente tirei a pobre garota de sua miséria.

Não havia recuperação do que ele fez com ela.

Dei um dia antes de informá-lo que havia perdido minha escrava. Ele me ofereceu uma de seu harém, mas eu disse que já havia me dado o suficiente e tive uma ideia melhor.

— Vou pegar uma humana dos lobos — falei. — Me

dá uma razão para verificar como as coisas estão indo no Clã Clemente e me permite reafirmar meu domínio lá antes de assumir como soberano perto da fronteira do Texas.

Silvano sorriu.

— Sabia que você seria bom para o trabalho. Você praticamente já o está fazendo, mas sem as vantagens. Vamos consertar isso quando você voltar.

— Estou ansioso — menti.

Não que ele tivesse notado. E por que notaria? A posição era uma honra para a maioria. Obviamente, eu deveria estar em êxtase.

Ele interpretou mal meu adiamento ao cargo como uma necessidade de provar que era digno dele.

Usei isso a meu favor ao fornecer minha desculpa para esta visita ao Clã Clemente. Eu sabia pensar como um soberano, isso nunca foi problema para mim. Só não queria ser um, algo que Silvano nem imaginava como uma possibilidade.

Outro descuido da parte dele para usar a meu favor.

Ele não tinha motivos para presumir que eu não voltaria. Para onde mais eu iria?

Para ele, a região de Silvano era minha casa. E era... por enquanto.

Me encostei na parede de um prédio abandonado, perto da divisa entre a Região Silvano e o Clã Clemente. Era um local que eu conhecia bem das minhas visitas anteriores.

Só que desta vez, eu estava aqui por mim, não por Silvano.

E isso me tornava ainda mais perigoso que o normal, uma característica que a maioria dos metamorfos captava com base no cheiro.

No entanto, o lobo mais velho caminhando em minha direção não reagiu. Ele se movia com uma confiança preguiçosa, passos seguros e expressão entediada.

— Cedric — ele cumprimentou.

— Jolene — respondi.

— Meu filho não atendeu ao aviso de Silvano?

Eu sorri.

— Tenho certeza de que não. Esses dois idiotas são muito arrogantes para ver a razão.

Jolene retribuiu meu sorriso.

— Verdade. Acho que é uma coisa boa eu ter feito parte da criação do Edon.

Edon. O futuro Alfa do Clã Clemente. Assumindo que o alfa atual, Walter, permitiria que seu filho assumisse.

— Então, se o Silvano não te mandou aqui, por que estamos nos encontrando?— Jolene continuou, sua percepção tão aguçada como sempre. Sua idade não era um impedimento, mas uma força. Algo que seu filho realmente não deveria tomar como certo.

Mas eu não estava aqui para discutir a hierarquia dos lobos ou a política da sociedade.

Estava aqui para pedir um favor a um velho conhecido, que ele poderia ou não aceitar.

— Preciso de informações sobre o acampamento de procriação. — Era onde os candidatos à caçada à lua também eram mantidos, o que significava que Lily estava lá. Supondo que os detalhes que Khalid havia compartilhado comigo fossem precisos, de qualquer maneira.

Jolene arqueou uma sobrancelha grisalha.

— Algum motivo específico?

Para qualquer outra pessoa, eu teria respondido: *Não é algo que eu queira compartilhar.*

No entanto, Jolene não era como os outros deste mundo. Ele valorizava a honestidade e a moral antiquada. Era por isso que eu o procurava quando precisava entregar uma das mensagens infames de Silvano para Alfa Walter.

Jolene não aprovava a nova ordem mundial ou como os lycans degradavam seus relacionamentos familiares. Isso o tornou um aliado quando precisei.

E eu precisava de sua cooperação, porque havia poucos neste Clã em quem eu pudesse confiar.

— Preciso recuperar algo que me pertence — disse a ele.

— Algo ou alguém?

— Alguém — admiti, encarando seu olhar escuro. — Minha *Erosita*.

Suas sobrancelhas grossas encontraram arquearam.

— Entendo — ele murmurou.

Ele não fez nenhuma pergunta ou comentário, apenas me estudou por um longo momento e finalmente assentiu.

— Você vai precisar de mais que informações. Vai precisar de ajuda. E vai precisar disso rapidamente, pois presumo que esteja aqui para garantir que o vínculo permaneça intacto.

— Sim. — Minha resposta se aplicava a todos os questionamentos. — Ela foi designada para a caçada à lua.

— A menos que um dos lycans dentro do complexo decidisse o contrário.

Eles poderiam pegar quem quisessem. Transar, matar e mutilar. Mas conhecendo Lily, ela estava fazendo o possível para permanecer às sombras.

Era preciso contenção física para não quebrar nossa barreira mental e checá-la, mas não podia arriscar que alguém captasse nossa conexão.

Ela precisava ficar quieta.

Obediente.

Escondida.

*Minha.*

— A primeira caçada à lua está marcada para a próxima semana — Jolene falou. — Mas haverá um mínimo de participantes. Walter gosta de espaçá-los para mais diversão. A maior caçada lunar acontecerá após a coroação do Edon.

— Não vou esperar tanto tempo — disse a ele. — Cada minuto que ela está lá é outro minuto em que está em perigo.

— Então talvez você não devesse ter permitido que ela fosse trazida para cá.

— Silvano não me deu muita escolha no assunto. — Ele teria matado Lily muito mais rápido que os lycans. Manter distância foi a única maneira de garantir que ela sobrevivesse por tempo suficiente para que eu realmente a salvasse.

O que eu pretendia fazer agora.

Com ou sem a ajuda de Jolene.

Sempre havia outros lycans que eu poderia subornar. Só vim a ele primeiro por causa da nossa história.

E porque eu suspeitava que ele tinha um ponto fraco quando se tratava de companheiras. Ele já esteve envolvido em uma tríade rara com outros dois lycans. Apenas um deles ainda estava vivo. Embora ela não residisse no Clã Clemente, eu sabia que eles ainda se falavam.

Porque ele me deu várias mensagens ao longo dos anos para enviar a ela.

Esse era o nosso acordo de trabalho: retribuí seus favores enviando suas notas criptografadas para Claudette. Eu não entendia que jogo eles estavam jogando, nem me importava em descobrir.

O que importava para mim era sua utilidade.

E, neste caso, sua admiração pelos laços de companheiro.

— Então, o que vai ser, Jolene? — Me afastei da parede. — Você pode me ajudar ou não?

# LILY

Gritos assombravam meus sonhos, me fazendo mergulhar em um poço escuro de dúvida.

Eu estava aqui há quase uma semana, com um pensamento bem claro em minha mente.

*Ele não vinha me buscar.*

Eu não conseguia mais pensar em seu nome. Doía demais.

*Ele me abandonou.*

*Ele pode até estar morto.*

Eu não tinha como saber ao certo. Ele me cortou de todas as formas, me deixando sozinha neste pesadelo de gritos e grunhidos animalescos.

Minha colega de quarto foi levada ontem à noite, o que me deixou sozinha nesta cela fria. Não nos falamos muito, mas formamos um sentimento de solidariedade em nossa prisão.

Ela me disse para chamá-la de Willow, mas nunca explicou como recebeu esse nome. Assim como não contei a ela por que me referia a mim mesma como Lily.

Nosso relacionamento era tênue e se formou em um desejo mútuo de sobreviver.

Mas então os lycans vieram atrás dela.

Eu me encolhi no canto, com medo de que pudessem me confundir com uma prospecto de procriação.

No entanto, eles só se importavam com Willow.

Engoli em seco, olhando para o teto sem brilho acima de mim. Eu não conseguia dormir, minha cabeça fervilhava de perguntas e preocupações. *É a Willow gritando ao longe? Ela ainda está viva? Ela ainda quer sobreviver?*

*Eu ainda quero sobreviver?* perguntei baixinho, com o coração acelerado no peito. *Ele significa tanto para mim que não vejo sentido em viver sem ele?*

Que vida triste eu levaria se um vampiro era minha única razão de querer existir.

Mas o que mais essa vida tinha a oferecer?

Não havia mais aulas. Nem competições por posições. Apenas um destino pior que a morte, a caçada à lua. E se eu conseguisse me sair bem lá, seria recompensada sendo comida por esses animais.

Um arrepio percorreu minha coluna.

*Eu não quero isso. Não quero nada disso.*

Mesmo se eu escapasse, para onde eu iria? Como eu viveria?

Fechei as mãos com força, enquanto o desespero estrangulava meu coração e pulmões.

Eu... não sabia para que sobreviver. Não havia mais objetivos, nem esperanças, nem caminhos potenciais na vida.

Eu nunca seria Vigília.

Nem imortal.

*Estou destinada a ser caçada e comida por criaturas selvagens que me veem como um brinquedo, não como uma alma.*

Meu estômago se revirou quando me forcei a ficar de lado, o teto uma lousa em branco.

*Como meu propósito na vida.*

Trouxe as pernas ao peito e lutei contra a vontade de gritar.

Ele tinha me arruinado. Me mostrou um mundo pelo qual eu queria sobreviver, uma relação de significado e prazer.

Tinha tudo sido apenas um jogo cruel? Uma maneira de me apresentar a algo que ele sabia ser temporário?

*Eu o odeio.*

*Odeio os seres superiores.*

*Detesto este mundo.*

*Eu odeio tudo.*

Mas acima de tudo, odiava as garras geladas arranhando meu interior. A sensação me lembrou da morte, quase como se meu corpo já tivesse se deteriorado em um cadáver.

*Ainda não estou morta*, lembrei a mim mesma. *Eu posso sobreviver a isso.*

O que apenas me levou de volta à discussão sobre o que isso realmente significava. *Sobreviver para fazer o quê? Viver em agonia? Me tornar escrava reprodutora de um lycan?*

*Ele pode vir atrás de mim*, uma parte moribunda de mim sussurrou.

Ignorei aquela voz esperançosa, aquela que me trouxe o tormento atual. Foi a parte de mim que aprendeu a amar, a *viver*. Mas minha realidade não tinha mais espaço para aquele sonho.

Minha realidade era um pesadelo.

Botas pesadas pontuavam essa percepção, o som ecoando pelo corredor enquanto os passos se aproximavam cada vez mais. *Por favor, siga em frente. Por favor, me ignore. Por favor, não...*

Uma chave foi colocada na fechadura da cela, fazendo os pelos dos meus braços se arrepiarem. Não havia como fingir dormir. Não sem esconder a reação do meu corpo ao monstro que se aproxima.

Abri os olhos, determinada a enfrentar meu destino de frente, mas o lycan me ignorou por completo. Em vez disso, jogou o corpo machucado de Willow no chão.

Sem cuidado. Sem compaixão. Sem preocupação.

Deu apenas um grunhido quando a deixou e bateu a porta atrás de si.

Pisquei para seu corpo imóvel. *Merda*. Não pensei em nada. Agi, rolando para fora da cama e me juntando a ela no chão para verificar seu pulso.

*Estável.*

*Ela está respirando também.*

O inchaço em seu queixo sugeria que ela havia sido atingida pelo menos uma vez. Verifiquei sua cabeça e encontrei uma protuberância, o que explicava o que poderia tê-la nocauteado.

Fora isso, ela tinha alguns arranhões e sangue sob as unhas – *ela deve ter lutado* – e alguns hematomas se formando ao redor de seus quadris. *Marcas de mãos*, reconheci com um estremecimento. *De um lycan...*

Eu não queria terminar esse pensamento.

Em vez disso, me concentrei em deixá-la mais confortável.

Enrolei uma toalha para ela usar como travesseiro, fazendo o possível para não mexer muito seu pescoço, caso o golpe tivesse afetado sua coluna vertebral. Mas ela parecia estar inconsciente por causa do galo na cabeça.

Em vez de voltar para a cama, me sentei no chão ao lado dela. Algo sobre isso parecia certo, como se eu pudesse oferecer conforto enquanto ela se recuperava.

Uma noção ridícula.

Talvez fosse eu quem realmente precisava de conforto.

Puxei meus joelhos até meu peito e passei os braços em volta de minhas canelas.

O cimento sob meu corpo parecia gelo através da veste fina, me fazendo olhar para Willow novamente. Ela estava nua, a roupa havia sido arrancada de seu corpo.

Curvei os lábios. *Ela vai congelar assim.*

Estendi a mão para trás para pegar meu cobertor fino e coloquei sobre ela, em seguida, puxei o outro de sua cama para fazer o mesmo.

E retomei minha posição com os braços envolvendo as pernas.

O tempo passou devagar.

Ou talvez tenha sido rápido.

Eu não tinha mais noção de tempo, minha existência girava em torno das ordens dos lycans.

*Acorde. Tome banho. Coma. Volte para sua jaula. Coma novamente mais tarde. Volte para sua cama. Durma. Repita.*

As luzes fracas me disseram que ainda estávamos na fase de descanso da programação. Mas logo as faixas fluorescentes acima iriam acender e queimar meus olhos.

Então o novo dia começaria.

Ou noite.

Qualquer que fosse.

Eu não via a lua ou o sol no que parecia um mês. Um exagero. Mas ser mantida nesta prisão parecia uma eternidade.

*Uma eternidade sem meu companheiro.*

Ele me deu a imortalidade através do nosso vínculo.

*Isso significa que posso morrer durante a caçada à lua, apenas para renascer?* me perguntei, curvando os lábios. *E se eu permitir que me matem? Eles vão me deixar do lado de fora para apodrecer?*

Isso pode me dar uma chance de escapar.

A menos que o lycan me matasse primeiro.

Estudei Willow novamente, especificamente suas mãos.

Palavras sombrias assombraram minha mente.

*Eles adoram presas que não se submetem. E presas sexualmente habilidosas são ainda melhores. Porque quanto mais um humano se esforça, mais excitado os lycans ficam.*

A voz era uma que eu desejava ouvir, mas o aviso provocou um arrepio na minha espinha.

Lycans gostavam de brincar com sua comida.

Se eu lutasse como Willow, eu atrairia a besta – ou bestas – para me matar.

O que significava que eu precisava permitir que me capturassem.

E apenas... *morrer.*

*O que eles fazem com os corpos depois?* me perguntei.

Mas as luzes ganharam vida antes que eu pudesse ponderar as respostas para esse pensamento.

— Levantem-se — um lycan gritou no alto-falante.

As portas começariam a se abrir em breve, então deveríamos passar pelo ritual do banho.

Willow não se mexeu.

Eu a cutuquei.

— Willow?

Nada.

Ela estava inconsciente.

Talvez os lycans permitissem, já que foram eles que a nocautearam?

Não tive tempo de pensar mais, pois as portas se abriram no momento seguinte. Me levantei e caminhei em direção à saída, incapaz de fazer mais que obedecer à rotina.

Vários de nós formaram uma fila e fomos para os chuveiros.

Mantive a cabeça baixa como sempre fazia, cumprindo

minha rotina, e vesti a veste nova que me foi fornecida. Peguei uma segunda para Willow, então corri de volta para nossa cela.

Isso tecnicamente quebrou o protocolo, mas ainda havia alguns outros tomando banho, o que me deu tempo para voltar para minha cela.

Willow não se moveu.

Coloquei o vestido em sua cama e voltei para a área de banho, bem a tempo de entrar na fila que se dirigia ao refeitório.

*Ovos. Espinafre. Banana. Garrafa de água.*

Era a comida padrão, embora às vezes comêssemos frango e brócolis pela manhã. Depois de passar um mês com ele, percebi como toda aquela comida era insípida.

Outra consequência do nosso jogo proibido – *refinar meu paladar.*

Mastiguei e engoli, ignorando a falta de sabor e a pontada no peito. Em vez de pensar nele e em tudo que ele me mostrou, considerei Willow.

*Ela precisa de comida.*

Eu poderia de alguma forma contrabandear um pouco para ela? Talvez uma banana e água?

A maioria dos lycans na sala não estava prestando atenção em nós. A intriga inicial em estudar suas presas havia diminuído nos últimos dias, nossa presença não era mais nova e excitante. Eles já haviam escolhido os brinquedos com os quais queriam brincar; o resto de nós estava esperando pela caçada inevitável.

Olhei para a vitrine de comida e de volta para os lycans. *Talvez eu possa pegar algo no caminho de volta para a cela.*

Seria um risco.

Um que poderia atrair atenção negativa.

Ou talvez isso me valesse uma morte rápida. *Da qual eu vou acordar. Talvez.*

Eu não conhecia Willow tão bem. Valia a pena morrer por ela?

*Alguma coisa disso realmente importa?*

Cerrei os dentes, a desesperança alcançando meu espírito. *Por que não se rebelar um pouco? Por que não pegar um pouco de comida e água extra para Willow?*

Segui todas as porcarias de regras, passei em todas as porcarias de testes e acabei aqui, literalmente no inferno. Por quê? Porque eu podia lutar. Porque eu podia correr. Porque eu possuía pontuações sexuais decentes.

*Ele* tinha acrescentado pontos nisso? Disse à Aliança e aos outros o quanto transamos bem?

Fechei as mãos com força. *Eu te odeio*, pensei para ele. *Eu te odeio mais que jamais pensei ser possível. Você é um monstro. Um Mestre cruel. Isso tudo foi apenas um jogo para você? Você me deixou aqui para morrer porque isso te diverte?*

Nem esperei ele responder.

Porque eu sabia que ele não faria isso.

Ele não podia me ouvir. Ele me bloqueou. Ele me abandonou a esse destino. Caramba, ele podia até ser a razão de eu estar aqui.

*Não, isso não é verdade*, uma vozinha dentro de mim argumentou. *Você o conhece. Você conhece a mente dele. Ele...*

Bati a porta desses pensamentos, cansada desta lógica circular. Se ele se importasse tanto, ele... ele já teria encontrado uma maneira de entrar em contato comigo.

*A menos que ele esteja ferido.*

Cerrei os dentes e quase balancei a cabeça. Ele poderia estar ferido? Sim. Talvez. E se ele estivesse, então eu ainda só tinha a mim mesmo para confiar. Portanto, independentemente do motivo, ele não viria atrás de mim.

O que significava que eu precisava de um plano.

Um propósito.

*Alguma coisa*

Porque esse mar sem fim de depressão ia acabar me matando.

*Você é mais forte que isso,* eu disse a mim mesma. *Pare de sentir pena de si mesma e encontre uma maneira de sobreviver.*

*Para quê? Me tornar uma escrava reprodutora?*

Eu queria gritar de frustração. *Esta* não era a vida que eu queria. Não, queria aquela que tive com *ele.*

*Talvez eu sobreviva e o cace,* pensei. *Não seria uma surpresa divertida?*

Comecei a imaginar seu choque ao me ver em sua porta – não que eu soubesse onde encontrá-lo – apenas para a campainha interromper meu devaneio.

*Bem, tenho tempo para contemplar essa ideia,* decidi, me levantando e olhando a comida novamente. *Mas não tenho muito tempo para tomar essa decisão.*

Olhei ao redor da sala, notando os humanos se alinhando como tínhamos feito nos últimos dias. *Ou já faz uma semana?* me perguntei, me movendo para me juntar a todos eles.

Independentemente disso, era tudo uma segunda natureza agora.

*Entre na fila.*

*Caminhe de volta para as gaiolas.*

*Encontre seu lar temporário.*

*Sente-se.*

*Fique.*

Essa fila passou direto pela comida restante.

E pelo que pude ver, não havia lycans assistindo.

*É muito arriscado,* pensei, a apenas alguns metros das bananas agora. *Isso poderia chamar a atenção para mim, o que eu não quero. Eu não estou pronto ainda. Preciso de um plano primeiro.*

Exceto que eu não tinha certeza se existia um plano.

*Ainda assim...*

Engoli em seco, fechando os olhos por um longo segundo.

*Não.*

Continuei passando pelas bananas e pela água. Por mais que eu quisesse ajudar Willow, aprendi há muito tempo que a única pessoa que eu poderia realmente cuidar era de mim mesma.

*Sinto muito*, pensei, meus passos parecendo mais pesados enquanto eu continuava a caminhada de volta para nossa cela. Ela podia nem estar acordada ainda, mas isso não impediu que a culpa me consumisse. Ela sofreu ontem à noite. Isso estava claro. E agora continuaria sofrendo por não conseguir comer até...

Um lycan entrou no meu caminho, suas narinas queimando em minha visão periférica. Rapidamente baixei o olhar para o chão, paralisando os pés para me manter firme e obediente na frente dele.

— Humm — ele murmurou, o som provocando um arrepio em minha espinha.

*Interessado. Feral. Errado.*

— Você tem um cheiro diferente. — Ele se inclinou, seu nariz indo para o meu pescoço, seu calor sangrando em minha pele gelada. — Muito diferente. — Seu tom baixo me envolveu e ele envolveu minha cintura com o braço enquanto me puxava para fora da fila e instruía os outros a continuarem em frente.

*Ah, não.* Meu coração se acelerou. *Não, não, não.*

*Fique calma*, uma voz sussurrou para mim, uma que não me pertencia.

Quase fiz uma careta. *Estou imaginando-o agora?*

— Qual é seu número? — o lycan pensou, passando os dedos pelas minhas costas até minha nuca.

— Caçada à Lua Item Dezessete, senhor. — As palavras saíram baixas, mas faltava-lhes o tremor que ameaçava dominar meu ser. Considerei isso uma vitória temporária.

Até que o lycan me apertou.

— Caçada à Lua. — A intriga deixou seu tom sombrio. — Parece um potencial desperdiçado.

— Ou um bom teste de força — outro comentou, juntando-se ao nosso pequeno grupo no corredor entre o refeitório e as celas. — Você tem razão. Ela tem um cheiro diferente. — Ele se inclinou para cheirar meu pescoço como o outro tinha feito. — Interessante.

— Vamos prová-la? — o primeiro lycan perguntou,. Sua mão parecia uma algema em volta da minha nuca.

— Talvez — o segundo lycan respondeu, levando a mão ao meu quadril. — Leve-a para o quarto preto. Depois, junte-se a mim em meu escritório. Vamos examinar o arquivo dela primeiro.

O primeiro lycan deu um grunhido apreciativo e começou a me puxar de volta para o refeitório.

— Ouviu isso, linda? Ele te quer no quarto preto. Uma grande honra, considerando os brinquedos que nos esperam lá.

De alguma forma, eu duvidava que sua definição de honra combinasse com a minha.

A bile subiu pela minha garganta, queimando o fundo da minha boca enquanto o lycan me conduzia ao meu destino.

Supus que o debate sobre a banana não importava mais, já que consegui atrair a atenção desse homem de qualquer maneira.

— *Você tem um cheiro diferente.*

Por quê? Por causa *dele*? Nosso vínculo?

Ele ainda estava me assombrando, mesmo agora? Me arrastando para um novo propósito, um destino mais sombrio, tudo porque dei meu coração a ele?

*Eu o odeio*, pensei pela milésima vez. *Eu o odeio tanto*.

*Você também me ama*, sua voz sussurrou de volta, confirmando que eu tinha enlouquecido. Porque eu sabia que ele não estava realmente lá. Ele me abandonou. Me deixou aqui para sofrer.

E agora eu estava sendo levada para o *quarto preto*.

Onde meu vínculo com *ele* provavelmente seria quebrado.

Isso não era o que eu queria. Eles nem me deram a chance de correr ou lutar. No entanto, eu também não tinha certeza se queria isso.

Não, o que eu queria era um vampiro alto e taciturno com cabelos castanhos, uma mandíbula cruel decorada com a sombra de uma barba finamente raspada e olhos escuros perversos. *Lábios carnudos. Construção atlética. Comportamento elegante. Propensão para jogos aterrorizantes.*

Estremeci, sua imagem aparecendo em minha mente por um breve e feliz momento.

Então o visual se estilhaçou na realidade do quarto preto, que rapidamente percebi que tinha o nome das paredes de obsidiana.

*Mais fácil de se esconder as manchas de sangue*, presumi, meu coração batendo forte em meu peito quando o lycan me empurrava para dentro.

— Não saia deste quarto — ele rosnou, então bateu com a porta, me deixando na escuridão.

Sem janelas.

Sem luz.

Apenas isolamento frio com o mais leve cheiro de ferro.

*Sangue*, eu percebi. *Estou sentindo cheiro de sangue.*

*Ele deixou a porta trancada?* aquela voz perguntou, me fazendo franzir a testa. Porque, novamente, não era minha. No entanto, tinha que ser alguma versão da minha mente porque *ele* me deixou aqui para morrer.

*Pare de pensar e verifique a porta,* a voz exigiu. *Você pode me odiar mais tarde.*

Franzi o cenho. *Ce-Cedric?*

*Verifique. A. Porta.*

Pisquei várias vezes. *É... é você mesmo?* gaguejei. *Não. Impossível. Ele foi...*

*Pare de perder tempo e verifique a merda da porta, Lily. Te treinei melhor que isso.*

Dei um passo à frente, obedecendo-o enquanto meus instintos tomavam conta da minha mente.

A maçaneta se moveu com facilidade. *Não trancou.*

*Bom,* a voz profunda – uma que eu não ouvia há um tempo – respondeu. *Agora me ouça com muito cuidado e faça exatamente o que eu digo. Então talvez você sobreviva.*

# CEDRIC

*Te odeio. Te odeio mais que jamais pensei ser possível.*
*Você é um monstro. Um Mestre cruel. Isso tudo foi um jogo? Você me*
*deixou aqui para morrer porque isso te diverte?*

Essas palavras foram as primeiras a entrar em minha mente quando removi o bloqueio entre mim e Lily. Eu estava muito atordoado com sua raiva para responder. Sua fúria era como um chicote em meus sentidos, algo que eu não esperava.

Desamparo.

Temor.

*Tristeza.*

Eu tinha antecipado tudo isso.

Mas não sua veemência. Seu *ódio*.

Claro, eu deveria saber que era apenas uma questão de tempo para ela me reconhecer como o monstro que arruinou sua existência. Eu a avisei desde o começo. Eu a queria destruída. Chorando. Morta.

Tudo em um esforço para libertá-la desta vida.

No entanto, não consegui fazer isso. Não mais. Eu

precisava dela. Lily era meu coração. O ar que eu precisava para respirar.

Eu me perderia sem ela. Pereceria para meus instintos mais sombrios. Mergulharia no tédio. Perderia meu resto de humanidade e me tornaria uma besta cruel.

*Como Silvano.*

Não.

Eu me recusava a deixar isso acontecer. Precisava da minha flor. Minha doce e querida Lily. Minha outra metade. Minha alma.

Talvez fosse egoísta de minha parte forçá-la a permanecer neste mundo cruel, mas eu faria o que pudesse para garantir sua segurança e conforto. Eu a esconderia por toda a eternidade. Meu único segredo. Minha razão de ser. Meu único propósito para fazer o que quer que Silvano exigisse.

Desde que ele não a encontrasse.

Eu tinha tudo planejado. Sabia exatamente para onde levaria minha flor para que ela pudesse florescer. Seria sem mim ao seu lado, mas ela estaria segura. Ela viveria. E quando pudesse, eu a visitaria.

*Isso tem que ser suficiente*, pensei, com a mente focada na dela.

Como eu suspeitava, minha reabertura do vínculo mudou o cheiro dela, algo que um dos lycans notou quase imediatamente.

Foi por *isso* que não a procurei até que chegasse a hora.

E agora, eu precisava que ela me ouvisse.

Precisava que ela confiasse em mim.

Necessitava dela para *sobreviver*.

*Você está pronta, Lily?* perguntei. *Está pronta para seguir aos meus comandos?*

Ela ainda não havia aceitado minha exigência. Seu corpo estava paralisado dentro daquele quarto escuro. Eu podia vê-la nas câmeras de segurança, a visão noturna pintando-a em tons de preto e branco.

*Eu nem tenho certeza se você é real*, ela sussurrou.

*Eu sou*, jurei a ela. *E vou ficar muito chateado se você não me ouvir. Porque só teremos uma chance de fazer isso funcionar.*

Se aqueles lycans voltassem para buscá-la antes que eu pudesse ajudá-la a escapar, eles destruiriam nosso vínculo.

E eu me recusava a deixar isso acontecer.

*Saia para o corredor e vire à esquerda, Lily.*

Ela não se mexeu.

*Agora*, ordenei. *Não temos tempo a perder. Esses lycans retornarão rapidamente depois de ver meu nome em seu arquivo. Então se mova.*

Eu não tinha muitos amigos no Clã Clemente por motivos óbvios. Os poucos que eu tinha estavam me ajudando nessa missão.

Lily estremeceu visivelmente. *Por que eu deveria confiar em você?*

Em vez de responder com palavras, abri a mente completamente para mostrar a ela o porquê. Para mostrar os últimos dias. Minha agonia por perdê-la para a caçada à lua. Minha determinação para encontrá-la. E meu medo sobre o que aconteceria se ela não me ouvisse agora.

Foram mil emoções diferentes transmitidas a ela ao longo de segundos.

O que fez com que seus joelhos se dobrassem quando ela caiu no chão com um grito de surpresa cheio de agonia.

Meu coração se apertou com a visão.

Mas minha mente antiga anulou minhas emoções, fazendo meu senso de estratégia entrarem ação.

Este não era o plano.

Meu aliado deveria tirá-la de lá. Mas enquanto a observava no refeitório, notei algum tipo de indecisão em suas feições. Um caminho potencial que ela parecia estar considerando explorar. Toquei sua mente para dizer a ela que fosse paciente, apenas para ser atingido por seu ódio.

Tudo por causa de uma banana para uma mulher chamada Willow.

Esse tinha sido o seu debate interno: se pegar comida valeria ou não o risco.

De forma inteligente, ela decidiu contra isso no final. Mas a essa altura, já era tarde demais. Porque alterei seu cheiro ao tocar sua mente.

O que exigia que eu mudasse para o plano B.

*Saia para o corredor e vire à esquerda*, disse a ela mais uma vez. *Não vou me repetir, Lily. Esta é nossa única chance, ou aqueles lycans irão destruir nosso vínculo.*

E eu não seria capaz de alcançá-la a tempo.

*Está bem*, ela sussurrou, sua mente me dizendo que ela estava em guerra consigo mesma. Ela se perguntou se havia inventado toda essa fantasia, mas decidiu que não tinha muito a perder.

*Poderia muito bem ceder*, ela estava pensando. *Sou carne de lobo de qualquer maneira.*

*Não se eu puder evitar*, eu disse a ela. *Mas preciso que você comece a correr.* Porque os monitores mostravam que os outros dois lycans já estavam voltando.

Aquele que foi ao escritório obviamente encontrou o arquivo dela e, sem dúvida viu meu nome como o Mestre que cuidou pessoalmente de seu último mês de treinamento na universidade.

*Mais rápido, Lily.*

Ela ganhou velocidade, seguindo pelo longo corredor de quartos mórbidos. Só puxei as câmeras de segurança para poder ficar de olho em qualquer lycan que estivesse lá dentro. No entanto, a maioria estava ocupada demais com suas "tarefas" para ouvir a humana fugindo pelo corredor. Eles assumiriam que a segurança tinha tudo sob controle.

Algo que eles estariam errados, já que meu aliado manipulou todos as câmeras para um *loop* para esconder a fuga de Lily de qualquer um que estivesse assistindo.

E na chance remota de um daqueles lycans no cio sentir o cheiro dela, eles não esperariam que ela estivesse tentando fugir. A maioria dos mortais estava apavorada demais para tentar.

Mas a maioria dos mortais também não me tinham aguardando por eles do lado de fora.

*Vamos, Lily. Me mostre o que você pode fazer.* Examinei todos os monitores, procurando possíveis ameaças ou problemas que pudessem surgir em seu caminho. *Vire à esquerda no final do corredor.* Meu olhar voltou para os dois lycans que se dirigiam para a sala preta. *Você será vista em cinco, quatro, três...*

Ela virou o corredor.

*Boa menina.* Claro, no momento em que percebessem que ela não estava onde a deixaram, eles começariam a rastrear seu cheiro. Tínhamos talvez mais quinze segundos antes de a caçada começar.

E aqueles lobos seriam muito mais rápidos que Lily.

*Há uma porta à sua frente. Quero que você continue correndo mesmo que esteja fechada. Estará aberta quando você chegar lá.*

Uma pontada de hesitação atravessou nosso vínculo, sua mente se perguntando mais uma vez se eu era mesmo real ou se ela estava prestes a se machucar ao colidir com um objeto sólido.

*Pare de pensar*, ordenei. *Estou no controle agora. Confie em mim para guiá-la.*

*Me guie*, ela repetiu com a voz mais sarcástica do que o normal. *Isso é tudo que você fez até agora e olhe onde estou.*

*Eu te avisei sobre seu destino, Lily. Você correu direto para isso. Agora estou te dizendo para correr atrás de um novo destino: eu.*

*Supondo que você seja real,* ela murmurou.

*Você está prestes a ver como sou real, doce flor,* eu a avisei. *Então vou te fazer sentir o quanto eu sou real.*

— Agora — eu disse, falando com Damien.

Ele era um vampiro conhecido que vivia perto da fronteira do Clã Clemente e da Região de Silvano. Seu criador, Ryder, era um recluso que residia em uma propriedade na terra de ninguém entre os dois territórios.

O que fez de Damien um aliado quando precisei me infiltrar no Clã Clemente para entregar uma das mensagens infames de Silvano. Particularmente quando eu queria entrar na toca dos lobos sem ser detectado, porque Damien era um gênio da tecnologia – algo que ele provou agora enquanto digitava o código para abrir a porta no final do corredor. Ele também foi o responsável por acessar todas as câmeras internas.

— Espero que seu contato lycan esteja pronto, porque isso vai soar alguns alarmes — Damien falou, seu sotaque texano acentuando os tons profundos.

— Se ele não o fizer, eu mesmo cuidarei disso — respondi, mantendo o olhar na forma de Lily correndo. *Essa porta vai se abrir em três, dois...*

Rosnados agudos soaram pelos alto-falantes quando os lycans descobriram que seu brinquedo não estava mais esperando no quarto. Lily quase tropeçou, o som obviamente ecoando nos corredores.

*Não pense. Aja,* eu disse a ela. *Passe pela porta.* Ele havia aberto, permitindo a entrada dela. *Agora feche.* Ela o fez, e Damien apertou uma tecla para trancá-la. Não que isso importasse... aqueles lycans tinham acesso a todas as áreas do prédio.

*E agora?* ela perguntou, sua voz contendo notas de medo e aborrecimento.

— Próxima fase — eu disse a Damien. Mas não foi necessário, pois seus dedos já voavam sobre o teclado.

— É melhor que essa fêmea valha a pena — ele murmurou. Seu antebraço tatuado me lembrava trepadeiras negras na luz baixa que entrava pelas janelas da van.

— Você não tem ideia — respondi, verificando a munição da minha arma novamente. *Vá para a direita, Lily. As portas continuarão a se abrir conforme você as alcançar. Não importa o que aconteça, não olhe para trás.*

Rosnados irromperam na tela, os lobos já a rastreando.

Ou Lily não podia ouvi-los através da porta fechada, ou estava focada em sua fuga, mas ela continuou se movendo com a graça que eu havia persuadido nela através de várias duras lições de ensino.

Segurei a vontade de elogiá-la, ciente de que isso era apenas o começo. Meu cronograma mudou quando aquele lycan sentiu o cheiro dela, o que significava que esse plano revisado não era meu caminho ideal.

Mas funcionaria.

Porque eu não aceitaria a alternativa.

Uivos soaram no ar da noite, os alarmes que Damien havia mencionado dispararam quando os lobos perceberam que algo não estava certo com seus sistemas internos.

Damien calculou que levaria menos de um minuto para perceberem a intrusão.

Infelizmente, ele estava certo.

Estudei os monitores, procurando meu contato lá dentro.

Ele deveria estar parado perto das portas externas, pronto para agarrar Lily e enfiá-la em um baú. Os uivos eram sua deixa. No entanto, não o vi em lugar nenhum.

Semicerrei os olhos. *Onde está você?* Ele era a única parte desta missão que me incomodava desde o início. O lycan não era alguém com quem eu tinha trabalhado antes.

No entanto, Jolene não era uma opção para esse papel. Ele era muito conhecido como antigo alfa do bando, e a notícia de seu envolvimento teria chegado ao seu filho.

Isso levaria a muitas perguntas e poderia até resultar na morte de Walter ou no exílio de Jolene.

Então Jolene me apresentou a um lycan chamado Viper e sugeriu que eu contratasse para o trabalho. Eu não tinha confiado na nova adição – um instinto cultivado por meio de vasta experiência – e parecia que meus pensamentos iniciais sobre o recém-chegado estavam corretos.

Mais tarde eu teria que dar um feedback a Jolene sobre sua *sugestão*.

Ou talvez eu apenas mandasse a cabeça do lycan para ele.

— Entrando — Damien advertiu, notando um trio de lycans em forma de lobo rondando fora do perímetro. Eles não estavam nem perto de onde estávamos, mas estavam no caminho pretendido por Lily.

*Pare*, eu disse a ela, examinando a tela em busca de uma estratégia alternativa. Meu contato ainda estava longe de ser visto. E não gostei da coincidência daqueles três lycans terem escolhido a rota de fuga exata de Lily para sua missão de vigilância.

Apontei para a imagem no canto superior esquerdo.

— Você pode destrancar uma das portas naquele corredor?

*Cedric?*

*Preciso de um segundo*, respondi.

Outro indício de desconfiança emanou de sua mente para a minha, mas eu a ignorei em favor de Damien.

— Para o necrotério? — ele perguntou.

— Sim. — Isso ajudaria a mascarar um pouco do cheiro de Lily. Claro, os lycans eventualmente seriam capazes de rastreá-la diretamente para aquela porta. Mas eu tinha um plano assim que ela entrasse.

Damien apertou algumas teclas, e uma das portas foi destrancada, respondendo a minha pergunta.

*Lily, preciso que volte correndo por onde veio. E rápido.*

Não elaborei o porquê, ela tinha que saber que os lycans estavam em seu encalço.

Ela paralisou na câmera por meio segundo antes de fazer o que eu tinha ordenado.

*Quando você chegar ao corredor de onde veio, continue em frente. Então quero que você vire à direita e abra a terceira porta à sua esquerda.*

Ela não respondeu, apenas continuou correndo, seu ceticismo obscurecendo seus pensamentos. Ela se perguntava se tudo isso era apenas imaginação, um truque que levaria a um fim assassino.

Poucas semanas atrás, isso a teria feito querer lutar.

Mas agora...

Agora parecia que minha doce flor não se importava mais com a sobrevivência. Ela começou a morrer nesta prisão, sua mente envenenada pela sociedade que a enganou para competir por uma vida melhor apenas para jogá-la aos lobos literais.

Eu a traria de volta à vida, daria a ela a vitalidade que sua mente e corpo desejavam e a levaria para um lugar onde ela pudesse crescer e prosperar.

*Quase lá, Lily,* sussurrei para ela.

Damien estava sacaneando os lycans com as portas, tornando difícil para que eles abrissem a que ela havia fechado em seu corredor original.

— É como assistir ratos tentando encontrar o queijo — ele comentou, curvando os lábios em um sorriso selvagem enquanto frustrava os lobos novamente. — Idiotas.

Não respondi, porque minha Lily era o queijo neste cenário. E aqueles idiotas logo usariam sua força bruta para...

— Aí está — Damien recomendou quando os lycans abriram a porta com um chute.

*Continue*, disse a Lily imediatamente, seus ouvidos ouvindo o som de sua perseguição. *Terceira porta, querida. Abra e não grite.*

*O quê?*

*Confie em mim.*

*Confiar em você*, ela repetiu com amargura.

*Lily*, eu a repreendi, precisando que ela se concentrasse. *Guarde a sua raiva. Você vai precisar. Agora abra aquela porcaria de porta e a feche em silêncio atrás de si.*

A tela a exibia fazendo exatamente o que eu havia ordenado.

E então sua boca se abriu com a pilha de carne esperando-a enquanto ela encarava a sala.

*Não...*

Ela colocou a mão sobre os lábios, arregalando os olhos em alarme, mas nenhum som saiu. *Eu te odeio!*

*Eu não matei esses humanos, florzinha.*

*Não. Você apenas me treinou para me tornar um deles. Isso é algum tipo de piada de mau gosto? Uma maneira de realmente me levar ao meu destino?*

*Se acalme.*

*Me acalmar?* ela repetiu. *Me acalmar?!*

*Puta merda, onde estava esse fogo em todos os meses que te treinei?*

*O que você acha que me levou a sobreviver a todas as suas aulas?* ela gritou de volta para mim, afastando a mão de seus lábios e fechando-as com força ao lado do corpo.

Suspirei. *Lily...*

*Não. Me conte todo o seu plano agora. Eu quero...*

*Preciso que você vá para o fundo da sala, remova a grade da ventilação e rasteje para dentro,* eu disse a ela. *Então vou atrás de você.*

*Virá atrás para mim?*

*Sim. Agora vá até a grade da ventilação e veja se consegue removê-la,* eu disse.

— Você pode trancar... — Parei quando a porta foi trancada novamente. — Obrigado.

— Não vai ajudar por muito tempo. — Damien gesticulou para os dois lycans que decidiram se separar em busca do cheiro de Lily, uma vez que havia dois caminhos. — Ele vai encontrá-la em alguns segundos.

Balancei a cabeça com o olhar em Lily enquanto ela seguia em direção ao respiradouro. *Quando estiver dentro, recoloque a ventilação e comece a engatinhar.*

— Quer que eu ligue os *sprinklers*? — Damien perguntou.

— Quando ela estiver dentro do túnel de ventilação, sim — eu disse, ligando o fone de ouvido. — Vou entrar.

Damien apertou um botão para iniciar o contato por rádio.

— Vou ficar aqui enquanto puder.

Assenti, entendendo o que ele queria dizer: se os lycans encontrassem a van, ele abortaria a missão. Então eu estaria sozinho com Lily.

— Obrigado por sua ajuda — disse a ele. — Os fundos estão à disposição no lugar de sempre, então se eu não conseguir sair dessa...

— Ainda serei pago — ele concluiu, olhando para mim com seus olhos castanhos dourados. — Mas nós dois sabemos o quanto você é difícil de matar.

Meus lábios se contraíram.

— Nós somos.

— Então não vou te desejar sorte.

Assenti mais uma vez.

— Bom. Eu não gostaria de arriscar que você azarasse qualquer coisa.

— Às vezes, você me lembra o Ryder.

— Às vezes, eu gostaria de ser o Ryder — admiti.

Seria bom viver em reclusão e evitar toda a política deste mundo reformado.

Infelizmente, Silvano foi meu criador, e esse tipo de futuro nunca seria meu.

*Pelo menos terei minha flor*, pensei, olhando para o canto do necrotério onde Lily havia acabado de se espremer no duto de ventilação. Não precisei lembrá-la de recolocar a grade; ela já estava fazendo isso.

— Hora de agir — eu disse a Damien, me referindo aos sprinklers e minha intenção de matar.

— Chuva de sangue. — O vampiro parecia se divertir. — Meu tipo de festa.

— Foi por isso que te convidei —respondi, abrindo a porta da van. — Até a próxima.

— Até a próxima — ele repetiu.

*Cedric?* Lily sussurrou.

*Comece a engatinhar, florzinha. Estarei aí em breve.*

# LILY

O QUE ESTOU FAZENDO? ME PERGUNTEI, SENTINDO O METAL quente contra as palmas das minhas mãos.

*Rastejando*, Cedric respondeu, sua voz alta dentro da minha mente.

*Não foi isso que eu quis dizer*, mas não me incomodei em explicar. Porque eu não tinha certeza se acreditava que ele estava aqui.

Não, isso não era verdade.

Eu não queria acreditar que ele estava aqui. Porque isso levaria à esperança, e eu não podia me dar ao luxo de sentir essa emoção. Não aqui. Não neste lugar. Não quando eu estava tão perto da morte.

*Que sombrio*, Cedric sussurrou para mim. *Vou encontrar uma maneira de devolver você à luz, doce flor de lírio.*

Eu o ignorei e continuei engatinhando. Para quê, não sabia. Isso tudo podia ser apenas um pesadelo, uma fuga mental ou uma missão suicida. Eu estava no inferno, como evidenciado pelos cadáveres mutilados que deixei para trás.

O mau cheiro... o sangue... a visão do meu destino...

477

Quase ofeguei só de pensar nisso. A experiência me perseguiria pelo resto de minha existência, por mais curta que fosse.

Eu ainda podia sentir as garras da morte, ameaçando me sufocar em um mundo de...

*Lily.* A voz profunda de Cedric se infiltrou em meus pensamentos, mudando meu foco para sua existência dentro de mim. *Esse não é o seu futuro. Eu sou o seu futuro.*

*Não acredito em você.* As palavras eram suaves, parecendo mais um protesto que uma afirmação plausível. *Não quero acreditar em você.*

*Eu sei. Mas preciso que você tente. A esperança é sua força. Não a perca agora.*

*A esperança é uma fraqueza.*

*Sim*, ele concordou. *Mas não para você.*

Continuei seguindo em frente, sentindo a garganta apertar enquanto o ar ao meu redor ficava mais quente, me lembrando do deserto. Muito quente e seco. Tentei engolir, mas isso só piorou a sensação.

*Continue*, Cedric pediu. Sua voz era como um feitiço estonteante dentro de meus pensamentos. Siga em frente e eu lhe darei o que você precisa.

*Afinal, o que isso quer dizer?* me perguntei, o túnel escurecendo ao meu redor quanto mais eu engatinhava.

Quando alcancei a próxima camada, entendi o porquê: a passagem estava se *estreitando*.

Paralisei, o mundo ao meu redor parecendo se fechar e sufocar todos os aspectos do meu ser. *Eu... não posso.*

*Pode.*

Comecei a balançar a cabeça. *É... é...*

Rosnados irromperam atrás de mim.

*Agora, Lily. Você pode passar por isso.*

Eu não tinha certeza de como ele poderia saber. O espaço diante de mim parecia diminuir a cada centímetro, pelo menos com base no que eu podia ver na iluminação fraca. *Vou ficar presa...*

*Não vai*, Cedric prometeu. *Confie em mim.*

*Confiar em você.* Ele não parava de dizer isso. E o que isso trouxe de bom? Eu estava presa neste túnel quente, derretendo até a morte. *Deusa, isso pode ser pior que ser dilacerada por um lycan.*

*Não é*, ele respondeu imediatamente. *Agora continue.*

Fechei os olhos e respirei fundo, o cheiro da morte parecendo assombrar minhas narinas e sentidos. *Ou eu continuava avançando ou recuava em direção aos rosnados. Eles estão nas aberturas?*

*Não*, ele respondeu. *A água ajudou a distraí-los do seu cheiro.*

*Água?* repeti, sentindo os cílios tremularem enquanto me concentrava na escuridão mais uma vez. *Onde?*

*Você verá em breve, Lily. Continue.*

Claro que ele não iria esclarecer o que queria dizer. Este era Cedric. Ele só esperava que eu obedecesse a cada passo.

*Sprinklers, Lily. Fiz Damien ligar os sprinklers. Agora pare de pensar e mexa-se.* O comando subjacente àquela palavra final provocou um arrepio através do meu espírito, fazendo meu corpo reagir imediatamente como se ele tivesse me impelido para a frente.

E talvez ele tivesse.

Porque eu não tinha o desejo de continuar neste túnel de metal cada vez menor. Cada centímetro me fazia queimar mais e mais, o ar parecendo rarefeito com o espaço envolvente.

Fechei os olhos novamente, sentindo o coração bater muito forte no peito, enquanto me forçava a seguir em frente. *Ah, Deusa. Ah, Deusa. Ah, Deusa.*

Eu sabia que ecoar o nome da Deusa em oração era inútil, mas não conseguia parar. As paredes estavam encolhendo. Eu podia senti-las agora roçando minha pele. Eu me encolhi quando algo pontiagudo atravessou a fina veste branca e estremeci quando se arrastou em minha pele, deixando um arranhão que me lembrou de garras de lycans.

*Parafusos*, Cedric me disse. *Só mais um pouco, linda. Você está indo bem.*

Eu o ignorei, suas palavras eram aquelas que eu me recusava a acreditar. Porque sugeriram que algo bom poderia me esperar no final desse pesadelo, algo desejável.

*Não vou cair nessa armadilha de novo*, sussurrei para mim mesma. *Não há nada de bom neste mundo. Nada a esperar. Nada para desfrutar.*

*Nove meses atrás, eu teria concordado com você. Mas então você me pediu para ajudá-la. E meu mundo nunca mais foi o mesmo.*

Olhei para a escuridão, sentindo meus pulmões se contraírem no ar espesso e quente enquanto meu coração acelerava.

*Você me ensinou a viver de novo, Lily*, Cedric continuou. *Você me ensinou a sentir.*

Outra ponta irregular atingiu meus joelhos quando o espaço diminuiu. Era tão pequeno agora, mal permitindo que eu me contorcesse para passar. E estava muito escuro para ver se continuava assim... ou se ele se tornava ainda mais apertado.

Engoli em seco, sentindo os olhos arderem com o calor. Movi as mãos pelo metal, a temperatura parecendo aumentar a cada movimento para frente. *Eu... não sei... não sei se consigo...*

Outro parafuso se arrastou pelas minhas coxas.

*Cedric, eu não...* quase gritei quando mais duas pontas afiadas encontraram minhas mãos. *Eu... eu não posso...*

*Pode, Lily. Você está muito perto.*

*Muito perto de quê?* perguntei, as lágrimas embaçando

minha visão enquanto eu lutava contra o calor, o pequeno espaço e o desejo de tentar voltar.

Mas eu não conseguiria agora. Eu... eu estava presa... estava... *eu não posso voltar...* Arregalei os olhos. *Cedric, não posso voltar!*

Se esse espaço ficasse mais apertado, eu ficaria presa. Aqui. No calor. *Eu vou... eu vou morrer...*

Então meu vínculo com ele me traria de volta.

De novo.

*Desidratação. Confinada em um pequeno espaço. Vivendo. Moribunda. Renascer. Só para experimentar tudo de novo.*

Cada parte de mim paralisou, meu corpo incapaz de avançar mais, minhas mãos coladas ao metal quente abaixo de mim.

Cedric falou em minha mente, mas eu não conseguia ouvi-lo por causa dos meus pensamentos, o pesadelo se desenrolando repetidamente enquanto eu percebia o que tinha feito.

Segui uma voz errante, persegui um fio de esperança e me coloquei em uma posição muito pior que antes. *Ou era pior?* me perguntei vertiginosamente. *Aqueles lycans iam me despedaçar.*

No entanto, eu teria morrido. Ido embora deste mundo. Desta vida.

*Deixando Cedric para trás.*

*Mas ele me deixou aqui para morrer de qualquer maneira,* pensei. *Certo?*

Sua voz ecoou em minha mente, ou talvez eu tenha sonhado. Não, eu provavelmente inventei tudo, rastejando para este espaço apertado e quente, simplesmente porque esperava que ele estivesse esperando por mim do outro lado.

Mas não havia fim aqui.

Apenas um túnel fechado, forrado com parafuso semelhantes a navalhas.

Tremi apesar do calor, cravando as unhas no metal quando um grito se alojou em minha garganta. Este era o significado da tortura. *Tem que haver uma saída*, pensei, impotente para o que me rodeava. *Tem que haver outro caminho!*

Meus dedos tateavam em agonia enquanto eu seguia em frente, determinada, em pânico e desesperada.

Eu mal conseguia respirar, meus pulmões estavam tão apertados, o espaço se fechando ao meu redor, me esmagando em um abraço metálico. *Deusa. Deusa. Deusa.*

Mas ela não iria me ajudar. Não, ela era a orquestradora deste mundo, o ser cruel que submeteu todos os humanos a viver neste inferno.

Eu a odiava.

Odiava tudo o que ela havia criado.

Não queria dar a satisfação de rezar para ela.

No entanto, não consegui encontrar outra palavra para implorar.

*Foda-se*, pensei. *Sim. Que se foda essa merda!* Eu queria gritar, evitar todos aqueles monstros que me disseram que eu não podia xingar, todos aqueles seres que me disseram para me curvar, obedecer e suplicar.

*Quero queimar a porra desse prédio.*

Era isso o que eu queria. Liberar todo esse ar ardente sobre os seres monstruosos lá dentro e acabar com todos eles. Abri-los com parafusos. Observá-los *sangrar*.

Lágrimas e suor cobriram minha pele. Meu vestido rasgou em pedaços enquanto eu seguia em frente, procurando por uma saída. Implorando ao destino para me libertar, seja me matando ou me dando luz.

*Tão escuro.*

*Tão quente.*

*Tão apertado.*

Mais parafusos. Ar mais escaldante. Laterais mais metálicas.

Sufoquei um soluço, meu coração batia tão forte que eu tinha certeza de que poderia morrer apenas pelo esforço excessivo. A voz em minha cabeça continuou falando, o tom de Cedric ameaçando me dar esperança, mas eu não podia, *não queria*, ouvi-lo.

Por que eu deveria?

Ele não era real. Não se importava. Ele me deixou. Me abandonou. Me alertou sobre a caçada à lua e não fez nada para impedir meu destino.

Eu era uma diversão passageira.

Nunca fui verdadeiramente dele.

Ele me disse que teria sido gentil de sua parte me matar. Eu acreditava nele agora. Acreditava em tudo o que ele disse, cada palavra obscura e distorcida.

Eu deveria tê-lo incitado a fazer isso - dado a ele a faca e apresentado minha garganta.

*Isso seria como metal rasgando minha carne agora?* me perguntei. *A escuridão teria me reclamado?*

Porque eu não podia mais ver, e o suor, lágrimas e o abismo escuro me consumiram inteiramente.

Sem saída.

Nenhuma escapatória.

Apenas uma agonia sem fim.

Um soluço capturou minha respiração, meu corpo estremeceu enquanto eu me arrastava para frente e o sangue manchava minhas mãos. *Por que fiz isso? Por que eu segui aquela voz? Por que...*

Minhas mãos atingiram o ar.

Eu pisquei. *O quê?*

Avancei um pouco mais, procurando a superfície de metal que não existia mais no fundo. As laterais eram duras, o teto acima de mim era sólido, e cerca de trinta centímetros adiante também havia um beco sem saída.

Minha única opção era descer.

De cabeça.

No desconhecido.

Tentei apalpar um pouco para baixo para tocar o túnel de metal, mas parecia não ter fundo. Apenas... apenas continuava.

E o ar parecia ainda mais quente.

De forma instintiva, tentei me mover para trás, mas não consegui, meu movimento menos eficaz e mal me fazendo mexer. Seguiu-se uma espécie de som estrangulado, que mal entendi. *Fui eu?* me perguntei quando uma sensação vertiginosa me dominou mais uma vez. *Eu... Como vou...?*

Aquele barulho ecoou novamente.

*Fui eu mesma*, pensei, o mundo parecendo girar mais uma vez.

Pressionei a testa contra o metal quente, incapaz de me mover mais. *Este é o meu fim. Acabou. Não consigo mais.*

Só que isso não era verdade.

O vínculo com Cedric havia me condenado a uma eternidade de agonia.

*A menos que ele morra.*

Quase ri com o pensamento. Ele era invencível. Um vampiro antigo, com força e habilidade superiores. Levaria um...

O metal abaixo de mim estremeceu quando algo bateu contra ele.

*Lycans*, percebi. *Eles me encontraram.*

Eu podia ouvir as garras raspando nas laterais da abertura, tentando cavar para entrar.

Um soluço escapou de minha garganta, nascido da

gratidão e terror. Uma combinação distorcida. Mas eu queria ser libertada deste inferno.

No entanto, um destino ainda pior me esperava do outro lado.

Infelizmente, tudo já doía. O que mais eles poderiam fazer?

*Muito mais,* percebi, tocando a abertura novamente. *Talvez cair de cabeça seja melhor. Posso quebrar o pescoço. Eles vão me encontrar, pensar que estou morta e me descartar.*

Eu pisquei, o plano parecendo muito mais atraente que esperar aqui enquanto eles arranhavam o túnel abaixo de mim.

*Vou acabar naquele monte de carne,* pensei, me lembrando dos cadáveres. *Talvez eu consiga encontrar uma nova saída.*

Franzi a testa enquanto um detalhe da minha fuga me incomodava. Algo sobre as portas que se abrirem. Coincidência, talvez? Ou tinha sido mesmo Cedric?

Deusa, eu não podia mais confiar em minha mente. *O que é real? O que é falso?*

*Este ar é real,* disse a mim mesma. *Esse som também é.*

Garras furiosas.

Arrastando ao longo do metal.

Ou ar.

*Uma queda livre no calor. Talvez isso me queime viva. Ou talvez eu tenha a sorte de quebrar o pescoço antes de sentir mais calor.*

Sim.

Essa era a única maneira.

Agarrei a borda, sabendo que um bom puxão me jogaria na obscuridade sombria.

A voz de Cedric gritou alguma coisa em minha cabeça, mas a lufada de sangue correndo em meus ouvidos o abafou. *Três,* sussurrei para mim mesma. *Dois. Um.*

Me empurrei, fechando os olhos quando me senti deslizar sobre a borda.

Apenas para ser puxada para trás por uma mão em volta do meu tornozelo.

Um grito silencioso deixou minha garganta seca, o mundo ao meu redor mudou violentamente quando um dos lycans puxou minha perna com força. Minhas unhas cravaram no metal em um esforço inútil para manter minha posição, para me empurrar para frente novamente, para me levar por aquele túnel para o meu destino.

Mas eu não era páreo para a força do lycan. Seu rosnado vibrava através de mim como uma nuvem estrondosa enquanto ele me arrastava pelo buraco que suas garras haviam criado para um quarto escuro, um que me lembrava do quarto preto.

*Não!* Me recusei a permitir que isso me tornasse um brinquedo, uma boneca no cio. Chutei, tentando lutar com ele, empurrá-lo para longe de mim, para fazer algo para me salvar.

Não havia sutileza, nem treinamento, nem habilidade, apenas um forte desejo de escapar, de encontrar a liberdade, de morrer da maneira que escolhi.

Minhas unhas arranharam sua bochecha, meu joelho encontrou sua coxa e minhas mãos bateram em sua cabeça. Eu me senti selvagem. Uma confusão intensa de suor, lágrimas e *sangue*.

Inalei, precisando de mais ar para dissipar o calor dos meus pulmões.

Apenas para encher minhas narinas com um toque familiar de menta. *Cedric*, pensei, sua essência me aquecendo de dentro para fora em uma deliciosa onda de *desejo*.

Mas não era real.

Uma mentira.

Este lycan queria me matar. Me machucar. *Me atormentar.*

Só que ele não estava me cortando com garras ou tentando me forçar a uma posição submissa. Ele estava me deixando machucá-lo. Não houve um único golpe de volta, seu rosto recebendo o ataque de minhas mãos e unhas e suas coxas aceitando meus joelhos.

Lentamente comecei a parar, confusa com a falta de luta deste macho.

Ele não estava me deixando machucá-lo, seu corpo se inclinou para um lado e para o outro para aceitar minha brutalidade sem sofrer ferimentos, mas ele não tentou me prender ou me colocar em meu lugar.

Ele simplesmente permitiu que eu despejasse toda a minha raiva nele, seu corpo duro e quente era um escudo absorvendo minha fúria em ondas palpáveis de paciência.

Respirei fundo outra vez, sua fragrância de menta se infiltrando em cada poro, me banhando em sua reivindicação.

*Cedric*, murmurei, procurando por ele no escuro. *Isso é um pesadelo ou um sonho?*

*Nenhum dos dois*, ele respondeu, roçando seus lábios nos meus na mais suave das carícias.

Eu pisquei.

Então o ataquei com minha boca, precisando que ele me provasse, que me deixasse experimentá-lo, para me mostrar quem ele era para mim. *Meu companheiro. Meu vampiro. Meu Cedric.*

Agarrei seus ombros, cravando as unhas ensanguentadas em sua camisa. Minha energia furiosa se transformou em algo ainda mais quente. Eu não tinha certeza do que era, se estava realmente acontecendo ou não, mas não me importava mais.

Eu precisava disso. Precisava *dele*.

E ele me deu exatamente o que eu desejava com uma carícia de sua língua ensanguentada.

Eu gemi, sua essência imediatamente acalmou minha garganta enquanto ele aprofundava nosso beijo com uma habilidade que só Cedric poderia possuir. Sua mente roçou a minha, confirmando que isso era real, que ele realmente estava aqui. Comigo. Me segurando. Me beijando.

Seus medos mentais me disseram que quase caí de três andares ao optar por ignorá-lo em favor de escolher o caminho perigoso pelo respiradouro. Porque aparentemente este complexo foi construído em uma colina. E eu tinha acabado de chegar ao fundo dele.

*Quase te perdi,* sua mente sussurrou. *E eu não podia me teletransportar para tirá-la de lá. O espaço era muito apertado. Também tenho que estar familiarizado com o local para poder me materializar dentro dele.*

Ele estava furioso.

Exultante.

Orgulhoso.

A combinação de emoções rivalizava com a minha, só que me sentia apavorada, aliviada e confusa pra caramba.

Ele foi forçado a abrir caminho pela ventilação para criar uma saída para mim porque eu aparentemente perdi uma grade na outra sala, uma que teria me libertado da minha prisão semelhante a um túnel.

Mas não importava, porque ele conseguiu me salvar.

Uma miríade de planos passou por sua cabeça, reconheci sua estratégia quando Cedric me deslocou para baixo dele no chão e me deu mais de seu sangue, me afogando em sua essência de cura enquanto me lembrava de quem éramos um para o outro.

Não tínhamos muito tempo, mas ele sabia que meu corpo precisava disso.

Assim como minha mente exigia os detalhes que seu toque fornecia – *isso é real. Cedric é real. Ele veio para mim. E agora ele vai me ajudar a escapar.*

*Senti sua falta, Lily*, ele sussurrou em minha mente, emoldurando meu rosto. *Senti tanto a sua falta.*

*Também senti*, sussurrei. *Achei que você tinha me abandonado.*

*Eu sei*, ele respondeu. *Discutiremos mais sobre isso quando estivermos fora dessa confusão. Mas preciso que você confie em mim agora. Você pode fazer isso, doce flor? Pode confiar em mim de novo?*

# LILY

CONFIAR, PENSEI, REPASSANDO A PALAVRA EM MINHA mente e estremecendo quando uma sensação de mal-estar se instalou em meu espírito. *Posso confiar em alguém? Posso mesmo confiar nisso?*

*Ele está realmente aqui?*

*Ou minha mente está pregando uma peça cruel em mim?*

Por mais que eu quisesse acreditar que isso era real... eu... eu não podia.

Eu posso estar morrendo. Posso estar sonhando. Eu poderia ter caído para a morte daquela armadilha de metal. Talvez esta fosse a vida após a morte. Talvez tudo isso estivesse na minha cabeça.

*Lily*, Cedric murmurou, sua preocupação tomando conta de mim. Mas captei a chama de intenção por trás de seus pensamentos, a compreensão muito real de que ele desejou essa quebra em minha programação poucos meses atrás.

Ele queria me destruir.

Me ver murchar até que eu me tornasse nada.

*Que eu morresse.*

Porque isso parecia melhor em sua mente que uma vida inteira de servidão. Uma vida inteira *disso* – o campo de procriação. A caçada à lua.

Ele tentou restringir minha educação para me ajudar a evitar esse destino. No entanto, o tempo todo, no fundo, ele ansiava pela minha morte. Porque a morte mental me salvaria do tormento físico do meu futuro.

Segui pela escuridão de sua mente, vendo seu raciocínio e ouvindo seus planos anteriores para me destruir. Para acabar com minha esperança e me reduzir a nada.

Mas em algum lugar ao longo do caminho, demos uma guinada.

Agora ele parecia estar arrependido de ter desejado esse caminho, tudo porque finalmente chegamos ao ponto e ele não gostou das consequências.

*Confiança* era uma palavra engraçada. Eu não poderia dizer se confiava nele ou não agora. Eu não confiava em nada, incluindo minha própria mente. Pelo que eu sabia, estava mergulhando fundo em um poço de nada e inventando os pensamentos de Cedric. Inventando seus sentimentos. Inventando sua existência acima de mim.

Mas seu sangue...

Seu sangue tinha um gosto real, me levando de volta a um perigoso mar de esperança. Agarrei a superfície, me recusando a acreditar. Minha mente estava muito desesperada por uma fuga para ser confiável.

Cedric suspirou meu nome, movendo a língua com a minha. *Não temos tempo para isso, florzinha,* sussurrou. *Mas não sei mais o que fazer. Você precisa saber que estou aqui.*

Não pude responder porque não sabia o que dizer. Sua presença me revitalizou, fez minha alma voar alto e meu coração bater forte.

No entanto, uma parte da minha psique permaneceu

ancorada nos horrores da minha vida, as memórias dos últimos dias invadindo meus pensamentos.

*Willow...* Imaginei seu corpo destruído, bem como o toque perigoso do lycan que me levou até aquele quarto. *Eu realmente escapei? Ou imaginei isso?*

*Você está aqui,* Cedric afirmou. *Ouça minha mente, Lily.*

Eu tentei, mas continha todas as respostas que eu desejava... o que me fez afastá-lo ainda mais. Eu não queria estar aqui. Não queria acreditar nele ou em nós, ou pensar que poderia haver uma fuga... um futuro.

Era... era demais.

*E-eu não posso,* sussurrei para mim mesma. *Eu... eu não posso fazer isso.*

Meus braços se arrepiaram enquanto eu tentava afastar a boca da de Cedric, respirar o ar ao meu redor, me prender em minha realidade, acordar.

Mas ele me beijou com mais força, sua língua exigindo minha atenção enquanto suas mãos tocavam meu corpo.

*Você é minha, florzinha,* ele me disse. *Minha Lily. Minha Erosita. Minha companheira. Eu vim por você.*

*Você me deixou.*

*Não tive escolha, mas estou aqui agora.*

*Você me cortou,* continuei. *Você não é real.*

*Eu sou real,* ele jurou, roçando meu lábio com as presas. *Real demais.* Ele pressionou a parte inferior de seu corpo no meu, a veste fina que cobria meu corpo não fez nada para me proteger de seu calor e tamanho.

Arqueei para ele sem realmente pensar, meu corpo parecendo reagir ao seu chamado, desejando a sensação do meu companheiro. Ele rosnou em minha mente, seus sentidos analíticos disparando enquanto ele calculava o tempo e o local, a estratégia se desdobrando tão depressa que mal segui sua linha de pensamento.

E então ele estava me beijando de novo com tanta

paixão que esqueci meu nome. Esqueci meu propósito. Esqueci minha própria existência.

Tudo o que importava era esse sonho tecendo meu ser.

*Se vou morrer, é melhor morrer assim*, pensei. Ou talvez esse fosse o pensamento de Cedric. Eu não conseguia discernir a realidade da ficção. Seu toque causava um curto-circuito em meu cérebro e me forçava a ser dele. Inspirá-lo. Me deleitar com sua existência. Sentir apenas suas mãos em mim, seus lábios, seus *dentes*.

Tremi quando suas presas encontraram o pulso sensível em meu pescoço, sua mordida tão potente que perdi inteiramente os sentidos com seu beijo vampírico.

O vestido escorregou pela minha pele, o tecido caiu enquanto as palmas das mãos de Cedric continuavam a percorrer cada centímetro meu. *Definitivamente um sonho*, decidi, me curvando enquanto ele me pressionava contra o chão. *Ou talvez um pesadelo*.

Porque estávamos em uma sala envolta em morte, escondida em uma parte do complexo destinada a conter todos os cadáveres até que chegasse o dia da cremação.

Eu só sabia disso por causa dos pensamentos sombrios de Cedric.

*Que dança mórbida*, fiquei maravilhada ao sentir seus quadris pressionando contra os meus novamente. *Um destino sombrio e distorcido*.

A tontura tomou conta de mim quando ele puxou profundamente da minha veia, me firmando debaixo dele, me forçando a sentir seu toque perigoso e a reivindicação à espreita entre minhas pernas.

Em algum momento, ele desabotoou as calças.

E agora...

Agora ele estava pressionando em mim, me fazendo me sentir inteira, me permitindo sentir como se fosse dele.

O tempo todo, senti sua consciência se espalhando ao

nosso redor, procurando por sinais de intrusão e me divertindo com essa sensação de luxúria proibida.

Estávamos correndo um risco.

E esse risco parecia incentivá-lo a seguir em frente, exigindo que ele se movesse. Porque era a única maneira de nos sentirmos vivos, de me provar que isso era real.

No entanto, parecia uma fantasia também.

Uma fantasia mortal de pesadelo, de qualquer maneira. Uma envolta em sangue, morte e terror. Eu praticamente podia provar tudo em minha língua, apenas a boca de Cedric afugentou tudo, me afogando em sua essência, em nosso sangue misturado e em sua reivindicação.

Minhas coxas envolveram sua cintura enquanto ele avançava, me fazendo doer, me contorcer e estremecer embaixo dele. *Tão preenchida. Tão intenso. Tão Cedric.*

Sua afirmação doeu, trazendo lágrimas aos meus olhos, mas sua persistência me forçou a sentir. Isso me forçou a realmente ouvi-lo. Concentrar. *Ouvir.*

Entendi por que ele me interrompeu e ouvi o quanto foi difícil para ele. Ele não sabia se eu estava bem, assim como eu não sabia de sua situação. Ele não queria arriscar que ninguém sentisse seu cheiro em mim.

E foi exatamente o que aconteceu quando aquele lycan me pegou fora da fila, foi porque Cedric se conectou à minha mente.

Seu plano original envolvia enviar outro lycan para me pegar. Mas ele foi forçado a agir mais cedo do que o previsto.

E agora estávamos transando em um lugar onde não deveríamos.

Um lugar onde poderíamos ser pegos.

Onde ele seria forçado a matar qualquer um que nos visse.

Mas ele não se importava. Ele queria reivindicar meu corpo, para remover o toque dos lycans deste lugar, para garantir que todos entendessem a quem eu pertencia. E também para recolocar seu propósito dentro de mim. Para me lembrar de nosso vínculo. Para me persuadir a confiar nele.

Mais lágrimas escorreram de meus olhos, enquanto meu coração, mente e espírito lutavam pela verdade. Esperar era perigoso. Mas Cedric... Cedric constantemente inspirava isso. Ele me ensinou uma nova maneira de viver. Me mostrou o que existia além desse destino sombrio.

E, no entanto, pude ouvir o desfecho inevitável de nosso relacionamento, o fato de que ele teria que voltar para Silvano.

*Não pense nisso agora*, ele sussurrou. *Pense em nós. Pense no meu pau dentro de você. Pense na minha língua te devorando.*

Ele deu um impulso duro, me fazendo gemer em sua boca. Sua mão envolveu minha garganta, apertando e cortando o ar antes que o som pudesse ecoar. Estremeci, apertando as coxas em torno dele. A ameaça desse predador transando comigo assim... bem aqui... era demais.

*É Cedric*, pensei, desmaiando, as memórias de todos os nossos momentos juntos me cobrindo com uma camada de suor que me deixou tremendo embaixo dele. Ele não me deixou respirar. Me manteve naquele estado, me levando para frente e me fazendo mergulhar de cabeça em um clímax que eu nem tinha sentido se formar.

E quando acordei, foi para encontrá-lo olhando para mim com intensos olhos escuros.

Pisquei, confusa. Parecia que eu estava perdida em um sonho, apenas para acordar com um pesadelo em cima de mim. *Um delicioso pesadelo com íris cinzas e uma boca cruel.*

Meu interior queimava, assim como minhas narinas com o tão necessário oxigênio.

Sendo interrompida novamente por seu aperto em volta da minha garganta e seus lábios reivindicando os meus. Gritei seu nome em meus pensamentos, exigindo que ele me soltasse, mas ele simplesmente começou a estocar novamente.

*O que é isto?* pensei, minha mente girando enquanto pontos piscavam em minha visão. *Estou...? Estou sendo tomada por um lycan?*

Um rosnado em minha mente me perseguiu em uma fantasia sombria cheia de presas e um rosnado possessivo.

*Cedric*, murmurei, avistando-o novamente, sua expressão me trazendo de volta ao presente e me fazendo entender nossa realidade. *Você está transando comigo.*

*Estou te possuindo*, ele esclareceu, seu tom sombrio provocando um arrepio na minha espinha. *Agora acorde.*

Semicerrei o olhar. *Estou acordada.*

*Você está questionando seu entorno e minha existência.* Ele estocou com força e seu aperto em minha garganta aumentou novamente. *Você ainda acha que eu sou um sonho?*

*Mais como um pesadelo*, pensei enquanto lutava para respirar novamente.

*Eu sou seu pesadelo*, ele rebateu. *E sou o seu sonho também.*

Quase argumentei que não era possível ser os dois, mas estava ocupada demais vendo estrelas novamente para formular a resposta. Ele estava me destruindo de uma maneira que eu não poderia definir, derrubando todas as paredes de dúvida e desesperança que ele pudesse encontrar e provando que estávamos aqui.

*Transando no chão.*

*Em um complexo de lycans.*

*Cedric...* Tremi enquanto tentava agarrá-lo, sentindo meu corpo fraco pelo que ele desencadeou em mim.

*Me sinta*, ele sussurrou, acariciando minha garganta com o polegar enquanto sua essência tocava minha língua. *Me prove, Lily. Me conheça.* Confie *em mim.*

Engoli em seco, minhas veias queimando com o que ele desencadeou sobre mim, apenas para me acalmar quando seus movimentos diminuíram, seus quadris se encontrando com os meus em uma dança de acasalamento que me deixou sem fôlego.

*Estamos ficando sem tempo*, ele me disse. *Volte para mim, florzinha. Acredite em mim novamente. Confie em mim para nos salvar. Por favor, Lily. Preciso da sua fé. Só mais uma vez.*

Seus lábios sussurravam contra os meus, pronunciando as palavras enquanto as falava em minha mente.

*Vou tirar você daqui, colocá-la em algum lugar onde ninguém possa tocá-la. Vou te transformar. Farei o que você precisar. Apenas acredite em mim pelo tempo suficiente para nos libertar. Preciso de sua fé e desejo de sobreviver.*

Mais de seu sangue deslizou pela minha garganta, me curando novamente, revivendo meu senso de ser. *Sobreviver*, pensei, a palavra que ponderei infinitamente toda a minha vida. Uma palavra que eu costumava levar a sério. Uma na qual deixei de acreditar em algum momento.

Eu tinha perdido a vontade de sobreviver. Não havia razão para viver, um propósito para me guiar...

Mas Cedric estava me lembrando como sentir, me mostrando com sua força e beijo vampírico que havia muito mais neste mundo para experimentar.

*Só que estarei sozinha, não estarei?* pensei, procurando respostas na mente de Cedric. *Você vai ter que me cortar de novo...* eu podia sentir isso em sua previsão, ver a intenção de remover nossa conexão para me manter segura. *Eu não quero viver assim.*

*Então encontraremos outro jeito*, ele jurou. *Vou te transformar. Te dar a força que você precisa para sobreviver. Farei o que você quiser.*

*Apenas confie em mim, Lily. Me dê sua fé para que eu possa libertá-lo deste inferno. Por favor.*

Seu beijo se tornou desesperado, seus quadris se moveram contra os meus enquanto a emoção se derramava em mim através de nosso vínculo. Engoli em seco, precisando respirar por um motivo totalmente diferente, mas tudo o que inalei foi mais de Cedric e sua fragrância de menta. Seu sangue. Sua *destreza*.

Isso me sufocava completamente, me coagindo a ouvi-lo, a acreditar nele, a viver com ele.

Seu ritmo aumentou novamente, seu corpo tensionado e duro contra mim, me levando ao limite em uma avalanche de sensações que possuía cada centímetro do meu ser.

E no instante seguinte, ele se foi, seu rosnado deixou meus braços arrepiados enquanto ele parava na minha frente em uma posição tensa.

Fiquei boquiaberta, ofegante e esparramada no chão com sua essência quente entre minhas pernas.

— Olhe para ela e eu te mato — ele disse com a voz baixa e cheia de promessas letais.

Agarrei os restos do meu vestido, me sentindo exposta, mas foi inútil. O tecido estava rasgado e sujo, não apenas pelas mãos de Cedric, mas também pela minha aventura pelos túneis.

— Isso não é o que planejamos — uma voz rouca respondeu.

— Nem aquele bando de lobos patrulhando nosso ponto de encontro — Cedric respondeu, seus pensamentos me dizendo quem estava parado na porta.

Um lycan chamado Viper.

Foi ele quem Cedric contratou para me pegar, só que o lobo desapareceu quando o plano deu errado.

— Não, acho que não — Viper concordou. — Então a

solução foi pegar sua garota e transar com ela no necrotério?

— Típico de Cedric — uma voz murmurou, fazendo minhas veias congelarem e Cedric endurecer. — Embora, suponho que se fosse minha pequena miragem, eu me sentiria da mesma forma.

Cedric deu um passo para trás, movendo a mão para o lado. Foi quando percebi que ele estava apontando uma arma para o lycan.

Mas ele não se preocupou em apontar para o recém-chegado.

Porque ele se moveria rápido demais para uma bala atingi-lo.

— Vai lançar a mesma ameaça para mim? — Mestre Khalid perguntou enquanto olhava ao redor de Cedric para encontrar meu olhar. — Olá, Lily.

# CEDRIC

Apertei a coronha da arma com mais força.

— Khalid. — Seu nome saiu da minha boca com a quantidade certa de indiferença, mas ele entenderia o tom de ameaça naquela recepção.

Damien foi capaz de me dar um aviso em tempo suficiente para me fazer ficar de pé, me dizendo que eu estava prestes a ter companhia. Fechei rapidamente o zíper antes de mirar na porta, apontando o gatilho para a cabeça de Viper no instante seguinte.

Sua presença não me surpreendeu. Suspeitei que havia algo de errado com ele desde o momento em que o conheci.

No entanto, eu não esperava que Khalid aparecesse atrás do lycan.

— C-Cedri-ic? — A voz de Damien soou em um crepitar de som, a comunicação entre nós falhando.

— Pode remover o fone de ouvido — Khalid comentou, voltando seu foco para mim. — Não é mais funcional.

— E o Damien? — perguntei, sem me preocupar em

esconder a identidade do outro homem, pois estava claro que Khalid já sabia sobre ele.

Khalid enfiou as mãos nos bolsos da calça escura.

— O Ryder não é alguém que eu tenha qualquer intenção de enfurecer. Portanto, o Damien permanece fora dos limites no que diz respeito às minhas atividades.

Arqueei uma sobrancelha enquanto usava a mão livre para remover o fone de ouvido – a estática estava começando a zumbir em meu crânio.

— Você tem medo do Ryder? — Ele era um sádico recluso com tendência a atirar primeiro e fazer perguntas depois, mas eu achava isso mais cativante que indutor de medo.

— Não tenho medo de ninguém. Mas sei quando o respeito é conquistado. — Seus lábios se curvaram de leve. — Você se infiltrou em um complexo lycan para recuperar sua humana.

— Minha *Erosita* — corrigi. — Porque você não cumpriu nosso acordo.

— E que acordo foi esse, exatamente? — Suas íris turquesas brilharam quando ele olhou para Lily mais uma vez. — Ela parece saudável e ilesa. Também está sob sua custódia com seu vínculo, intacto. Não foi isso que prometi?

— Nenhuma dessas coisas tem a ver com você.

— É verdade — ele concordou. — Têm tudo a ver com você. — Seu olhar voltou para o meu. — E minha certeza de que você garantiria a segurança dela por conta própria sem minha ajuda.

*Jogos de palavras*, pensei, reprimindo um grunhido. Ele jurou manter Lily segura... porque sabia que era uma promessa que eu cumpriria sozinho.

E em troca, eu o ajudei a enterrar Emine.

*Ele... ele matou Emine?* Lily sussurrou, sua mente ainda

totalmente conectada com a minha. *Foi por isso que você me cortou,* ela percebeu no instante seguinte. *Ah, Deusa...*

*Lily...*

— O que me traz de volta aos meus comentários sobre respeito — Khalid continuou, interrompendo minha fala mental para Lily. — Você ganhou o meu.

— Interessante. — Tracei o gatilho da arma enquanto o considerava. — Você não ganhou o meu.

O desafio cintilou em seus olhos, escurecendo as íris turquesa para se assemelhar a redemoinhos gêmeos de perigo claro e evidente.

— Não, não ganhei — ele admitiu. — Mas estou prestes a conseguir isso.

Olhei para ele.

— Estou ouvindo.

— Aqui, não. — Ele olhou para o lycan. — Viper abriu caminho para nossa saída. Vamos seguir e depois conversamos. — Seu tom não deixava espaço para negociação, o vampiro real afirmando seu domínio por meio de seus comandos.

Só que ele não era meu rei.

— Aceitei sua oferta para ingressar na região de Khalid nos termos de que você me ajudaria a proteger Lily. Como sou o único atualmente cumprindo essa parte do acordo, acho que vou reconsiderar minha aceitação. A menos que você tenha algo valioso a dizer aqui que possa me fazer mudar de ideia.

Ele me considerou por um longo momento antes de falar:

— Um uivo de Viper fará os lycans correrem. Como ele trabalha para mim, não vai demorar muito para convencê-lo a fazer o alarme soar. É o que você prefere? Ou prefere aceitar a rota de fuga que ele já criou para nós?

Tensionei a mandíbula.

— Entendo.

— Imagino que sim. — Ele gesticulou para o corredor. — Vamos?

— Talvez eu esteja desejando um banho de sangue — disse a ele, irritado com sua confiança.

Não. Que se foda. Eu estava irritado com sua existência.

E porque eu sabia que ele estava certo.

— Não tenho dúvidas de que você está desejando sangue, Cedric. Mas você tem uma companheira a considerar. — Ele olhou para Lily pela terceira vez. — Uma companheira nua e um tanto irada.

Cedi à vontade de seguir seu olhar até minha *Erosita*. Ela estava olhando para Khalid com raiva mal contida, com a mente ainda tumultuada com a revelação de que ele matou Emine. Parecia que minha querida flor havia criado raízes emocionais, nas quais ela agora contava para se firmar na realidade.

— Ela está muito chateada por causa da Emine — informei a ele enquanto colocava a arma de volta no coldre. Não adiantava segurar a arma. Se Khalid quisesse lutar, faríamos com nossas próprias mãos. Mas eu duvidava que chegaria a esse ponto... ele simplesmente teria seu uivo de lobo.

— Humm — Khalid murmurou, sem dizer mais nada.

Puxei a camisa sobre minha cabeça e entreguei para Lily. *Vista isso, florzinha.*

Ela não concordou de imediato, sua mente parecendo acariciar a minha enquanto me ouvia raciocinar sobre nossas opções. *Ele matou Emine.*

*Sim*, respondi. *Ele a transformou em vampira.* O que foi algo que eu o ajudei a esconder de Silvano, enterrando o corpo e distraindo meu criador quando Khalid saiu para cuidar de sua pequena miragem.

Em troca, ele prometeu manter Lily segura. Achei que ele pretendia tomá-la como parte de seu harém.

Mas, não.

Ele simplesmente me jogou um enigma.

— Você se sentiria melhor se eu deixasse você me bater? — Khalid ofereceu. Mas as palavras eram para Lily, que agora olhava boquiaberta para ele, não para mim. — Isso geralmente melhora o humor da Emine. Vai melhorar o seu?

*Vista a camisa, Lily*, eu disse a ela antes de olhar para o vampiro real.

— Pare de falar com ela.

Ele ergueu as sobrancelhas.

— Você faria essa exigência para o Silvano?

— Você não é o Silvano.

— Não, eu não sou. — Ele arrumou a gravata enquanto acrescentava: — O que é algo que você deve considerar com muito cuidado, Cedric. Porque minha oferta está prestes a expirar. E sem mim, você retornará ao seu criador. E ele saberá da existência de Lily.

Uma ameaça.

Algo que ecoou na expressão de Viper.

*Tudo o que preciso fazer é uivar*, seus olhos escuros prometeram.

Assenti, admitindo que eles ganharam esta rodada. No entanto, eles poderiam não ter tanta sorte na próxima, algo que eu disse a Khalid com os olhos.

O que só me rendeu um leve sorriso de diversão.

Me subestimar seria sua ruína.

Estávamos jogando um jogo há meses que eu não sentia que tinha muito a perder. Mas eu estava mais perigoso agora que nunca, porque finalmente entendi a profundidade de meus sentimentos por Lily.

Eu tinha acabado de entrar ilegalmente no Clã

Clemente e invadi um complexo de lycans para salvá-la. Isso por si só dizia tudo. Há seis meses, eu teria me resignado ao destino dela e nem uma vez olhado para trás.

E eu teria sido forçado a viver uma eternidade sem sentir. Sem viver de verdade. Tudo porque não havia considerado as sensações de amor e devoção que valessem a pena antes. Eu não sabia o quanto poderiam ser poderosos e esclarecedores.

Mas agora que eu sabia o quanto essa paixão intensa poderia queimar entre nós, o quanto Lily me fazia sentir vivo, eu faria tudo e qualquer coisa ao meu alcance para proteger a fonte da minha vida renovada.

Eu mataria por ela.

E morreria por ela.

Não havia limites, dúvidas, nem hesitações ou exceções. Porque Lily era meu coração. Meu tudo.

E foi isso que me tornou inegavelmente letal.

*Selvagem.*

Uma força a ser reconhecida.

Porque eu finalmente tinha alguém por quem viver. Alguém que significava muito mais para mim que qualquer outra coisa neste mundo, incluindo seguir regras e respeitar as propriedades.

Se Khalid me pressionasse, eu reagiria.

Vim aqui com a intenção de salvar meu coração e colocá-la em algum lugar seguro, onde Silvano e os outros não pudessem encontrá-la e que eu talvez nem conseguisse localizar.

Ninguém alteraria a minha missão. Incluindo Khalid.

Tudo o que importava era Lily e proteger meu coração. *Meu amor.*

Seu calor ao meu lado atraiu meu olhar. Ela estava olhando para mim como se nunca tivesse me visto antes, com os olhos azul-esverdeados arregalados de admiração.

*Amor*, ela repetiu com a voz suave e cheia de admiração. *Você... você me ama*. Não era uma pergunta, mas uma afirmação. Uma cheia de lembranças do nosso mês juntos, das coisas que eu disse a ela sobre possivelmente amá-la, sobre me sentir *vivo* com ela.

Mas isso não era apenas amor.

Era muito mais.

Esta era uma nova existência, um estado de ser desconhecido, um evento cósmico indefinido por meros termos mortais.

Segurei sua bochecha, desenhando um caminho com o polegar pelo seu lábio inferior. *Amor é uma palavra muito fraca para descrever meus sentimentos por você, Lily. Isso mal toca a superfície da necessidade profunda da minha alma de te adorar e admirar pelo resto da minha existência.*

Eu me aproximei, levando a outra mão à sua mandíbula, até que eu tivesse seu rosto emoldurado por minhas mãos. Ela tinha meu cheiro, não apenas da minha semente escorrendo por suas coxas, mas também da minha camisa grande para seu corpo pequeno.

E eu não poderia imaginar um perfume mais perfeito. Um momento mais perfeito. Uma companheira mais perfeita.

*Eu respiro por você, Lily. E só você.* Foi o que nossa separação provou para mim. Não consegui pensar em nada além de como chegar até Lily e garantir sua segurança. Foi a minha única razão para existir na última semana. E continuaria a ser meu foco principal pelo resto da minha vida.

Esta flor doce e inocente de alguma forma cimentou suas raízes dentro de mim. E eu não estaria desenterrando a fonte deles.

Em vez disso, eu a nutriria da maneira que pudesse. Me tornaria o ar que ela precisava para sobreviver. A alma que ela necessitava para viver uma longa e completa vida imortal. O ser em quem ela podia confiar quando precisava de proteção.

Encostei a testa na dela e fechei os olhos. *Vamos encontrar uma maneira de sobreviver, Lily. O que você quiser. O que você precisar. Eu vou te dar.*

*Até mesmo a morte?* ela sussurrou.

*Até mesmo a morte,* repeti, sentindo meu peito doer com o pensamento. Considerei isso tantas vezes e reconheci que era uma escolha altruísta, mas não fui forte o suficiente para isso.

No entanto, se chegasse a esse ponto... se essa fosse a única maneira de mantê-la realmente segura... eu nos mataria.

O pigarrear me fez suprimir um grunhido de irritação.

— A janela de oportunidade do Viper está se fechando — Khalid falou em voz baixa. — Você precisa decidir, Cedric.

Eu já havia escolhido um caminho a seguir, mas não o expressei. *Nós o seguiremos até que outra opção se apresente,* eu disse a Lily.

*Eu confio em você,* ela respondeu. Essas três palavras pareciam uma flecha no meu coração. *E eu respiro por você também.*

Pressionei meus lábios nos dela, precisando agradecê-la com a língua, mas ao invés disso assegurei que ela engolisse uma boa dose do meu sangue, além da minha gratidão. Porque Khalid estava certo, estávamos sem tempo. Eu podia sentir os lycans rondando por perto, sua presença fazendo com que os pelos dos meus braços se arrepiassem.

*Interessante que não senti Viper quando ele chegou mais cedo,* pensei, me afastando de Lily para observar o lycan silencioso. Ele sustentou meu olhar com uma arrogância que me lembrou de Khalid. Talvez tenha sido por isso que não gostei dele desde o início.

Independentemente disso, ele era nosso acompanhante.

— Lidere o caminho.

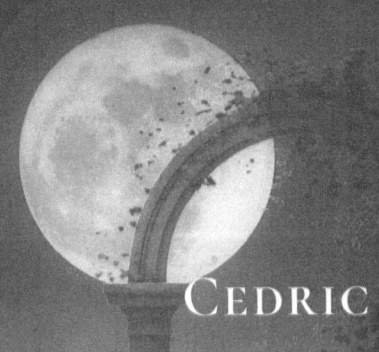

# CEDRIC

A ROTA DE FUGA DE VIPER NOS LEVOU A UM TÚNEL subterrâneo, tornando a escada a parte mais complicada de nossa jornada. No entanto, ele usou algum tipo de dispositivo para disparar um alarme no lado oposto do complexo, garantindo que todos os lycans nos deixassem em paz.

Foi uma jornada bastante monótona, mas, considerando o estado de Lily, fiquei grato por isso.

— Você pode dizer ao Damien que já saiu, se quiser aplacar sua consciência — Khalid comentou quando chegamos à saída do túnel. — Suas comunicações funcionarão novamente quando estivermos fora, mas apenas por trinta segundos. Se mencionar meu nome, vai se arrepender.

A ameaça não era necessária. Além disso...

— Duvido muito que o Damien tenha consciência no que me diz respeito. — Mas como eu havia colocado o fone de ouvido no bolso mais cedo, faria sentido usá-lo para comunicar minha fuga a Damien.

Eu o coloquei de volta quando chegamos a um conjunto de portões.

O complexo havia sido construído em uma pilha de lixo em decomposição – uma que devia ter pelo menos cento e cinquenta anos, já que era de uma época em que os humanos governavam. Foi isso que criou a infraestrutura um tanto montanhosa para o edifício. Eu não tinha certeza do propósito deste túnel, mas era claramente parte do grande projeto, porque Viper precisava de um código para abrir o portão.

Depois que ele o digitou, saímos para o sol da tarde com uma visão clara de um veículo quatro por quatro.

Uma rápida olhada ao redor provou que estávamos sozinhos aqui, o que significava que eu poderia tentar agarrar Lily e correr. Mas um uivo de Viper ainda poderia chamar muita atenção, e os lobos nos alcançariam.

Se eu conhecesse melhor a terra, poderia me teletransportar.

Infelizmente, não estava tão familiarizado com esta área. E não queria arriscar me transformar no meio de uma estrutura ou no centro de um bando de lycans rondando.

Além disso, Khalid me seguiria.

— Vinte e cinco segundos, Cedric — ele murmurou.

Assenti e pressionei o dedo na unidade de comunicação.

— Damien?

Sem resposta.

— Apenas informando que estou fora e que estou com o pacote.

— Entendido — ele respondeu. — Alguma vítima?

— Nenhuma.

— Isso é decepcionante — ele falou. — Tanto esforço para fazer chover.

— Talvez da próxima vez — eu disse a ele.

— Talvez da próxima vez — ele repetiu.

— Vou transferir o resto do seu pagamento ainda hoje. — Olhei para Khalid enquanto falava. Era minha maneira sutil de dizer que se eu não fizesse aquela transferência, Damien viria me procurar. Não porque ele se importasse comigo como amigo ou qualquer coisa dessa natureza, mas porque ele não gostaria de ser passado para trás.

— Excelente. Até a próxima.

A linha caiu antes que eu pudesse responder. Eu não tinha certeza se era Damien cortando a chamada ou se meu tempo tinha acabado. Seja qual fosse o caso, não importava, porque Khalid já estava caminhando em direção ao veículo que nos esperava.

— Viper nos levará ao meu jato. Depois a gente conversa — ele disse como explicação.

— Seu jato? — perguntei.

— No meu jato — ele confirmou.

Eu o observei por um momento, avaliando nossas opções.

Em seguida, ele se dirigiu para a porta dos fundos do quatro por quatro e abriu-a para Lily. Ela subiu no veículo gigante, fazendo com que minha camisa subisse por suas coxas. Em qualquer outro momento, eu teria gostado da vista, mas estava muito ocupado considerando o comportamento de Khalid para me entregar a minha *Erosita*.

Ela deslizou pelo interior de couro para me permitir entrar ao seu lado enquanto Khalid tomava o assento do passageiro da frente e Viper se sentava atrás do volante.

O silêncio caiu sobre todos nós enquanto nos afastávamos do complexo. Estudei nossos arredores, procurando por algo familiar. Eu conhecia as terras de Ryder, pelo menos os arredores, já que muitas vezes viajei para perto para me encontrar com Damien, mas não estávamos indo nessa direção.

Também não estávamos indo para o quartel-general do Clã Clemente.

Não, estávamos indo mais fundo no Texas. Em direção à região de Silvano.

Tensionei a mandíbula, tentando formar um plano para nos tirar desse carro antes de chegarmos à fronteira.

— Achei que o futuro soberano desta área seria mais relaxado — Khalid comentou sem olhar para mim. — Este é o território que Silvano pretende te dar, certo? Todo esse nada do deserto?

— Parte disso, sim — respondi em tom calmo, apesar dos meus pensamentos turbulentos.

— Suponho que todos aqueles dias na universidade serão úteis. Você mais que dominou viver em climas secos e monótonos. — Seu olhar turquesa encontrou o meu no espelho. — Ou pode ouvir minha contraproposta.

Olhei pela janela novamente antes de voltar o foco para ele.

— Dada a nossa direção, não tenho certeza se tenho escolha.

— Você estaria certo sobre isso — ele concordou. — Mas prometi manter sua Lily segura, e vou cumprir a promessa. É por isso que ela vai para a região de Khalid. Juntar-se a nós ou não é uma decisão sua.

O veículo desviou para um caminho de terra quando ele disse isso, fazendo com que minha atenção se voltasse mais uma vez para as janelas. Estávamos bem na fronteira entre os territórios, o que ainda não era uma área em que eu me sentisse confiante o suficiente para me teletransportar.

*Puta merda.*

— Não sou cruel — Khalid continuou. — Mas sou

pragmático. É por isso que não direi mais nada até que estejamos no ar. Preciso saber que tenho sua atenção total e exclusiva, bem como sua participação voluntária. Caso contrário, não podemos prosseguir.

Um jato apareceu ao longe, fazendo os pelos dos meus braços se arrepiarem.

Ele estava me dando a escolha de aceitar sua oferta de embarcar no jato e ouvi-lo, ou ficar aqui enquanto ele levava Lily para um lugar seguro – algo que eu não confiava que ele faria. E a mente de Lily me disse que ela sentia o mesmo.

*Uma vez que ele nos tenha no ar, estamos presos*, disse a ela. *E suspeito que ele esteja indo para a região de Khalid, de onde será ainda mais difícil escapar.*

*E nossa única outra opção é me deixar ir sozinha com ele*, ela respondeu, inquieta.

Não necessariamente... eu poderia tentar lutar contra ele.

Mas estaria arriscando a vida de Lily no processo.

— Como você notou, não sou Silvano. — O olhar de Khalid capturou o meu no espelho novamente. — Dê-me uma chance de provar meu valor, Cedric. Você ganhou meu respeito. Agora pretendo retribuir o favor.

O veículo parou perto do jato, acalmando o ar com uma sensação sinistra de expectativa atrasada.

— Se você optar por ficar, o Viper vai deixá-lo perto da propriedade de Ryder antes de voltar para o complexo.

— O vampiro real olhou para o lycan. — Espero outra atualização dentro de um mês.

Viper assentiu e o cabelo escuro tocou seu queixo, parecendo brilhar no fluxo do sol poente.

— O mesmo protocolo de sempre?

— Sim, esta foi uma viagem especial. — Khalid olhou para mim. — Para um propósito muito especial.

— Entendido, chefe. — Viper relaxou em seu assento, os olhos quase negros encontrando os meus no espelho. — O que vai ser, Cedric? Preciso voltar em breve, ou alguém irá notar a minha falta.

Khalid abriu a porta e saiu do veículo antes que eu pudesse responder, com movimentos rápidos e eficientes. Mas ao invés de abrir a porta detrás para Lily, ele caminhou até o jato e assobiou, o som atravessando as janelas até meus sentidos vampíricos.

— Eu não sou cachorro, Khalid — uma voz respondeu quando uma mulher apareceu no topo da escada para o jato.

— Emine — Lily murmurou, levando a mão à maçaneta. Mas eu a parei colocando a minha em seu antebraço, minha mente alertando-a para não cair em uma armadilha.

No entanto, tudo o que aconteceu a seguir foi Emine descendo as escadas com uma familiar elegância vampírica e indo de igual para igual com um vampiro antigo, o mesmo que a tinha feito.

Seus lábios se curvaram em diversão, a palma da mão subindo para a parte de trás do pescoço dela enquanto ele a puxava para si.

— Talvez não, mas você ainda é minha miragem, certo?

Ela não teve chance de responder, pois a boca do vampiro cobriu a dela com um beijo reivindicativo que deixou claras suas intenções. Ele a considerava dele.

No entanto, pela maneira como ela tentou empurrá-lo para trás, Emine não parecia concordar. Mas as unhas dela se enroscaram na camisa dele ao mesmo tempo. Então talvez ela tenha aceitado sua reivindicação. Ou talvez ela continuasse em conflito sobre o assunto.

Essa era uma emoção que eu conseguia entender, porque tudo sobre Khalid me deixava inquieto.

Eu não podia confiar nele... disso, eu tinha certeza.

Mas me vi querendo segui-lo naquele jato apenas para ouvir sua oferta, para descobrir o que ele tinha em mente e finalmente conseguir entender um pouco sobre a loucura de sua mente.

*Acho que não temos escolha melhor,* Lily sussurrou. *A menos que você queira tentar fugir comigo... Mas mesmo se escaparmos, seu plano é me esconder de Silvano. O que significa me cortar de novo.* Suas íris verde azuladas brilharam quando ela se virou para olhar para mim. *Não quero que você me corte de novo.*

*Prefere que eu te transforme?* ofereci.

*Não sei,* ela admitiu. *Eu... eu não sei o que fazer. Mas sei que não quero que você rompa nosso vínculo. No entanto, também entendo que você precisa fazer isso para me manter segura. Eu...*

Esperei que ela terminasse o pensamento. No entanto, ela não conseguia formar palavras.

Então falei por ela:

— Você quer saber se o Khalid tem uma opção melhor para oferecer. — Pronunciei as palavras em voz alta, sabendo que ele seria capaz de ouvi-las. Assim como eu podia ouvi-lo sussurrar palavras de paciência para Emine agora. Ela queria ver Lily, e ele a estava fazendo esperar.

— Eu... — Lily engoliu em seco. — Acho que devemos ouvi-lo, sim. — *Não confio nele,* ela acrescentou em um sussurro mental. *Mas também não gosto de nenhuma das estratégias que você considerou. Me transformar é apenas uma solução temporária que pode me dar um pouco de força, mas assim que for descoberto... vão me caçar.* Ela olhou para Emine. *Assim como irão caçá-la.*

Ela não estava errada. Transformar um humano em lycan ou vampiro sem a permissão necessária era expressamente proibido pela Aliança de Sangue. Foi por isso que concordei em ajudar Khalid a esconder Emine. Achei que seria vantagem suficiente para convencê-lo a me ajudar com Lily. E talvez eu estivesse certo. Sua ajuda simplesmente não veio da maneira óbvia que eu esperava.

Em vez disso, ele ainda estava jogando.

Como evidenciado pelo olhar por cima do ombro dele agora. *Arrisque-se*, dizia sua expressão. *Delicie-se com a tentação da minha oferta. Venha brincar no meu mundo.*

Todas as palavras que eu realmente não conseguia ouvir, mas as entendi bem o suficiente.

Este era um homem que estava envolvido em travessuras políticas por mais tempo que eu estava vivo. Era um especialista em distorcer o destino para melhorar seu resultado. O que eu suponho que o tornasse um aliado poderoso para se ter.

— Tudo bem — decidi em voz alta, segurando a maçaneta da porta. — Vamos entrar no jato.

— Boa escolha — Viper respondeu.

Eu o ignorei e puxei Lily para fora do veículo.

— Imagino que você vá pagar o lycan, já que ele acabou ajudando mais a você que a mim? — perguntei enquanto me aproximava de Khalid.

Ele sorriu.

— Ele não aceita pagamentos de mim. Mas acredite, é bem recompensado.

Eu não tinha certeza do que ele queria dizer com isso, mas presumi que significava que eu não precisava enviar a Viper o restante de seu pagamento. Principalmente porque ele não havia concluído o trabalho conforme combinado. Exigi a segurança de Lily e, em vez disso, ele nos entregou a um vampiro real com motivos desconhecidos.

— Podemos? — Khalid sugeriu, acenando com a mão em direção à escada.

Mas Emine e Lily não pareciam estar ouvindo. Elas

estavam muito ocupadas olhando um para o outra, Lily com um olhar de choque e admiração, e Emine com uma expressão um pouco mais predatória.

*Cuidado, Lily,* eu avisei. *Ela é uma novata.* E nem todos os vampiros recém-nascidos podiam controlar sua sede de sangue.

— Estou feliz que você esteja bem — Lily sussurrou as palavras para Emine enquanto se movia para o meu lado.

— Estou feliz que você esteja bem também — Emine respondeu, curvando um pouco os lábios enquanto olhava para o corpo sujo de Lily. — Há... há um chuveiro... — Ela parou, movendo os olhos para Khalid. — Ela pode...?

Khalid desviou seu foco dela e encontrou meu olhar.

— Acredito que minha miragem está tentando sugerir que Lily tome um banho no jato. Vou deixar essa decisão para você. Temos um longo voo pela frente.

— Quero saber os detalhes de sua oferta antes de aceitarmos sua hospitalidade — eu disse, nem precisando de um segundo para pensar sobre isso. Estar nu no chuveiro com Lily colocaria nós dois em desvantagem, uma que eu não aceitaria até entender o tabuleiro de jogo que Khalid estava colocando na minha frente.

— Justo. — Ele pressionou a palma da mão na parte inferior das costas de Emine para guiá-la para as escadas. — Assim que terminarmos de conversar, ele vai dar um banho nela e você verá que ela está bem.

— Tem sangue...

— Não é tudo dela —Khalid disse enquanto a conduzia em direção ao jato. — Você pode dizer pelo cheiro. — Ele começou a explicar as diferenças para ela, me deixando sozinho no final da escada com Lily.

Eu poderia agarrá-la e correr.

Mas suspeitava que esse era o ponto.

*Um teste final,* pensei.

Ele disse que queria minha participação voluntária. *Isso era o que ele queria dizer.*

*Inteligente*, pensei, pegando a mão de Lily e olhando para ela. *Isso é um risco.*

*Tudo entre nós tem sido um risco.*

Assenti. *Sim.* Uma dança proibida e mortal contornando as bordas do certo e do errado, enquanto um destino sombrio tentava nos engolir inteiros.

Isso não seria diferente.

Mas talvez uma opção melhor nos esperasse naquele avião.

Não saberíamos até aceitarmos o convite. *Vamos lá.*

# CEDRIC

EMINE OFERECEU À LILY CALÇA JEANS E UM SUÉTER ASSIM que embarcamos no jato. Em vez de recusar o gesto, Lily aceitou a roupa e foi ao banheiro vesti-la.

Como não iríamos a lugar nenhum tão cedo, não protestei. Além disso, preferia que ela ficasse o mais confortável possível, já que o voo seria longo.

Me sentei em frente a Khalid nas cadeiras executivas do jato e esperei enquanto ele nos preparava um coquetel de uísque misturado com sangue. Ele fez o que parecia ser uma bebida clara e efervescente com sangue para Emine. E pegou uma garrafa de água para Lily, que ela aceitou quando voltou.

Ela prendeu o cabelo loiro em um rabo de cavalo e limpou o rosto. Suspeitei que também tivesse limpado outras áreas, porque seu cheiro estava revigorado, mas ela ainda precisava de um banho.

Se nossa conversa corresse bem, eu aceitaria a oferta de Khalid para usar o banheiro.

Ele enviou uma mensagem ao piloto, dizendo que estávamos autorizados a partir, depois se sentou e tomou um gole de uísque. Parecia que ele não estava brincando sobre esperar até que estivéssemos no ar.

Relaxei na cadeira e segurei a mão de Lily, sentindo seu nervosismo. Ela voou apenas uma vez, e suas memórias me diziam que não tinha sido um voo muito agradável. Não comentei sobre este ser melhor, porque isso ainda seria visto. Em vez disso, ofereci-a ela a minha força e sugeri que ela olhasse pela janela.

Ela obedeceu, sua admiração tocando meu coração enquanto observava a terra ficando menor abaixo de nós.

*Outra primeira experiência*, pensei. O que não era necessariamente verdade, já que esta era sua segunda vez em um avião. Mas foi a primeira vez que ela testemunhou a verdadeira beleza de voar, e isso era realmente uma sensação muito boa.

— *Erositas* costumavam ser reverenciadas — Khalid disse. — Infelizmente, a Lilith mudou tudo isso. Não por não respeitar os laços, já que ela tem seu próprio *Erosita* – mas porque os relacionamentos pessoais ameaçam sua plataforma.

*Tinha*, pensei. *Ela* tinha *um* Erosita. Mas não me incomodei em corrigi-lo, porque esse não era o ponto.

E ele também não tinha terminado.

— O que a querida Lilith não consegue entender é que existem muitos relacionamentos contínuos que foram formados antes de sua criação. Quer dizer, algumas foram durante sua criação, mas o que quero dizer é que alguns são intocáveis. — Ele olhou para Emine. — O mesmo com vínculos Sire.

— Nem todos os vínculos Sire são favoráveis — respondi. Não era uma refutação à sua lógica... eu concordava que parecia que esta sociedade havia sido fundada na falta de compromisso com os outros. Mas sempre fui um lobo solitário, então isso não me incomodou.

Até agora.

*Até Lily.*

— É precisamente por isso que tive que fazer um teste com você, Cedric. — Ele colocou o copo sobre a mesa, sua expressão ficando sombria. — Eu precisava saber que você ainda possuía um pouco de sua humanidade. Porque muitos de nossa espécie não a têm, e a Lilith passou a maior parte do século passado cultivando essa mentalidade e a elogiando.

— Você faz parecer que ela tem algum plano mestre para todos nós — eu me esquivei, mais curioso que antes.

— Seu plano é um ponto discutível. Ela estará morta antes que possa ver isso. O que mais me preocupa é a guerra que se aproxima.

Arqueei a sobrancelha.

— Guerra que se aproxima?

— Humm-hum — ele murmurou, relaxando um pouco em sua cadeira. — Cam sempre foi um homem inteligente. E é típico dele se sacrificar pelo bem maior. Ou, neste caso, como forma de apaziguar temporariamente os delírios da Lilith.

*Quem é Cam?* Lily sussurrou em minha mente.

Em vez de responder, mostrei a ela um pouco da história dele, ou seja, o dia em que Lilith o aniquilou publicamente por se rebelar contra sua causa.

— Você está sugerindo que ele morreu com uma causa — falei em voz alta.

— Ah, não. Ele não está morto — Khalid respondeu com uma risada. — Lilith o escondeu em algum lugar. Ela só quer que todos pensem que ele está morto. O que funciona a seu favor, ou assim ela pensa. Mas a prisão dele é um disfarce para a ameaça real: os revolucionários que ele deixou para trás. O que me traz de volta ao vínculo Sire.

Ele pegou sua bebida para tomar um gole enquanto eu processava tudo o que ele tinha acabado de dizer. Havia um ponto ao qual ele chegaria eventualmente. Eu só não tinha certeza do que era.

Então, jogaria com ele por enquanto.

— Darius — falei. — É a ele a quem você se refere, certo? — Ele era a única progênie de Cam, e como Khalid voltou ao vínculo Sire, Darius devia ser importante para esta discussão. — Ele reivindicou um papel soberano na região de Jace depois de viver em silêncio pelo último século ou mais.

— Verdade — Khalid refletiu. — Ele está desempenhando seu papel perfeitamente, primeiro escolhendo uma virgem de sangue, depois unindo-se a ela e usando-a como uma demonstração da pouca consideração que tem por um vínculo *Erosita*. É tudo besteira, claro. Mas ninguém se preocupa em olhar abaixo da superfície.

Eu fiz uma careta.

— Há rumores de que ele a está compartilhando com o Jace.

— Sim, Jace. E quem foi seu melhor amigo por milhares de anos antes de sua morte? — Khalid inclinou a cabeça para o lado. — Ora, foi Cam, eu acredito. Coincidência, isso? Acho que não.

— Então você está sugerindo que eles estão fazendo o que, exatamente? Realizando os desejos de Cam de se rebelar contra Lilith?

— Não estou sugerindo nada, Cedric. Eu *sei* que eles estão planejando se revoltar contra o sistema atual. E sei que não estão sozinhos. — Ele terminou de beber e se levantou para se servir de mais.

Como eu mal toquei na bebida, ele não se preocupou em completar o meu. Mas ele preparou outra para Emine também.

E trouxe uma segunda garrafa de água para Lily.

— O Viper é um dos meus recursos, esperando e observando as peças de xadrez no tabuleiro para mim. Originalmente, eu pretendia fazer uma oferta para que me servisse da mesma forma, mas você aceitar uma *Erosita* complicou as coisas. Então estou improvisando um pouco.

Ele se acomodou na cadeira novamente.

— Mas isso não importa. Tirar você das garras de Silvano garantirá que ele implode em questão de anos, talvez até meses. — Ele me deu uma olhada. — Aquele imbecil não consegue fazer nada sem você, e é muito idiota para ver a razão.

*Sem discussão quanto a isso*, pensei.

— Então não preciso de você na região dele para obter informações. Você seria muito mais útil dentro do meu território, onde pode ajudar a garantir que sobrevivamos às consequências iminentes. É por isso que quero torná-lo soberano da região de Khalid.

Ele havia insinuado isso várias vezes, então não fiquei chocado com a oferta de posição.

Mas seu raciocínio certamente foi uma surpresa.

— Foi isso que você quis dizer sobre uma guerra vindoura... você está se referindo aos seguidores do Cam contra aqueles que apoiam as ideias da Lilith.

Ele assentiu.

— Sim. As peças finais estão em jogo... o que foi indicado pelo fato de o Darius assumir o papel de soberano. Então estamos na etapa final do jogo. O que significa que quero proteger minhas fronteiras o mais rápido possível. E preciso de homens poderosos na minha região para garantir que isso aconteça de maneira eficiente e eficaz.

Khalid apertou um botão na mesa, fazendo com que uma tela translúcida aparecesse entre nós.

— Passei a maior parte do século passado criando minha própria versão de utopia. — Ele começou ligar câmeras de sua região. — Daí a razão pela qual raramente deixo alguém visitar minha casa.— Uma série de imagens de humanos apareceu, a maioria se movendo em grupos. Alguns estavam sorrindo. Outros estavam inexpressivos. E muitos pareciam perdidos.

— Estes são membros das novas remessas do Dia do Sangue — Khalid explicou, exibindo imagens de duas garotas andando com os ombros curvados. — Parece que uma das minhas *elites* está mostrando a eles como funciona. — Ele clicou em um botão para habilitar o áudio, permitindo que a voz da *elite* saísse pelos alto-falantes.

— Você vai dormir aqui — ele estava dizendo, apontando para um quarto com duas camas. — Nós compartilhamos a cozinha comunitária e a área de estar no andar de baixo, mas vocês têm seu próprio banheiro ali. — Ele apontou para algum lugar na sala que não podíamos ver através do nosso ponto de vista.

— Só temos câmeras nos corredores das residências — Khalid explicou antes que eu pudesse perguntar. — E, honestamente, são usadas mais para proteção que para espionagem. Escolhi esta apenas para dar uma ideia do que estou tentando preservar.

— A-aqui?— a menor das duas fêmeas perguntou.

O homem a quem Khalid se referiu como "elite" assentiu em confirmação.

— Há uma chave na cômoda para você usar e trancar depois de sair. E seu armário está cheio de roupas para uma semana. Isso vai te ajudar a se instalar.

As mulheres se entreolharam antes de olhar para o macho humano.

— Eu não... eu não entendo — uma delas sussurrou. — Devemos ficar aqui até a hora do jantar?

O homem clicou no relógio, abrindo uma tela semelhante à que estava na mesa diante de nós.

— Ah, serviço de alimentação — ele murmurou. — Entendo. Isso explica sua confusão.

— Ele está olhando para atribuições mortais? — perguntei, observando o arquivo familiar na tela.

— Minha equipe carrega cópias dos logs de Lilith todos os dias e as distribui por meio de nosso próprio banco de dados privado — Khalid explicou.

— E você permite que os humanos tenham acesso? — Não que eu realmente me importasse, era apenas um detalhe surpreendente.

— Apenas aqueles em determinadas posições, como este elite. — O olhar de Khalid estava no homem em questão, observando enquanto ele suavizava a expressão e tom.

— Sua designação do Dia do Sangue não se aplica mais — ele informou às duas mulheres. — Vocês serão retreinadas e frequentarão outra escola aqui. Após a formatura bem-sucedida, receberão uma nova função, uma da escolha de vocês. E o único pagamento com o qual precisam se preocupar é uma doação mensal de sangue.

Eles piscaram para ele novamente.

— M-mais universidade? — a de cabelo mais escuro perguntou. Ela era um pouco maior que a outra fêmea, mas não muito.

— Sim, mas não como a que você acabou de deixar — o homem respondeu. — Essa é mais tradicional, com aulas reais. Há mais informações no seu quarto. Basta pressionar o botão que diz *Play* e o tutorial na tela explicará tudo o que você precisa saber.

Khalid mudou para uma nova tela enquanto dizia:

— É isso que elas vão assistir. — Seu olhar foi para Lily. — Acho que você achará isso mais interessante que o seu companheiro. Sei que a Emine achou quando viu.

Levantei a sobrancelha, mas não comentei, esperando o vídeo começar.

— Olá e bem-vindo ao meu mundo. — Os tons suaves de Khalid vinham dos alto-falantes, sua expressão tão inexpressiva como sempre na tela diante de nós.

No entanto, havia um brilho em sua íris turquesa que falava de um segredo profundo. Uma agenda oculta. Um propósito ainda não realizado.

Mas um que ele obviamente pretendia compartilhar.

*Finalmente.*

# LILY

EU PODIA SENTIR KHALID ME OBSERVAR ENQUANTO EU ME concentrava na tela, seu olhar penetrante parecendo assombrar cada canto de minha existência.

Mas havia algo envolvente nele. Algo que me obrigou a continuar assistindo. Quase como se ele estivesse controlando minha mente e minhas ações, me fazendo a manter a calma e a ouvir.

— Tudo o que você experimentou até agora é uma farsa e, por isso, minhas mais profundas condolências. Embora eu acredite que vampiros e lycans são os maiores predadores do mundo, também acredito em respeitar minha ancestralidade, que, no meu caso, já foi ser humano.

A versão em vídeo de Khalid juntou os dedos na grande mesa de metal à sua frente.

— Sei que você vai pensar que isso é um truque, algum tipo de experimento ou um jogo obscuro feito para o meu prazer. Mas com o tempo, você perceberá que faço as coisas de maneira diferente na região de Khalid. Prefiro que o ser humano seja devidamente informado, cuidado e, acima de tudo, *respeitado*.

Ele pronunciou essa última palavra com uma finalidade que espalhou arrepios pelos meus braços.

— Você descobrirá que os vampiros do meu mundo se sentem da mesma forma que eu, e os que designei como professores em sua futura universidade entendem a fragilidade de seu estado atual. Não haverá mais cursos obrigatórios envolvendo o prazer e a diversão da minha espécie, mas exigirei que você aprenda.

Uma pausa se seguiu, uma que me fez engolir em antecipação ao que ele diria a seguir. *Aprender o quê?*

— Minha sociedade prospera porque trabalhamos juntos para protegê-la, é onde sua educação aprimorada entra em jogo. Você será avaliado na entrada e receberá uma série de testes para determinar suas preferências. Então seu perfil acadêmico será criado.

O vídeo mudou para mostrar um arquivo com uma humana chamada Jane Doe na tela. Seu rosto estava borrado, mas seus ombros e peito estavam expostos, me dando uma visão clara de sua jaqueta e o brasão dourado gravado nela: *Universidade de Sangue*.

Abaixo da foto havia uma série de atributos, mas não os que eu normalmente via associados ao meu próprio registro. Estes continham pontuações em matemática e redação, bem como aptidões de carreira para contabilidade e outras funções na área de negócios.

Assim que terminei de ler, outro arquivo apareceu, este de um homem chamado John Smith. Ele tinha uma foto parecida: rosto borrado, jaqueta com o emblema da escola e uma lista de qualidades. Parecia que ele tinha aptidão para idiomas e artes marciais. A parte inferior de seu arquivo dizia: *Candidato a Guarda. Interessado em Transição de Vampiro.*

— Transição de vampiro? — li em voz alta, franzindo a testa.

— Isso significa que ele está interessado em ser transformado. Perguntamos a todos os humanos após a formatura por seu interesse. Isso não significa que receberão a imortalidade, não podemos transformar todos, mas nos ajuda a definir quem quer se tornar vampiro e quem não quer — Khalid respondeu.

— Oh. — Fiz careta. — Isso não é... não é permitido?

— Nada do que ele está fazendo é permitido — Cedric murmurou. — Isso quebra todas as regras da Aliança de Sangue. Mas acho que esse é o ponto.

— Não se trata tanto de quebrar regras quanto de autossustentabilidade. — Ele pausou o vídeo quando sua voz começou a falar novamente e, em vez disso, abriu uma série de gráficos. — Olhe para as linhas de tendência, Cedric. Me diga o que você vê.

Estudei os gráficos com ele e ouvi a resposta escondida em seus pensamentos. *Uma escassez de sangue. Globalmente ou apenas em certas regiões?* Ele estendeu a mão para passar o dedo pela tela, mudando as imagens e examinando-as enquanto lia os dados com a testa franzida. *A maioria das regiões*, ele traduziu. *Exceto algumas*. Quando ele pousou na região de Khalid, arqueou a sobrancelha. — Aqui diz que você também está com pouco sangue.

— Sim — ele concordou. — Essa é a tendência no banco de dados governado pela Lilith. — Ele apertou um botão. — E esta é a real, incluindo os dados do meu banco de sangue.

Os lábios de Cedric se abriram enquanto ele revisava tudo, sua mente me fornecendo mais explicações sobre o que estávamos vendo.

*Ele criou mais de uma dúzia de vampiros por ano, de acordo com esse crescimento. No entanto, suas doações de sangue são...*

— Como? — ele se maravilhou. — Como você tem tanto sangue?

— Eu tributo meus humanos — ele respondeu, dando de ombros. — Suas doações fornecem a eles uma passagem segura em meu território, e a maioria aprecia meu modo de vida sobre o futuro que lhes foi prometido pela Aliança de Sangue. Não é necessariamente uma utopia, mas funciona. E o equilíbrio permanece intacto.

Cedric continuou examinando os arquivos, seu choque era palpável.

— Você escondeu tudo isso...? — Sua frase dependia de uma pergunta inacabada, mas entendi sua confusão e admiração. Porque isso era... *irreal.*

— Sim — Khalid confirmou. — Através de uma série de miragens.

— Miragens? — Cedric repetiu.

— E isso me traz de volta ao meu ponto inicial: a Lilith vai falhar, porque ela não considerou o passado em seus planos futuros. Amizades históricas. Laços históricos. Acasalamentos históricos. *História* em geral. — Ele terminou sua bebida novamente, mas desta vez não se moveu para se servir de novo.

Em vez disso, ele sustentou o olhar de Cedric por um longo momento, os dois homens avaliando um ao outro de uma maneira que só os predadores poderiam.

Um calafrio deslizou pela minha espinha, e Emine se mexeu em seu assento, seu olhar piscando entre os dois machos.

Então Khalid abriu outra tela, essa mostrando uma cidade envolta em uma névoa desértica.

— A Lilith tem câmeras em todo o mundo. É assim que ela monitora todos os territórios. Ela também tem seu próprio conjunto de espiões que usa para reunir informações sobre os vários líderes. Mas descobri tudo isso desde cedo. E eu a contornei.

Ele clicou em outro botão, limpando a imagem e revelando uma cidade fervilhante de atividade. Era uma das câmeras que ele havia mostrado anteriormente, com uma rua movimentada, cheia de humanos caminhando com propósitos.

— Isso é real — ele falou. — Mas não é o que a Lilith vê.

Ele voltou a tela para mostrar a cidade deserta novamente.

— Coloquei filtros nas câmeras dela para mostrar o que quero que ela veja... miragens distópicas que sugerem que meu mundo é depravado, sombrio e totalmente alinhado com seus desejos e vontades. E o espião que ela tem em meu território é um dos meus, não dela. Então ela relata o que eu digo.

— Semelhante ao Viper? — Cedric perguntou.

— Sim, semelhante ao Viper. Mas o Viper tem uma tarefa muito diferente: ele está de olho na resistência para mim.

Cedric franziu a testa.

— Ele está vigiando Darius e Jace?

— Não, ele está cuidando de Jolene. — Seus lábios se curvaram. — Outra história negligenciada da parte de Lilith.

Cedric considerou isso por um momento, sua mente revelando tudo o que sabia sobre Jolene. Ele foi Alfa do Clã Clemente e serviu com seus dois companheiros. Isso foi em uma época em que os lobos valorizavam seus companheiros, o que mudou sob o governo de Lilith. Porque ela fez tudo ao seu alcance para menosprezar toda e qualquer formação de relacionamento.

*Que é exatamente o que Khalid já disse*, Cedric pensou

consigo mesmo. *Este mundo encoraja o egoísmo. Isso faz com que todos pensem em si mesmos e não nos outros. Degradar amizades e companheirismo pessoal. Vai além da lavagem cerebral dos humanos e se estende a todos nós...*

*Mas aqueles com histórico não seriam capazes de apagar esses sentimentos com facilidade*, concluiu.

*Aqueles como Jolene e...*

— Sua tríade — Cedric terminou em voz alta.

— Sua tríade — Khalid ecoou, o respeito transbordando em seu olhar. — Jolene nunca apreciou este novo mundo. E ele não é o único. É por isso que eu disse que uma guerra está chegando. Não sei quem vai ganhar, mas me recuso a perder meu território por isso.

A veemência em seu tom parecia vibrar pelo avião, os sinais de sua diversão haviam desaparecido por trás de sua declaração.

— Também não vou desistir dos recursos que trabalhei duro para cuidar e proteger, em ordem ajudar a limpar a bagunça dos outros — acrescentou. — Se não tiveram a visão de descobrir isso, o problema é deles. Não meu.

Cedric ficou em silêncio por um longo momento antes de dizer baixinho:

— Você fez de tudo para manter isso escondido.

— Fiz — Khalid concordou. — E vou me esforçar ainda mais para manter tudo seguro.

*Uma ameaça*, Cedric traduziu.

— O fato de você ter compartilhado tudo isso comigo significa que devo aceitar sua oferta ou morrer.

— Sim. — Sem hesitação, apenas uma resposta direta.

— E o que exatamente farei como seu soberano? — Cedric o pressionou. — Porque sua sociedade não funciona como a que eu conheço.

— Você vai me ajudar a manter a miragem — Khalid

respondeu. — E quando chegar a hora, vai me ajudar a proteger meu território.

— Então você não vai se juntar à resistência? — Cedric questionou, arqueando a sobrancelha para cima. — Quero dizer, você concorda com a opinião deles sobre esse modo de vida. Por que não lutar com eles?

— Eu posso — ele respondeu. — Mas só quando decidir que eles são dignos de minha ajuda. Até então, meu único foco é proteger minha terra e meu povo. E eu levo isso muito a sério.

— Sério o suficiente para passar mais de seis meses na universidade como Mestre, apenas para me observar — Cedric falou.

— Bem, isso não é inteiramente verdade. Eu tenho observado você por décadas. Fui à universidade para conhecer a Lily, porque percebi seu fascínio por ela. Mas então me deparei com Emine. Uma pequena e doce miragem. — Ele olhou para a vampiro recém-transformada, os dois compartilhando algum tipo de segredo.

Suspeitei que esse segredo envolvia o apelido dele para ela. *Miragem. Como as que ele usa para se esconder da Deusa Lilith?*, me perguntei.

Cedric também percebeu o olhar, notando a intensidade entre eles. No entanto, não pressionou por informações, em vez disso, refletiu sobre tudo o que Khalid havia nos dito.

*Quase parece bom demais para ser verdade*, ele pensou para mim. *Mas se ele está falando a verdade...*

Ele não terminou a frase, mas entendi muito bem.

Estávamos indo para a região de Khalid e logo veríamos se era verdade mesmo. E se tudo o que ele nos mostrou fosse real, então nós ficaríamos...

Ou morreríamos.

— Imagino que vocês dois gostariam de algum tempo para digerir tudo o que compartilhei. Há muito mais em tudo isso, incluindo os jogos que estão sendo jogados atualmente na Aliança de Sangue. Mas podemos resolver isso a tempo, assim que você tomar sua decisão.

Ele se afastou da mesa, levando seu copo vazio e a bebida finalizada de Emine com ele para a área do bar.

— Como mencionei antes, pode usar o chuveiro do quarto na parte de trás do jato. — Ele olhou para Cedric.
— Não vou incomodá-lo até pousarmos na região de Khalid, então fiquem à vontade para usar a cama também. Imagino que sua escrava esteja exausta com a experiência.

Engoli em seco. Embora ele não estivesse errado... eu não tinha certeza se conseguiria dormir depois de tudo que acabei de descobrir.

— Sugiro que se tranquem lá dentro. Os sofás aqui se transformam em cama, e pretendo usá-los para entreter minha pequena miragem.

Emine permaneceu inexpressiva, mas curvou a cabeça ligeiramente. Eu não tinha certeza do que isso significava... aceitação? Temor? Apenas um sinal de submissão?

Khalid havia revelado muito e, embora eu quisesse acreditar nessa versão do mundo que ele retratava em seus vídeos, era bem possível que tudo fosse mentira.

Só que Cedric parecia acreditar nele.

*Ele não tem motivos para mentir*, Cedric me disse. *Na verdade, ele tem tudo a perder ao revelar isso.*

Ele estava analisando várias vias de estratégia enquanto falava, considerando cada conversa que ele e Khalid haviam compartilhado, cada jogo de palavras em potencial e encontrando cada um vinculado exatamente ao que Khalid havia divulgado: uma maneira de avaliar a humanidade de Cedric.

*Você era a chave*, Cedric supôs. *Ele queria testar minha*

*determinação em ficar com você, e caí direto no jogo dele indo atrás de você no complexo. Ele estava esperando que eu renunciasse a todas as fachadas, a todos os requisitos que esta sociedade tem para um vampiro, fosse contra os princípios de meu próprio criador e tomasse algo para mim. Para recuperar meu coração e estar disposto a desistir de tudo por você.* Ele olhou para mim. *Você é o motivo de estarmos aqui. Você e minha decisão de arriscar minha vida.*

Ele estendeu a mão para acariciar minha bochecha, seu olhar procurando o meu.

— O chuveiro é grande o suficiente para dois? — ele perguntou.

— É grande o suficiente para quatro, mas imagino que não foi um convite para Emine e eu entrarmos — Khalid respondeu.

— Você está certo — Cedric respondeu, de pé. — Falaremos mais quando pousarmos na região de Khalid. — Ele olhou para o rei. — Qual a duração do voo?

— Tempo suficiente para você cuidar de forma adequada de sua *Erosita,* — Khalid respondeu. — O que me lembra, o quarto é à prova de som. Se precisar de algo, tem que usar o sistema de intercomunicação.

— Não vamos precisar de nada — Cedric respondeu, sua mão aparecendo diante de mim.

— Não, suspeito que você não vai precisar. — Khalid sorriu. — Tenha um bom banho.

# CEDRIC

*Uma sociedade oculta treinando os humanos sobre o significado da vida.*

Parecia bom demais para ser verdade.

Só que o conceito me lembrou do velho mundo, tornando isso não tão rebuscado quanto se poderia acreditar.

Mas ouvi as dúvidas de Lily enquanto a acompanhava até a parte de trás do jato. Ela estava lutando para entender tal existência, sua mentalidade doutrinada incapaz de aceitar a possibilidade.

Eu a cobri com conhecimento e experiência, descrevendo um passado em *flashes* de pensamento que a fizeram olhar para mim quando entramos no quarto.

Ela não falou, nem fez perguntas. Apenas absorveu minhas memórias e opiniões, ouvindo a compreensão muito real dos conceitos de Khalid.

Ainda me perguntava se era tudo mentira. Sim. Mas não consegui decifrar um motivo para ele mentir sobre esse mundo.

Tudo o que ele disse fazia sentido.

E mais, eu concordava com suas decisões de liderança.

Este novo mundo me entediava. Não havia emoção ou desafio. Apenas um bando de humanos escravizados que se curvavam a seus destinos mórbidos.

Lily foi minha única intriga. Minha renovada razão de vida. E Khalid estava me oferecendo uma oportunidade de realmente tê-la.

Se fosse tudo mentira, enfrentaríamos as consequências de nossa esperança.

No entanto, eu estava escolhendo acreditar em nosso futuro. Pensar em uma existência onde eu poderia estar livremente com Lily. Talvez até transformá-la, se esse fosse seu desejo.

Eu só queria estar com ela.

Amá-la.

Adorá-la.

Apreciá-la.

*Eu não te mereço, florzinha*, confidenciei em um sussurro mental. *Mas vou passar esse voo inteiro tentando provar o contrário.*

Eu iria ajudá-la a esquecer os horrores das últimas semanas.

Puta merda, não. Isso não era bom o suficiente.

Eu ia fazê-la deixar todos os horrores de toda a sua existência para trás. Porque eu pretendia levá-la a um novo lugar, apresentar sua alma ao futuro e garantir que ela estivesse pronta para enfrentar o que quer que nos esperasse na região de Khalid.

Estas podiam ser nossas últimas horas juntos.

Ou apenas o começo do nosso verdadeiro destino.

Me recusei a considerar o primeiro e, em vez disso, me entreguei ao segundo. Porque Lily provocou uma esperança estranha dentro de mim, uma que senti diminuindo em seu próprio coração.

O Dia de Sangue a havia mudado.

O acampamento lycan criou uma realidade sombria que destruiu o senso de propósito da minha doce flor.

Então, eu atiçaria a pequena chama que restava dentro dela e garantiria que queimasse tão quente quanto um inferno quando terminássemos.

Eu a segurei pela nuca e a puxei para mim, meu olhar capturando o dela. *Vou te lembrar que você é meu, amor. Minha Lily. Minha flor. Vou te fazer florescer novamente.*

Ela estremeceu, fazendo com que seu perfume adoçasse meus sentidos.

Ela estava animada, assustada e oprimida, criando uma mistura inebriante para o predador dentro de mim. Eu queria devorá-la. Reivindique-a. Destrua-a, apenas para vê-la crescer novamente. E então dê a ela raízes mais fortes para se sustentar.

*Me diga o que você quer, Lily*, eu disse, segurando-a dentro do banheiro da suíte. Khalid estava certo sobre o box, era de um tamanho impressionante. *Vamos começar por aí amor? Comigo te despindo e lavando cada centímetro seu com minhas próprias mãos?*

*Sim*, ela murmurou. *Ainda posso sentir a presença deles em minha pele. Como garras arranhando a minha alma, me lembrando de onde eu deveria estar agora.*

*Você deveria estar comigo*, eu a corrigi. *Porque você é minha.*

— Prove — ela me desafiou, com uma pontada de fogo cintilando em suas íris verde azuladas. — Me faça sua de novo.

— Você nunca foi minha — afirmei a ela. — Isso está muito claro para mim agora.

Ainda mais do que isso, eu era dela. E me tornei seu desde o primeiro momento em que coloquei os olhos nela.

Ela mudou tudo apenas por respirar. Seu ar se tornou meu e o meu se tornou dela, casando nossas almas antes que nossos corações tivessem a chance de bater.

Deixei que ela sentisse a ferocidade das minhas emoções quando tomei sua boca, minha língua imediatamente procurando entrar e encontrando-a mais que disposta a aceitar.

Porque éramos perfeitos juntos.

Inflamáveis.

Apaixonados.

*Intocáveis.*

Passei as mãos sobre ela, removendo sua calça jeans e suéter enquanto suas mãos me despojavam de minhas roupas, nos deixando nus um contra o outro. Foi uma dança de membros e dedos, encorajada e intensificada por nossa necessidade um do outro.

Mas isso não era sobre sexo.

Isso era sobre tocar um ao outro. Lembrar da sensação de nós. Nos divertir com a nossa união. Memorizar e reivindicar um ao outro, enquanto nossos espíritos se conectavam intimamente em outro plano.

A energia zumbia entre nós, me fazendo me sentir vivo enquanto aprofundava nosso beijo.

Ela gemeu, a mente queimando com vontades, desejos e uma necessidade de apenas estar aqui comigo, de existir no consolo de nosso vínculo.

Chega de Dia de Sangue. Chega de lycans. Chega de perspectiva de caçada à lua. Eu a salvei, e suas raízes estavam firmemente presas na realidade agora, mesmo que tudo parecesse um sonho para ela.

Agarrei seus quadris e a levei de costas para o chuveiro. A água caiu automaticamente, atingindo minhas costas com pontas frias. Mas não me importava. Valeu a pena me enrolar em Lily e protegê-la do frio.

Ela praticamente se derreteu em mim, absorvendo meu calor e minha força, e simplesmente existiu comigo no momento.

*Você é perfeita pra cacete*, disse a ela. *Tão linda e paciente. Falei de coração, doce flor. Eu não mereço você.*

Mas ia tentar ser bom o suficiente para ela de qualquer maneira.

E começaria com isso: cuidando dela adequadamente.

Sangue seco grudou em sua pele, tornando este banho mais necessário que nunca. Eu não queria nenhuma parte dela prejudicada pelas experiências do passado.

Aqueles lycans não a possuíam. Eu sim. *Minha* Erosita. *Minha companheira. Minha flor para nutrir e crescer.*

Ela passou os braços em volta do meu pescoço, abrindo os grossos cílios loiros para revelar seu olhar sedutor.

— Você também é meu.

— Sou — admiti. — Sou seu desde o dia em que te vi pela primeira vez. — O que eu já havia admitido, pelo menos para mim mesmo. Mas não doeu falar as palavras em voz alta. — Eu te amo, Lily.

— Eu também te amo — ela sussurrou contra meus lábios, com a mente maravilhada com as mudanças entre nós e o quanto havíamos chegado longe. O fato de que tudo isso a chocou apenas provou o quanto eu tinha que compensá-la.

Nunca me importei com outra pessoa assim antes, nunca desejei esse tipo de conexão. No entanto, agora achava necessário provar a mim mesmo. Para ser digno dela. Para ser o homem em quem ela poderia confiar... por toda a eternidade.

A água finalmente começou a esquentar, me permitindo puxá-la para baixo dela. Mas ela não pareceu notar. Seu foco estava em mim e na minha boca, seu olhar faminto enquanto avaliava o que sabia ser seu.

— Me diga o que você quer e eu te darei — prometi a ela. — Me fale como te agradar.

— Eu quero que você me faça sentir viva — ela sussurrou. — Me possua. Me faça me sentir segura. Me faça... me faça sentir como se eu fosse sua.

— Você é minha — eu disse a ela, passando a mão pelo centro de seu corpo até alcançar o pescoço. — E está segura comigo. — Apertei seu pescoço, a ação contradizendo minhas palavras, mas esse era o ponto.

*Confiança*. Essa era a nossa força, nossa plataforma principal na qual nos apoiávamos juntos.

Ela *confiou* em mim para não machucá-la, mesmo quando eu tinha todas as vantagens para fazê-lo.

Porque no fundo, ela sabia que eu nunca poderia realmente machucá-la. Sempre foi assim entre nós.

E esta noite não seria diferente.

Cortei seu fluxo de ar por mais alguns segundos, então aliviei a dor com um beijo e uma respiração em sua boca. Ela gemeu, se arqueando para mim, não parecendo se importar com o sangue ainda grudado em sua pele.

Ela queria mais.

Ela *me* queria.

E eu não iria negá-la por mais um segundo.

Meu aperto mudou para a parte de trás de seu pescoço, a palma da minha mão oposta encontrando seu quadril.

— Abra sua boca para mim, querida. Quero te possuir adequadamente.

Ela obedeceu, sua língua encontrando a minha com avidez enquanto eu a devorava até o fim. Minha doce flor queria se sentir possuída, e eu era escravo de seus desejos.

A água continuou a fluir ao nosso redor, aquecendo nossa pele e me lembrando de nosso primeiro banho juntos, quando ensinei a ela a importância de tomar o que ela queria.

Ela se lembrou dessa lição agora, enquanto explorava meu corpo com as palmas das mãos, subindo e descendo pelo meu abdômen e pelas minhas costas.

Não houve hesitação. Ela me reivindicou tão completamente quanto eu a reivindiquei.

*Minha Lily*, murmurei em sua mente, rosnando quando sua mão encontrou meu pau duro. Ela o acariciou, memorizando o comprimento, e gentilmente traçou a cabeça.

*Me coma*, ela exigiu, me fazendo sorrir. *Você me disse para lhe dizer como me agradar, Cedric. E é assim que eu quero ficar satisfeita.*

*Tão ousada*, sussurrei de volta para ela. *Uma aluna tão estudiosa, aprendendo como seduzir e agradar seu Mestre.*

Eu a manobrei de costas para a parede.

*Minha melhor aluna*, continuei. *Você nunca desistiu, não importa o quanto as coisas fossem difíceis. Sempre admirei isso em você.* Mesmo quando isso me enfurecia. Porque tudo o que eu realmente queria era melhorar sua existência neste mundo cruel. E ela parecia decidida a garantir sua queda.

Tudo por um desejo inatingível de se tornar Vigília.

No entanto, se a pura vontade pudesse ter alcançado esse objetivo, ela teria conseguido.

*Prefiro minha existência com você*, ela disse enquanto agarrei seus quadris para erguê-la no ar. *Por mais fugaz que isso seja.*

Ela reconheceu que talvez não estivéssemos caminhando para a utopia que Khalid havia descrito. Mas assim como eu, descartou a preocupação, porque não havia nada que pudéssemos fazer sobre esse destino agora.

O que significava que tínhamos essas poucas horas preciosas para existir.

E eu pretendia tirar o máximo proveito disso.

Penetrei no calor de Lily, plenamente consciente de que

ela já estava molhada para mim. Nenhuma preparação era necessária, nossas mentes fizeram todo o trabalho para nós.

Ela envolveu as pernas em volta da minha cintura, se agarrando a mim enquanto eu penetrava em seu calor escorregadio, me acomodando totalmente dentro dela.

*Perfeição do cacete*. Era como se esta fêmea tivesse sido feita para mim e sua boceta fosse um vício destinado a tentar meu predador.

Eu nunca desejaria outra.

Apenas Lily.

Apenas *isso*.

Sua mente me disse que ela sentia o mesmo, nossa conexão tão incrivelmente profunda que ela nunca poderia criar raízes com mais ninguém.

O que era bom.

Porque eu provavelmente mataria qualquer um que tentasse tocá-la.

*Eu nunca vou compartilhar você*, jurei enquanto estocava dentro dela. *E vou passar a eternidade garantindo que você não queira que eu faça isso.*

Eu seria o suficiente para ela. Não, eu seria mais que o suficiente. Eu seria tudo. Eu a adoraria. A amaria. A protegeria.

Mesmo que apenas por mais algumas horas.

Não importava.

Nada disso importava.

Porque eu tinha minha Lily. Minha lufada de ar fresco. Minha energia renovada. Meu caminho adiante na vida que poderia nos levar à morte. Mas seria uma bela morte. E passaríamos a eternidade juntos na vida após a morte.

*Me morda*, ela implorou. *Eu preciso do seu...*

Não dei a ela a chance de terminar, já afundando

minhas presas em seu pescoço enquanto continuava a estocá-la, levando nós dois a uma existência arrebatadora que ninguém jamais poderia tocar.

Minha Lily. Minha flor. Minha vida.

*Sua,* ela disse de volta para mim, e entreabriu os lábios em um grito de prazer enquanto sua boceta se apertava ao meu redor. *Cedric...*

Meu nome parecia uma oração, uma que retribuí da mesma forma, só que era o nome dela que eu reverenciava, sua presença que eu louvava, seu corpo que eu adorava.

Ela estremeceu, explodindo ao meu redor, se contorcendo em êxtase.

Mas não parei de transar com ela.

Não parei de mordê-la.

Não parei de tomá-la repetidamente

Ela queria existir, saber que isso era real, se sentir protegida, possuída e reivindicada, e dei tudo a ela. Tudo de mim. Sem me segurar nem uma vez.

Nos reunimos em um ciclone de energia potente.

Então transamos novamente, desta vez contra a outra parede.

Não foi o suficiente.

Mas prometi cuidar dela, limpá-la, e fiz com minhas mãos e boca, possuindo sua boceta com cada carícia da minha língua até que ela me implorasse para parar.

Apenas para ela me incitar novamente quando chegamos à cama.

Ela montou em mim. Seus seios estavam em uma exibição hipnótica enquanto ela tomava seu prazer e me levava junto.

Era como se não pudéssemos nos cansar um do outro, mudando de posição, transando como se fossem nossos últimos momentos na Terra, e nunca nos importando com nosso destino.

Porque nós estávamos aqui.

Ela tinha a mim. Eu a tinha. Isso era tudo que precisávamos.

Amor.

Afeição.

Promessas entre nossas almas.

Foi um acasalamento diferente de qualquer outro. Um que parecia um sonho. Um que deu origem a uma nova definição de vitalidade.

Eu a beijei até o clímax final, meu sangue tocando sua língua para ajudá-la a sobreviver, para mantê-la inteira e curar a dor que eu sabia que crescia lá no fundo. Mas minha pequena lutadora superou isso, precisando de mais, precisando de mim, precisando esquecer tudo e todos.

— Cedric — ela balbuciou, sua voz sumindo depois de horas de gritos.

— Shhh — eu a silenciei, alimentando-a com mais sangue. — Beba.

Sua mente mudou para o pensamento de se transformar em vampira, imaginando como isso funcionaria, se ela quisesse que acontecesse. Eu ouvi e respondi com informações sobre o processo, dizendo-lhe sem palavras que eu lhe proporcionaria isso se ela pedisse.

Também disse a ela que nosso vínculo deixaria de existir porque sua imortalidade o substituiria.

Ela não se importou com esse detalhe. Nem eu, mas reconheci que não era minha decisão, era dela. Sempre seria dela, e eu respeitaria o que ela escolhesse.

*Não quero decidir agora*, ela me disse.

*Você não precisa*, prometi a ela. *Apenas saiba que é uma opção. Só peço que me deixe ser o único a transformá-lo.*

*Eu não iria querer mais ninguém*, ela respondeu.

*Bom.* Acariciei seu nariz. *Porque, de outra forma, acho que mataria seu criador.*

Ela curvou os lábios contra os meus. *Até Khalid?*

*Até Khalid,* confirmei. *Embora, eu provavelmente morreria tentando... Então é melhor se você concordar em me deixar ser quem fará isso.*

*Acho que seria uma luta bem equilibrada.* Não havia um único indício de brincadeira em seu tom. *Ele quer você para a região dele porque reconhece seus pontos fortes. Lembre-se disso.*

Eu me afastei para olhar para o enigma abaixo de mim. *Quando você se tornou tão sábia?*

*Tive um professor muito bom,* ela respondeu.

Contraí os lábios. *Você teve o melhor* Mestre.

Ela assentiu. *Sim, Mestre Cedric, eu tive.*

Meu pau endureceu contra ela novamente, seu tom tímido aquecendo meu sangue. *Eu sei que disse a você que prefiro "Cedric", mas há momentos em que gosto muito de ser seu Mestre, Lily.*

*Momentos como este?* ela perguntou.

*Momentos como este,* ecoei.

*Então me domine, Mestre Cedric.* Ela se arqueou contra mim. *Estou pronta para aprender.*

Sorri contra sua boca, com os olhos presos aos dela. *Isso é bom. Porque ainda tenho tanto a te ensinar, doce flor. Tantas posições. Tantas maneiras de transar.* Permiti que ela sentisse meu desejo de tomar seu traseiro, minha necessidade de reivindicar aquela parte final dela que era uma presença absoluta em minha mente.

Mas ela precisava de uma preparação melhor.

Então coloquei-a em uma nova posição, uma que me permitiu penetrar profundamente nela, e a fiz ofegar meu nome até que ela não pudesse mais falar novamente.

Só então dei a ela um momento para descansar,

envolvendo-a em meus braços em um casulo de força. Estaríamos aterrissando em breve.

E descobriríamos a verdade sobre o nosso futuro.

E eu poderia assumir um papel de soberano – *voluntariamente*.

# CEDRIC

Lily pegou algumas roupas emprestadas do guarda-roupa do jato — um vestido e sandálias — e esperou enquanto eu vestia um dos ternos de Khalid.

Não me incomodei em pedir permissão. Ele ofereceu o quarto e aproveitei ao máximo sua hospitalidade, algo que ele pareceu achar divertido quando Lily e eu entramos na sala de estar, logo depois de sentir o jato pousar.

— Você fica bem de preto, Cedric — ele disse como forma de saudação.

— Eu sei — respondi, observando sua vestimenta semelhante. Ele obviamente mantinha um guarda-roupa aqui também, e parecia haver um segundo banheiro em algum lugar porque seu cabelo ainda estava úmido. Eu não havia exatamente solicitado uma volta pelo jato, mas estaria pedindo uma por seu território.

— Podemos? — ele perguntou, apontando para a porta já aberta. Como Emine não estava à vista, imaginei que isso significasse que ela já havia desembarcado do avião.

Pressionei a palma da mão na parte inferior das costas de Lily.

— Estamos prontos. — E estávamos. Porque estávamos nisso juntos. Não importava o que acontecesse.

Khalid notou o movimento, olhando para onde Lily estava encostada em mim, e então se virou para mostrar o caminho. O ar úmido imediatamente me fez me arrepender de vestir um terno, mas eu sabia que diminuiria quando o sol se pusesse novamente. Basicamente, cruzamos a noite e metade do dia em nosso caminho para cá, chegando ao final da tarde neste lado do mundo.

O que tornava cedo para nos movimentarmos, mas eu não tinha ideia de que tipo de horário Khalid mantinha em sua região. Uma programação noturna? Ou era como nos velhos tempos, quando os humanos dormiam à noite e trabalhavam durante o dia? Eu teria uma resposta em breve, pois estava claro que ele havia nos levado para Khalid City, que antes era conhecida como Dubai.

*Dubai?* Lily repetiu.

*Sim. Uma capital conhecida por seus edifícios maciços e paisagem única. Era um espetáculo de se ver há cento e cinquenta anos. Mas não tenho certeza de como está agora, pois não visitei o lugar desde que a nova era começou.*

A maioria dos vampiros não viajava para fora de suas regiões, e enquanto estive perto do território de Khalid na Universidade de Sangue, não pensei em pedir uma visita. Simplesmente não era algo que minha espécie fazia. Lycans operavam de forma semelhante.

A única região que recebia visitantes era a de Lilith, e isso apenas porque a cidade de Lilith era considerada a capital do mundo.

Por que ela escolheu reaproveitar Chicago para tais empreendimentos, estava além de mim. Embora eu gostasse da cidade, havia outras que eu preferia. Londres. Paris. Achava que Dubai também estaria na minha lista.

Menos o calor sufocante do dia.

Felizmente, Khalid tinha um carro esperando por nós. Era um quatro por quatro preto, semelhante ao que nos levou do complexo para seu jato. Só que desta vez Khalid se sentou no banco do motorista.

— Junte-se a mim na frente, Cedric — ele disse, o tom de comando claro.

Como Emine já estava atrás, eu não tinha motivos para desobedecer. Então coloquei Lily ao lado dela antes de me juntar a Khalid na frente.

Ele não disse nada enquanto colocava o veículo em movimento, seu silêncio era ameaçador e acentuado pela morte. Mas eu estava acostumado com a minha espécie, permitindo que eu me concentrasse no cenário ao invés de sua presença letal ao meu lado.

Lily confirmou que estava fazendo o mesmo, sua mente se enchendo de admiração enquanto observava a paisagem. Estávamos muito mais perto do oceano aqui, permitindo que um pouco de verde aparecesse, algo que ela parecia bastante atraída, pois não tinha visto muito além da areia infinita.

Considerei isso por um momento antes de perguntar:

— Podemos dirigir ao longo da costa? — Se Khalid estava nos levando para uma armadilha, talvez ele pudesse nos dar esta concessão final.

— Vou fazer algo melhor — ele respondeu. — Vou levá-los para a residência que montei para vocês no litoral.

— Você montou uma residência para nós? — perguntei, incapaz de esconder a surpresa. — Sem saber minha decisão?

— Eu já sei que você vai aceitar, Cedric. É melhor

deixar você e Lily confortáveis enquanto você mesmo chega a essa conclusão.

— E depois? — perguntei em voz alta, olhando para ele. — Nos mudaremos? — Ele disse que queria que eu me tornasse seu soberano, mas ainda não havia me dito em qual área.

— A maior parte da minha liderança reside na cidade principal, porque é onde está localizada a Universidade do Sangue reformada. As outras cidades do meu território são mantidas principalmente como fachada para atender às expectativas de Lilith. Quando a guerra chegar, será Dubai que todos pretendemos proteger.

— Não é toda a sua região? — Ele possuía a maior parte da metade oriental do antigo Oriente Médio: Israel, Jordânia, Arábia Saudita, Iêmen, Omã, Catar, Kuwait, Iraque, Síria, Líbano e Emirados Árabes Unidos. Era um território e tanto.

— Existem áreas da região que quero manter, mas aprendi há muito tempo que é melhor focar em um local central quando se quer proteger os recursos. E temos tudo o que precisamos aqui. — Ele virou em uma estrada que seguia em direção à cidade enquanto falava, nos permitindo ver a extensa paisagem de edifícios. Ainda que ele tenha reestruturado alguns deles, a aparência geral permanecia semelhante às minhas memórias.

Exceto que estes eram um pouco mais modernizados para os tempos atuais.

E claramente reforçado pela tecnologia.

— O que acontece quando Lilith visita o lugar? — perguntei a ele, curioso para saber como ele lidava com as visitas *in loco*. Manipular câmeras era uma coisa. Fingir uma realidade alternativa com a Deusa em sua região era completamente diferente.

— Temos um protocolo para isso — ele murmurou. —

Mas só tivemos que utilizá-lo duas vezes. Ela normalmente me deixa em paz porque tudo o que viu de mim é exatamente o que ela quer. — Ele me olhou. — Como você sabe, a questão é sempre jogar o jogo.

Resmunguei e voltei o olhar para a paisagem.

— Toda essa sociedade é construída em torno de políticas idiotas.

— É construído sobre ganância e gula. Todos vão morrer de fome eventualmente. É por isso que a maioria dos mortais da região de Khalid vive aqui. É protegido por um exército de vampiros, não Vigílias humanos, e alguns lycans.

— Lycans? — repeti.

Ele assentiu.

— Forneci refúgio para várias famílias ao longo dos anos e pretendo acolher mais quando a revolução começar.

— Lycans como o Viper.

— Sim, o Viper será um deles.

— É por isso que você não precisa pagar a ele... é isso que você quis dizer quando falou que ele recebe mais de você do que dinheiro.

— De certa forma — ele respondeu de forma vaga. — Ele é um dos meus dragões.

Minha sobrancelha desceu.

— Dragões?

— Uma história para outro dia, talvez. Mas isso não é importante agora. O que importa é isso. — Ele gesticulou em direção à cidade. — Esta é a minha prova de valor.

A cada quilômetro que percorríamos, ficava mais evidente que Khalid não estava mentindo. Se alguma coisa, ele não tinha sido completo o suficiente com sua explicação.

Porque no momento em que cruzamos as fronteiras da

cidade, havia humanos perambulando, assim como ele havia mostrado nas câmeras. Muitos estavam sorrindo. Alguns não, o que me disse que ainda desconfiavam de seu destino. E outros estavam apenas vivendo seu dia como alguém faria na era antiga.

Uma cidade normal.

Cheia de vida.

Cheia de propósito.

Preenchida com uma sensação de tranquilidade.

Não havia muitos vampiros lá fora, provavelmente porque o sol ainda estava no céu, mas eu tinha minha resposta sobre a estrutura deste mundo.

— Os mortais são donos do dia, enquanto os vampiros são donos da noite — pensei alto.

— Humm, não. No entanto, nós lhes fornecemos opções. Alguns preferem o sol, outros estão tão acostumados com a lua, que mantiveram os antigos horários. As aulas só são oferecidas à noite porque os vampiros são os instrutores. Dubai, ou melhor, a *cidade de Khalid*, se tornou literalmente um lugar que nunca dorme.

— Você prefere chamá-la de Dubai? — Era a segunda vez que ele a chamava assim.

— Prefiro chamar de lar — ele respondeu. — Posso não ter nascido aqui, mas se tornou meu lar ao longo dos séculos e pretendo mantê-lo.

— Como os outros chamam?

— Cidade de Khalid — ele respondeu. — Principalmente, de qualquer maneira. No entanto, os vampiros têm história, algo que acho que discutimos longamente. Portanto, não imponho o nome. Este lugar pode ser o que quisermos, desde que o protejamos.

Ele virou em uma rua que nos levou a alguns dos maiores prédios, fazendo a cabeça de Lily girar em choque e pavor no banco de trás.

Só para ela praticamente desmaiar quando começamos a nos aproximar da costa.

— Ah, Deusa — ela murmurou, incapaz de conter sua excitação ao ver o oceano à nossa frente. — Aquilo é...?

— O Golfo Pérsico — Khalid disse a ela. — Sim.

*Eu ia dizer oceano*, ela pensou, mas não disse isso em voz alta.

*Tecnicamente um mar, mas bastante parecido*, murmurei para ela.

*É lindo.*

*Talvez possamos nadar nele mais tarde?* sugeri. *Se você confiar em mim o suficiente para não te afogar.*

*Eu confio em você*, ela prometeu, seu olhar encontrando o meu no espelho. *Você vai me comer de qualquer maneira.*

*Vou mesmo*, eu disse a ela, curvando um pouco os lábios.

— Tem alguma praia perto da nossa nova residência?

— Sim, se conecta à sua residência. Então, se você achar o lugar confortável, pode permanecer lá indefinidamente. Ou podemos discutir suas preferências e partir daí.

— Você está nos prometendo muito — comentei, olhando para ele novamente. — Silvano também não vai gostar da minha transição. Ele pode exigir uma visita.

— Se ele fizer isso, vou entretê-lo em um de nossos bairros de fachada. E você vai se juntar a mim. Como meu soberano.

— Ele é meu criador. Pode fazer exigências.

Khalid olhou para mim antes de entrar em uma estrada costeira.

— Não tenho medo do Silvano. E ele pode emitir quaisquer demandas que desejar. Isso não significa que nenhum de nós tenha que ouvir.

— Se ele falar alto o suficiente, Lilith pode se envolver — eu o avisei.

— E fazer o quê? Exigir que eu te devolva? — Ele zombou disso. — Você tem idade suficiente para ser considerado para a realeza, se a região certa estiver disponível. Lilith vai ver isso como um movimento de xadrez – eu pegando um vampiro poderoso e moldando-o sob meu controle.

Ele seguiu por um caminho que levava a uma área de estacionamento e desligou o motor antes de me encarar.

— Quando soube, no Dia de Sangue, que você finalmente estava considerando oportunidades políticas, decidi fazer uma oferta muito melhor que a de Silvano. Obviamente, você aceitou e mudou de lealdade no processo. — Ele deu de ombros. — É simples assim, Cedric.

— Quero dizer, é isso que você vai dizer a todos.

— Só a quem perguntar. E se você for sábio, dirá o mesmo. Não será uma surpresa. Nós nos conhecemos há muito tempo. A Lilith pode não considerar a história dos outros ao tomar decisões, mas isso não significa que os outros não perceberão que nossas idades e origens se cruzaram ao longo dos anos.

Contemplei o que ele estava dizendo e assenti.

— Uma história que reacendemos enquanto você visitava a universidade.

— Precisamente. Compartilhamos alguns humanos e reacendemos uma velha amizade, que reconfirmou seu uso em meu território. Uma discussão política levou a outra e aqui estamos — murmurou.

— Aqui estamos — repeti, olhando para o prédio à nossa frente e as cortinas escuras nas janelas. — Esta é uma residência para vampiros.

— Humanos também — ele respondeu. — Mas não se preocupe. Você e a Lily vão ficar com a cobertura, que é todo o último andar. Os únicos que podem acessar essa área são vocês dois. Nem mesmo eu posso entrar sem ser convidado. — Suas sobrancelhas se ergueram. — Que tal isso para um conto antigo?

Eu grunhi.

— Um ridículo. — Vampiros não precisavam ser convidados para lugar nenhum, especialmente aqueles que podiam se transformar. O que significava que Khalid poderia entrar à vontade a qualquer momento, mas estava optando por nos dar privacidade. — Onde você vive?

— No lado oposto da cidade, no palácio principal. — A maneira como ele disse isso me fez pensar se era verdade. Era uma daquelas frases que pareciam fluir com muita facilidade.

Não, alguém como Khalid não viveria em um lugar óbvio.

Ele manteria uma residência secreta.

Um lugar onde ele poderia esconder qualquer coisa que considerasse preciosa.

*Como Emine*, pensei, olhando para sua expressão estoica. Nada se via em seus olhos. Nem mesmo uma suspeita de que ele poderia estar mentindo.

Mas eu sabia que ele estava.

— Você a treinou bem — eu disse a ele, sorrindo.

— Ela é excelente com segredos — ele concedeu, ciente de que percebi tudo.

No entanto, isso só provou o quanto eram reais todos os outros detalhes, como ele tinha sido verdadeiro sobre os humanos desta região e seus desejos de encontrar uma maneira de coexistir sob novas regras sociais, mantendo a aparência de respeito pelos mortais.

— Os vampiros caçam? — perguntei, curioso sobre como seu imposto de sangue funcionava nesta região. Porque eu não queria ninguém tocando em Lily, então eu tinha que saber se precisava protegê-la de esportes sangrentos. Ela seria obrigada a doar?

— Sim — ele respondeu. — Mas prefiro o termo seduzir.

— Então, semelhante aos velhos tempos, quando tínhamos que convencer nossa refeição a nos dar uma mordida — murmurei.

— Exato. Porém, para quem não quer se dar ao trabalho, temos nossos bancos de sangue. A maioria dos alimentos também contém sangue para vampiros, o mesmo com bebidas. E há tocas de alimentação onde os humanos trabalham de bom grado. Eles são bem compensados e cuidados. Não é permitido matar.

— Entendo. E a Lily será obrigada a doar? — perguntei, expressando meu pensamento anterior em voz alta.

— Só para você, Cedric. Como soberano, você tem o direito de reivindicá-la. A única exigência é que ela continue disposta.

*Estou*, ela pensou, me fazendo sorrir.

— Isso não será um problema — eu disse a ele.

— Imagino que não. — Ele relaxou em seu assento. — Mas podemos ver o resto mais tarde. Nesse ínterim, por que não leva Lily para dentro e vai explorar sua nova casa? Ou leve-a para aquele mergulho que ela deseja.

A maneira como seu olhar turquesa brilhava me dizia que ele tinha ouvido minha conversa com Lily de alguma forma, me fazendo pensar sobre sua habilidade de ler mentes novamente. Khalid era uma entidade desconhecida, com um poder que eu podia sentir aquecendo o ar entre nós, mas não tinha certeza do que exatamente ele poderia fazer.

Alguns vampiros possuíam talentos únicos, como transformação.

E algo me disse que Khalid abrigava alguns dos talentos mais exclusivos de todos.

Exigia um enorme poder para realizar o que ele fez aqui.

No entanto, ele fez com que parecesse impecável e simples. Talvez para ele fosse.

— A entrada é por ali. — Ele apontou. — Suas retinas lhe darão o acesso de que você precisa.

Arqueei a sobrancelha.

— Você tem o registro dos meus olhos em arquivo?

— Tenho tudo registrado, Cedric — ele respondeu. — Um dia, talvez eu compartilhe com você.

— Humm — murmurei. Eu sabia que esse dia não seria hoje. Isso era bom. Eu podia ouvir a ânsia de Lily em tocar as ondas, que superava todas as outras necessidades que eu possuía por informações.

Eu queria apresentar minha flor ao oceano.

— Obrigado, Khalid — disse a ele, as palavras soando um pouco duras. Eu normalmente não demonstrava gratidão.

— Você vai me agradecer protegendo nossa casa — ele respondeu. — Até então, sua primeira tarefa é deixar Lily tocar o oceano. Então preciso que você se lembre de pagar a Damien, pois não quero que ele tente rastreá-lo. Por mais que eu adorasse recrutá-lo, o Ryder precisa mais dele. E, por último, precisamos agendar uma ligação com Silvano. Para isso, quero estar presente. Portanto, se certifique de me convidar.

— Já me dando ordens — falei, meus dedos envolvendo a maçaneta.

— Tarefas — ele corrigiu. — As necessárias.

Assenti. Ele estava certo. Todas essas tarefas eram necessárias. Exceto por ele se juntar à minha ligação com

Silvano, mas eu suspeitava que era para seu próprio prazer mais que qualquer outra coisa.

Eu poderia entender.

Dizer a Silvano para ir se foder seria muito divertido.

— Como faço para notificá-lo? — perguntei a ele.

— Você encontrará seus novos telefones e tudo mais que precisar em sua residência. — Seu olhar passou por mim. — Até enviei alguns ternos sob medida. Suponho que seja bom que tenhamos tamanho semelhante.

Curvei os lábios.

— Suponho que seja bom que você tenha um gosto decente.

Seu olhar foi para o espelho enquanto olhava para Emine.

— Uma coisa boa mesmo. — Ele inclinou a cabeça para o lado. — Vai se juntar a mim no banco da frente, pequena miragem?

— Não. Acho que vou tirar uma soneca aqui.

— Humm, jogando duro para conseguir — ele respondeu. — Você sabe o quanto eu adoro esse jogo.

Ela revirou os olhos e não respondeu, me fazendo pensar novamente sobre a dinâmica deles. Mas agora não era o momento de pressionar por detalhes. Ele me contaria a história deles com o tempo.

Ou talvez não.

Independentemente disso, eu tinha uma companheira que queria ver o oceano. Isso tinha precedência sobre todo o resto. Então saí do quatro por quatro e abri a porta.

— Entrarei em contato, Khalid.

— Eu sei — ele concordou, com o foco ainda em Emine. — Aproveite o seu mergulho.

Lily me permitiu ajudá-la a sair do veículo, envolvendo meu pescoço em um abraço. A felicidade dela era encantadora, fazendo meu coração esquentar por estar perto dela.

— Pronta para explorar, florzinha? — perguntei depois de fechar a porta.

— Sim.

— Então vamos explorar nossa nova casa. — Peguei o olhar de Khalid através das janelas, minhas palavras foram minha maneira de aceitar sua oferta. Não que ele precisasse disso.

Porque ele estava certo.

Eu aceitaria.

Não era sobre sua região ou a posição de soberano tanto quanto Lily e o mundo que nosso vínculo me apresentou. Agora, eu faria tudo e qualquer coisa para protegê-la, salvá-la, dar-lhe uma vida, garantir que ela nunca mais voltasse para a escuridão da sociedade de Lilith, para manter sua segurança e felicidade.

E ele me forneceu a alavancagem para realizar tudo isso.

Ainda era um jogo mental da parte dele, uma maneira de me controlar e tirar vantagem de minha idade e poder. Ele queria que vampiros úteis abaixo dele funcionassem como guardas de seu mundo.

Que melhor maneira de garantir minha fidelidade que oferecer ao meu coração um lugar para prosperar?

Khalid havia dito que os relacionamentos eram a chave para o fracasso de Lilith, e ele estava certo.

Amar criava uma plataforma diferente para lutar. Quando um vampiro vivia apenas para se alimentar, ele carecia de uma certa quantidade de motivação para sobreviver.

Mas quando alguém – alguém como Lily – dependia desse vampiro para obter força, propósito e segurança, de repente ele tinha muito mais pelo que lutar.

Eu entendia isso agora. Foi a maior lição que eu poderia ter aprendido na vida, uma que tive a sorte de experimentar antes que a morte consumisse completamente minha mente.

Porque agora, eu tinha uma razão para viver.

Khalid pode ter usado esse motivo como uma forma de me manipular para trabalhar para ele. Mas não me importei. Porque por Lily, eu faria qualquer coisa.

Incluindo satisfazê-la em um mergulho no oceano.

O que eu faria agora.

Tirei nossas roupas e a puxei para o fundo da água, forçando-a a confiar em mim para se equilibrar.

E permiti que sua fé me lavasse.

Sua confiança em mim era um farol de esperança. Uma descoberta que eu desejava valorizar. Uma experiência que sempre me faria sentir muito mais vivo.

*Minha flor proibida.*

*Meu futuro.*

*Meu para sempre.*

# EPÍLOGO

## KHALID

*QUER SE JUNTAR A MIM NO BANCO DA FRENTE AGORA, PEQUENA miragem?* sussurrei na mente de Emine.

Suas íris cinza-azuladas piscaram quando ela encontrou meu olhar no espelho. *Talvez.*

Ao invés de sair do veículo, ela se transportou para a frente e colocou o cinto de segurança, a demonstração de poder me deixando duro. Era um problema constante que eu tinha perto dela, um problema que ela se recusava a me ajudar a resolver, mesmo com todos os nossos joguinhos.

Eu queria que ela implorasse.

Mas ela nunca o fez.

E era por isso que eu ainda não havia transado com ela.

Todo mundo presumiria que eu tinha algo. Isso me ajudava a protegê-la e aos nossos segredos compartilhados.

Porque minha querida miragem era algo realmente único.

Percebi isso na noite em que nos conhecemos, quando ela tentou se curvar ao me ver na enfermaria. Isso não teria sido muito extraordinário neste mundo, pois os humanos foram ensinados a suplicar.

Exceto que ninguém mais foi capaz de me ver espreitando nas sombras.

Não só isso, mas ela tinha me visto.

— Meu Príncipe — ela sussurrou quando quase se matou rolando daquela cama de hospital para cair de quatro no chão.

A enfermeira a repreendeu, ameaçando acabar com ela ali mesmo por ser uma "vadia estúpida" por "ver coisas que não existem".

Mas eu *estava* lá.

Como a enfermeira logo descobriu quando acabei com sua vida antes de dar à pequena miragem meu sangue como recompensa por sua habilidade surpreendente.

Ela estava morrendo de medo, especialmente porque meu sangue acelerou seus talentos.

E assim começou minha obsessão pela pequena atrevida ao meu lado.

Uma obsessão que ainda não havia diminuído. Provavelmente porque eu estava jogando o jogo longo com ela.

Mas era divertido. Excitante. Um namoro condizente com um rei e sua futura rainha.

Um dia, ela seria minha.

Mas até lá, eu continuaria treinando-a. *Minha pequena dragão.*

*Eu não sou um dragão*, ela respondeu.

*Não, ainda não*, concordei. *Mas algum dia.* Quando eu decidisse que ela estava pronta para aprender sobre o coração da minha magia sombria. *Está com fome, pequena miragem?*

*Sim.*

Assenti. *Você prefere covil ou comida com sangue?* Eu já sabia qual seria a resposta, mas ofereci a escolha de qualquer maneira.

*Comida*, ela quase rosnou. Porque ela se recusava a beber da veia.

Bem, as veias de todos menos as minhas.

Ela se alimentava de mim com frequência, porque meu sangue a encorajava e permitia que ela passasse mais tempo sem precisar comer.

Minha essência também continuou a aumentar seus poderes, como sua habilidade de se transformar. Isso era praticamente inédito para um calouro. Mas nada sobre minha Emine era normal. Isso ficou claro desde o momento em que nos conhecemos.

*Você tem preferência pelo tipo de comida?*

*Café da manhã, por favor*, ela respondeu, ciente de que, *por favor* garantiria que eu lhe desse o que ela queria. Claro, eu faria isso independentemente de sua formalidade. Emine tinha enredado minha alma. E um dia, ela me permitiria enredar a dela.

*Café da manhã então*, eu disse, continuando nosso caminho de volta para casa.

Porque eu pretendia cozinhar, algo que ela já sabia. Ela conheceu minhas rotinas nos últimos meses, entendeu meus gostos e desgostos e antecipava meus movimentos antes que eu os fizesse.

Assim como ela sabia que iríamos treinar esta noite, especialmente porque dormimos a maior parte da viagem de avião até aqui.

Eu tinha nos enrolado nos lençóis da cama, para o caso de Cedric ter decidido aparecer. Teria parecido que estávamos descansando depois de transar. Mas a verdade é que simplesmente conversamos antes de ir para a cama. Principalmente em nossas mentes, algo que fazíamos há meses, mesmo antes de ela se tonar vampira.

Ela não era minha *Erosita*, mas trocamos sangue tantas vezes que parecia que nossas almas estavam ligadas de alguma forma insondável. Ou talvez estivesse relacionado com suas habilidades.

Algum dia, determinaríamos a causa.

Então ela se tornaria minha.

Mas por hoje, aplacaria meus desejos levando-a para casa. Cozinhando para ela. E treinando-a.

Amanhã, continuaríamos nossa dança.

Uma dança que só se completaria quando ela concordasse em se tornar minha dragão.

Minha rainha.

Minha última peça no tabuleiro.

Só então o final do jogo poderia realmente começar.

*Bem-vindos ao futuro, meus amigos. Onde nada é o que parece...*

### Inocência Perdida

*Houve um tempo em que a humanidade governava o mundo enquanto lycans e vampiros viviam em segredo.*

*Esse tempo já passou.*

### Juliet

Era meu dever obedecer, dar meu corpo e sangue a um mestre vampiro até que ele não me quisesse mais.
Não havia escapatória.
Nem lugar para onde fugir.
Siga as regras ou morra.
Não quero morrer.

### Darius

Vinte e dois anos de condicionamento criaram o veneno perfeito — uma arma que meus inimigos não verão. Vou

mudá-la, treiná-la e usá-la para derrubar todos que
estiverem no meu caminho.

Ela é sedutora.

É perfeita.

E é minha.

*Bem-vindo ao futuro, onde as linhagens superiores fazem as regras.*
*Prossiga por sua conta e risco.*

**Amazon**

### Desejo

*Houve um tempo que uma série de portais se abriram na Terra,
permitindo que a magia se espalhasse pelo mundo humano.
As Casas foram criadas. Sobrenaturais foram designados. E um novo
equilíbrio se formou.
Todos os recém-chegados foram obrigados a ingressar em uma Casa.
Mas esta é a história de uma deusa que se recusou e do Rei da Casa
que a colocou de joelhos.*

**Nyx.
Deusa da Noite.
Minha mais nova obsessão.**

A fêmea ousada matou um dos meus homens.
O que tornou meu trabalho como Rei da Casa de Ouro e
Granada fazê-la pagar.

Ah, havia tantas coisas que eu queria fazer com aquela sua

boquinha desobediente. Mas ela era muito mais forte do que nos levava a acreditar.

Agora, estou com um desejo que não consigo saciar.

Porque uma mordida não foi suficiente.

*Você pode ser a Deusa da Noite, mas ainda sou seu rei.*
*Você vai se ajoelhar.*
*Vai implorar.*
*E o mais importante, vai sangrar.*

*Bem-vindos à Casa de Ouro e Granada, onde o poder define a monarquia e o sangue é a moeda preferida.*
*Prossiga por sua conta e risco.*

**Nota da autora**: *Desejo* é um romance paranormal sombrio e independente, ambientado no universo de *Vícios e Virtudes Imortais*. Cada livro neste mundo compartilhado tem um final satisfatório e sem *cliffhangers*.

**Para os fãs da série *Aliança de Sangue*, esta é a história de Nyx e Vesperus, a deusa e seu amante vampiro que começaram tudo...**

Lexi C. Foss é uma escritora perdida no mundo do TI. Ela mora em Chapel Hill, na North Carolina, com o marido e seus filhos de pelos. Quando não está escrevendo, está ocupada riscando itens da sua lista de viagem. Muitos dos lugares que visitou podem ser vistos em seus textos, incluindo o mundo mítico de Hydria, que é baseado em Hydra nas ilhas gregas. Ela é peculiar, consome café demais e adora nadar.

https://www.lexicfoss.com/Inicio

# Mais Livros de Lexi C. Foss

**Série Aliança de Sangue**

Inocência Perdida

Liberdade Perdida

Resistência Perdida

Rebeldia Perdida

Realeza Perdida

Crueldade Perdida

**Universo da Aliança de Sangue**

Desejo - Nyx/Vesperus

Dia de Sangue

**Rainha dos Elementos**

Livro Um

Livro Dois

Livro Três

O Próximo Reinado

**Rainha dos Vampiros**

Livro Um

Livro Dois

Livro Três

Livro Quatro

**Outros Livros**

Ilha Carnage